L'ENFANT DE LA RIZIÈRE ROUGE

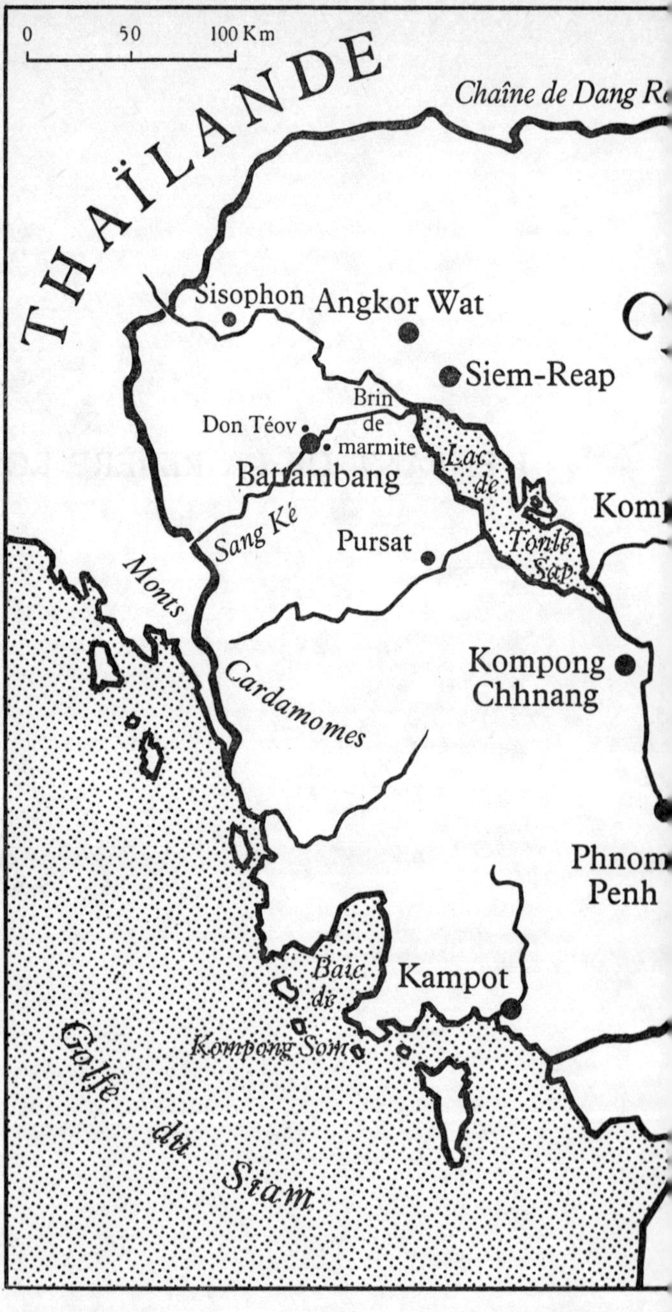
0 50 100 Km
THAÏLANDE
Chaîne de Dang R
Sisophon
Angkor Wat
Siem-Reap
Brin de marmite
Don Téov
Battambang
Lac de Tonlé Sap
Kom
Sang Ké
Pursat
Monts Cardamomes
Kompong Chhnang
Phnom Penh
Baie de Kompong Som
Kampot
Golfe du Siam

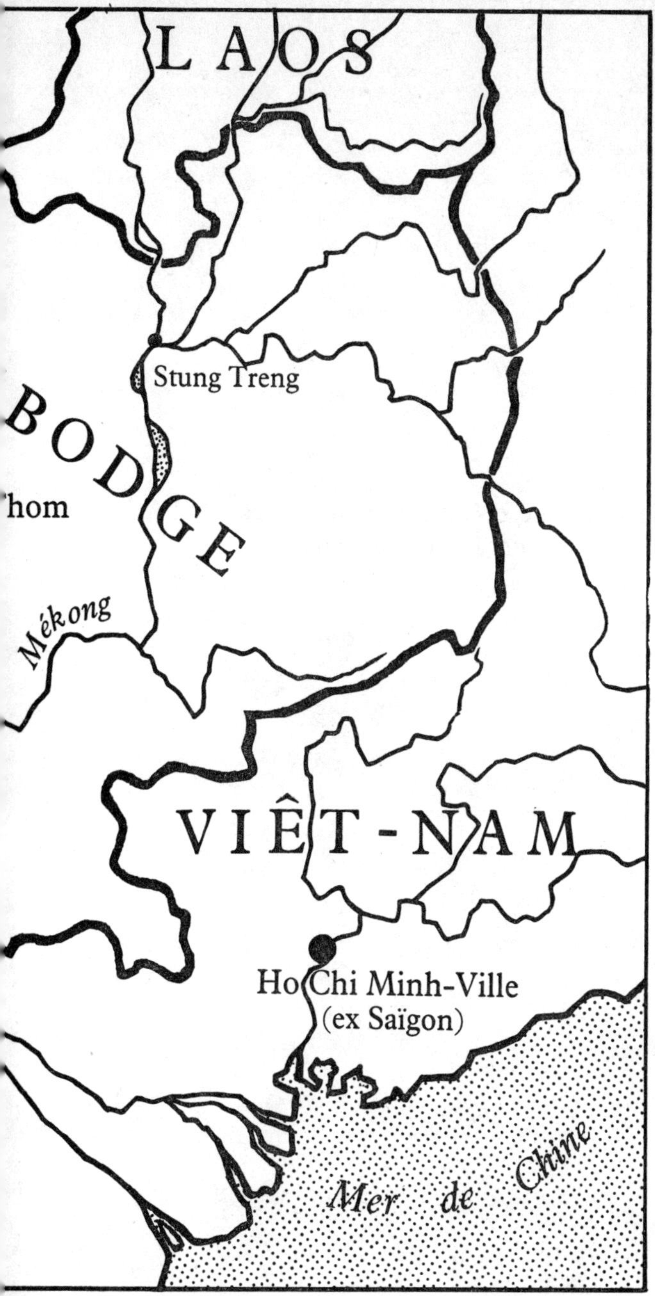
LAOS
BODGE
hom
Stung Treng
Mékong
VIÊT-NAM
Ho Chi Minh-Ville
(ex Saïgon)
Mer de Chine

Ouvrages de la même collection et ouvrages sur l'Asie :
Voir en fin de volume.

Sor Sisavang

L'ENFANT DE LA RIZIÈRE ROUGE

Collection *Les Enfants du Fleuve*
dirigée par Jean-Claude Didelot

FAYARD

PRÉFACE

Chef-d'œuvre! Voilà bien une expression qu'il ne faut pas galvauder. Eh bien, « *L'Enfant de la rizière rouge* » est un chef-d'œuvre. L'attribution du prix de la francophonie, du prix Saint-Exupéry, du prix Gabrielle d'Estrée, d'autres encore, sont venus rendre hommage au bonheur de l'expression, à la qualité du témoignage, à l'exemplarité du récit... Soit! Mais « *L'Enfant de la rizière rouge* » est surtout un chef-d'œuvre en ce sens que cette lecture nous change.

Il faut remercier Sor Sisavang d'avoir réussi à arracher au passé si proche de son enfance torturée, ce livre de sang et de larmes. C'est que face à la difficulté du témoignage, les rescapés préfèrent se taire plutôt que d'ajouter l'incompréhension à une épreuve que notre monde repu n'est pas prêt à entendre. Alors ils se lovent sur leur douleur et répondent par un sourire à qui les interroge. Comment oublier ce jour où un jeune Cambodgien, voulant dire à toute force le martyre de son peuple à une salle pourtant compatissante, n'avait pu que balbutier : « *Nous aussi, nous étions heureux... autrefois* », avant de s'effondrer en larmes, secoué en un sanglot qui avait pétrifié l'auditoire. Sans doute, l'auteur a-t-il souvent pleuré en écrivant pour nous, chapitre après chapitre, ce récit qui paraîtrait incroyable si bien d'autres confidences ne venaient le corroborer. C'est que le régime des Khmers rouges a plongé un peuple entier dans une horreur dont il ne parvient pas à sortir. Sur la frontière Khméro-Thaïlandaise, des centaines de milliers, oui, des centaines de milliers de réfugiés, et parmi eux une majorité d'enfants, survivent tant bien que mal. Ce que raconte Sor Sisavang, c'est aujourd'hui encore ! Les enfants qui sautent sur des mines, c'est maintenant ! Les Khmers rouges qui investissent les villages, c'est à l'heure où nous regardons confortablement la télévision ! Les petits qui hurlent de peur, les mamans qui s'effondrent, c'est au moment même où nous jouons au loto !

Sor Sisavang ne parle pas seulement pour son peuple : il est aussi la voix des « boat people » enfuis du Viêt-Nam, la voix des Laotiens, la voix de cette foule immense qui depuis plus de quinze ans n'en finit pas d'agoniser. Jeunes filles violées par les pirates qui infestent la mer de Chine, vieillards apeurés dont des conférences internationales lointaines vont fixer le sort, enfants innombrables broyés par des événements qu'ils ne peuvent comprendre. Nous les connaissons bien aux « *Enfants du Mekong* [1] » ! tous ces petits qui viennent frapper à notre porte. Il fau-

1. Association « *Enfants du Mekong* », 5, rue de la Comète 92600 Asnières
Ou par minitel : 3615 EPHATA*EDM
Parrainages d'enfants du Sud-Est asiatique
Prix des Droits de l'Homme 1990 de la République française.

dra des mois, des années peut-être, d'amour et de silence pour qu'une parole filtre enfin d'un passé qu'il faut soudain partager. « *L'Enfant de la rizière rouge* » nous fait ce cadeau merveilleux d'une confidence immédiate livrée à chacun d'entre nous qui ne la méritions peut-être pas. Puissions-nous nous hisser à la hauteur de cette confiance. Changer notre regard sur la communauté asiatique de notre pays, nous jumeler avec des réfugiés dans les camps de Thaïlande, parrainer des enfants au Cambodge, au Laos, au Viêt-Nam, sur place, là où sont leurs racines, autant d'occasions de passer de l'émotion d'une lecture à la solidarité.

Alors, l'extraordinaire effort de Sor Sisavang n'aura pas été vain et aurons-nous le droit de lui décerner, par-delà ces prix littéraires qui couronnent le chef-d'œuvre, le prix du cœur. Celui qui importe vraiment.

Jean-Claude DIDELOT
Président des « *Enfants du Mekong* »

PREMIÈRE PARTIE

CHAPITRE PREMIER

La Révolution

Depuis plusieurs semaines, la ville de Battambang, ma ville, était encerclée par les Khmers rouges : nous étions à quelques jours du 17 avril 1975. Je venais d'avoir 11 ans et je ne rêvais que d'une chose, voyager.

Un après-midi, alors que je finissais mes devoirs de mathématiques, je demandai à mon père :

– Papa, je voudrais faire le tour du Cambodge et retourner le mois prochain, pendant les vacances, au temple de Angkor Wat.

Mon père ne tarda pas à me répondre :

– Ce n'est pas le moment de voyager. Tu sais bien que la ville est encerclée depuis bientôt un mois. Nous ne pouvons plus communiquer avec la capitale, les ennemis ne sont pas loin.

Il y avait dans sa voix une vague de tristesse... Depuis quelques jours en effet, il n'avait plus de nouvelles de notre famille qui était à Phnom Penh. Pensait-il que nous allions être séparés pour toujours ?

Battambang était remplie de réfugiés qui fuyaient les Khmers rouges vers la zone libre contrôlée par les soldats républicains. Chaque jour, le nombre des réfugiés en train de mendier augmentait. Ces pauvres gens ne demandaient qu'une chose : manger.

Au moment où j'écris ces lignes, j'entends encore les paroles que ma mère adressait à ces malheureux qui étaient de notre race : « Mangez pour supprimer votre faim. Sachez que votre corps est mon propre corps. Votre souffrance est ma souffrance, votre tristesse est ma tristesse. Moi non plus, je ne sais pas ce que je deviendrai dans les jours qui viennent. » Elle parlait aux réfugiés en pleurant, comme s'ils étaient de sa famille.

Je me souviens que je riais parfois quand je voyais ma mère pleurer à cause des réfugiés. A l'époque, je ne savais ce que « être triste » signifiait. Ma mère disait souvent : « Une femme qui n'a pas encore eu d'enfant ne doit pas rire en voyant l'enfant de sa voisine avec un bec-de-lièvre car elle-même ne sait pas comment sera le sien. »

Tous les soirs, quand la nuit tombait, mon père nous donnait à chacun un sac à dos dans lequel il y avait tout ce dont nous avions besoin, si jamais la ville était envahie. Quand nous entendions la sirène, nous courions à toute vitesse nous cacher sous le lit de grand-père. Je n'oubliais jamais d'emmener avec moi ma poule pondeuse et mon coq multicolore. Quant à ma sœur, elle tenait serrée sur son cœur une tasse en porcelaine de Chine que papa lui avait offerte pour son anniversaire. Ma mère n'était pas contente de me voir avec mon coq et elle me réprimandait :

– Si le coq chante, les ennemis vont tout de suite savoir où nous sommes et nous serons tous décapités. Tu vas voir, je vais faire de ton coq ton plat de demain.

Mais le lendemain, le coq s'échappait en vitesse dans la cour et chantait comme si de rien n'était.

Le 17 avril, peu de temps avant midi, notre voisin, médecin généraliste, vint trouver mon père pour lui dire que la capitale était prise. Trois heures plus tard, je vis courir dans les rues les soldats républicains. Ils étaient tous en civil.

La ville semblait plus animée que d'habitude. Dans la foule, les gens sautaient de joie et chantaient : « Bientôt, il n'y aura plus ni riches ni pauvres ! Nous ferons tous partie de la même classe et nous reconstruirons notre pays ! »

D'autres au contraire criaient et pleuraient : « Le sang va être répandu jusqu'au ventre de l'éléphant ! » (Ce qui voulait dire qu'il y aurait sûrement un fratricide sanglant.)

Juste avant le crépuscule, je vis enfin les Khmers rouges – il y en avait partout à présent. Ils étaient vêtus de noir, portaient un foulard rouge autour du cou (*crama*) et un képi dont la couleur, excrément de cheval, me faisait penser au casque des soldats chinois. Ils marchaient les uns derrière les autres, le regard fixé en avant, sans tourner la tête à droite ou à gauche pour regarder la population qui s'étonnait de leur arrivée.

La nuit tomba bientôt sur Battambang. Normalement à cette heure-ci, l'éclatement des bombes se mêlait au grincement des charrettes à bœufs, remplies de réfugiés. Mais ce soir-là, tout était calme, les bruits de la guerre semblaient avoir disparu, on entendait seulement la musique et les chants révolutionnaires.

Je me souviens encore de ce soir-là... Nous étions en train de dîner tous ensemble en famille et tandis que nous mangions et rions, une question ne cessait de nous préoccuper : qu'allions-nous devenir ? Mon père était très pessimiste et ma mère s'en remettait entièrement au Grand Père du ciel. Tard dans la nuit, depuis le balcon du premier étage, je vis circuler dans la rue une voiture blanche munie d'un haut-parleur qui criait :

« Chers compatriotes, notre pays est enfin libéré du capitalisme ! Le nouveau régime va vous permettre de vivre dans le bonheur, la paix et la justice. Les portes de la grande prison viennent d'être ouvertes et les prisonniers ont été relâchés. Nous allons construire une société où il n'y aura plus de prisonniers ni de prisons. »

Le lendemain, en revenant de la poste, j'aperçus trois têtes d'hommes coupées sur le bord du trottoir. A côté, il y avait une banderole rouge sur laquelle était marqué : CELUI QUI VOLE SERA TUÉ. En voyant ces mots, il me sembla tout d'un coup que les Khmers rouges commettaient des actes très cruels.

Les commerçants de Battambang qui avaient fermé

leurs boutiques furent obligés de les rouvrir et de vendre leurs marchandises à bas prix. Avant, il fallait 500 riels pour obtenir quelques kilos de riz. Maintenant, avec la même somme, on pouvait en acheter 300 kilos. En moins de deux heures, les magasins écoulaient tous leurs produits. On n'achetait plus, on volait.

Une semaine plus tard, le 24 avril 1975, la voiture blanche que j'avais déjà vue passer annonça que tous les citadins devaient quitter la ville dans la journée et que les anciens soldats républicains devaient se rassembler au Lycée pour accueillir le Seigneur Sihanouk. Il nous était précisé que nous quitterions Battambang seulement trois jours, afin de permettre au gouvernement de balayer entièrement la ville pour voir s'il n'y avait pas encore des Américains qui s'y cachaient.

Cette nouvelle nous remplit tous d'une grande émotion. Mon père fut le premier à déclarer que dorénavant, il n'y aurait plus de liberté. Il nous conseilla d'emporter des livres avec nous : « Un pays sans écoliers, ça n'existe pas! »

Ma mère était triste. Quand elle eut fait les bagages, elle nous réunit près de l'autel du Grand Père du ciel et nous fit répéter cette prière : « Grand Père, nous allons quitter cette maison. Nous vous la confions. Que votre amour et votre protection nous accompagnent au cours de ce voyage. »

Lorsque la prière fut terminée, elle nous donna à chacun une pomme rouge et une orange dorée en nous disant :

– Ces fruits vont vous aider à digérer le mal que nous subissons depuis une semaine. Mangez-les, ils vous feront du bien.

La maison était bien rangée au moment de notre départ. Sur le sol propre, je semai des grains de riz et de maïs pour mes poules et mon coq, je donnai suffisamment d'herbe aux lapins et déposai un grand panier de piments devant le merle. La seule chose qui me faisait mal, c'était de me séparer de mes chiens, Pite Top et Kive. A la saison des moissons, c'était avec eux que je courais, nageais et pêchais dans les rizières.

– Pite Top et Kive, il faut que j'y aille maintenant, leur dis-je. Je ne serai pas là pendant trois jours. (Il y avait dans ces « trois jours » une certaine crainte.)

Pite, mon grand chien blanc, me protégeait chaque fois que je me disputais avec mes camarades. Il m'écoutait quand je lui disais « Mords-les ! », mais c'était juste pour leur faire peur et jamais je n'avais osé lâcher Pite contre eux. Il comprenait mieux le chinois que le cambodgien car il avait été élevé par un herboriste chinois, ami de mon père. Il n'avait qu'un an quand il arriva chez nous mais je lui parlais toujours en chinois.

Nous partîmes après le déjeuner. Il y avait énormément de choses que ma mère regrettait ! Je savais qu'elle aimait beaucoup la grande meule de pierre qu'elle venait d'acheter pour moudre la farine. Elle nous avait promis de s'en servir pour nous faire un gâteau mais jamais nous ne l'avons mangé...

La maison s'éloignait de plus en plus tandis que nous marchions derrière le tracteur qui remorquait nos bagages. De temps en temps, je me retournais pour voir la fumée des baguettes d'encens que ma mère avait allumées sur le dos de l'éléphant en porcelaine du balcon. Quittant la ville, nous prîmes la direction de la Vieille Rivière, vers l'est, région de ma grand-mère paternelle. La route était bondée de gens et la chaleur insupportable de ce mois d'avril nous empêchait de marcher plus vite. Pour nous faire avancer, les Khmers rouges tiraient à gauche, à droite, en haut, en bas...

Je me demande aujourd'hui ce qu'étaient devenus les personnes âgées qui étaient restées chez elles, les lépreux qui pouvaient à peine marcher, les blessés de guerre qui saignaient et gémissaient de douleur sous cette chaleur torride. La ville était loin à présent et nous approchions du village de ma grand-mère. La rizière qui s'étendait à perte de vue offrait un spectacle effrayant : trous d'obus noirs, cadavres d'animaux et de soldats dévorés par les vautours.

Ce n'est que vers 9 heures du soir que nous arrivâmes à Brin-de-Marmite. A cause de la guerre, le village avait été abandonné depuis un an. Sur la piste charretière, il n'y avait plus aucune trace d'animaux domestiques et, partout, poussaient toutes sortes d'herbes sauvages. La végétation recouvrait peu à peu la rivière en lui donnant une allure sauvage.

Je me souviens encore de ce soir-là. J'étais triste car je ne cessais de penser à mes chiens. J'avais peur car je n'aimais pas les ténèbres et les cris des oiseaux nocturnes. Après un frugal dîner, nous nous endormîmes au pied d'un arbre immense, parapluie idéal pour la rosée, et c'est seulement le lendemain que je découvris le véritable aspect du village : arbres brûlés et abattus, maisons incendiées, restes de charpentes noires sous lesquelles gisaient en désordre des briques rouges cassées. Cette vision s'accompagnait d'une odeur épouvantable que je sus par la suite être celle des cadavres. Dans les tranchées, il y avait des corps calcinés, entourés d'assiettes et de marmites cabossées. A la vue de toutes ces choses horribles, je n'eus qu'une envie : retourner à Battambang, dans notre maison.

Quelques jours après notre arrivée, nous fîmes la connaissance d'une Khmer rouge qui était le chef d'un groupe de dix familles auquel nous appartenions. Pendant la réunion, elle nous dit :

« Dans 9 mois, vous pourrez retourner en ville. En attendant, vous devez vous-mêmes construire votre cabane et votre charrue pour labourer la terre car à partir d'aujourd'hui, vous êtes obligés de participer à la reconstruction du pays. Pour l'instant, le gouvernement ne peut pas vous aider mais sachez qu'il vous aime et que c'est pour cela qu'il vous a libérés du capitalisme. Je vous signale aussi que vos enfants vont bientôt être rassemblés par le gouvernement. Ils seront considérés comme la première force du pays, capable d'affronter tous les obstacles.

Je sais bien qu'il ne vous reste rien ou presque plus rien des provisions que vous avez apportées avec vous mais ne vous inquiétez pas, vous allez bientôt avoir du riz et du sel, les deux choses principales dont vous avez besoin... »

Elle termina son discours par un sourire encourageant et quitta la réunion, laissant derrière elle des visages tristes qui cherchaient en vain des raisons d'espérer.

CHAPITRE II

Des hommes sans pitié

Le 1er mai – jour de l'anniversaire de mon père et fête du travail dans le monde entier -- est une date qui éveille en moi des souvenirs abominables.

Nous étions le 1er mai 1975. Toute la matinée, nous avions coupé du bois pour construire la cabane, ramassé des bambous et cousu des feuilles de palmier pour faire le toit. C'était l'après-midi. Assis à l'ombre d'un goyavier, j'étais en train de lire à haute voix un livre sur l'Australie. Mon père était à côté de moi et me corrigeait en me faisant répéter plusieurs fois les phrases ou les mots que je prononçais mal. Dans le texte que je lisais, je n'arrivais pas à dire le mot « rocailleux ». Mon père me le fit répéter au moins vingt fois si bien qu'il finit par m'énerver, mais je n'osais pas lui montrer mon impatience de peur d'aggraver mon cas.

Soudain, ma mère s'approcha et nous dit tout doucement :

– Les corbeaux [1] sauvages viennent chercher les jeunes. Ils arrivent.

A ces mots, je courus en vitesse me cacher derrière le bois de bambous qui était à 10 mètres seulement de l'entrée. A travers les tiges minces, je pus observer ce

1. Khmers rouges surnommés ainsi par la population, en raison des vêtements noirs qu'ils portaient invariablement.

qui se passait. Une foule de jeunes étaient dans la rue, encadrés par les Khmers rouges. Ils avaient mauvaise mine et portaient tous un sac à dos ou un baluchon. A l'instant même, les soldats s'adressèrent à mes parents en leur criant :

– Vous avez un fils qui doit partir avec nous. Où est-il ? Nous devons l'emmener à l'école.

– Je crois qu'il est allé chercher des feuilles de palmier pour faire le toit de la cabane, répondit mon père.

Mais les soldats ne le crurent pas. L'un d'eux braqua tout d'un coup son pistolet contre mon père. Aussitôt, je sortis de ma cachette. Ma mère prépara alors soigneusement mon sac et me chuchota : « J'ai mis dedans ton album de timbres et ton *Memento pour tous.* » En disant cela, elle se mit à pleurer. Mon père m'emmena avec lui, appuya ma tête contre sa poitrine et m'embrassa. D'une voix triste, il me souhaita bon courage.

Ce moment était dur. Je ne voulais pas quitter mes parents, j'avais envie de dire à mon père que je ne voulais absolument pas partir mais je n'osais pas lui dire en cambodgien, devant tout le monde. Aussi, comme mes parents parlaient le chinois, je le leur dis en chinois. Les « corbeaux sauvages » tendaient l'oreille, comme des vaches dans la prairie qui écoutent un avion. J'avais tant de choses à leur dire ! Mais il me fut impossible de continuer : je fus arraché brusquement à mes parents et emmené de force dans le groupe. Mon cœur saignait...

Nous marchions les uns derrière les autres en silence et nous nous arrêtions devant chaque maison pour attendre les enfants qui, comme moi, disaient au revoir à leurs parents. Les mêmes scènes se répétaient : pleurs et consolations, paroles d'encouragement et d'espoir.

Je n'oublierai jamais la peur qui me pénétrait ce jour-là : peur des Khmers rouges qui parlaient peu et ne lançaient que des regards méchants, peur des autres enfants du même âge que moi qui avaient un gros ventre et une grande bouche ; de leur nez s'échappait un liquide blanc, jauni par la poussière. Cette peur finissait même par troubler l'impatience qui était la mienne de découvrir, avec ces enfants qui avaient été élevés dans un autre milieu social que le mien, un monde nouveau.

Nous marchions déjà depuis plusieurs heures. Il faisait moins chaud, le soleil disparaissait de plus en plus à l'ouest. Nous avancions au milieu des orangeraies et des rizières. Chaque commune avait sa pagode, son moulin à eau (qui ne fonctionnait plus), ainsi que des ponts en bambou minuscules que je regardais avec étonnement, me demandant comment nous allions faire pour les franchir. J'aurais bien voulu savoir le nom des villages que nous traversions, mais le regard des Khmers rouges ne me donnait pas envie de poser des questions : ils se méfiaient de nous en effet et savaient bien que nous n'avions qu'un seul but : nous évader.

Nous arrivâmes à Taponn[1] au moment où le toit doré de la pagode brillait sous la dernière clarté du crépuscule. Après tant d'heures de marche, nous pûmes nous reposer sous le grand banian de la pagode, sous la surveillance étroite des soldats bien entendu. J'aurais aimé parler avec mes voisins mais ils étaient comme moi : tristes, le visage empreint de peur et de doute. Accroupis par terre, ils agitaient sans arrêt les mains pour chasser les mouches qui se posaient sur le liquide blanc de leur nez. J'avais faim et soif mais ce n'était pas cela qui me torturait le plus. Non, la seule chose qui me serrait le cœur, c'était d'être séparé de ma famille. De temps en temps, le vent soufflait dans les feuilles du banian en faisant une musique bizarre. Des souvenirs très récents, liés à cette musique et à cet arbre vénéré, surgirent alors en moi.

Chaque année, vers la troisième semaine de mars, mon père et moi venions dans la région pour partager le riz avec les paysans qui louaient nos champs. Les

1. Littéralement, le village de grand-père Ponn.

paysans labouraient la terre et recevaient 65 % des fruits de la récolte. Mon père qui était le propriétaire, touchait 35 %. Malheureusement, les choses ne se passaient pas toujours comme cela car il y avait des paysans qui, connaissant la date de notre visite, cachaient une grande partie du riz récolté et qui, au moment des comptes, trouvaient des prétextes :

– Vénérable, je ne peux pas vous donner tout le riz que je vous dois, mais si je mens ou si je vous cache quelque chose, que mon âme soit enlevée par le génie du banian de Taponn qui féconde la terre.

Mon père savait parfaitement qu'ils mentaient mais il acquiesçait avec un sourire indulgent car il préférait préserver la bonne réputation de nos ancêtres dans la région. Le soir, quand nous rentrions à la maison, nous achetions des boissons fraîches à une marchande de glaces que nous appelions la « charmante dame de Taponn » et qui était installée sous le grand banian.

Maintenant, tout cela était fini. La « charmante dame » avait disparu ainsi que les petits enfants qui couraient en tenant dans leurs mains des boules de glace arrosées de sirop. Je rêvais d'un Pepsi-cola bien frais que j'aurais bu ici, dans cet endroit qui n'avait pas changé – je sentais encore l'odeur des feuilles mortes. Il n'y avait que l'Homme qui avait changé...

Ce soir-là, au dîner, on nous donna du riz cuit non décortiqué, avec une soupe de bananier au goût âcre. J'avais faim mais je n'arrivais pas à manger, même en me forçant. Je levais de temps en temps les yeux vers un soldat qui me fixait. Son regard me mettait mal à l'aise et je fis semblant de mâcher pour imiter les autres enfants qui avalaient très naturellement leur dîner.

A la fin du repas, on nous rassembla au bord de la rivière pour écouter le grand chef qui allait nous parler de l'action de la jeunesse révolutionnaire. Il faisait très sombre. Pour nous éclairer, nous brûlions des pneus de vélos. Cela me parut drôle de voir pour la première fois des feux en forme de cercle qui dégageaient une odeur de caoutchouc. Soudain, le calme se fit. Des applaudissements suivirent : le grand chef arrivait. C'était un homme grand et fort, d'une quarantaine d'années environ. Vêtu de noir, il était habillé de manière impeccable de la tête aux pieds. Quand il fut au milieu de nous, il commença son discours :

« Chers amis soldats et chers nouveaux compatriotes, je me permets de saluer l'*angkar* [1]. La guerre est enfin terminée et nous sommes venus à bout du capitalisme. Les Américains ont été chassés de notre territoire et nous sommes maintenant libres d'agir. Désormais, nous n'avons qu'un seul but : construire notre pays. C'est pour cela que l'*angkar* a décidé de vous rassembler. Je sais bien que certains d'entre vous sont écoliers, lycéens... Avant la victoire, vous alliez à l'école pour étudier les livres. Désormais, votre instruction se fera avec les pioches et les charrues, pour la Révolution. J'espère que vous êtes assez grands pour comprendre ce que je veux dire. Sachez que le premier qui refuse sera tué à coups de hache. (Il en sortit une pour nous la montrer.) Avant de venir ici, vous apparteniez à votre famille. Maintenant, vous appartenez au gouvernement. Vous vivez, travaillez et mourez pour lui. A partir d'aujourd'hui, vous allez être dans une société où il n'y aura plus ni paresseux ni voleurs. Il y en a sûrement parmi vous qui sont fils d'instituteurs, de professeurs, de soldats républicains, etc. Dites-le honnêtement. Sachez que le gouvernement ne vous fera aucun mal car il vous aime comme une mère. Il vous a libérés de la pauvreté pour vous donner la richesse. Voilà, j'ai terminé. Je suis prêt à être critiqué par les représentants de l'*angkar*. Vive la Révolution ! Mort aux Américains ! »

Nous devions répéter après lui en levant le poing vers le ciel et en regardant droit devant nous.

Je n'oublierai jamais cette première nuit. Je me réveillai plusieurs fois pour aller uriner, sans pouvoir

1. Le gouvernement.

me soulager. Je n'avais qu'une idée : m'évader. Le lendemain, nous fûmes divisés en deux groupes. Ceux qui avaient plus de 15 ans montaient dans des camions qui les emmenaient travailler dans les usines (c'est du moins ce qu'ils dirent). Les autres – dont je faisais partie – devaient travailler dans les fermes d'État. Cela me rassura un peu car je n'aimais pas les usines.

Le soleil était déjà haut quand nous quittâmes Taponn en direction de l'est. Nous marchions en file indienne sur la piste charretière, mais cette fois elle était boueuse. Je n'avançais pas très vite si bien que je me retrouvai au dernier rang. Un soldat s'approcha de moi et me demanda mon nom. Je lui dis que je m'appelais Savang mais il m'appela le « petit Blanc ». Cela ne me plaisait pas du tout mais je n'osais pas lui dire.

Midi était passé. Nous entrions dans une petite vallée, couverte d'une épaisse forêt et entourée d'une plaine qui s'étendait à perte de vue. Le paysage était magnifique mais tout me semblait fade. Je n'avais qu'une idée : rentrer à la maison. On ne nous laissa même pas le temps de déjeuner et on nous donna à chacun un couteau pour défricher la vallée. Pendant le défrichage, plusieurs d'entre nous furent tués par les mines qui avaient été enterrées pendant la guerre. Les Khmers rouges étaient derrière nous, ramassaient les morts et les blessés et nous poussaient pour que nous allions plus vite, sans prendre soin de nous. La peur nous paralysait. Pour nous faire avancer, ils lançaient des rafales de balles en l'air en nous disant que si nous ne bougions pas, ils nous tireraient dessus.

Aujourd'hui, j'admire ces enfants de paysans qui marchaient sans chaussures dans la forêt, piétinant les ronces sans avoir peur de se couper. A l'époque, je me demandais s'ils n'avaient pas caché une petite languette en fer sous la plante de leurs pieds! Cette idée me fait rire encore même si jadis elle était mêlée de suspicion.

Le soir, au dîner, il n'y avait pas d'assiettes. On nous mettait du riz dans des auges (10 personnes pour une auge). Je ne mangeais pas très vite car je ne savais pas encore me servir de mes doigts.

Le défrichage de la forêt dura quelques jours. C'était un travail assez dur. Tous les jours, il y avait des morts à cause des mines. Cela me terrifiait mais nous étions obligés de garder le silence et de rester sous la surveillance des Khmers rouges.

Quelques semaines passèrent; nous étions à la fin du mois de mai. Je m'habituais petit à petit à la méchanceté des soldats, au travail et à la nourriture. Cependant, je continuais à avoir beaucoup de mal à marcher pieds nus dans la forêt, sur la piste charretière ou ailleurs.

Nos journées étaient découpées de la manière suivante : nous nous levions tous les matins à 4 heures et sortions de la cabane où nous dormions les uns à côté des autres. Nous avions quinze minutes pour aller aux toilettes, ensuite nous devions nous rassembler devant la cabane pour chanter des chants révolutionnaires. Les chefs nous montraient alors les corps de ceux qui avaient tenté de s'enfuir la nuit précédente. Ce spectacle horrible me faisait à chaque fois frissonner et quand on me demandait ce que j'avais, je répondais simplement que j'avais froid. Mais le chef ne me croyait pas et disait : « Celui qui part sans demander l'autorisation n'arrive jamais chez lui. »

Le soir, à la réunion, on nous disait que le gouvernement n'avait pas besoin des malades et des estropiés et qu'il les supprimerait. J'ai même vu de mes yeux comment ils s'y prenaient pour les éliminer : quelques instants avant le lever du soleil en effet, les soldats à cheval nous lâchaient dans la plaine, nous poursuivant avec des bâtons et des fouets. Ceux qui étaient trop faibles pour courir (poliomyélites, lépreux, invalides) étaient immédiatement piétinés par les chevaux et blessés à mort par les coups de bâton. Les Khmers rouges criaient de joie en voyant leurs victimes baignées de sang.

Je n'aimais pas la brousse des jujubiers épineux car il y avait une multitude de rats, de serpents, de fourmis et toutes sortes d'insectes. Mais c'était pourtant cette brousse qui me protégeait du danger et des coups des Khmers rouges. Pour la première fois aussi, je vis couler du sang de mes pieds. « C'est normal, me disais-je, sinon ils ne pourraient jamais affronter toutes ces épines. Accepte donc cette souffrance jusqu'au moment où ça ira mieux. »

Quand j'en avais l'occasion, je discutais avec mes camarades. Nous ne désirions tous qu'une chose : que la plaine soit inondée pour ne plus faire cette pénible corvée. Je m'interrogeais également sur le sort qui était réservé aux plus faibles. Je voyais en effet mourir en quelques jours ceux qui étaient gravement blessés, mais les autres ? Où les avait-on emmenés ? Je me le demande encore aujourd'hui.

Le travail commençait à 8 heures et se terminait vers 19 heures, avec une pause d'une demi-heure à midi pour déjeuner. Le repas consistait en cinq louches de bouillon clair ou cinq bananes bien mûres. C'était très insuffisant mais notre corps supportait tant bien que mal ce régime. Le soir, nous avions trois épis de maïs chacun. Puis avait lieu la réunion sous le grand tamarinier. Nous devions avouer nos fautes à tour de rôle devant tout le monde et affronter les critiques des autres. Cette réunion durait six heures et nous n'étions couchés qu'à 2 h du matin. Ceux qui s'endormaient pendant la réunion étaient fouettés ou giflés. Comme j'avais beaucoup de mal à ne pas m'endormir moi aussi, je demandais à mon voisin de me pincer fort si jamais le chef arrivait et que je dormais. Nous nous endormions ainsi chacun à notre tour.

Quand mon tour arrivait, je montais à la tribune pour avouer mes fautes et dire ce que je pensais de l'*angkar*. Comme je ne voyais pas quelles étaient mes fautes, je n'avais rien à avouer et je me contentais de débiter, le cœur rempli de haine, des phrases toutes bêtes que j'avais apprises par cœur : « J'aime l'*angkar* et je l'aimerai toujours. J'ai décidé de quitter mes parents pour venir vivre ici, afin de construire notre pays. Plus tard, j'élèverai des animaux pour le gouvernement : des coqs, des poules, des vaches, des chevaux... » (J'aurais plutôt voulu avoir des chiens mais je ne le disais pas car ils étaient considérés par les Khmers rouges comme des animaux inutiles qui ne savaient pas tirer la charrue, etc.)

Depuis quelques jours, il pleuvait. La plaine aride changea brusquement d'aspect, s'emplit de verdure et fut bientôt inondée. Il était temps de labourer la terre mais désormais, c'était nous qui devions tirer la charrue à la place des bœufs. C'était un travail extrêmement dur. A la fin de la première journée, j'avais les traces du joug en bambou mal coupé sur la poitrine et sur les bras. Vers midi, quand la chaleur était insupportable, il était impossible d'avancer. Le chef ne voulait rien entendre et nous frappait avec un fouet épineux qui nous déchirait le dos. Cela faisait horriblement mal. Je fus tenté de parler ouvertement à mes chefs mais je n'avais pas droit à la parole! La gorge nouée, je ne pouvais que serrer les poings et continuer à espérer tout bas : « Un jour viendra où tu seras libre! »

La nuit, je n'arrivais pas à dormir. Je pensais à ma famille, à la chaleur de ma maison et à celle de mes chiens. Qu'étaient-ils devenus? « Si jamais vous êtes morts, sachez que je pense à vous. » Je parlais mentalement et cela soulageait la douleur qui me brûlait la poitrine et le dos. L'idée de fuir ne cessait de me hanter, j'y pensais tout le temps. Pourtant, il était impossible de s'évader, nous étions sans arrêt surveillés. Mais je n'en pouvais plus de ce travail, de ces tortures, de ce fouet, de ces humiliations et de ces horribles visions que j'avais tous les jours. Il fallait absolument que je m'enfuis, mais comment?

Un soir, alors que la réunion venait de se terminer, la

nuit parut calme, troublée seulement par le bruit de quelques gouttes d'eau qui tombaient des feuilles, après une grosse averse. Mes camarades dormaient déjà. Quant à moi, je tournais la tête de tous côtés pour voir si quelqu'un me voyait. Mon cœur battait à tout rompre, je transpirais comme si j'avais reçu un seau d'eau sur la tête et j'avais froid au bout des doigts. J'avais peur, très peur, mais plus grande que ma peur, il y avait ma soif de liberté.

La lune venait de se lever. La nuit noire, très noire, devint opaque : c'était le moment de partir. Je me levai sans bruit et écartai tout doucement les bras de mes camarades. Puis je me mis à quatre pattes pour traverser la cabane. Laissant de côté la piste charretière, je pris une direction que j'avais déjà repérée et que j'avais appelée « direction de la vue cachée ». Il faisait assez sombre et j'avançais tant bien que mal. Soudain, j'entendis le craquement léger d'une branche morte sous mon pied mais je poursuivis mon chemin, sans prêter attention à ce bruit. Cinq minutes plus tard, un nouveau craquement se fit entendre. Cette fois, je m'arrêtai et me mis à réfléchir, très inquiet. Je décidai, quoi qu'il arrive, de continuer. J'avais l'impression de me diriger vers un trou noir, sans savoir vraiment où j'allais. Mon cœur palpitait, je transpirais, j'avais peur, je sentais qu'il se passait des choses bizarres autour de moi. Tout d'un coup, une voix féroce retentit derrière mon dos :

– Arrête, fils de traître, ne bouge plus!

Le canon d'un fusil était appuyé contre ma nuque. Le soldat me ligota et m'emmena à la cabane où il réveilla tout le monde. Dans la cour, quelqu'un était en train de faire du feu. Accroupi sous le grand tamarinier et baissant la tête, je cherchais une consolation qui me débarrasse de ma peur. Je me souviens encore de cet instant... Comme j'aurais eu besoin de quelqu'un qui m'écoute et me comprenne! Mais il n'y avait personne.

Tout le monde était réveillé. Comme d'habitude, camarade Hean, mon chef, commença son discours; les autres devaient l'applaudir en criant de joie. Un soldat se mit ensuite à me frapper avec une serviette cousue de fils de fer. Cela me fit mal, terriblement mal, et je hurlai de douleur. Mais, comme si mes cris les dérangeaient, un des soldats se précipita sur moi et prit ma nuque qu'il serra de toutes ses forces en la dirigeant vers la fumée. Je suffoquais mais cela les faisait rire. Pendant ce temps, un autre Khmer rouge fouilla mon sac à dos et en retira l'album de timbres et le *Mémento*. Il les montra à tout le monde en criant : « Voilà les instruments qui servent à détruire la Révolution! » Il déchira les livres en mille morceaux et les jeta au feu.

Ce geste me fit très mal, encore plus mal que les coups de serviette; il venait de détruire en effet une des choses qui m'étaient les plus chères. Mon regret et mon amertume étaient immenses. Je baissais la tête pour ne pas montrer ce que j'éprouvais mais des larmes de haine emplirent aussitôt mes yeux.

CHAPITRE III

La prairie et les bœufs

Depuis ce jour, je fus abandonné et méprisé de tous. Chaque soir, au cours de la réunion commune, je devais répéter les mêmes phrases : « J'accepte d'être critiqué par les autres et de suivre la Révolution. » Tout de suite après, mes camarades montaient chacun à leur tour à la tribune pour me critiquer. J'avais l'ordre de supporter ces humiliations en gardant la tête baissée, au milieu de la foule.

C'était dur, très dur de rester en silence et d'être obligé d'entendre ces reproches injustes. Malgré ma fatigue, je n'arrivais pas à m'endormir tellement les bleus de mon dos me faisaient mal. Dans ma souffrance cependant, je ne pensais qu'à une chose : l'affection de mes parents. Je n'avais jamais été traité de cette manière auparavant. Quand j'étais malade, mes parents venaient souvent me voir et toujours ils avaient quelque chose à me dire, un réconfort à m'apporter. Ma mère me forçait à manger des gâteaux végétariens (selon elle, on ne devait pas manger de viande quand on était malade) et à boire une soupe chinoise préparée avec des plantes médicinales. Oui, elle me forçait à prendre tout cela mais c'était une obligation empreinte d'amour et d'affection, plus que d'autorité. Mon père, quant à lui, s'occupait du thermomètre. Quand je n'avais plus de fièvre, nous parlions ensemble des lectures qu'il me faisait lire : *La vie des Égyptiens à l'époque des pharaons, la Mésopotamie* et, surtout, les livres d'aventures dans le désert. Pour me faire plaisir, il éteignait la lumière et mettait dans ma moustiquaire des lucioles qu'il avait attrapées. Dans le noir, je voyais ces insectes lumineux et mon cœur tressaillait de joie.

C'est en pensant à ce bonheur passé que je parvenais à m'endormir le soir, sans trop de souffrances.

Je ne tirais plus la charrue car mon travail, maintenant, consistait à garder les bœufs. Il y avait exactement 265 bœufs et nous étions six pour les garder. J'étais bien content de cette nouvelle situation car même si je risquais d'être puni quand les bœufs se sauvaient (huit coups de fouet par bœuf), au moins je n'étais pas surveillé et je pouvais faire ce que je voulais. Le premier jour, je me rendis compte que j'étais incapable de les distinguer et de les appeler par leur nom : Latérite, Frangipane, Le Vautour, L'Ane, Liseron, etc. J'aurais bien aimé demander à mon chef et aux cinq enfants de paysans qui travaillaient avec moi comment il fallait faire pour reconnaître chaque bœuf, mais nous n'avions pas le droit de parler ni de poser de questions. Je commençai donc par observer. Ce ne fut pas facile au départ mais, peu à peu, je réussis à gagner la confiance de mes cinq camarades et ils répondirent peu à peu à mes questions.

Une semaine passa; nous étions amis maintenant. Aux repas, nous mangions à la même auge, sans parler pour ne pas faire voir que nous nous connaissions. Mais, dès que nous étions dans la prairie, nous redevenions les rois des bœufs que nous commandions. Je garde un souvenir inoubliable de ce temps-là, de mes camarades, de leur amitié envers moi. Grâce à eux, je sus enfin les noms des bœufs que nous gardions :

« Tu vois, me disaient-ils, ils ont la même couleur mais regarde leurs cornes, elles n'ont pas la même forme. Le nez de celui-ci a une tache noire, celui-là n'en a pas, et pourtant ils sont de la même couleur. Regarde là-bas ces vaches. A première vue, on les confond : même taille, même couleur. Mais observe leur queue, ce n'est pas du tout la même! Parfois, il y en a deux qui se ressemblent mais qui ne marchent pas du tout pareil. »

Quand nous avions du temps l'après-midi – et comme nous ne mangions pas à notre faim –, nous allions cueillir des fruits sauvages. Là aussi mes camarades m'aidaient car j'avais beaucoup de mal à reconnaître les fruits comestibles. Je m'étonnais de leur habileté. Nous avions chacun une longue branche terminée par un petit crochet en bois qui permettait de cueillir les fruits sur la branche. Il suffisait que le crochet touche le fruit pour que ce dernier tombe. Mes camarades y arrivaient très bien mais moi, j'avais beau me servir de mon crochet, je ne parvenais pas à détacher le fruit du premier coup – alors que la branche était très fragile. Cela les faisait rire et ils se moquaient de moi gentiment.

Par la suite, ils se mirent à me poser des questions : que faisais-je avant de venir ici ? Pourquoi ne connaissais-je rien à l'agriculture ? Je leur répondis simplement que j'allais à l'école mais qu'on ne m'y avait pas appris ce qu'ils savaient. Mais les questions tombèrent à nouveau comme la pluie. Cette fois, je ne répondis qu'à deux ou trois.

Une chose pour laquelle j'eus beaucoup de mal fut d'apprendre à chercher les poux. Avant d'être ici, je n'avais jamais vu un seul pou. Maintenant, il suffisait que je secoue la tête au-dessus d'une grande feuille verte pour voir celle-ci se couvrir en quelques minutes d'une multitude de grains noirs en mouvement. Quand les bœufs étaient sages et qu'ils broutaient au bon endroit, nous éprouvions un grand soulagement car nous n'avions pas à courir derrière eux. Nous cherchions alors un coin d'ombre sur une digue (la plaine était inondée) et nous commencions à nous épouiller les uns les autres. Mith Khom (camarade Khom) était très habile. Il fouillait dans mes cheveux sans les arracher tout en riant et plaisantant et, dès qu'il voyait un pou, il l'étouffait en le serrant entre ses ongles. On entendait alors un léger claquement. Quand il avait fini, c'était mon tour. Mes camarades riaient quand ils voyaient comment je m'y prenais, mais cela m'était égal. Dès que j'en voyais un, je l'attrapais entre mes doigts mais malgré tous mes efforts, je n'arrivais pas à le tuer avec mes ongles. Il fallait que j'arrache la mèche pour pouvoir tuer le pou hors de la tête mais ce faisant, j'emportais alors plusieurs mèches de cheveux! Évidemment, cela faisait mal et aucun de mes camarades n'acceptait de se faire épouiller par moi.

Je les laissais donc à leur occupation et, pendant ce temps, je grimpais en haut d'un tamarinier pour observer de nouveau la « direction de la vue cachée ». A l'ouest, très loin, je distinguais deux cheminées d'usine, près d'une pagode dont je sus ensuite le nom : la « nouvelle pagode ». Je savais que le village de mes parents n'était pas loin de là, mais je ne pouvais pas m'enfuir le jour car je risquais d'être vu dans la plaine.

Dans cet épisode de ma vie avec les bœufs, il m'est impossible de ne pas parler des averses et des orages. En effet, c'était des moments très importants pour nous car lorsqu'il pleuvait, le chef ne sortait pas de sa cabane pour compter les bœufs et ainsi nous ne recevions pas de coups de fouet. Personnellement, je ne comprenais pas pourquoi il ne sortait pas. Peut-être avait-il peur d'être mouillé ou sale ? Je ne suis pas sûr que ce soit là la raison. La pluie apportait de la fraîcheur mais elle augmentait notre faim. Chaque fois qu'il pleuvait, nous étions affamés. Pour nous protéger contre le tonnerre, nous nous cachions au milieu des bêtes, mais le fait de les voir ruminer nous donnait encore plus faim. Il n'y avait rien à faire cependant, seulement attendre le crépuscule pour pouvoir rentrer.

Un soir, alors que je venais d'allumer un feu dans l'étable pour chasser les moustiques, mon chef m'appela et me dit :

– Camarade, tu devras demain teindre ta chemise en noir avec un *makhloeu* [1]. Il le faut, c'est un devoir! Nous avons l'ordre de confisquer tes vêtements car il est interdit de porter des vêtements de couleur.

1. Fruit dont la sève est noire.

Cela me faisait un peu mal d'être privé des habits que j'avais toujours eu l'habitude de porter. Je n'avais pas du tout l'intention de me venger ou de tuer quelqu'un en secret, mais envie simplement de revendiquer ce qui m'appartenait.

A cause de la pluie torrentielle, la prairie fut inondée et bientôt il n'y eut plus d'herbe pour les bêtes. Il fallut les emmener sur un haut plateau; nous étions sept à partir.

Je quittai cet endroit à contrecœur. Bien sûr, je ne m'y plaisais pas du tout mais ce départ inattendu bouleversait les projets d'évasion que je formais. Je savais bien qu'une fois là-haut, je pourrais risquer le coup, mais la situation géographique ne le permettrait pas aussi facilement.

Vers la fin de l'après-midi, nous étions arrivés dans une vallée entourée de bambous, au milieu de la forêt vierge. Je me souviens de ce jour-là. Il faisait chaud et humide, j'entendais les cris d'animaux sauvages que je ne connaissais pas et puis, tout d'un coup, une image surgit devant moi, celle d'une forêt vierge que j'admirais dans un livre. « Ça y est, me dis-je, tu y es! » Dans la plaine peu humide, il y avait beaucoup de serpents. Tous les jours, deux ou trois vaches étaient tuées. Quand cela arrivait, on emportait la peau et on laissait le reste aux vautours. Mon travail consistait uniquement à garder les bœufs mais à force de courir derrière eux, je faisais des kilomètres. Je courais sans faire attention et pendant ce temps, mes pieds se prenaient dans les plantes épineuses, ce qui provoquait des plaies quelques jours après. Nous mangions deux fois par jour. Notre repas ne comportait ni riz ni manioc, mais seulement un petit morceau de viande dur et sans goût (on avait l'impression de mâcher de la canne à sucre sans jus).

Il pleuvait, il pleuvait sans arrêt mais nous n'avions pas de jarre pour recueillir l'eau de pluie. Quand on avait soif, on allait directement à l'étang qui servait d'abreuvoir pour les animaux et qui était rempli de sangsues et attirait les chauves-souris. Pour l'atteindre, il fallait traverser

50 mètres de boue, enfoncés jusqu'à l'aine. Dès qu'on écartait les plantes aquatiques pour pouvoir enfin boire, une nuée de sangsues se précipitaient vers nous. Quand nous voyions cela, nous n'avions plus envie de boire, mais le besoin de nous désaltérer finissait par vaincre notre répugnance.

Une semaine avait passé. Tout le monde avait la dysenterie. Je ne courais plus aussi vite qu'avant car j'avais très mal au ventre et besoin de me soulager plusieurs fois par jour. Mes selles étaient liquides, pleines de sang et d'une odeur fétide. Les plaies de mes pieds s'agrandissaient, j'avais de la fièvre, et des ganglions aux plis de l'aine me faisaient de plus en plus mal. J'avais tellement soif que je buvais n'importe quelle eau et chaque fois que je me penchais pour boire, je devais agiter des brindilles pour chasser les mouches qui voulaient à tout prix pondre dans mes plaies.

Devant mon état très critique, le chef décida un jour qu'il fallait faire quelque chose. Il m'ordonna de grimper en haut d'un palmier et de couper quelques branches. (En les pressant, on obtenait un jus qui servait à soigner la dysenterie.) Je profitai alors de cette aubaine pour observer les alentours. Malgré le temps clair, je ne voyais pas la cheminée de l'usine. Cette fois, elle était perdue! Mais mon désir d'évasion était toujours là, lui!

La souffrance a besoin d'être partagée pour être atténuée mais comme nous n'avions pas le droit de parler, je ne pouvais me confier à personne. Dès que j'avais un petit moment de libre au travail, je parlais à mes bêtes, à mes veaux surtout. Quand je n'en pouvais plus de courir après l'un d'eux, souvent je lui disais : « Petit, tu cours trop vite, tu sais! Tu vois bien que je suis malade et que j'ai du mal à courir derrière toi. Si jamais tu te sauves, c'est moi qui serai puni et battu par mon chef. Alors, je t'en prie, sois obéissant! Même si tu me désobéis, je ne t'en voudrai pas. Sache que je t'aime, c'est tout! » Puis, tout doucement, je m'approchais de lui et l'embrassais. Bien sûr, il ne pouvait pas me répondre, mais docilement, il frottait sa tête sans cornes contre ma poitrine et ce geste amical soulageait ma douleur. J'entendais alors une petite voix qui murmurait dans ma tête : « Ça ira mieux demain. »

Nous n'avions pas le droit de construire une cabane, car cela était considéré déjà comme une sorte de confort (c'est ce que nous avait dit le chef au cours d'une réunion). Pourtant, il logeait dans une maison bien bâtie, lui! Nous dormions donc à la belle étoile. C'était dur, très dur. Quand il pleuvait, je n'avais rien pour me couvrir; je m'accroupissais alors sous un arbre et j'attendais jusqu'aux premières lueurs du jour. Bien souvent, je me réveillais au milieu de la nuit, terrifié de voir des fourmis rouges sur mes pieds, en train de sucer le pus de mes plaies. Les années ont passé mais quand je pense à ces nuits, j'ai la chair de poule.

Tous mes camarades étaient malades mais comme l'eau continuait à monter, le chef ne pouvait pas les emmener à l'hôpital. En attendant, on ne nous donnait plus rien à manger, même pas un bout de viande; c'était à nous de nous débrouiller. Grâce aux enfants de paysans qui connaissaient la forêt, nous nous nourrissions de fruits sauvages comestibles. Aller cueillir ces fruits était pour moi une véritable torture car dès que je marchais dans la forêt, mes plaies se rouvraient sur les souches que je ne voyais pas – ce qui me faisait abominablement mal. Dès que je fus rentré, une fièvre terrible me prit et je vomis tout ce que j'avais avalé.

Au milieu de ces épreuves, il y avait toujours de petites joies qui s'offraient à moi pour me réconforter : je voyais par exemple des singes en train de crier, sauter et s'amuser dans les arbres. A la vue d'une scène si plaisante dans un lieu si sinistre, une pensée jaillissait en moi : « Si j'étais libre comme eux! » Quelle joie aussi d'évoquer les petits veaux qui furent mes vrais amis quand j'étais dans le besoin. Souvent en effet, quand les nuits étaient froides et que je n'avais rien pour me couvrir, je dormais dans l'étable au milieu d'eux, pour profiter de leur chaleur. Leur mère était assez méchante et me donnait des coups de cornes qui ne me faisaient pas mal mais, pour me consoler, ses petits me léchaient doucement les pieds avec leur langue râpeuse, éloignant par la même occasion les fourmis qui voulaient me dévorer. Je me souviens encore des noms de ces adorables veaux : Frangipane, Latérite, Blanche Queue, Têtue, Le Corbeau, La Petite Pie, etc. Les années ont passé. Comme moi, ils ont dû grandir. Malgré la distance qui nous sépare, je pense toujours à eux qui me réconfortaient dans les moments difficiles.

Les vers grouillaient dans mes plaies, ce qui était très douloureux. Mon chef le vit et m'ordonna de les bourrer avec des excréments de bœufs. Je voulais refuser mais en entendant sa dernière parole, « De gré ou de force ? », je dus m'exécuter.

L'eau baissa un peu et nous partîmes pour l'hôpital. Pendant le voyage, nous traversâmes la forêt vierge et une forêt de lièges. Parfois, quand il y avait trop d'eau, le chef nous autorisait à monter sur son radeau. A la fin de la journée, nous avions atteint la rizière et approchions de la terre ferme. Comme le jour déclinait, le chef décida de passer la nuit dans une vallée. Il distribua alors à chacun une courgette et quelques grains de sel et prépara ensuite son dîner : une grande gamelle de riz avec du poulet et de la viande caramélisée. En voyant cela, j'eus envie de crier à tue-tête : « Voilà ce que sont la justice et la fraternité dans un pays qui se prétend être le plus juste du monde ! » Mais je me ravisai, préférant me taire. Une phrase me vint tout à coup à l'esprit : « Le tout, c'est de rester patient ! »

Il faisait nuit maintenant et la plaine était plongée dans une totale obscurité. J'aperçus au loin quelques rares lumières de lampes à pétrole et j'entendis des rythmes de tam-tam et de gong qui se mêlaient aux martèlements d'une musique révolutionnaire. C'est vrai qu'en l'espace de quelques mois, beaucoup de choses avaient changé. Mais mon cœur, lui, était toujours le même et il restait toujours attaché au chant mélodieux de la musique traditionnelle et ancestrale qu'on jouait dans les pagodes, les nuits de pleine lune.

Avant de s'installer dans son hamac accroché entre deux branches de tamarinier, le chef nous passa aux poignets et aux chevilles des menottes, reliées entre elles par une longue chaîne qui était fixée à l'arbre. Jamais de ma vie, je n'aurais pensé être un jour ainsi traité. Quand j'étais petit, j'aimais beaucoup lire en restant à côté de mon père car chaque fois que je ne comprenais pas quelque chose, il me l'expliquais. Un jour, je vis dans un livre qui racontait l'histoire de la Révolution française une image qui représentait des noirs attachés comme des esclaves, en train de monter dans un négrier. Cela m'impressionna beaucoup et je me mis à interroger mon père qui répondit à mes questions. Fatigué à la longue cependant, il finit par me dire :

– Écoute, si tu veux en savoir plus, tâche d'apprendre le français. Ton avenir est dans la langue française.

Ce soir-là, les pieds et les mains liés, je revis mentalement cette image et, le cœur plein d'amertume et de regret, je me demandai : « Pourquoi papa a-t-il dit que mon avenir était dans la langue française ? A-t-il raison ? Je n'ai même pas le droit d'écrire dans ma propre langue. Comment veut-il que mon avenir soit dans la langue française ? »

normale, on interrogeait [illegible] dans les pagodes, les [illegible]

[illegible] dimanches, [illegible] avec [illegible] deux [illegible] de campagne, le [illegible] aux [illegible] des pagodes, [illegible] une longue chaîne qui [illegible] jamais de ma vie [illegible] Quand j'étais petit, [illegible] que je ne comprenais pas [illegible] me l'expliquait [illegible] l'histoire de la [illegible] contemporaine [illegible] des [illegible] en train de mourir dans [illegible] beaucoup et je [illegible] il tient par ma croix.

Beaucoup [illegible] plus [illegible] apprendre [illegible] dans la langue [illegible]

Ce qui [illegible] cette image et [illegible] Pourquoi [illegible] pas [illegible] Comment [illegible] dans la langue [illegible]

CHAPITRE IV

L'hôpital révolutionnaire

C'était une ancienne pagode qui s'appelait « Le Prince » et qui se trouvait au bord d'une petite rivière calme et paisible. Avant la Révolution, j'y venais souvent avec ma grand-mère. En effet, bien que nos ancêtres soient enterrés ailleurs, ce lieu lui rappelait naturellement son enfance qu'elle avait en grande partie passée ici en compagnie des êtres qui lui étaient chers. Mais il y avait une grande différence entre ce que j'avais connu et ce que je voyais à présent : le portail en pierre de la pagode, surmonté d'une énorme tête de dragon, avait disparu. A la place, on avait planté une sorte de poteau et mis dessus une banderole rouge où on pouvait lire : HÔPITAL RÉVOLUTIONNAIRE.

En entrant dans les jardins de la pagode, je vis qu'on avait supprimé les mille fleurs qui parfumaient les âmes. Elles avaient été remplacées par du manioc, des ananas, des bananiers et des cocotiers. La grande maison du Vénérable était devenue une porcherie et, dans le temple, l'espace réservé à la prière devant la statue du Bouddha servait à faire sécher les vêtements noirs. Je m'efforçais de cacher ma déception et mon regret mais un tel changement me choquait profondément. Soudain, mon regard se posa sur le visage souriant du grand Bouddha : tout avait changé sauf lui ! Le fait de voir qu'il souriait toujours attendrit un peu mon cœur blessé, privé de joie.

Le chef me présenta au directeur de l'hôpital qui, après avoir inscrit mon nom sur un registre, me donna deux bananes à manger. Le directeur était un Blanc de haute taille – on aurait dit un Européen. Il avait l'air sympathique et m'appelait « petit camarade ». Il me dit de ne pas m'inquiéter : on allait enlever les vers de mes plaies et dans quelque temps, je pourrais reprendre le travail.

Je restai seul dehors, sous la surveillance d'un jeune soldat, âgé d'à peine 12 ans. Au bout d'une minute, il sortit de sa poche un morceau de sucre de palme, le brisa en deux et m'en donna la moitié. J'étais tellement content que je le fourrai aussitôt dans ma bouche, sans penser à lui dire merci. Il me regarda et dit :

– Nous, les révolutionnaires, les enfants des pauvres, nous partageons toujours le peu que nous avons. Ce n'est pas comme vous, les citadins, les riches, qui ne pensez qu'à vous-mêmes !

Je ne lui répondis pas tout de suite et me contentai de lui sourire amicalement. Puis je lui dis d'un ton très sincère que tous les citadins n'étaient pas comme cela. Moi-même, j'aimais beaucoup partager ce que j'avais. Quand j'avais quelque chose, je le partageais avec les autres et pourtant, j'habitais en ville. Mais il ne m'écouta pas et pour toute réponse, il me lança un regard mécontent. La conversation tomba et je ne cherchai pas à la relancer. Sa réaction m'étonnait énormément et je me demandais qui lui avait fourré ces idées dans la tête.

Pourquoi cet hôpital était-il si calme ? Je ne voyais que quelques malades grabataires et la plupart des salles étaient vides. C'est seulement vers 3 heures de l'après-midi que je vis rentrer un groupe de travailleurs, munis de pioches et de paniers remplis de terre. Je compris alors que dans cet hôpital, tout le monde travaillait, même les malades.

Le soir qui suivit mon arrivée, je fis connaissance avec une dame qui était là depuis une semaine. Malgré l'interdiction de parler, elle parvint à me chuchoter :

– Tu sais, mon petit, cet hôpital n'est pas du tout un

endroit où on soigne les gens : c'est un abattoir! Toute la nuit, des malades défilent pour aller vers la mort. Il est difficile de sortir d'ici. Une fois qu'on est rentré, c'est fini. Je me demande, moi aussi, comment je vais faire pour en sortir. Enfin! Remettons-nous entre les mains du grand Bouddha. Lui nous aidera car il est tout-puissant.

La dame avait deviné que je n'étais pas pour les Khmers rouges car elle m'appelait « mon petit ». Comme j'ignorais son âge, je l'appelai tantôt « tante », tantôt « grande sœur » (les gens de la ville n'aimaient pas le mot « camarade »).

Toute la nuit, je fus dévoré par les moustiques et toutes sortes d'insectes et quand je me réveillai le lendemain, j'étais couvert de boutons. Vers 9 heures, un groupe de jeunes de 12 à 15 ans, faisant office de médecins, vinrent me laver les pieds avec de l'eau salée. Ils bourrèrent mes plaies de feuilles pilées, ce qui me faisait hurler de douleur. Mais ils rigolaient entre eux : « Voilà, disaient-ils, les vers sont en train de crever! » Ils voulurent ensuite me faire une piqûre avec du Pepsi-cola ou du Seven-up [1]. Quand je vis l'aiguille tordue qu'ils utilisaient, je cherchai aussitôt un prétexte pour refuser :

– Camarades, mon corps est allergique à ce produit! Si vous me faites la piqûre, vous mettez ma vie en danger. Je ne pourrais plus travailler pour la Révolution alors que je souhaite ardemment voir sa prospérité!

Un instant, ils eurent l'air stupéfaits. Le plus âgé prit alors la parole :

– Camarade, tu as raison. Dans notre *angkar*, il faut dire la vérité! Nous n'allons pas te faire la piqûre et tu vas aller travailler. Je sais bien que tes pieds te font encore mal mais ton corps a besoin d'être nourri.

Le travail consistait à planter des bananiers. C'était extrêmement dur pour moi car je n'avais pas la force de transporter un bananier sur mon épaule, d'un endroit à un autre. De plus, quand je marchais, les herbes ren-

---

1. Médicaments à base de plantes fabriqués par les Khmers rouges et conservés dans des bouteilles de Pepsi-cola et de Seven-up.

traient dans les plaies de mes pieds et il m'arrivait de tomber plusieurs fois par jour.

Parmi les horribles souvenirs que je garde de cet hôpital, il y a cette vision à travers les cocotiers d'une file de gens attachés les uns aux autres, marchant sous les rayons de la lune. Ce que j'avais entendu dire par la dame était donc vrai! Je n'en croyais pas mes yeux, profondément outré. Devant cette scène si terrible, j'avais envie de dire ma tristesse, mon angoisse et ma peur à ceux qui m'entouraient. Mais c'était impossible car dès que la nuit tombait, les soldats étaient là pour nous surveiller. Ce qui me faisait plus mal encore, c'était d'entendre les pleurs des bébés que leurs mères consolaient, s'éteindre brusquement comme les bougies qu'éteint le souffle d'un vent cruel.

Je pense aussi à Beu, cette jeune intellectuelle qui avait son lit en face du mien. Quand la dernière réunion du soir était terminée, elle se mettait à parler toute seule, chantant et récitant des poésies anciennes, ou parlant de cuisine. Elle ignorait qu'à cause de son comportement, les Khmers rouges la suspectaient. Mais peut-être aussi qu'elle le faisait exprès, cherchant avant tout à s'échapper mentalement de sa situation. Un soir, après que la lune s'était levée, trois soldats vinrent la chercher. Comme ils ne voulaient pas attirer l'attention, ils ne rentrèrent pas eux-mêmes dans la baraque et s'adressèrent à une de leurs camarades qui était aide-soignante, en l'appelant « camarade médecin ». Celle-ci vint trouver Beu et lui demanda de l'accompagner dehors dans la nuit, car elle voulait aller aux toilettes et avait peur des fantômes. Beu accepta de bon cœur, mais elle n'eut pas plutôt franchi le seuil que les trois soldats se précipitèrent sur elle, la ligotèrent, lui mirent un bandeau sur les yeux et l'emmenèrent.

Je devenais chaque jour de plus en plus désespéré mais je me forçais à travailler comme si de rien n'était. J'étais de plus en plus maigre et de plus en plus faible mais je réfléchissais toujours au moyen de m'en sortir. Chaque matin, je voyais les malades qui mouraient de faim ou de maladie avancer en file vers la fosse commune. Cette vision me troublait et me rendait perplexe : d'un côté, la mort me semblait imminente et je ne savais pas comment elle allait arriver; de l'autre, je sentais que l'avenir m'appartenait. Il fallait que je fasse des efforts énormes pour que l'espoir l'emporte sur le désespoir et cette victoire mentale, je l'obtenais en observant parmi les choses les plus simples tout ce qui était porteur d'espérance : deux fourmis avançant côte à côte, une fleur prête à former un fruit, des nuages noirs en train de se dissiper, la lumière du soleil qui les suivait, et le chant réconfortant des oiseaux.

Les journées passèrent mais ma santé ne s'améliora pas : j'avais encore de la fièvre et mes plaies ne se cicatrisaient pas; il n'y avait pourtant plus de vers à l'intérieur. En revanche, je maigrissais de plus en plus et ce séjour à l'hôpital me devenait insupportable. Je savais bien que dehors, je ne serais pas mieux traité mais au moins je serais au contact de la nature. Mentalement aussi, je serais soulagé de ces horribles scènes que j'avais à supporter tous les jours. Cela ne voulait pas dire qu'on ne risquait pas de mourir en étant tireur de charrue. Non, on mourait aussi bien sur les chantiers qu'à l'hôpital. Mais dans les chantiers, les pauvres travailleurs restaient actifs jusqu'au bout et mouraient de leur belle mort. Ce n'était pas comme à l'hôpital où on faisait crever les gens.

Je pus enfin quitter l'hôpital et aller dans une ferme d'État qui était à 8 kilomètres. Au moment de partir, je regardai une dernière fois le visage souriant du Bouddha (ce souvenir reste à jamais gravé dans ma mémoire). J'ai encore en tête les paroles que je lui adressai en guise d'adieu.

– Oh, mon Dieu! Que votre regard soit toujours avec moi.

Ce n'était pas une prière mais simplement une phrase sincère et amicale que j'avais absolument besoin de dire pour me sentir soulagé et protégé. Je n'ai pas honte de parler de soulagement car à peine eus-je terminé ma phrase que je sentis qu'une épine était enlevée de mon cœur.

La ferme d'État était une très vieille maison qui avait été à moitié détruite par les bombardements; il ne restait presque plus rien du toit en briques rouges. Les nuits où il y avait du vent, nous recevions des briques rouges sur la tête; nous avons failli ainsi être tués des milliers de fois. Nos chefs le savaient très bien mais ils préféraient nous laisser souffrir. A chaque réunion, on entendait en effet ce discours :

– Avant la Révolution, nous avons été bombardés nuit et jour par les impérialistes. Mais ils ne sont pas arrivés à nous exterminer et nous sommes encore là aujourd'hui. Votre situation n'a rien de comparable avec ce que nous avons vécu. Si vous n'êtes pas d'accord, vous pouvez toujours le dire, mais sachez que le premier qui ose sera puni à coups de hache.

Dans cette ferme d'État, il y avait environ 2 000 garçons répartis en plusieurs groupes. Notre travail consistait à planter des ananas, des bananiers et du manioc, à repiquer du riz, défricher la forêt, etc. J'étais dans le groupe qui plantait le manioc. Le matin, il fallait se lever à 4 heures. La journée commençait par une séance d'autocritique; nous devions nous critiquer les uns les autres, à tour de rôle. Ceux qui s'endormaient étaient fouettés à la réunion du soir qui durait de 22 heures à 2 heures du matin. Le chef n'assistait pas à la séance d'autocritique mais il avait délégué ses pouvoirs à un « chef de groupe » qui avait le droit de nous donner des gifles et des coups de bâton. N'importe qui pouvait accéder à cette « fonction », à condition bien sûr de se montrer cruel avec les autres, capable de tuer et d'obéir aveuglément, le poing levé vers le ciel, à tout ce que disait le chef.

Vers 6 heures, nous partions en file vers la plantation. Chaque fois que nous devions franchir une barrière de fils barbelés, nous étions comptés par les soldats qui montaient la garde. Ils nous ordonnaient de mettre les mains en l'air et ils nous fouillaient. Si par hasard ils trouvaient un crayon ou un bout de papier, ils arrêtaient le coupable qui était torturé.

Pendant six heures, nous piochions la terre, arrachions les mauvaises herbes et plantions le manioc. A midi, nous avions quinze minutes pour avaler une louche de potage liquide. Puis le travail reprenait jusqu'à la tombée de la nuit. Après une journée pluvieuse ou harassante, je rêvais souvent d'une douche tiède, de mes chiens, et d'un bon dîner composé de riz parfumé, cuit à la vapeur. Comme la réalité était loin du rêve! Je mangeais ma soupe sous la pluie, dans le noir, obligé d'entendre le coassement des grenouilles, des rainettes et des crapaud – que je haïssais.

La dernière réunion ne commençant qu'à 22 heures, les chefs nous avaient trouvé une occupation : ils nous obligeaient à nous battre. Ils nous avaient divisé en deux camps : le camp des soldats américains, le camp des Khmers rouges. Une distance de 15 mètres séparait les participants qui devaient se lancer des boules de boue. Bien souvent, ceux qui étaient dans le groupe des Khmers rouges avaient plus de « chance » que les autres : ils pouvaient par exemple cacher des pierres ou des briques dans leurs projectiles, tandis que leurs adversaires étaient étroitement surveillés. Bien sûr, ceux qui étaient dans le camp des Khmers rouges n'étaient pas du tout d'accord avec ces procédés mais ils n'avaient pas le choix. Personnellement, je détestais ce jeu qui ne causait que des dégâts : têtes cassées, yeux abîmés, etc. A chaque fois, c'était mon dos et ma poitrine qui prenaient car je faisais attention autant que je pouvais à protéger ma tête et mes yeux. J'essayais également de me montrer vif, d'avoir de la force, même quand j'étais épuisé.

Quelquefois, il arrivait que le chef, furieux, désigne au hasard une personne du groupe et lui tire une balle dans la tête devant tout le monde. Un silence total régnait : nous frissonnions, morts de peur. Puis on entendait quelqu'un éclater de rire :

– Au moins, vous savez à quoi vous attendre!

Je n'aimais pas cette ferme. Je m'efforce aujourd'hui de l'oublier mais je n'y arrive pas : quelque chose m'en empêche inéluctablement. Cependant, un seul souvenir me fait maintenant rire : l'histoire du piment noir. Pourtant, à l'époque, je ne riais pas j'avais trop peur.

Chaque matin, au réveil, il y avait un gros tas d'excréments devant le lit du chef. Furieux, celui-ci interrogeait tout le monde mais personne ne répondait. Il allait alors chercher du charbon et des piments qu'il mélangeait et pilait devant nous. Puis il nous ordonnait de nous déshabiller et il nous étalait cette pâte brûlante sur les fesses et les organes sexuels. La douleur était insupportable; j'avais l'impression chaque fois qu'on me coupait la chair avec un couteau. Nous devions rester immobiles toute la matinée, les pieds dans la boue. Les chefs venaient nous voir chacun à leur tour; ils riaient et prononçaient des mots qui blessaient notre pudeur. L'humiliation qu'ils nous faisaient subir était atroce, jamais je ne l'oublierai : nous étions nus, la tête baissée, affrontant les rires sauvages et cruels de ceux qui possédaient le pouvoir.

Un soir, tard dans la nuit, une rumeur circula : « Le chef ne va pas bien, le Bouddha a deux yeux. » (Malgré le silence obligatoire, les bonnes nouvelles se propageaient très vite!) J'étais fatigué mais je n'arrivais pas à m'endormir, j'avais tremblé de peur toute la matinée, ce soir je frissonnais de joie. Dans les ténèbres, mes lèvres murmuraient : « Pourvu qu'il crève! » J'entendis soudain des chuchotements et des bruits de pas puis, tout d'un coup, la voix d'un camarade médecin qui criait.

– Chers camarades, nous avons besoin de traduire des ordonnances. Il nous faut quelqu'un qui sait lire le français. C'est urgent! Notre camarade frère ne va pas bien. Sauver son camarade, c'est sauver son pays!

Comme la réalité était loin de ce qu'il disait... « Quand nous sommes malades, me dis-je, ils nous laissent crever comme des chiens. Mais quand ce sont " eux " qui sont malades, ils se soignent avec des médicaments fabriqués en France qu'ils ont volés dans le pillage de nos maisons. Eh bien, « qu'il crève ce barbare mécréant », comme dirait ma mère! » Je savais lire le français mais jamais je n'aurais voulu aider un tel homme. S'il s'était montré bon, peut-être... Mais ce n'était pas le cas. Il devait piétiner les chardons qu'il avait lui-même semés.

Les camarades médecins faisaient absorber au chef toutes sortes de médicaments sans respecter leur posologie. Il s'éteignit quelques heures avant l'aube. Son poste ne resta pas longtemps vacant : il fut aussitôt remplacé par quelqu'un qui était aussi cruel que lui.

Les journées devenaient de plus en plus pénibles. Souvent j'étais trempé de sueur avant le lever du soleil et je devais attendre jusqu'au soir pour me changer. De plus, pour finir la journée, il y avait cet horrible spectacle de mes camarades torturés. La nuit, je dormais peu et faisais souvent des cauchemars. Plusieurs fois, je me réveillais en sursaut et en nage, le cœur battant à tout rompre. Plusieurs fois aussi, je parlais seul et me mettais à crier quand je croyais voir devant moi, debout, des soldats.

Ce qui m'étonnait le plus cependant, c'était que depuis quelque temps, je ne faisais que des beaux rêves. L'un d'entre eux me rendit très perplexe : je rêvais d'un matin brumeux et calme où les premiers rayons du soleil perçaient à travers les branches. Je marchais sur un petit chemin jonché de feuilles mortes et bordé de chaque côté par des Bouddhas. J'étais très heureux de contempler ces statues et je me mis à les regarder les unes après les autres. Soudain, mon regard s'arrêta sur un grand Bouddha qui levait les mains jusqu'à la poitrine. Cette vision me remplit d'une joie immense et ce monde que je ne connaissais pas me parut tout d'un coup familier.

De tels rêves rendaient mes journées moins dures et la plus supportables. Tout en étant triste et affamé, je ne désespérais pas.

multitude. [illegible] les [illegible] dans le [illegible] bonheur [illegible]. Mais ce n'était pas le cas. Il [illegible] les [illegible].

Les [illegible] de [illegible] leur [illegible] avant l'[illegible].

Les [illegible] de plus en plus [illegible]. Souvent [illegible] avant le lever du soleil [illegible] pour [illegible] de plus [illegible] au [illegible] la nuit [illegible] peu [illegible] compte [illegible] devant moi [illegible].

Ce qui [illegible] depuis quelque [illegible] de [illegible] les [illegible] à [illegible] soleil [illegible] de [illegible] nous [illegible] après [illegible] sur [illegible] tout [illegible].

[illegible] et le plus [illegible] et [illegible]

CHAPITRE V

Retrouvailles

Les jours et les mois passèrent. Nous étions à la fin du mois d'août 1975. Cela faisait quatre mois que j'avais quitté ma ville. Ma famille me manquait de plus en plus et je ne pouvais penser à elle sans avoir les larmes aux yeux. Je cherchais des prétextes pour essayer de cacher mes larmes. Et mes chiens?... Plus les jours passaient, plus je pensais à eux. Chaque fois que je voyais mes camarades enfoncer des coups de hache dans la tête d'un singe innocent, la figure adorable de mes chiens se présentait à moi. Aussi, je préférais ne pas regarder pour ne pas sentir mon cœur trop meurtri.

Je marchais à présent beaucoup plus vite sur les herbes épineuses de la plaine et les chemins de boue glissants. Bien sûr, je tombais souvent mais c'était par manque de force et non d'habileté. Quand j'avais faim, je mangeais des feuilles comestibles qui ne donnaient pas mal au ventre, des feuilles de tamarinier par exemple. Je ne parvenais toujours pas à manger des souris, des mille-pattes, des caméléons et des geckos.

Le soleil était déjà haut ce matin-là. Le départ pour la plantation avait été retardé à cause de l'arrivée du grand chef. Nous avions été prévenus de sa visite par le responsable du camp qui nous avait donné toutes les consignes d'accueil: pas de visages fatigués et d'airs affamés, mais des mines réjouies et fières qui voulaient prouver au grand frère leur attachement au gouvernement. Personnellement, je n'aurais pas aimé, quelle que soit la raison, faire subir ce genre de chose et je ne voulais pas qu'on me force à paraître ce que je n'étais pas. Mais il n'y avait pas à discuter. Pourtant, quelque chose fait sous la contrainte n'était pas agréable à voir et se repérait facilement.

Après avoir dit quelques mots aux soldats du camp, le grand chef monta à la tribune et fit un discours qui me parut sincère et amical. Puis il se dirigea vers le responsable du camp et lui parla quelques instants. Ce dernier l'écoutait en braquant ses yeux sur moi! J'eus tout d'un coup la certitude que c'était de moi qu'ils parlaient et je fus pris de panique quand je vis le chef du camp se diriger vers moi. Je me demandais si j'allais être exécuté devant tout le monde; les scènes les plus horribles auxquelles j'assistais tous les jours se précipitaient dans ma mémoire en augmentant ma terreur.

– Camarade Vang, suis-moi! Va préparer tes affaires.

Ce dernier mot me rassura un peu mais une question jaillit aussitôt dans mon esprit : « Où vont-ils m'emmener? » Je verrais bien, peu importe, il ne fallait pas s'affoler. J'avais beau tenter de me rassurer, je demeurais cependant inquiet.

Je n'oublierai pas les regards pleins de doute de mes camarades qui désiraient me dire au revoir. Je partis sans dire un mot au chef du camp car je ne tenais absolument pas à le revoir. Mais je jetai un regard sincère et amical à mes compagnons de souffrance à qui je m'étais confié en cachette quand le besoin de parler avait été trop fort. Je me souviens n'avoir éprouvé aucune joie en partant. J'étais comme une feuille morte qui se laisse emporter par le courant. Je ne sais pas pourquoi cette image surgit à ce moment-là dans mon esprit mais elle m'aida à avoir moins peur. Aussi, je la garde encore dans mes souvenirs.

A mesure que nous nous éloignions, le grand chef (il était aussi très grand physiquement) me parla franchement, comme à un ami :

– Camarade petit frère, tu vas grimper sur mon cheval et bien te tenir à moi car je vais aller assez vite. Mais n'aie pas peur, tu vas avoir une grande surprise.

C'était trop simple et trop beau pour que je le crois. Pourtant, depuis quatre mois, personne ne m'avait parlé ainsi. Aussi je voulus à mon tour être sincère mais comme je continuais à avoir peur, je ne lui répondis que ceci :

– Merci, grand frère camarade.

Pendant que le cheval galopait, je me mis à réfléchir sur ce qu'il venait de dire. Mes pensées me ramenèrent alors 3 ans en arrière et je revis le jour où mon père m'avait fait la surprise de m'emmener, avec un de ses collègues, à la tour de contrôle de Pochentong, l'aéroport de Phnom Penh. J'avais posé beaucoup de questions et on m'avait écouté et très bien expliqué. En quelques minutes, je revivais tout : que c'était agréable ! J'espérais ardemment que la surprise promise par mon cavalier m'apporterait la même joie que j'avais connue jadis, à l'aéroport.

Le cheval galopait au milieu des plantations de bananiers, d'ananas et d'orangers. J'étais content de reconnaître les arbres que j'avais plantés et de les voir pousser si vite. La plaine sur laquelle j'avais tiré la charrue était maintenant couverte de jeunes tiges de riz, prêtes à épier. Quelle joie de contempler le fruit de mes efforts ! Je faisais de mon mieux pour capter et photographier ces images. Une seule chose me perturbait : je commençais à avoir très mal aux fesses !

Nous arrivâmes enfin à la demeure du grand chef que je reconnus tout de suite car c'était celle d'un oncle du côté de ma mère. Elle appartenait maintenant au gouvernement. C'était un bâtiment énorme de deux étages qui pouvait accueillir au moins 100 personnes pendant les fêtes de famille. De loin, on n'apercevait que les grandes colonnes de la façade et la large porte en bois qui permettait aux charrettes à boeufs, pendant les moissons, d'entrer dans les greniers pour décharger les céréales. Chaque année, vers la fin du mois de janvier, la maison s'emplissait des rires des ouvriers qui faisaient le battage, le vannage et le décorticage du riz. A la fin de la moisson, c'est-à-dire à l'approche du Nouvel An khmer, un autre spectacle l'animait, organisé par les paysans désireux de dépenser de l'argent pendant les fêtes : les combats de coqs. Je détestais ce jeu car j'aimais beaucoup les animaux. Mais ce qui était intéressant, c'était de voir les marchands malhonnêtes et roublards qui, en cachette, tentaient de droguer les coqs de leurs adversaires en leur faisant avaler un peu d'opium caché sous leurs doigts. Cependant, un coq moins brave mais dont le propriétaire avait toute sa raison avait des chance de gagner contre un coq puissant qui avait un maître à moitié ivre.

A la saison des pluies, les greniers se vidaient en quelques jours et les tonnes de céréales étaient vendues à un prix élevé. On espérait alors que le Bouddha accorderait une bonne récolte pour l'année d'après. Le vent du nord se mettait à souffler. Il faisait froid, c'était la fin de l'année. Devant la maison, on allumait un grand feu autour duquel les enfants, les adultes et les animaux venaient se réchauffer.

Comme tout cela me manque ! Je voudrais que ce régime bascule afin que mon pays retrouve son vrai visage...

Le grand frère camarade m'invita alors très cordialement à entrer dans la maison. Mon cœur battait très fort. Je n'avais plus peur mais je restais quand même sur mes gardes. Qu'allait-il faire ? Qu'allais-je voir ? Arrivés sur le seuil de la porte, le grand frère camarade posa sa main sur mon épaule et me dit :

– Tu dois sûrement reconnaître cette maison.

Je voulais lui répondre que oui mais j'étais incapable d'ouvrir la bouche.

Nous entrâmes alors dans la pièce principale qui abritait autrefois les pièces de tracteurs, puis dans la chambre des ancêtres où avait disparu la grande table en bois sur laquelle on posait les tablettes portant leurs noms. Le parfum des baguettes d'encens et des frangipanes du jardin s'était évaporé. L'odeur qui régnait dans la pièce provenait du foin mouillé par l'urine et des excréments des bêtes. En ouvrant la porte de cette pièce qui donnait sur la cour intérieure, j'aperçus deux personnes que je connaissais très bien : mon oncle Honsane et sa femme. Je courus vers eux. Ils eurent l'air stupéfait de me voir si changé : je crois que c'est à cause de ma maigreur et de l'odeur de mes vêtements. Je les serrai très fort dans mes bras, oubliant de leur demander comment ils allaient. J'avais envie de raconter tout ce que l'on m'avait fait pendant ces quatre mois mais j'étais incapable d'articuler un mot et je fondis en larmes.

Cette fois, je pouvais pleurer sans me cacher, je me moquais de ce que m'avait appris le gouvernement. Personne ne pouvait comprendre la joie qui était la mienne de retrouver les miens et personne ne pouvait comprendre à quel point cette joie était liée au sentiment de sécurité que j'éprouvais alors.

Après quelques mots de remerciement, le grand frère camarade donna à mon oncle mon autorisation de sortie. Nous quittâmes la maison. En route, je demandai à mon oncle de m'expliquer ce qui était arrivé. Voici ce qu'il me dit :

« Après ton départ, nous avons su très vite que tu étais très mal traité mais nous ne savions pas exactement où tu étais. Nous avons interrogé plusieurs amis paysans de la région qui eux non plus ne savaient pas. Un jour, j'ai rencontré un de mes anciens ouvriers qui est devenu Khmer rouge mais à qui je peux faire confiance. Je lui ai expliqué que l'on n'avait pas de nouvelles de toi depuis longtemps et que l'on voulait savoir où tu étais. Il m'a répondu qu'il le savait et il m'a envoyé chez le camarade Loeuth, son supérieur qui a été, lui aussi, ouvrier chez moi. Ta tante et moi, nous sommes allés le voir. Il nous a très bien accueillis et il a même accepté, par amitié, d'aller te chercher. »

J'aimais beaucoup mon oncle car c'était un homme très compréhensif. Au moment de la Révolution, les Khmers rouges savaient qu'il était un grand propriétaire terrien mais ils ne lui avaient fait aucun mal, peut-être parce qu'ils se souvenaient qu'il avait été très proche des paysans pauvres et démunis. Ses anciens ouvriers venaient lui rendre visite et l'appelaient toujours « Oncle Honsane ». Mon oncle, lui, continuait à les appeler par leur prénom mais il rajoutait devant le mot « camarade ».

Ma tante est morte, il y a quelques années. Quant à mon oncle, après le départ des Khmers rouges, il s'est retrouvé chez lui tout seul, en compagnie de quelques bœufs qui partagaient ses occupations quotidiennes, essayant d'oublier le rêve qu'il n'avait pu réaliser : laisser en héritage à ses enfants les champs et les rizières qui lui avaient été légués par ses ancêtres.

Le soleil était sur le point de se coucher. Loin, très loin derrière les villages en bordure de la rivière, j'aperçus les arbres fruitiers de Brin-de-Marmite. Depuis quatre mois, je pouvais admirer pour la première fois, joyeusement et librement, la beauté de la nature à l'approche du crépuscule. Ma joie redoublait à mesure que nous avancions.

Je me souviens que nous marchions sur une digue qui venait d'être construite. Mes plaies me faisaient encore souffrir mais je courais en avant, laissant derrière mon oncle et ma tante. De temps en temps, je me retournais pour leur crier :

– Ne vous inquiétez pas, je connais le chemin. J'y serai avant vous!

Me voilà enfin à Brin-de-Marmite. Je pensai aussitôt à la « vue cachée » et à la cheminée de l'usine qui représentaient ma soif de liberté. Il faisait déjà nuit quand j'arrivai devant chez moi. J'attendis un instant, immobile, observant les changements qui s'étaient produits pendant mon absence : la maison était terminée et devant, il y avait un jardin potager. Le chemin qui descendait à la rizière, quasiment impraticable autrefois, avait été élargi et en bas, il y avait un petit escalier qui permettait d'atteindre un pont minuscule.

Au lieu de rentrer chez moi par le chemin habituel, j'écartai doucement et en silence les branches de manioc. Puis, une fois arrivé tout près de la maison, je me cachai derrière la porte pour observer ce qui se passait. Je voulais siffler ou faire du bruit pour attirer leur attention mais je n'eus pas la patience de retenir ma joie plus longtemps et j'entrai en criant :« Maman, maman! »

Dès que je la vis, je me précipitai dans ses bras. Mon père et mes petits frères accoururent. Je les serrai très fort dans mes bras. J'avais tant de choses à leur dire après quatre mois de séparation! Mais ma mère m'interdit de parler dehors car, la nuit, les murs avaient des oreilles! Avant le dîner, elle prépara tout pour que je prenne une douche : une serviette propre et un morceau de savon Lux. Durant quatre mois, je m'étais lavé directement dans l'étang ou la rizière mais ce soir, c'était avec une eau de pluie limpide, contenue dans une grande jarre. Je frottai ensuite mon corps avec le savon que j'avais toujours connu et je m'essuyai avec une serviette propre et douce qui sentait si bon! Que j'étais heureux d'être à nouveau chez moi!

Mes parents travaillaient dur, eux aussi. Mon père labourait les champs et ma mère repiquait du riz. Le gouvernement leur donnait 2 kilos de riz par semaine et pour le reste – viande, légumes, sel, etc. – , il fallait qu'ils se débrouillent. La ration qu'on leur donnait était nettement insuffisante et ils étaient obligés de vendre peu à peu les biens qu'ils avaient emportés pour obtenir le riz qui leur manquait. Mais combien de temps cela allait-il durer?

Exceptionnellement ce soir-là, on mangea du riz car ma mère savait que j'avais faim. Mon petit frère me dit alors que bien souvent, le soir, ils n'avaient pour dîner qu'un potage liquide qui était fait soit avec les légumes du jardin, soit avec des liserons d'eau cueillis dans les rizières.

Je revois encore ce dîner du premier jour de mon retour. Mes parents, mes petits frères et moi (on n'avait pas de nouvelles de mon grand frère et de mes deux grandes sœurs, emmenés eux aussi) étions réunis autour de la grande marmite de riz. Devant nous, il y avait cette soupe de légumes et de poissons salés – que nous n'aurions pas du tout appréciée 5 mois avant, mais qui était devenue maintenant un plat de luxe, difficile à trouver. Jadis, quand nous étions à table en ville, nous avions l'habitude de beaucoup parler. Ce soir, le repas se passait en silence. Nous nous dépêchions en effet d'avaler notre nourriture car si jamais les Khmers rouges découvraient que nous mangions du riz, nos parents à coup sûr seraient critiqués à la réunion du lendemain.

Grâce à la lumière de la lampe à pétrole (fabriquée dans une boîte de lait concentré), je pus observer les visages qui m'entouraient : mes parents avaient maigri, ils avaient l'air soucieux et fatigués; mes petits frères avaient beaucoup grandi, ils n'étaient pas plus maigres qu'avant et gardaient encore leurs joues rebondies.

Après le dîner, mon père lava soigneusement mes plaies tandis que ma mère nous éclairait avec la lampe. Ils se penchaient tous les deux pour voir si les blessures étaient profondes. Quand ils virent celle que j'avais à la cheville gauche, ils sursautèrent (j'étais sûr qu'ils voyaient l'os). Ma mère secoua négativement la tête. Mon père l'imita et déclara :

– Si tu étais resté quelques jours de plus là-bas, on ne t'aurait plus jamais revu. C'est une chance que tu sois de nouveau parmi nous. Maintenant, c'est fini. Tu ne retourneras plus là-bas. On va voir ce qu'on peut faire.

Mon père savait très bien que Loeuth ne m'avait donné qu'une semaine de permission mais il était tellement outré de me voir dans cet état qu'il voulait que je reste définitivement. Je n'étais pas surpris de sa réaction. Moi-même, je me disais que si je devais retourner à la ferme, je préférerais me cacher dans la forêt et survivre en mangeant des feuilles.

Comme j'avais des poux, je dormis seul, à l'écart. Je me souviens que cette nuit-là, j'eus le réflexe de tâter mes pieds qui avaient été pansés pour voir s'il n'y avait pas de fourmis dedans. Je réagissais comme si je n'avais pas confiance en moi. De temps en temps, je me réveillais en sursautant parce que j'avais peur que des briques me tombent dessus. « Mais non, me disais-je, tu es chez toi maintenant. » Et de nouveau, je fermai les yeux. Ce qui me rassurait le plus était la couverture chaude que je sentais sur moi : la chaleur qu'elle dégageait était pour moi un gage de sécurité. Je finis par m'endormir en respirant l'odeur de ma chambre en ville dont elle était encore imprégnée. Cette odeur, pleine de nostalgie en elle-même, me rappelait de bons souvenirs sans pour autant fabriquer de doux rêves. Je me réveillai à plusieurs reprises, à la fois triste, heureux et inquiet. J'avais du mal à rester tranquille aussi bien physiquement que mentalement. Bref, je me sentais un peu perdu.

La première semaine qui suivit mon retour fut pour moi un temps de repos où je parlais, racontais et faisais connaissance avec les voisins de mes parents. J'en profitais aussi pour lire en cachette les livres que nous avions emportés avec nous. Grâce à la permission de Loeuth, le chef du village me donnait un kilo de riz par semaine. J'avais très faim et je mangeais beaucoup. Malheureusement, nous n'avions pas assez de riz à la maison et ma mère était obligée d'échanger des médicaments pour en avoir. Bien souvent, à la tombée de la nuit, on voyait les anciens pauvres devenus communistes traverser le pont en bambou minuscule qui enjambait la rivière. Ils apportaient avec eux des petits paniers de riz qu'ils échangeaient contre des médicaments. Ils habitaient de l'autre côté de la rivière et ne se mélangeaient pas avec nous. Mais ils avaient beaucoup d'avantages par rapport à nous. D'abord ils mangeaient à leur faim car le gouvernement leur donnait non seulement du riz, mais aussi de la viande, du sel, du sucre, etc. Il leur fournissait aussi des médicaments, mais c'était des Pepsi-cola et des Seven-up qui ne faisaient aucun effet. C'est pour cela qu'ils traversaient la rivière et échangeaient leurs provisions contre des médicaments qu'ils avaient l'habitude d'acheter, avant la Révolution, à des petits marchands chinois de la campagne.

Grâce à quelques flacons de pénicilline qui nous restaient, mes plaies se cicatrisèrent au bout d'une semaine. Aujourd'hui, je n'ai que des traces qui me rappellent l'amour de mes parents envers moi. Tous les soirs en effet, en rentrant de leur travail, mes parents passaient de longues heures à s'occuper de moi : l'un tenait la lampe, l'autre faisait le pansement. Parfois, il arrivait que mon père fasse involontairement un geste brusque en ôtant une croûte. Je ne sentais rien mais ma mère réagissait aussitôt à ma place : « Doucement ! Tu lui fais mal. » Mon père la regardait alors d'un air étonné, semblant dire ce que je lui entendais dire en pareil cas : « Tu ne changeras donc jamais ! » Comme leurs regards et leurs paroles me manquent aujourd'hui ! Ils soignaient avec tant d'amour le fruit de leur amour !

Je profitais de la distribution de patates douces pour faire la connaissance de nos voisins. Ma mère me présentait à eux. Elle était très à l'aise avec eux : elle prenait les enfants dans ses bras et discutait avec les femmes comme si elle les connaissait depuis toujours. Mon père, quant à lui, se contentait de leur adresser un sourire un peu forcé. Puis il s'appuyait contre un goyavier pour entendre le discours du chef. Ma mère n'approuvait pas du tout son comportement. De retour à la maison, elle lui reprochait d'être fier et de s'attacher trop à ses habitudes de citadin. Mon père lui disait alors :

– Je ne peux pas être sincère ou à l'aise avec des gens

qui ne s'intéressent qu'à ce qui ne les regarde pas. Vois aussi ce qu'il font de leur serviette par exemple : ils s'en servent de mouchoir, de couverture, de natte, etc. Elle devient toute noire alors qu'elle était blanche au début.

– Oui, répliquait ma mère, mais il faut que tu saches que c'est à nous maintenant de prendre leurs habitudes, et non le contraire !

Grâce à ma famille, je sus un peu mieux qui étaient mes voisins. Ils étaient colporteurs, paysans, mendiants ou instituteurs. Sur les dix familles qui composaient notre groupe, il n'y en avait que deux qui savaient lire et écrire. Les autres parlaient cambodgien, mais c'était le cambodgien qu'on entendait parler chez les marchands de jus de palme, où l'on voyait beaucoup de gens ivres, allongés par terre, en train de vomir et de se faire lécher par les chiens galeux qui erraient dans les villes.

Un des souvenirs inoubliables de ce temps-là reste pour moi la lecture. Quand j'allais à l'école, j'aimais déjà beaucoup lire, mais je ne ressentais pas le plaisir que j'avais maintenant que cela était interdit. Je trouvais en effet un peu plus de plaisir chaque fois que je lisais. Je commençais aussi à me rendre compte de l'importance et du caractère précieux qu'avait la lecture, au milieu de la répression et de l'enfermement dans lesquels on nous tenait. Comme à un prisonnier évadé qui a soif et faim, la lecture m'offrait des gouttes d'eau mélangées de miel.

La semaine venait de s'écouler mais je refusai de retourner à la ferme. Mon oncle vint me dire que Loeuth était au courant de mon refus. Malheureusement, il fut arrêté par des Khmers rouges du Sud, qui venaient le remplacer. (Les changements de poste allaient de pair avec les arrestations. Les Khmers rouges avaient beau être du même pays, ils ne s'entendaient pas entre eux. Les Khmers rouges du Sud, par exemple, ne s'entendaient pas avec ceux du Nord qui, eux, ne s'entendaient pas avec ceux de l'Est, etc... Bref, je n'ai jamais compris et je ne comprendrai jamais les raisons de toutes ces divisions.) Il me restait cependant une chance de ne pas être arrêté si j'allais voir le camarade Thock, ancien ouvrier de mon oncle lui aussi, qui était au courant de l'affaire. Mon oncle m'encouragea :

– Tu verras, dit-il, c'est un homme grand et blanc, beaucoup plus blanc que les autres. On dirait un Chinois du Nord.

La vraie liberté n'avait duré qu'une semaine. J'étais toujours chez mes parents en effet, mais chaque fois que j'entendais le galop d'un cheval, j'avais peur et courais me cacher. Je revois encore cette cachette!

Le gouvernement avait confié à notre groupe de 10 familles une paire de bœufs de race limousine que j'emmenais tous les jours brouter sur les diguettes qui séparaient les rizières. Dès que j'entendais les véhicules des chefs, je laissais les bœufs et plongeais dans la rizière, le corps complètement immergé, la tête entre les pieds de riz. Mais pendant ce temps, les bœufs se régalaient avec les jeunes pousses de riz qui commençaient à se développer. Bien souvent, quand je ressortais de l'eau, je m'apercevais que toute une rizière avait été mangée. Devant un tel dégât, je prenais peur. Surtout, j'avais peur d'être vu car celui qui laissait les bœufs manger le riz était considéré comme l'ennemi du gouvernement – le riz étant la richesse de l'État. Aussi, je me dépêchais d'emmener les bœufs sur une autre rizière pour qu'on ne sût pas que c'était moi le coupable. Je ne faisais jamais comme les autres qui battaient sauvagement leurs bêtes quand elles étaient désobéissantes. Au contraire, je les embrassais, même quand elles avaient mangé la moitié ou presque de la rizière. En effet, elles passaient toute leur vie à tirer la charrue, sans jamais attendre une récompense de l'homme qui profitait toujours d'elles. Je trouvais cela injuste! Donc je les embrassais et elles, pour me remercier, me léchaient tendrement le cou – geste qui me touchait jusqu'au fond du coeur et apaisait ma peur. Le soir, au retour de la réunion commune, mes parents parlaient d'un « ennemi caché ». Je leur avouais sans crainte que c'était moi. Ils me comprenaient très bien et se contentaient de me dire :

– La prochaine fois, fais plus attention.

J'avais la chance d'appartenir à une famille où avait toujours existé la confiance mutuelle. Nous disions toujours ce que nous pensions, nous respections les idées de nos parents, et nous ne suivions pas le gouvernement qui donnait des fruits et des bonbons aux enfants qui lui sacrifiaient tout – même les propros tenus pas leurs parents – pour être récompensés en tant que « braves fils de l'*angkar* ». Quand on était un « brave fils de l'*angkar* », on avait droit à un foulard rouge qu'on portait fièrement autour du cou.

Mes épaules n'ont jamais porté ce foulard et j'estime que c'est une chance. Ma mère aimait beaucoup le rouge ; cette couleur représentait pour elle le bonheur et la lumière qui chassent les ténèbres. Mais elle ne supportait pas la vue du drapeau rouge ni du foulard rouge. « Je continuerai à aimer le rouge que m'ont transmis mes ancêtres, disait-elle, car cette couleur fait partie de ma culture et de mon éducation, mais je crache sur le rouge de ce régime insensé et sanglant. »

Beaucoup de Khmers rouges passaient devant la maison au cours de la journée. Pour ne pas être suspecté, je partais tôt dans la plaine avec mon frère Sany et les deux bœufs. Nous ne rentrions que le soir, à la nuit tombée. Vers midi, quand les bœufs broutaient, mon frère et moi partagions le riz et le poisson salé que ma mère nous avait enveloppés dans des feuilles de bananier. Je sens encore l'odeur du riz... Comme ma mère me manque ! Après ce frugal repas, nous allions chercher des crabes dans la rizière. Ce n'était pas facile de les attraper car dès qu'ils nous voyaient, ils plongeaient aussitôt dans l'eau qui était assez profonde en cette période de l'année. Parfois, quand nous étions fatigués, nous nous reposions assis sur une diguette et nous contemplions les tiges de riz qui ondulaient. Au loin, un groupe de paysans était en train de travailler dans la rizière. Je ne voulais pas trop m'approcher car là où il y avait des paysans, il y avait souvent des soldats.

J'avais peur des soldats car j'étais sûr qu'ils seraient étonnés de me voir ici, sachant que la plupart des jeunes de mon âge étaient mobilisés. Quand les cris des oiseaux dans leurs nids nous annonçaient que la nuit était proche, nous lavions les bêtes et rentrions à la maison. Nous attachions au dos de celle qui s'appelait L'Ane une brassée de branches mortes que nous avions ramassées pendant la journée. Puis, mon frère et moi grimpions sur le dos de Chauve-Souris, l'autre bœuf qui était plus sage. C'était toujours Chauve-Souris qui marchait en avant car il était plus obéissant et plus vif que L'Ane. Mais tous deux avançaient en ruminant paresseusement, le ventre gonflé après une journée passée à brouter. De temps en temps, quand des insectes les dérangeaient, ils agitaient leur longue queue qui nous retombait sur le dos en nous faisant tressauter.

Mes parents avaient eu pendant très longtemps deux personnes qui servaient chez nous et qui étaient devenues Khmers rouges. Ils habitaient à présent de l'autre côté de la rivière et venaient souvent nous rendre visite. Mais alors que la plupart des anciens employés se vengeaient cruellement de leurs maîtres, notre amitié avec eux s'était renforcée. Ils appelaient mes parents « *Neak* » [1] et ils refusaient de remplacer ce mot par celui de « camarade ». Comme ils avaient constaté que nous manquions de nourriture, ils nous apportaient toujours quelque chose quand ils venaient nous voir. Pour les remercier, ma mère leur donnait des vêtements de couleur mais quand ils revenaient la fois d'après, les vêtements étaient devenus noirs. Qu'importe, ils gardaient dans leur cœur le symbole de ces couleurs.

Un jour, Ngéa et Lang (c'était le nom de notre ser-

1. Terme qui peut se traduire par « Très cher ».

vante et de son mari) me proposèrent de venir à la pêche avec mon petit frère et leurs enfants. Nous partîmes tôt le matin car il y avait plusieurs heures de marche. Vers midi, nous arrivâmes dans une plaine noire, complètement inondée, dans laquelle se reflétaient le ciel, les nuages et les oiseaux qui s'envolaient. C'était beau à voir. J'étais dans l'eau jusqu'à la taille depuis le matin; ce n'était pas très agréable et je commençais à avoir froid. Mais j'étais heureux de pouvoir contempler librement le paysage et de pouvoir exprimer mes émotions sans crainte à ceux qui étaient avec moi.

La pêche commença. Les deux enfants de Ngéa et Lang nous expliquèrent comment accrocher correctement l'appât à l'hameçon. Ils étaient tous les deux très habiles et nous mettions plus de temps qu'eux à disperser nos lignes. Nous n'arrivions pas non plus à courir aussi vite, pourtant ce n'était pas à cause des plantes aquatiques qui peuplaient en quantité la plaine inondée. Une fois les lignes dispersées, nous restâmes en silence, attentifs au moindre mouvement. De temps en temps, je faisais des petites vagues avec ma main pour aider les fourmis et autres insectes tombés des papyrus à accoster sur un lieu de refuge.

Au bout de quelques heures, le panier fut rempli de poissons. On avait eu beau m'expliquer comment il fallait faire pour enlever de l'hameçon les poissons venimeux, j'avais beaucoup de mal. Mon frère, lui, était très habile.

Comme il nous restait un peu de temps avant de rentrer, nous prîmes chacun un bâton assez solide pour taper sur les branches touffues des arbres, afin de faire sortir les rats qui ne savaient plus où se cacher. Les pauvres bêtes, effrayées, bondissaient dans l'eau et nous courions derrière elles pour les assommer de toutes nos forces.

Au retour, nous avions trois paniers remplis de poissons et huit rats aussi gros que mon mollet. Pour une fois au dîner, la soupe de poissons remplaça le potage de légumes. En traversant les villages khmers rouges, je remarquais que les enfants et les adultes n'étaient pas aussi pâles et maigres que chez nous. Ils faisaient le même travail que nous mais ils mangeaient à leur faim.

Le temps passe si vite quand on est heureux! Pourtant, nous n'avions pas beaucoup de nourriture et nous vivions en liberté surveillée. Mais, au moins, nous étions avec notre famille!

Le 5 novembre 1975, les Khmers rouges vinrent m'arrêter pour me ramener à la ferme. C'était un après-midi. J'étais à la maison, en train de ranger des livres. Tout d'un coup, des soldats arrivèrent. Je n'eus même pas le temps de m'enfuir; ils me mirent des menottes aux poignets et m'emmenèrent. Les gens que je croisais dans les villages, au bord de la rivière, me regardaient avec curiosité, pensant peut-être que j'étais un voleur ou un contre-révolutionnaire. Trois soldats, montés sur des chevaux, me surveillaient en restant derrière moi : j'avais honte d'être ainsi traité. Je marchais en baissant la tête. Une grande douleur m'envahissait. Quelquefois, ma honte était insupportable quand un soldat criait :

– Plus vite, espèce de sale fainéant! Voilà comment il avance, ce fils de citadin.

Arrivés à la ferme, ils m'ordonnèrent de me mettre à genoux par terre et avec le revers d'une faucille, ils me frappèrent la nuque. Je hurlai de douleur et leur dis que jamais je ne serais capable de faire aux autres ce qu'ils étaient en train de me faire. Cela les fit rire et ils répondirent :

– Ah bon! Tu connais la douleur? Nous, on ne sait pas ce que c'est! Par contre, tu ne sais pas ce qu'est le travail!

Ils me flanquèrent des coups de rotin et me giflèrent. Puis on m'emmena dans une cabane, loin de la maison du chef. Je restai là, enfermé dans le noir, les pieds attachés. Les ténèbres, le silence et la solitude me faisaient peur. J'avais peur aussi de ces actes sauvages qui me révoltaient et je finis par éclater en sanglots. J'aurais eu besoin de quelqu'un pour partager ma souffrance et raconter ce que je venais de subir. Mais il n'y avait personne en dehors des ténèbres qui augmentaient mon malheur. Hier, j'avais dormi chez moi, entouré de chaleur familiale. Aujourd'hui, je me retrouvai seul sur un sol boueux, attaqué de toutes parts par les moustiques. Je n'acceptais pas une telle situation. Jamais je ne m'étais senti si désemparé. Pour me donner un peu de courage, j'imaginai dans ma tête une lumière brillante autour de laquelle venaient se concentrer toutes les forces de mon corps. Alors, peu à peu, je me sentis délivré de cette affreuse solitude et mon âme plongea dans le sommeil.

On ne me donnait pour toute nourriture que du riz pourri qui dégageait une odeur insupportable. Le premier jour, je ne voulus pas y toucher mais la deuxième fois, je me forçais à en prendre.

Un matin, par le grand trou où l'on me passait mes repas, je vis un homme de haute taille qui préparait le repas des travailleurs. Sa peau était presque de la même couleur que la mienne. C'était peut-être le camarade Thock dont mon oncle m'avait parlé. J'hésitais à lui adresser la parole, mais tout d'un coup je lui dis :

– Camarade frère, c'est bien vous le camarade Thock ?

Il savait depuis longtemps qui j'étais mais il répondit :

– Ah, c'est toi, Savang ? Oncle Honsane m'a parlé de toi.

Puis, posant son index sur ses lèvres, il me fit signe de me taire. Quand il vit dans quel état je me trouvais, il secoua la tête et poussa un gros soupir :

– Ta famille m'a énormément aidé, dit-il. Je ferai de mon mieux pour que tu t'en sortes. En attendant, sois patient. Et surtout, ne dis pas aux autres que tu me connais.

L'après-midi du deuxième jour, deux soldats vinrent

ôter mes chaînes. L'un des deux me remit une lettre de permission et me dit d'un ton sincère :

– Tu peux rentrer chez toi maintenant. Mais tu ne pourras pas toujours rester chez tes parents.

Que ma joie fut grande de revoir ma famille!

Décembre 1975. La situation devenait de plus en plus critique. Des soldats venaient tous les jours chez nous pour voir ce qu'on cultivait dans notre jardin. Dorénavant, nous n'avions plus le droit de ramasser nos légumes. Tout, même le plus petit piment, appartenait à la commune!

Devant la maison du chef, au centre du village, une banderole rouge avait été placée : « La Révolution ne se fera pas avec une personne mais avec tout le monde. Donc, tout appartient à tout le monde. »

Fin décembre, la pluie cessa de tomber et le vent du nord se mit à souffler. La rizière qui était verte quelques semaines auparavant était maintenant en train de fleurir. Elle devenait de plus en plus jaune et un jour, elle finit par ressembler à une plaine d'or qui s'étendait à perte de vue.

Au village, on rangeait les charrues et on préparait le matériel pour la moisson.

CHAPITRE VI

Les chantiers de la Révolution

1976. Cela faisait déjà neuf mois que nous avions quitté Battambang. Le gouvernement nous avait menti en nous promettant que nous y retournerions un jour. Cependant nous espérions toujours que ce jour arriverait.

Chaque année, avant la moisson, les paysans avaient coutume d'organiser une grande fête pour remercier Bouddha d'avoir protégé la récolte des insectes. Pour la première fois cette année, la fête fut interdite car les Khmers rouges ne croyaient ni en Dieu ni en Bouddha. La seule phrase qu'on entendait dans les réunions était : « Ce n'est pas la prière qui vous donne à manger et nourrit votre corps mais le travail. »

La cloche du village venait de sonner. Il était tôt ce matin-là lorsque nous partîmes moissonner. Ma mère et moi n'avions jamais tenu de faucille auparavant et le premier jour, nous ne savions pas comment il fallait faire pour couper les tiges de riz. Nos voisins paysans s'efforcèrent de nous donner des explications mais cela ne nous empêcha pas d'avoir les doigts coupés et les mains qui saignaient. Cependant, nous prîmes peu à peu l'habitude de moissonner et au bout de quelques jours, nous allions aussi vite que les paysans.

Pendant la moisson, le gouvernement distribuait à chaque personne une livre de riz par jour. Tout le monde était content et espérait que ce régime allait durer. Mais cet espoir fut très vite perturbé par une rumeur qui disait que l'*angkar* allait ramasser nos marmites et que nous irions tous manger dans une cuisine collective. Une cuisine par groupe de dix familles serait créée. Nous n'aurions plus le droit d'avoir quoi que ce soit chez nous, tous nos biens seraient confisqués, etc...

Mon père était convaincu que ces bruits allaient se réaliser et je l'aidai à enterrer dans le jardin tous les livres de la maison. Ce jour-là, il paraissait très triste :

– Je n'aurais jamais pensé qu'un jour mes livres seraient ainsi enterrés. J'ai toujours rêvé de les voir lire et relire par mes enfants.

Tous les soirs, avant de rentrer à la maison, ma mère et moi glanions quelques épis. Je faisais souvent cela avant l'arrivée des communistes mais à l'époque, c'était pour mes coqs et mes poules. Maintenant, ces quelques épis glanés étaient pour nous. Bien sûr, la ration que nous distribuait le gouvernement nous permettait de vivre aujourd'hui. Mais demain ? C'était la peur de manquer de nourriture qui nous poussait à glaner. Quand les champs étaient redevenus calmes et qu'il n'y avait plus de soldats en vue, ma mère se mettait à chanter et à me parler de la poésie et de la sagesse chinoises. A l'époque, je ne comprenais pas grand-chose à ce qu'elle disait mais ce qui m'intéressait le plus, c'était de l'entendre parler de la peinture chinoise traditionnelle qui décrivait le paysage de manière si symbolique. Je me redressais pour l'écouter et elle me disait simplement :

– Tu peux m'écouter en continuant à glaner et tu verras que pas à pas, épi après épi, notre sac sera rempli et nous pourrons rentrer en paix à la maison.

Deux mois passèrent et ce fut le mois de mars. Le paysage redevint sec, comme le jour où je l'avais vu la première fois en quittant ma ville. Les arbres perdaient leurs feuilles mais on ne voyait plus les trous d'obus qui avaient été comblés par les nouvelles plantations. On faisait comme si la guerre n'existait plus mais les troncs brisés et calcinés témoignaient toujours de l'horreur du passé et de l'enfer du présent.

Un après-midi de la fin du mois de mars, des soldats débarquèrent dans le village et confisquèrent tous les biens des habitants. Le peu qu'il nous restait fut enlevé en un quart d'heure. Cette fois, nous n'avions plus rien. Ma mère était en larmes.

Dorénavant, nous devions manger à la cuisine collective. Nous avions deux repas par jour, à midi et le soir. Pour nous faire savoir que c'était l'heure du repas, le chef du village sonnait la cloche : le premier coup était pour les enfants – les parents ne mangeaient pas avec leurs enfants –, le deuxième pour les adultes. A l'entrée de la cuisine, il y avait un grand lit en bambou sur lequel étaient rangés des couverts confisqués. Chacun prenait une assiette et une cuillère et allait s'asseoir à une grande table faite de quelques planches. A la vue du potage complètement liquide qu'on nous servait et des visages autour de la table, on avait l'impression d'être dans une prison. On nous forçait à avaler ce bouillon clair qui ne contenait que de l'eau avec quelques grains de riz. A la longue cependant, nous en avions assez de boire autant d'eau et nous finissions par la jeter pour ne prendre que les grains de riz. Mais comme les soldats avaient été prévenus qu'on jetait l'eau et qu'ils nous surveillaient étroitement pendant les repas, il fallut trouver un autre moyen : dès qu'on franchissait la porte de la cuisine, on se disputait pour avoir les assiettes trouées! Ceux qui se retrouvaient avec des assiettes en bon état étaient obligés de tout manger le premier jour mais le deuxième jour, il s'arrangeaient eux aussi pour trouer leur assiette.

Je ne peux m'empêcher de rire en pensant à cette ruse. Je revois encore l'inondation sous la table : le sol, sec au début, devenait de plus en plus mouillé au cours du repas et les mouches venaient se poser dessus pour se disputer quelques grains de riz échappés de nos plats. Quelque temps après cependant, les assiettes furent réparées et on nous fouilla avant chaque repas.

Les rares pluies du début de l'année venaient de tomber. La rizière, ensevelie sous la paille depuis la moisson, se couvrit d'une couche verte : les grains en terre reprenaient vie. Les arbres commençaient à bourgeonner et parmi eux, les tamariniers dont je mangeais les jeunes feuilles acides. Le ciel, clair et bleu, s'emplissait à présent de gros nuages noirs et le grondement du tonnerre annonçait que la pluie était proche. Les cigales ne chantaient plus et avaient été remplacées par les grenouilles, les rainettes et les crapauds.

Depuis quelques jours, je ne vivais plus avec ma famille. J'habitais dans une maison de jeunes qui était dans le village. Notre chef était un soldat cruel, capable de tout. Tous les soirs, à la réunion commune, il nous comptait; si jamais quelqu'un osait sortir sans sa permission, il devait ouvrir sa main et le chef mettait dessus un gros morceau de coton qu'il faisait brûler. Comme mes parents me manquaient! Ils n'étaient pas loin pourtant, mais j'avais besoin d'eux pour chasser ces visions horribles qui me faisaient si peur. En attendant, je n'avais qu'une chose à faire : obéir.

Un jour, une lettre de l'*angkar leu* [1] arriva, nous annonçant que nous devions aller repiquer du riz à Mong Russey.

Autrefois, quand on prenait la route nationale 5 pour aller à Mong Russey, on croisait les visages souriants des enfants de paysans qui pêchaient des poissons dans les rizières. Dans les mares, on voyait surgir des têtes minuscules entre les feuilles de lotus, puis des mains apparaissaient en train de cueillir des fleurs. Il y avait aussi les enfants qui étaient assis à cheval sur les buffles et qui faisaient des signes amicaux aux voyageurs. Plus loin, les adultes labouraient, repiquaient en chantant des refrains traditionnels khmers. A présent, ces scènes familières n'existaient plus. Sur la route, il n'y avait que des jeunes

1. Le gouvernement supérieur.

(des milliers et des milliers) au visage triste et maigre, l'air fatigué, qui avaient à peine la force de porter leur sac à dos.

J'étais parmi eux et la chaleur torride de ce début de saison des pluies me donnait faim et soif. Un gros nuage noir plana bientôt au-dessus de nos têtes. Quelques instants après, tombait une pluie torrentielle. Nos chemises noires, trempées de sueur, furent tout d'un coup rincées par la pluie et séchées à nouveau par le soleil.

On ne nous avait rien donné à manger et, parfois, quand nous n'en pouvions plus, nous étions obligés de nous arrêter. Mais nous avions à peine le temps de nous asseoir qu'un soldat nous ordonnait de nous relever et nous chassait à grands coups de bâton.

Nous arrivâmes à Mong Russey assez tard dans la soirée : nous avions parcouru près de 50 kilomètres. Rien n'avait été prévu pour nous à notre arrivée et, le ventre vide, nous dûmes nous endormir dans le fossé boueux de la route.

Le lendemain matin, la cloche sonna à 4 heures. Après une louche de potage liquide et une pincée de sel en guise de repas, tout le monde se mit en route. En quelques heures, la grande plaine inondée fut peuplée de garçons et de filles vêtus de noir. Sur l'ordre de l'*angkar leu*, nous devions piocher la terre (bien qu'elle fût trempée), arracher les mauvaises herbes, supprimer les anciennes diguettes et en refaire de nouvelles. Les jeunes pousses de riz étaient transportées sur une simple planche en bambou, pour être repiquées dans les rizières à peine travaillées. Tout se faisait à la main si bien qu'on n'entendait aucun bruit de machine, seulement le souffle des forces humaines.

L'objectif de l'*angkar leu* était de planter du riz à partir de la route nationale jusqu'à la montagne qu'on apercevait à l'horizon. Après une réunion, le chef cruel avait montré la montagne en nous indiquant le but à atteindre. Je me demandais combien de temps il nous faudrait pour aller jusque-là. Est-ce que, après, je pourrais retourner dans ma ville pour aller à l'école ? Cette question n'était qu'un simple remède psychologique à mon inquiétude.

Les semaines passèrent, nous étions de moins en moins nombreux : la plupart étaient morts de faim. Le travail était dur, on nous donnait deux louches de potage alors qu'on travaillait plus de quinze heures par jour. La nuit, nous dormions dehors, sous la pluie battante. Ce qui nous dérangeait le plus, c'étaient les scorpions et les mille-pattes qui nous piquaient pendant notre sommeil. Malgré tout cela, les journées de travail s'enchaînaient et nous avions fini par atteindre le pied de la montagne.

Il fallait deux heures de marche pour y arriver, en prenant la route nationale. A cause de la pluie, les routes devenaient glissantes et nous étions si faibles que nous avions du mal à tenir debout. Nous tombions souvent, tels des petits veaux qui, lorsqu'ils apprennent à marcher, tombent puis se relèvent, retombent puis se relèvent. Certains d'entre nous étaient si faibles qu'une fois tombés, ils ne pouvaient plus se relever. Les soldats les forçaient alors à sortir de la boue. Ils les traînaient par les cheveux et les fouettaient en leur lançant toutes sortes d'injures. Mais c'était trop tard. Le visage de ces malheureux, baigné d'une sueur froide, devenait de plus en plus blanc et une sorte d'écume s'échappait de leur bouche. Tout d'un coup, ils s'arrêtaient de respirer, les yeux grands ouverts comme s'ils voulaient exprimer une dernière parole : « Cette vie est belle malgré tout, mais je n'en ai pas assez profité. »

Quand nous descendions dans la rizière, d'affreuses odeurs montaient jusqu'à nous. On ne savait pas d'où elles venaient jusqu'au jour où l'on découvrit que c'était celle des cadavres enterrés dans les rizières que l'on devait repiquer. Nous hésitions alors à descendre dans l'eau mais, face à l'intransigeance des soldats, notre hésitation fléchissait comme une feuille au vent : il fallait obéir. Je revois encore l'eau de la rizière, noire, puante, et bourrée de vers. Tandis que nous repiquions le riz, nous balayions d'une main les vers qui rampaient sur nos mollets, jusqu'à nos cuisses. Il m'arrivait parfois de frissonner quand ma main heurtait quelque chose dans la vase. Voulant savoir exactement ce que c'était, je ressortais souvent une main coupée et pourrie aux doigts de laquelle brillait encore une bague. Je regardais ensuite à gauche et à droite et lorsque j'étais sûr enfin que personne ne me voyait, je retirais la bague du doigt et la glissais furtivement dans ma poche. Tout en continuant le repiquage, je reculais de quelques mètres et ainsi, au fur et à mesure, je trouvais une carte d'identité, des cravates, des bracelets dorés, des montres, etc. Au début, je pensais être le seul à découvrir ces trésors mais très vite, je m'aperçus que les autres trouvaient les mêmes choses que moi. Au-dessus de la rizière, des sourires complices s'échangeaient avant de reprendre le travail comme si rien ne s'était passé. Chacun restait avec son secret.

Quand le soleil était au zénith, la chaleur était insupportable. Penché au-dessus de l'eau, je voyais mes gouttes de sueur tomber dans la rizière, comme si on venait de me verser un seau d'eau sur la tête. Les vers qui grouillaient en surface tout à l'heure se protégaient du soleil en se cachant parmi les mauvaises herbes et la vase. J'avais faim et soif, j'étais fatigué. Nous avions tous des mines défaites et des traits tirés. Pendant ce temps, les soldats continuaient à nous surveiller et à faire régner le silence dans ces rizières semées de cadavres. A force de respirer toujours la même odeur, on avait fini par s'y habituer et quand par hasard, on tombait sur une cuisse, un bras ou un crâne, on se contentait de les éviter, sans attirer l'attention des soldats. Plus on travaillait et moins on nous donnait à manger. J'avais beaucoup maigri et sous cette chaleur, je tremblais de faim comme les moineaux d'un nid brisé qui restent sous la pluie à attendre le retour de leur mère.

Une cloche sonna : il était midi passé. Une joie m'envahit, je vais pouvoir manger un peu et me désaltérer à l'ombre d'un arbre. Sur la diguette qui était glissante le matin, on pouvait à présent marcher sans avoir peur de tomber. Sans m'occuper de ce que j'avais amassé dans mes poches, j'avançai derrière mes camarades en songeant à la louche de potage qui m'attendait : « Je vais d'abord absorber rien que l'eau et je garderai les grains de riz pour les manger après avec une pincée de sel. Je prendrai le temps de savourer cette chose précieuse que j'attends depuis ce matin. » J'avalai alors ma salive sans avoir rien dans la bouche qu'un rêve nourricier.

A l'approche du grand tonneau de soupe, je vis des soldats tenant un sac ouvert. Tout le monde comprit mais il était trop tard pour cacher ce qu'on avait ramassé le matin. Les soldats nous fouillèrent et prirent tout ce qu'ils trouvèrent; en échange, ils nous adressèrent un sourire moqueur.

Après avoir pris une louche de soupe, chacun choisit un endroit pour s'asseoir. Qu'il était précieux ce bol de soupe! C'était tout ce que nous avions! Aussi, nous le tenions soigneusement entre nos mains, tels des valets portant des mets précieux à un roi.

Humant l'arôme qui montait de ma soupe, j'éprouvais un certain plaisir à regarder mes camarades manger. Je faisais attention bien sûr, en les regardant, à bien tenir mon bol entre mes mains car en une fraction de seconde, ce précieux potage pouvait être avalé par un de mes voisins qui avait faim.

Maintenant que cette soupe nous appartenait, nous la mangions chacun à notre manière. Une soupe de riz qui avait la couleur d'une bouillie de farine changeait d'aspect quand on y mettait une poignée de grillons décapités : elle prenait la couleur de la cendre. Certains y faisaient infuser des liserons d'eau; elle ressemblait alors à une tisane pour la toux, d'un vert léger. D'autres y ajoutaient des piments rouges qu'ils avaient ramassés dans la brousse, le long de la route nationale. Cela sentait fort : ils éternuaient, se mouchaient et s'essuyaient les yeux comme s'ils voulaient à tout prix tuer leur appétit puisqu'ils n'avaient plus de quoi manger.

Ce n'était pas le premier repas auquel j'assistais mais à

chaque fois, j'étais étonné de voir comment mangeaient mes camarades. Cependant, je dissimulais mon étonnement autant que je pouvais et je m'efforçais de ne pas montrer ce que j'éprouvais. De mon côté, je me contentais de manger ma soupe telle qu'elle était; je n'ajoutais rien à cette louche pure et précieuse. En revanche, je commençais toujours par boire le bouillon par petites gorgées. Et quand le fond de mon bol cassé ne contenait plus que quelques grains de riz assez solides, je mettais dessus un peu de sel et les mangeais. J'éprouvais alors un des plaisirs les plus grands que j'ai jamais connus : j'écrasais sous ma langue les grains parfumés et, tout doucement, je les avalais. Si j'avais pu garder plus longtemps dans la bouche ces grains délicieux, je l'aurais fait. Malheureusement, c'était impossible. Lorsque j'avais fini de manger, je sentais que je récupérais peu à peu les forces perdues le matin. De nouveau, je transpirais mais cette fois, c'était d'une sueur tiède et cela me rendait heureux même si j'avais encore faim.

Il se remit à pleuvoir quand nous repartîmes pour la rizière. Cet après-midi-là, je repiquais du riz à côté de Sokka, un ami qui avait quelques années de plus que moi. Depuis plusieurs jours, il était malade et il n'avait repris le travail qu'aujourd'hui. Quand il avait la fièvre, il frissonnait et devenait tout pâle.

– Tu sais, Savang, me dit-il, on n'avait pas besoin de faire ce boulot avant, pour manger à notre faim. Je me demande combien de temps cela va durer.

En disant cela, il n'avait pas vu les soldats qui étaient derrière nous. J'avais beau lui faire des grimaces, il haussait les épaules d'un air de dire : « Moi, je dis ce que je pense! »

Le soir de ce même jour, pendant la réunion, il fut accusé par les Khmers rouges d'être un contre-révolutionnaire. A contrecœur, il dut reconnaître ses fautes et faire son autocritique devant tout le monde.

Il était déjà tard quand nous allâmes nous coucher, après la réunion. Je sortis la botte de paille que j'avais cachée sous un arbre et je l'étalai par terre afin de n'être pas mouillé. Sokka était à côté de moi. Comme nous avions encore un peu de temps, la conversation s'engagea entre nous :

– Avant, pendant les fêtes à la pagode, je ne ramassais jamais les gâteaux jetés, ni les fruits et le riz qui étaient donnés aux esprits du lieu. Je n'avais même pas le droit de les toucher. Ma mère me disait qu'il ne fallait pas déranger les diables.

– C'est comme moi, Savang. Ma famille était stricte, elle aussi. J'en ai l'eau à la bouche quand j'y pense.

Nous avions moins faim quand nous parlions de nourriture. A nos paroles se mêlaient les hurlements des chefs en train de manger, le cri strident des grillons et les aboiements des chiens qu'on entendait de très loin. Malgré l'heure avancée, il ne faisait pas encore tout à fait noir et, grâce à la lumière de la cuisine centrale où mangeaient les chefs, on pouvait distinguer les formes des choses sur l'ombre du grand arbre. Mais l'apparition d'un soldat d'une quinzaine d'années nous fit tout d'un coup sursauter :

– Camarade Vang, dit-il en s'adressant à moi, où est le camarade qui était à côté de toi ce matin ?

Je n'eus pas le temps de lui répondre. Sokka avait déjà pris la parole :

– C'est moi, camarade frère. Que voulez-vous ?

– Suis-moi. Le chef désire te parler.

Je savais que ce qu'il disait n'était que pur mensonge. Ce n'était pas la première fois que j'assistais à ce genre d'arrestation. Je fis comme si de rien n'était et, avec un sourire forcé, je dis au soldat :

– Il n'y a rien d'urgent, je suppose, cela peut attendre. A propos... Je crois que ce n'est pas bien grave.

Par « à propos », je voulais parler de ce qui s'était passé le matin, mais je fus pris soudain d'un trouble qui m'empêcha de dire le fond de ma pensée. De son côté, Sokka comprenait très bien la situation, ayant vu et vécu les mêmes choses que moi. Il avait peur et tremblait.

– Camarade frère, ayez pitié de moi. La prochaine fois, je ne dirai pas de telles choses.

– La Révolution n'a pas de pitié.

Ayant dit cela, il arracha Sokka de sa couche et l'entraîna de toutes ses forces vers la mare.

Quand je vis la direction qu'il prenait, je compris aussitôt que je venais de perdre un ami pour toujours. Je restai un moment debout, les regardant plonger dans l'obscurité. Je tremblais de peur et de tristesse. Un frisson de haine et de vengeance me parcourut, je serrai les dents mais mes larmes jaillirent... Avec la vieille serviette que j'avais l'habitude de me mettre autour du cou, je m'essuyai en vitesse les yeux. Dans la pénombre, je voyais la lueur d'une lampe de poche tourner dans tous les sens. Puis soudain un léger déclic se produisit, annonçant instinctivement qu'on venait de mettre fin à une vie. Mes pieds étaient glacés et je m'aperçus que j'étais trempé de sueur.

Un long moment s'écoula. Puis le jeune soldat reparut, les mains rouges de sang, brandissant devant moi un foie frais et sanglant. Il voulait que je lui dise que c'était un foie humain mais je fis l'idiot et, cachant mon trouble, je lui affirmai n'avoir jamais vu de chose pareille.

J'avais souvent entendu dire que ces barbares avaient soif de chair humaine et que le fait d'en manger leur donnait envie de tuer leurs semblables. Pour la première fois alors, je commençai à me poser des questions.

Le lendemain matin, en allant à la mare pour me laver, je pris discrètement la direction qu'avaient prise Sokka et le soldat. A l'endroit où mon ami était mort, il n'y avait plus rien. Seule, la terre baignée de sang était couverte de fourmis et d'insectes dont j'ignorais le nom.

Dorénavant, je n'ouvrais plus la bouche. Si on me parlait, je ne répondais pas : j'étais comme égaré. J'étais terrifié et la peur me traumatisait. Je devenais aussi de plus en plus maigre. Le matin, quand je me réveillais, j'avais mal partout et je toussais. Mais je n'osais pas demander au chef une permission pour me reposer.

Depuis une semaine, les averses se succédaient. Il était bon qu'il pleuve car cela faisait pousser le riz qui nourrissait le peuple. Mais quand la pluie était trop forte, elle emportait avec elle des vies humaines. Beaucoup de mes camarades moururent à ce moment-là. Le froid, le manque de nourriture et de médicaments – ils étaient déjà malades –, le fait de travailler continuellement sous la chaleur, la pluie et dans la boue, tout cela finissait par les tuer. Les Khmers rouges les enterraient en les entassant par dizaines dans des trous minuscules. Même morts, ils s'en fichaient et ils les enterraient comme des bêtes nuisibles ne présentant aucun intérêt. En voyant cela, mon cœur se serrait. Quelques jours après, les vautours arrivaient, attirés par ces trous mal comblés qui gonflaient. Devant ces scènes horribles, je devais rester sans rien dire... De nouveau, je me demandais combien de temps cela allait durer.

Les nuits où il ne pleuvait pas, je m'endormais en regardant les étoiles qui scintillaient. Mais je n'éprouvais plus la même curiosité qu'autrefois : toutes mes pensées s'envolaient vers ma famille ! Si on mourait de faim ici, là-bas, au village, les gens devaient également mourir de faim. Que devenait ma famille ? Mes parents, mes sœurs, mes frères ? Je réalisais alors qu'ils me manquaient cruellement.

CHAPITRE VII

Survivre à tout prix

Lorsque les premières tiges de riz arrivèrent au niveau de la hanche d'un adulte, on nous autorisa à retourner dans nos villages. Comparé au premier jour, nous n'étions pas très nombreux à repartir.

La plupart de mes camarades avaient le corps gonflé, rempli d'un liquide qu'on voyait à travers la peau. Leurs ventres étaient comme des fruits mûrs, prêts à se fendre. Quant à moi, je n'enflais pas mais je devenais de plus en plus maigre. Mes genoux me faisaient tellement mal que le jour du départ, je fus incapable de marcher. On me fit monter dans une charrette à bœufs. Les secousses du voyage nous projetaient les uns contre les autres si bien que les ventres se déchiraient, laissant s'échapper le liquide blanc qui attirait les mouches.

Je me souviens que lorsque je rentrais de vacances autrefois, j'étais content de retrouver mes chiens, mes plantes, mes livres, mes timbres, etc. A présent, le fait de revoir ce village qui n'était pas vraiment le mien ne me procurait pas de vraie joie. Bien sûr, mes parents y habitaient depuis plus d'un an déjà, mais il n'imprégnait pas encore mon cœur.

Un lieu où je pouvais me relaxer et puiser des forces pour combattre était la pagode. Le fait d'y aller en cachette et de rester en silence me procurait une sorte de joie qui me faisait murmurer au fond de moi-même :

« Courage ! » Oui, dans cette vieille pagode en ruine, devant la statue décapitée d'un Bouddha abandonné, je mettais de l'ordre dans mon esprit et le Bouddha avait le don à chaque fois de changer ma peur en sécurité.

Après avoir dépassé la pagode, il fallait longer le chemin qui bordait la rivière, méandre après méandre. Comme d'habitude, avant de nous laisser partir, les chefs faisaient une réunion pour nous donner des conseils. Chacun devait s'exprimer brièvement et faire semblant de vouloir suivre ardemment le gouvernement, ce qui m'agaçait profondément.

Je devais faire le reste du trajet tout seul, à pied. C'était dur car depuis la veille, je n'avais rien mangé et j'étais obligé de m'arrêter presque tous les 100 mètres, tellement la tête me tournait. Mon visage se contractait comme sous l'effet d'une piqûre et j'avais des fourmillements dans les doigts. Mon sac à dos était plein de punaises mais je ne voulais pas le jeter car il était tout ce que je possédais.

Dans les intérieurs sombres des maisons devant lesquelles je passais, je voyais des enfants au gros ventre et à la tête en forme de crâne qui pleuraient et réclamaient à manger. Je pensais alors à mes frères et je me demandais s'ils avaient faim eux aussi et s'ils étaient maigres comme ces enfants. Voulant à tout prix connaître la réponse, je pressai le pas mais mes pieds ne voulaient plus me porter.

J'arrivai au moment où la cloche de la cuisine collective sonnait. Mes parents et mes deux petits frères étaient à la maison ; ils avaient beaucoup changé. Tout d'ailleurs avait changé : l'ordre impeccable qui régnait autrefois dans la maison avait fait place à une sorte de propreté désordonnée. Ils se tenaient tous les quatre autour du feu car ils avaient froid. Mon père ne pouvait plus travailler tellement il avait mal au ventre : il avait la dysenterie. En rentrant de son travail, ma mère passait par la cuisine collective pour recevoir la ration journalière de la famille mais, pour quatre personnes, l'*angkar* ne donnait qu'une louche de potage et quelques grains de riz.

Ma joie de revoir les miens fut très vite assombrie par la

vue de cette louche de potage : j'avais faim, moi aussi, mais j'étais une bouche supplémentaire.

L'ambiance familiale n'était plus la même. Mes petits frères avaient perdu leurs bonnes joues et ils avaient un gros ventre, comme les enfants que j'avais vus sur la route ; la forme de leur tête cependant n'avait pas changé.

Ma mère versait cette louche de potage au riz dans une grande marmite qui contenait des feuilles de manioc et un tronc de bananier haché. Elle mélangeait ensuite un long moment en laissant la marmite sur le feu, avant de nous donner à chacun une louche de potage bien chaud. Le seul moyen pour que tout le monde ait à manger était de mélanger la poignée de riz donnée par l'*angkar* à des feuillages. Quand on a faim, tout devient bon. Qui aurait pu penser deux ans auparavant qu'un jour nous serions obligés pour survivre d'avaler cette soupe sans goût ?

Le lendemain, je dus quitter ma famille et retourner à la maison des jeunes. Mon travail consistait maintenant à remplacer les tombeaux d'une plaine lugubre par du manioc.

Un mois avant, la pioche s'enfonçait facilement dans la terre. A présent, j'avais beau appuyer de toutes mes forces, elle n'arrivait pas à casser les mottes et elle enlevait juste les herbes qui étaient en surface.

Les chefs savaient pertinemment que nous étions trop faibles pour ce travail et de temps en temps, ils nous fouettaient par derrière pour que nous allions plus vite. Mais punir la faiblesse par la force ne servait qu'à engendrer la mort et beaucoup de mes camarades tombèrent les uns après les autres. Je redoutais de voir le foyer se vider et devenir chaque jour de plus en plus calme.

Après une dure journée de travail, nous n'avions droit qu'à quatre ou cinq cuillerées de potage. Je me mis alors à réfléchir : « Si je continue à rester ici, tôt ou tard je me retrouverai à l'ombre d'un tamarinier et on m'enterrera comme les autres : le corps suspendu à une tige de bambou, entre deux roues de vélo. » Cette pensée me fit si peur que je résolus de partir coûte que coûte. « Au contraire, si je suis chez mes parents, je pourrai me cacher où je voudrais, dès que j'entendrai les chevaux. Pour ce qui était de la nourriture, il valait mieux manger trois grenouilles que quatre ou cinq cuillères à soupe de potage par jour. En plus, je trouverai facilement des grenouilles dans les rizières. » J'optai finalement pour cette solution qui me paraissait la plus raisonnable.

Une nuit de pleine lune, j'attendis que tout le monde soit endormi pour quitter la maison des jeunes et filer en direction de la plaine, au lieu de prendre la route qui longeait la rivière. En passant sous un tamarinier, une image que j'avais vue dans la journée surgit devant moi : des cheveux sortant d'une tombe. Je me retournai en un éclair et pressai le pas.

Je restai plusieurs jours ainsi. Je me nourrissais d'herbes comestibles, de poissons, de crabes et de grenouilles trouvés dans les rizières afin de ne pas apparaître au village pendant les repas. J'évitais en effet de rejoindre ma famille car c'était le moment où je risquais le plus d'être aperçu. Les rizières, la plaine, les arbres et la brousse étaient devenus mon refuge. Je me revois encore tel que j'étais à l'époque : le corps couvert d'insectes, vêtu d'une chemise et d'une culotte noires qui tombaient en loques. La plupart du temps, mes vêtements étaient mouillés; j'avais froid, je m'enrhumais et mes yeux étaient rouges. J'essayais malgré tout de me faire à cette situation. N'ayant mangé jusqu'à ce moment que du riz correctement cuit, mon estomac avait du mal à digérer ces nouveaux aliments. Je vomissais souvent, j'avais tout le temps mal au ventre et j'étais obligé de me soulager plusieurs fois par jour.

Après toute une journée dehors, j'aurais été content de passer la nuit dans un lit ou simplement à l'abri du vent et de la pluie. Hélas, ce n'était pas facile car nous étions continuellement écoutés et surveillés par des jeunes Khmers rouges qui avaient entre 10 et 13 ans. Le plus souvent donc, je me réfugiais au milieu des bananiers dont les feuilles, amollies par la rosée, me servaient de matelas, de couverture, d'oreiller et parfois... de papier hygiénique. Je vivais en état d'alerte permanente, avec un seul souhait dans le cœur : que demain soit plus calme qu'aujourd'hui.

Un matin où j'avais rendu visite à ma famille et où j'étais occupé à couper des bananiers en tronçons, ma mère vint me dire précipitamment :

– Vite, cache-toi, j'entends les chevaux!

Paniqué et ne sachant où aller, je me mis à courir vers le bois de bambous qui se trouvait derrière la maison. Je voulais me cacher là, mais je fus pris soudain d'un doute : si les soldats qui me cherchaient étaient les mêmes que la première fois, ils connaissaient très bien le bois. Je décidai alors de grimper dans un tamarinier qui se trouvait à quelques mètres. J'avais le choix entre deux arbres : je choisis le plus touffu. Malheureusement, il était plein de fourmis rouges et de frelons. D'habitude, quand je venais cueillir des tamarins, j'apportais des cendres pour faire descendre les fourmis, mais aujourd'hui je n'en avais pas. Tant pis, je n'avais pas une minute à perdre. Le temps que je me cache derrière une branche assez solide, les soldats étaient déjà chez moi. Je les voyais très bien d'où j'étais. De plus, ils parlaient suffisamment fort et j'entendais tout ce qu'ils disaient. L'un d'eux était en train de questionner ma mère :

– Mère [1], vous avez bien un fils qui s'appelle Savang? Ne savez-vous pas où il est? Depuis quelques jours, on ne le voit plus. (Ces soldats venaient de la maison des jeunes.)

– Oh, mon fils, répondit ma mère, je ne sais pas où il est, moi non plus. Cela fait déjà quelque temps qu'il ne vient plus à la maison.

Les soldats posèrent d'autres questions. Le vent avait tourné et je n'entendais plus ce qu'ils disaient mais je voyais ma mère qui continuait à secouer négativement la tête. Les gardes, de plus en plus mécontents, lui ligotèrent les mains et l'attachèrent à un oranger, puis ils entrèrent

1. Appellation courante, utilisée par les jeunes quand ils s'adressent à des femmes de 30 ou 40 ans.

dans la maison. Comme je ne pouvais pas les voir, je me dis qu'ils devaient être en train de fouiller la maison de fond en comble. Un moment après, je les vis ressortir avec un oreiller qu'ils secouèrent; le kapok volait dans tous les sens. Je me demandais si le fait de me rechercher n'était pas un prétexte pour essayer de trouver de l'or ou des montres. Furieux de n'avoir rien trouvé, ils se dirigèrent alors vers les bananiers puis, progressivement, vers les bambous. Ils n'étaient plus qu'à quelques mètres à présent.

– Peut-être se cache-t-il dans un de ces arbres ? suggéra l'un d'eux.

A ces mots, je devins blême. J'essayai de me recroqueviller le plus possible mais les fourmis, pendant ce temps, n'arrêtaient pas de me piquer et les frelons rasaient ma tête en faisant un bruit qui me donnait envie de me gratter. J'étouffais, je transpirais et luttais de toutes mes forces en me disant : « Courage, patience ! »

Les soldats étaient maintenant sous mon arbre. J'entendais tout ce qu'ils disaient. L'un d'eux essaya de grimper mais il y renonça, à cause des fourmis rouges. Puis, las sans doute de ces recherches qui ne menaient à rien, ils tournèrent les talons et s'en allèrent.

J'attendis un moment avant de descendre. Bien sûr, cela me faisait mal au cœur de laisser ma mère attachée, mais c'était plus prudent. Quelques minutes passèrent. Quand tout parut calme à nouveau je repris confiance et quittai mon arbre pour aller détacher ma mère. Elle était pâle et en sueur :

– Où t'es-tu caché ? Je commençais à m'inquiéter. Je pensais qu'ils t'avaient arrêté. Ouf ! Te voilà de nouveau près de moi.

Il était encore tôt quand je me réveillai ce matin-là. Je voulais sortir pour aller chercher comme d'habitude des liserons d'eau et des poissons. Mais il pleuvait fort et je dus attendre. N'ayant pas envie de parler à mes frères qui s'éveillaient eux aussi, je m'accroupis à côté de la porte.

Comme chaque fois que je me trouvais seul sans rien faire, je me mis à contempler les sommets des manguiers qui bordaient la rivière. Bien que ce ne soit pas la saison des mangues, mon regard était attiré par un manguier dont les feuilles et les branches évoquaient tout naturellement la tête d'un géant aux longues canines. Chaque matin, les oiseaux venaient se poser sur ses branches pour chanter ou partager quelque chose qu'ils avaient trouvé. Comme j'aurais voulu être à leur place! Eux, au moins, ils étaient libres et ils pouvaient voler où ils voulaient. Mon esprit s'évadait avec eux dans un monde de rêve et de liberté qui m'aidait à mieux supporter la réalité. Mais ce qui m'étonnait le plus ce matin, c'est qu'il n'y avait pas mes oiseaux habituels, mais des corbeaux qui volaient en rond en poussant des croassements aigus.

Quand mon père rentra de son travail, à midi, je lui fis part de ce que j'avais vu. Il me dit qu'il devait y avoir quelque part un chien crevé ou un cadavre de bête quelconque. C'est alors que nous vîmes un homme se diriger vers nous, le visage maigre et les vêtements couverts de boue, comme s'il revenait de la guerre : nous reconnûmes Rath, notre voisin instituteur. Cela faisait très longtemps qu'on ne l'avait pas vu. Autrefois, avant que nos médicaments aient été confisqués, il venait souvent nous en demander pour ses enfants.

– Alors, Rath, demanda mon père, comment vas-tu et que se passe-t-il?

– Oncle, j'ai appris qu'un bœuf a été tué hier soir, pas loin d'ici. Voulez-vous y aller avec moi? Peut-être qu'on pourra récupérer quelque chose.

C'était une bonne nouvelle car mise à part notre soupe de feuilles aigre et sans goût, cela faisait longtemps que l'on n'avait plus rien à manger.

Comme s'il voulait cependant se rassurer, Rath répéta plusieurs fois :

– N'allez pas raconter aux autres ce que je viens de vous dire. Je vous le dis à vous, c'est tout.

Je pris en vitesse un couteau et un seau et je suivis Rath

et mon père. Une fois arrivés, nous vîmes que nous n'étions pas les seuls : les voisins proches et éloignés étaient déjà là, en train de couper et de ramasser tous les morceaux qu'ils pouvaient emporter. Certains se disputaient pour avoir la tête du bœuf, les autres pour avoir les cuisses. Mon père et Rath se contentèrent de détacher la viande des côtes et des jarrets. Il fallait faire vite car nous risquions d'être vus. (Bien sûr, ce n'était pas nous qui avions tué le bœuf, mais nous pouvions quand même être inculpés. Or, à cette époque, qui disait inculpé disait tué.)

En rentrant à la maison, mon père déclara qu'il fallait manger la viande tout de suite, sans quoi on nous soupçonnerait et la maison serait fouillée. Soudain, il changea de couleur. Je compris alors qu'il avait quelque chose d'autre à nous dire mais qu'il préférait se taire.

Nous mangeâmes presque tout un seau de viande mais il nous en restait encore 3 livres. Qu'allait-on en faire ? De plus, nous avions peur des gardes [1] rouges : si jamais ils découvraient la viande, nous risquions la peine de mort. Nous savions très bien que le vol était une atteinte directe à l'*angkar*, puisque c'était le sujet principal de nos réunions quotidiennes. Et en même temps, face à cette peur, il y avait la crainte de manquer de nourriture. Qu'allait-on manger après ? De la soupe de feuillages ? La viande cuite, même si elle était fade, restait meilleure que la soupe aigre. En outre, elle était plus riche en calories et nous apportait plus de forces. Finalement, on décida de la garder et de la cacher.

Aux dernières lueurs du coucher du soleil, on vit arriver une jeune femme maigre, le *crama* sur la tête, avec un bébé tout rouge dans les bras. Nous la reconnûmes tout de suite, c'était la femme de Rath. Elle était en larmes. Ma mère, étonnée de la voir dans un tel état, lui demanda :

1. Les gardes rouges ne portaient pas l'uniforme des Khmers rouges, afin de se mêler plus facilement à la population qu'ils espionnaient et surveillaient pour transmettre des renseignements au gouvernement. Dissimulés parmi nous, ils n'en étaient que plus dangereux.

– Qu'as-tu petite sœur ? Viens t'asseoir ici, à côté de moi. Pose le petit et couvre-le comme il faut. Dis-moi ce qui ne va pas, nous pourrons peut-être t'aider.

Après avoir calé contre son sein le bébé qui commençait à pleurer, la femme de Rath raconta :

– Mon mari vient de mourir. Inutile de vous dire ce qu'on a mangé aujourd'hui. Après le repas, il a vomi et a été pris de diarrhée. Il est devenu froid comme de la glace et m'a demandé de lui faire chauffer de l'eau. Pendant que je mettais l'eau à chauffer, il est tombé par terre, trempé de sueur. Tout à coup, trois corbeaux [1] sont entrés dans la maison. Ils ont trouvé la viande qui restait et en ont repéré dans les vomissements. Ils ont alors interrogé mon mari pour savoir qui lui avait donné la viande. Rath a refusé de répondre et pour le faire parler...

Les pleurs du bébé l'empêchèrent de continuer. Elle déclara alors :

– Vous savez, grande sœur, je maigris de plus en plus. Avec mes seins qui sont comme des courgettes desséchées, comment voulez-vous que je le nourrisse ? J'ai de moins en moins de lait. C'est pour cela qu'il pleure. Je me demande comment je vais faire. Pauvre gosse qui ne connaît même pas son père !

De nouveau, elle se mit à pleurer et serra le bébé contre elle. Ma mère souleva l'enfant et le posa sur ses genoux. Elle lui donna son petit doigt à sucer puis, avec l'autre main, elle lui fit boire la bouillie de riz qu'elle avait gardée dans un bol pour mon petit frère. Le bébé cessa de pleurer et poussa de petits cris râleurs et affectueux.

Poussant un grand soupir, la femme de Rath reprit son récit :

– Pour le faire parler, les soldats ont arraché les tiges de miel [2] du jardin et l'ont frappé. J'ai voulu les en empêcher mais ils m'ont jetée par terre. Mon mari est devenu pâle comme une feuille de papier. Les soldats l'ont alors traîné jusqu'à la porte et il l'ont assommé à coups de

1. Voir note p. 21.
2. Canne à sucre.

pioche. Il est mort sur le coup. Ils nous ont interdit de l'enterrer. Oh, grande sœur, aidez-moi ! Que vais-je devenir, avec les enfants ? Sans lui, la vie va être si dure !

Sans rien dire parce qu'elle pleurait, ma mère serra la femme de Rath dans ses bras. La peur et la tristesse régnaient dans la maison, mais que faire ? S'enfuir ? On ne pouvait même pas quitter le village.

Le lendemain après-midi, après avoir planté des patates, je grimpai avec mon frère Sany au sommet d'un goyavier pour cueillir des goyaves qui étaient encore vertes. Elles n'étaient pas bonnes mais tant pis, nous avions tellement faim ! Avisant la branche qui avait le plus de fruits, mon regard tomba sur le chemin qui longeait la rivière et j'aperçus au loin une foule de gens qui marchaient les uns derrière les autres, les mains ligotées, et escortés par des Khmers rouges. Je reconnus alors tous les voisins qui avaient coupé et mangé la viande du bœuf. Tous, je les connaissais.

Je quittai aussitôt mon arbre et courus à la maison pour changer de place la viande que ma mère avait cachée sous le toit et la mettre dans la grande jarre du fumier. Je m'éloignais quand je vis mon père qui rentrait de son travail, le visage maigre et pâle. Je m'empressai de lui raconter ce que j'avais vu, mais à peine avais-je terminé que des soldats faisaient irruption dans la cour. Un soldat s'approcha de mon père :

– Camarade, vous avez mangé de la viande du bœuf que l'on a osé tuer. On ne sait pas encore qui c'est mais l'*angkar leu* vous arrête. Inutile de chercher des prétextes, les témoins sont là. (Il montrait les voisins qui étaient ligotés.) Ne bougez pas, camarade. De toute façon, vous ne pouvez pas vous échapper.

Pendant qu'il parlait, un autre Khmer rouge fouilla la maison mais ne trouva rien. Ma mère et mes frères pleuraient :

– Camarade, mon mari est innocent, implora ma mère. Ce n'est pas lui qui a tué le bœuf.

– On verra bien. De toute manière, la roue de l'histoire

écrasera tous ceux qui s'opposent à la Révolution. D'ailleurs, votre fils est aussi coupable. Où est-il ?

Je tremblai en entendant ces derniers mots. Caché à nouveau dans les bambous, je regardais le cœur serré mon père que les soldats étaient en train de ligoter. Je fus soudain tenté de sortir de ma cachette et de partir avec lui. Au moins, il ne serait pas seul ! Mais en réfléchissant, je me rendis compte que cela ne servirait à rien et que cette idée était tout simplement stupide.

– Où est votre fils ? demanda encore le même soldat. Dites-le nous, sinon on vous emmène, vous aussi.

– Mon fils vient d'être arrêté par les jeunes gardes, répliqua ma mère. C'est pourquoi, je vous demande de relâcher mon mari car, sans lui, nous ne pouvons pas vivre.

Les soldats eurent l'air rassurés d'apprendre que j'avais été arrêté et sans même répondre à ma mère, ils s'en allèrent.

Je revois encore mon père : il était triste, pâle et calme à la fois. Avant de partir, il jeta un regard vers ses deux fils, mais son dernier regard fut pour ma mère :

– Prends soin des enfants et de toi-même, dit-il. Ne t'inquiète pas pour moi.

Puis, baissant la tête, il se laissa emmener par les soldats. En le voyant s'éloigner, mon cœur se remplit de douleur, de pitié et de haine. Je pleurais en serrant les dents.

Je m'assis au crépuscule à côté du feu pour faire cuire quelques grenouilles que j'avais avec moi : c'était notre dîner d'aujourd'hui. Tous les jours, à cette heure-ci, quand il n'était pas trop fatigué, mon père nous parlait de la pluie et du beau temps. Quand il restait silencieux, nous savions tout de suite que la journée avait été trop dure pour lui et qu'il n'avait eu peut-être à midi que quelques louches d'eau bouillante avec des liserons d'eau. Mais même quand il ne parlait pas, sa présence nous réchauffait le cœur.

Ce soir, la maison était plus calme que jamais. Je ne me

sentais pas bien. J'avais vraiment besoin de savoir où on l'avait emmené et ce qu'on allait faire de lui. Je savais que ma mère était incapable de me répondre, mais je lui posai quand même la question :

– Maman, quand papa va-t-il revenir ?

– Il va revenir, ne t'inquiète pas.

Elle parlait d'une voix morne et son visage était plus triste que d'habitude. Cette réponse ne me rassura pas beaucoup et le peu de réconfort qu'elle voulait me donner fut aussitôt balayé par la vague de tristesse que je vis sur son visage.

La nuit était déjà très avancée. Dans quelques heures, les coqs des anciens camarades (de l'autre côté de la rizière) allaient chanter, mais je ne parvenais toujours pas à m'endormir : je repensais à toutes les tortures que j'avais vues et je souhaitais de tout mon cœur qu'elles n'arrivent jamais à mon père. Mais ces horribles visions étaient plus fortes que mes souhaits et elles défilaient une par une dans mon esprit. Si on le frappait avec une tige en fer ? Si on le forçait à attraper des charbons rouges ? Si on lui donnait des coups de hache sur la nuque ? Si on lui injectait du pétrole dans les veines ?...

Je ne sais plus à quel moment je m'endormis mais quand je m'éveillai, j'avais encore un beau rêve dans la tête : j'avais rêvé de son retour. Ses vêtements étaient pleins de boue mais son visage souriait. Il me disait qu'il allait bien et qu'il avait été bien traité.

Le deuxième jour, nous étions sans nouvelles : l'attente commençait à être dure. Notre voisine raconta à ma mère que tous ceux que l'on avait arrêtés la veille avaient été exécutés dès leur arrivée à Baset, la commune du grand chef supérieur qui était à une dizaine de kilomètres de Brin-de-Marmite. Ma mère ne crut pas cette triste nouvelle et elle préféra mettre sa confiance dans la prière qu'elle adressait à ses ancêtres. De mon côté, je tenais absolument à mon rêve de la nuit d'avant.

Ma mère aimait beaucoup exprimer ses chagrins et ses tristesses dans la prière. Avant de prier, elle me demandait de faire le tour de la maison pour voir s'il n'y avait pas de Khmers rouges. Lorsque tout paraissait calme, nous nous mettions à genoux vers l'est et répétions la prière qu'elle disait : « Grand Père du ciel, aidez-nous à sortir de cette angoisse et protégez notre père comme vous l'avez toujours fait. » Quand nous habitions la ville, nous déposions beaucoup de nourriture et de fruits sur l'autel des ancêtres. Aujourd'hui, nous n'avions plus rien, que notre désir et notre joie de prier. Comme offrande, ma mère apportait un seau rempli d'eau sur laquelle flottaient quelques jasmins. Et à la fin de la prière, elle nous faisait boire chacun à notre tour avant de nous dire, le visage rasséréné : « Nos malheurs vont très vite se terminer. »

Ce soir-là, le gouvernement nous avait donné la ration d'une moitié de banane pour trois personnes. Ma mère et moi ne mangions pas, nous nous privions pour mes frères.

Le ciel, cette nuit, était clair. Je voyais beaucoup d'étoiles scintiller et quelques chauves-souris voler, en quête de nourriture. De temps en temps, je sursautais au bruit des gouttes d'eau qui tombaient quelque part, sur une feuille de bananier. Ma mère, elle, était rassurée car on n'entendait pas d'oiseaux nocturnes. Dans la rue, il n'y avait plus personne, sauf quelques soldats marchant dans la boue, avec des vélos sur les épaules. A cette heure-ci, on ne voyait plus de gens aller enterrer leurs morts (c'était souvent des morts et rarement de la nourriture que les gens transportaient).

Je m'accroupis à côté de la porte et je tendis l'oreille. Bien sûr, le moindre bruit pouvait provenir des gardes rouges qui nous surveillaient mais dans ma tête, il annonçait le retour de mon père – j'en avais la certitude et je continuais à garder confiance malgré les mauvaises rumeurs.

Dans cette nuit calme, les fleurs de jasmin qui poussaient à l'abri des regards [1] dégageaient un parfum

1. Toutes les fleurs avaient été détruites, car pour les Khmers rouges elles étaient l'ornement des sentiments cachés, ennemis n° 1 de la Révolution.

agréable qui adoucissait ma tristesse et qui me rappelait beaucoup de souvenirs : à l'entrée de la maison, il y avait autrefois un grand jasmin dont les fleurs étaient vendues tôt le matin, à des fleuristes qui les revendaient. Avec l'argent des fleurs, mes sœurs confectionnaient de gros gâteaux qu'elles recouvraient de pétales. Moi qui avais si faim en ce moment, comme ces gâteaux me manquaient!

Je pensais que ma mère était en train de dormir mais non, elle aussi se faisait du souci. Parfois, pour se soulager, elle s'exclamait :

– Tant qu'on y est, fais ce que tu veux! Je ne souhaite qu'une chose : que ma prochaine vie soit dans la paix.

Une deuxième nuit passa. La troisième allait commencer. Il avait plu à torrent tout l'après-midi et mes frères et moi en avions profité pour aller à la rizière. Nous mangions en cachette les fleurs de riz qui n'étaient pas encore sorties en épis. De temps en temps, quand il y avait des éclairs, nous cachions notre tête entre les tiges de riz et nous plongions dans l'eau.

Le soleil venait de se coucher et la nuit tombait. Comme d'habitude à cette heure-ci, le plus petit se mit à pleurer pour réclamer à manger. Mais il n'y avait rien ce soir, on ne nous avait rien distribué. Pour essayer de le calmer, ma mère prit des goyaves, les pila et les lui fourra dans la bouche. Il s'arrêta aussitôt de pleurer et tout en mangeant, il s'endormit.

La lune ne se leva pas tout de suite (les jours de pleine lune étaient finis) et après le crépuscule, une obscurité totale se fit. Deux heures plus tard, à travers les cimes des arbres à l'est, des lueurs apparurent en grandissant derrière les nuages. Petit à petit, quelques rares lumières pénétrèrent dans notre cabane : l'ombre des arbres s'allongeait, la nôtre aussi.

Comme la veille, je restai à côté de la porte d'entrée, le cœur palpitant, imaginant déjà que mon père était là. Pour la énième fois, je tournai la tête vers l'entrée principale, mais je ne vis rien. Le silence n'était troublé que par les cris des grillons, des grenouilles et des crapauds. Parfois, un coup de vent faisait tomber des gouttes d'eau et je n'aimais pas le bruit que cela faisait.

Tout d'un coup, j'entendis des pas sur le chemin plein de boue. Je me retournai aussitôt et dans l'obscurité opaque, je distinguai l'ombre d'un homme qui avançait dans ma direction. Je pris peur mais ma peur se changea brusquement en joie quand je reconnus mon père. Avant qu'il ait prononcé le nom de ma mère, je l'avais reconnu :

– Koârk, Koârk, je suis là!

J'étais tellement heureux que je me jetai dans ses bras. Des larmes de joie coulaient de mes yeux et en cet instant, je ne sentais plus ma faim. En le voyant, ma mère poussa un soupir de soulagement :

– Te voilà, enfin!

Comme à chaque fois quand il rentrait de voyage, il posa sa main sur la tête de ma mère. Cette fois, pourtant, il ne rentrait pas de voyage, mais il continuait à faire comme autrefois. Ma mère lui répondit par un geste que je ne lui avais jamais vu : elle lui serra la main et la garda dans la sienne. Puis elle se mit à pleurer de joie.

Mes frères dormaient déjà mais mon père les réveilla et les serra dans ses bras, en leur disant en français une phrase que je lui entendais souvent : « Mes petits bouddhas. »

La nuit avançait. Dans la cabane, il n'y avait plus que des chuchotements; tout le monde écoutait mon père qui nous racontait ses malheurs :

« Les Khmers rouges nous ont emmenés jusqu'à Baset, là où il y a trois vieux temples. Juste en face se trouve un hangar dans lequel ils nous ont enfermés. En arrivant, ils nous ont donné à manger un potage épais avec de la sauce de poisson. Puis il nous ont mis une longue chaîne aux pieds et des menottes aux poignets. Assis par terre, nous nous regardions les uns les autres, la peur au visage. Quelques heures plus tard – il faisait déjà nuit –, le grand chef surgit dans le noir, escorté par trois jeunes gardes qui tenaient une lampe pour l'éclairer. Il s'approcha de nous et nous dévisagea à tour de rôle. Puis il nous dit :

« Tuer un bœuf est une peine capitale. Sachez que l'*angkar* sait tout ce que vous faites. Nous ne perdrons rien si nous vous éliminons et nous ne gagnerons rien si nous vous gardons. Donc, le plus simple, c'est de vous détruire.

« Ayant dit cela, il nous fouetta avec des fibres de cocotier tandis qu'un autre nous grillait les cheveux (tu verras mes cheveux, dit-il à ma mère). Très vite, le sol fut mouillé par l'urine et on resta trempé toute la nuit. Le deuxième jour, ils nous ont distribué nos tâches : je devais laver les porcheries. Au début de l'après-midi, vers 14 h 30, on nous a rassemblés de nouveau dans le hangar pour assister à une scène horrible : deux d'entre nous étaient tués à coups de couteau et les soldats leur coupaient les veines. A la réunion du soir, ils nous avertirent que la roue de l'histoire continuait toujours à tourner et qu'elle écraserait tous les opposants. Un peu plus tard, on nous donna une pioche pour creuser notre propre tombe. J'ai pensé alors que je ne vous verrais plus mais, au fond de moi-même, je gardais espoir.

« J'ai vu mourir tous ceux qui étaient partis avec moi. Les uns après les autres, on les a tués à coups de hache dans la nuque. Il ne restait plus que deux personnes : le voisin de Rath et moi ! Nous nous sommes regardés sans rien dire, puis nous sommes allés nous coucher. Cette nuit a été, je crois, la plus longue de ma vie... Le lendemain, j'allai à mon travail comme la veille. Quand vint le repas de midi, on nous donna à manger. Puis un soldat s'approcha de nous et nous dit gentiment :

« Vous pouvez rentrer chez vous à présent. Vous n'avez plus à avoir peur. »

Fin 1976. La pluie cessa de tomber et il se mit à faire froid. Les rations alimentaires n'avaient pas été améliorées et de plus en plus de gens mouraient. La première chose que je voyais le matin en me réveillant, c'était un enterrement.

En voyant mes parents et mes frères devenir chaque

jour de plus en plus maigres et faibles, j'étais mortellement inquiet et la faim petit à petit me donna une idée : voler.

Je voulais voler les fruits de l'État dans les plantations et le riz dans les rizières. Pourtant, quand je voyais les cadavres de ceux qu'on avait exécutés pour vol, j'avais peur et je restais tranquille. La nuit, je ne rêvais que d'une chose, de nourriture, et avec mes frères, on ne parlait que de cela. J'avouai un jour à mon père que j'avais très faim et que je ne tenais pas à rester dans cette situation. Il me comprit parfaitement et me donna gentiment son avis :

– Je n'approuve pas de voir tuer des gens qui volent parce qu'ils ont faim. Notre voisin a failli mourir parce qu'il avait pris deux malheureux maïs. C'est dommage de perdre la vie pour si peu de chose ! Je suis sûr cependant que le Cambodge va retrouver bientôt sa liberté et que tu pourras à nouveau reprendre tes études. Vois-tu, j'ai faim comme toi, mais je ne vole pas.

Ses paroles me parurent si sages que mon désir de voler s'envola immédiatement.

Un après-midi où il faisait beau cependant, je me dirigeai vers la plaine pour voir dans quelle rizière le riz était bien mûr. La plaine, encore verte quelques jours auparavant, était revêtue d'une couleur qui réjouissait mon corps affamé : la couleur d'une plume de perroquet. Le niveau de la rizière était assez bas et je voyais les poissons et les crabes s'enfuir vers des eaux plus profondes. Je voulais les attraper mais il était interdit de descendre dans les rizières quand le riz épiait. Aussi je continuai mon chemin, l'air de rien, pour ne pas attirer l'attention des jeunes gardes rouges. J'étais assez loin de chez moi maintenant et après avoir contourné deux grands arbres qui poussaient sur une diguette, je débouchai sur une rizière bien sèche où le riz était mûr. Les épis étaient énormes (plus longs que la distance entre mon poignet et mon majeur). Avec des épis de cette taille, je pourrais très vite remplir la marmite !

Je restais planté là. Mes rêves se bousculaient dans ma tête quand tout d'un coup, deux soldats descendirent d'un arbre et s'approchèrent de moi :

– Que fais-tu ici ? Ce n'est pas ta place, tu n'es pas chasseur d'oiseaux! (Ces chasseurs veillent à ce que les oiseaux ne mangent pas les grains de riz.)

– Camarades, leur dis-je, je cherche des plantes médicinales.

– Bon, d'accord, mais tu n'as pas le droit de toucher le riz même s'il tombe par terre.

Dès que j'arrivai chez moi, je préparai immédiatement les instruments dont j'avais besoin pour moissonner : une faucille, un grand sac en plastique et une ficelle en nylon. Je cachai mon matériel dans la brousse, sans me douter cependant que j'étais surveillé :

– Que fais-tu, Savang ? me demanda ma mère. Tu m'as promis que tu n'irais pas moissonner et tu sais bien que c'est interdit. Dans quelques jours, nous pourrons manger à notre faim.

Un peu déçu de cette réponse, je ne dis rien.

Quand la nuit arriva, je me couchai à côté de ma mère. Elle prit alors mes mains qu'elle serra très fort dans les siennes et, gentiment, elle me dit :

– Ne bouge pas. Tu crois que je dors mais je ne dors pas.

Quelques minutes plus tard, tout le monde dormait. Je desserrai alors doucement les mains de ma mère et descendis sans bruit vers l'endroit où j'avais caché mes instruments. Les coqs des anciens camarades, de l'autre côté de la rivière, commençaient à chanter : il devait être minuit, peut-être une heure. Qu'importe, pourvu que j'ai du riz à manger!

Malgré le scintillement des étoiles, l'obscurité de cette nuit sans lune était profonde. J'avais peur et je me demandai soudain pourquoi les chants des coqs étaient de plus en plus rapprochés. Le jour était-il loin encore ?

Je me dirigeais à pas de loup vers la rizière que j'avais repérée la veille en pensant : « Si par hasard, les soldats faisaient leur ronde ? » Effrayé, mon cœur battait de plus en plus fort. J'avais l'impression que quelqu'un me suivait. De temps en temps, je me retournais mais je ne voyais personne.

En face de moi se trouvaient les deux arbres près desquels j'avais rencontré les gardes, l'après-midi : ma rizière ne devait donc pas être loin. Avant de descendre moissonner, je regardai autour de moi une dernière fois en écarquillant les yeux puis, furtivement, je me mis à l'ouvrage. Les tiges de riz, encore pleines de rosée, étaient molles et se coupaient facilement. Dans l'obscurité, je ne faisais que tâter les épis avant de les moissonner. Je me relevais parfois pour scruter les environs, mais je ne voyais toujours rien. Au loin, trois lueurs brillaient séparément et, quand le vent soufflait, un vague refrain révolutionnaire emplissait l'air : *Le soleil de la libération s'est levé...* Peu m'importait de quel soleil il s'agissait, pourvu que mon sac soit plein !

J'étais content de voir cette gerbe d'épis à côté de moi. Mais cependant, je n'étais pas tout à fait rassuré : en effet, comment allais-je faire pour la transporter jusqu'à la maison ? On entendait de plus en plus les coqs tandis qu'à l'est, l'obscurité commençait à se dissiper et les étoiles à pâlir. Il fallait que je rentre mais cette fois, je n'osais plus repartir par le même chemin. Je décidai alors de prendre le raccourci qui passait par le cimetière.

A cause des branches épineuses des jujubiers plantés sur les tombeaux et qui s'accrochaient à mon sac, j'avais du mal à marcher. Je souhaitais de tout mon cœur que les rizières que je devais traverser soient calmes quand je vis quelqu'un sortir d'une rizière et se diriger vers moi. Paniqué, je jetai mon sac de riz, prêt à courir. Mais l'homme s'écria d'un ton rassurant :

– N'aie pas peur mon petit. Nous sommes des voleurs.

Et sans rien dire, il s'en alla. Soulagé, je repris mon sac et continuai mon chemin.

Il faisait maintenant jour. Au loin, je vis une femme en guenilles, assise sous un tamarinier derrière la maison : c'était ma mère. Dès qu'elle m'aperçut, elle courut vers moi en pleurant :

– Oh, tu m'as fait beaucoup de peine, dit-elle. J'ai eu tellement peur pour toi ! Dépêche-toi de cacher ce sac.

Les soldats viennent de passer. Ils ont arrêté deux voleurs. Je n'ai pas pu voir qui c'était dans le noir et j'ai pensé que c'était toi!

Maintenant, tout était terminé, je n'avais plus qu'à manger. Pour décortiquer le riz, je le mis dans un trou par terre et je le pilai avec un bâton. Comme cela faisait du bruit et qu'il ne fallait pas attirer l'attention des gardes, ma mère me disait :

– Quand je tousserai, cela voudra dire que je vois les gardes. Tu devras alors te dépêcher de cacher le riz.

Après avoir pilé et vanné le riz, je le mis à cuire dans beaucoup d'eau, non pas pour faire du potage mais parce que c'était comme cela que nous faisions en ville. Pour la première fois depuis neuf mois, nous mangions du vrai riz à notre faim.

Quand la réserve s'épuisa, je retournai à la rizière. A l'aller, tout s'était bien passé mais j'avais eu très peur. Quand tout le riz du deuxième vol fut mangé, il fallut à nouveau aller moissonner. Cette fois, j'hésitais car j'avais encore plus peur que les deux dernières fois. Finalement, je me dis : « On verra bien! » et je me mis en route.

Je ne sais pourquoi, j'avais le pressentiment tout en coupant les tiges de riz que quelqu'un m'observait. Un malaise m'envahit et je me blessai le doigt avec la faucille. Je décidai alors de rentrer. Aux sommets des arbres, les oiseaux chantaient tandis que le ciel devenait de plus en plus bleu. A l'est cependant, il changeait de couleur et ressemblait à une coquille d'œuf.

Je marchais sur une diguette herbue, mouillée par la rosée, entre les tiges de riz qui m'arrivaient à l'épaule. Comme j'avais la tête qui dépassait, il fallait que je marche en restant courbé. Dans les rizières qui manquaient de fertilisants et où le riz n'atteignait pas mes hanches, j'avançais à quatre pattes. Je n'étais plus très loin à présent de la maison, il ne me restait plus que deux rizières à traverser. Je m'arrêtai un peu pour reprendre ma respiration et je tâtai mon sac en me disant : « Pour une troisième fois, ce n'est pas brillant! »

Avant de me remettre en route, j'observai attentivement le grand tamarinier : il n'y avait rien. Je ramassai mon sac et j'allais me lever quand trois soldats sortirent d'une rizière et se précipitèrent sur moi. Ils étaient bien habillés, portaient une chemise et un pantalon noirs, ainsi qu'un foulard rouge autour du cou. Dans leurs poches, ils avaient deux stylos, un rouge et un bleu, mais je me demandai s'ils savaient vraiment écrire. Ils avaient des montres japonaises aux poignets et paraissaient en être fiers. Le plus jeune – il devait avoir 6 ou 7 ans – me ligota en criant :

– Voilà la proie que nous cherchons depuis longtemps!

Les deux grands se mirent à rire. L'un tenait mon sac de riz et l'autre me piquait la tête avec la faucille en disant :

– L'*angkar* a un pouvoir illimité et a des yeux d'ananas [1]. Quiconque lui obéira vivra, mais quiconque lui désobéira sera exécuté.

Ils m'emmenèrent dans une cabane assez grande qui était juchée sur un monticule. A l'intérieur, il y avait trois hamacs multicolores et sur le mur en torchis, trois lampes à pétrole couvertes de chaînes d'or volées. De chaque côté du mur, un drapeau rouge flottait, surmonté d'une banderole où on lisait : VIVE NOTRE ANGKAR PUISSANT. Près de l'entrée, trois marmites dégageaient une odeur appétissante qui me faisait monter l'eau à la bouche.

Les trois gardes m'ordonnèrent de m'asseoir sur les plumes de poulet qui étaient dispersées un peu partout dans la cabane. Un instant après, le plus robuste prit la parole :

– Camarade paresseux, pourquoi oses-tu voler le riz du gouvernement?

– Parce que j'ai faim, répondis-je.

– Et les autres? Ils n'ont pas faim? Pourtant, ils ne volent pas comme toi.

Je ne répliquai pas et je restai immobile, la tête baissée.

---

1. Au Cambodge, on appelle « yeux d'ananas » les pointes épineuses qu'on trouve en grand nombre sur l'écorce des ananas.

Soudain, il me frappa le dos avec un bâton de toutes ses forces, une fois, deux fois, trois fois, quatre fois de suite. Comme je n'étais pas très gros, cela me faisait horriblement mal. Je tendais mes muscles au maximum pour essayer de ne pas trop sentir ma douleur, mais c'était impossible et des larmes jaillissaient de mes yeux.

– Chacun de nous a le droit de faire ce qu'il veut sur ce camarade paresseux qui nuit au gouvernement, s'écria celui qui était le plus robuste des trois.

Son camarade voulut commencer mais il l'en empêcha et me demanda :

– Pourquoi oses-tu voler ? Ce que je viens de te donner te fait donc du bien ?

Le plus jeune voulut mettre du charbon rouge sur mes mains mais son camarade le retint car ce n'était pas son tour. Celui-ci se mit alors à me frapper en se moquant de moi mais tout d'un coup il s'arrêta et j'entendis un bruissement de pas, dehors.

– Qui est là ? cria le plus robuste.

– C'est moi, dit une voix de femme que je reconnus immédiatement. C'était ma mère !

Elle entra, le visage ratatiné, les joues baignées de larmes, portant sur la tête un chapeau bleu (souvenir de mon grand-père maternel qui travaillait dans le commerce maritime, dans les années 1920). Ses vêtements étaient pleins de boue et son sarong était en loques. A la vue de ma mère, ma douleur se changea en joie. Je ne savais pas s'ils allaient me relâcher mais la présence de ma mère me réconfortait et me rassurait.

Dès qu'elle fut entrée, elle s'agenouilla et joignant ses mains sur sa poitrine, elle dit d'une voix triste :

– Oh, mes trois enfants, permettez-moi de reprendre mon fils. Je vous en supplie !

– C'est l'*angkar leu* qui décidera !

– Je vous en supplie ! Pour l'amour de la Révolution, laissez-le. Au moins, il sait tirer la charrue !

– Vous savez très bien, Mère, qu'il mérite d'être tué car il a osé voler le riz de l'*angkar*.

– Je sais, mais ayez pitié de moi pour l'amour de la Révolution! Je n'ai rien à vous donner. Simplement, laissez-moi vous offrir ces trois cigarettes.

De sa poche rapiécée, elle sortit trois cigarettes que je reconnus tout de suite : elles avaient été données en cadeau à mon père par un cousin germain qui avait fait un stage en France, chez IBM, en 1972, et qui nous avait offert également une photo qu'il avait faite d'un grand cheval blanc qui se trouvait sur la place de la Concorde, en bas des Champs-Élysées. Quand ils virent les cigarettes, les trois soldats restèrent stupéfaits. Ils acceptèrent sans hésiter le cadeau de ma mère et me relâchèrent.

Sur le chemin du retour, ma mère déchira son sarong et essuya le sang qui coulait de mon dos. Puis, après avoir séché ses larmes, elle dit :

– Ces fils de sauvages! Ils seront tous tués par la foudre!

Encore aujourd'hui, je me demande ce que je serais devenu sans ma mère.

La plaine était jaune maintenant mais notre ration n'avait pas changé et les gens continuaient à mourir. Nous savions très bien que dans quelques semaines, nous pourrions manger à notre faim mais en attendant, il fallait survivre.

Je suis indifférente, [illegible] pour l'amour de la Révolution [illegible] pas [illegible] que elle.

[illegible] reconnus tant de nous [illegible] ont été [illegible] en [illegible] par [illegible] qui peut-être [illegible] en France [illegible] IBM, en 1972, et qui n'est [illegible] une [illegible] à un grand [illegible] la Concorde en bas des [illegible]. Quand ils virent les [illegible] trois [illegible]. Ils acceptèrent sans [illegible] et [illegible].

[illegible] et [illegible] de lion [illegible].

[illegible] ils [illegible] par la [illegible].

Encore [illegible] demande ce que je serais devenu sans [illegible].

En pleine, c'est [illegible] notre [illegible]. Nous [illegible] bien [illegible] quelques semaines, nous pourrions [illegible] notre [illegible] partout.

CHAPITRE VIII

La moisson

Un après-midi du mois de décembre 1976, le chef du village rendit visite à toutes les familles. Face à la faim, la torture, la souffrance et la solitude, il se contentait de dire :

– Il faut s'accrocher, chers camarades ! Avant d'obtenir la victoire sur les impérialistes, nous avons dû souffrir beaucoup plus que cela. Nuit et jour, nous étions bombardés. Courage ! En attendant, que la moisson commence !

Et avant de s'en aller, il nous demanda de venir à la réunion qu'il organisait le soir, chez lui.

Le chef du village s'appelait Plaine mais tout le monde l'appelait Phaine. C'était un homme trapu. Quand on le voyait de loin, on le prenait pour un vieux de 60 ans. Il avait des cheveux frisés poivre et sel, les yeux exorbités comme un caméléon et d'un rouge qui faisait peur, un gros nez en forme de pomme de terre et à la peau de fraise, qui me faisait rire et m'effrayait à la fois. A cause de sa figure variolée, ma mère le surnommait « le mur abandonné d'une vieille pagode ».

Les habitants du village qui avaient connu Phaine avant la Révolution disaient que les cicatrices qu'il avait sur le visage provenaient des coups de hache qu'il avait reçus quand il volait des bœufs dans les villages. A la Révolution, il était sorti de prison et avait rejoint ceux qui servaient l'*angkar*. Tout le monde savait que les chefs khmers rouges étaient des voyous et des voleurs de l'ancien régime.

Phaine ne marchait jamais seul, mais toujours escorté par trois gardes du corps encore plus robustes que lui. Je revois encore son cheval noir qui mangeait du son mélangé avec des tranches de bananes ou de bananiers, tandis que nous mourions de faim et n'avions même pas un gramme de son pour nous nourrir.

Ce soir-là, sous la lumière d'un pneu en flammes, Phaine fit son discours devant un petit nombre de gens. Beaucoup de monde devait venir mais la plupart étaient malades et ne pouvaient se déplacer. Comme d'habitude, il commença par former des vœux pour la Révolution, puis il parla d'une chose qu'on attendait depuis longtemps : la moisson. On entendit alors des explosions de joie.

La lumière du jour teintait légèrement le ciel au-dessus de notre vieux toit déchiré. On voyait des ombres silencieuses s'engager sur la piste charretière. Depuis quelque temps, les Khmers rouges savaient que je restais avec ma famille mais pour l'instant, ils n'étaient pas venus me chercher.

La cloche du village sonna pour annoncer que c'était l'heure d'aller travailler. Dans la maison, tout le monde se réveillait, le visage rond comme la lune mais jaune comme la cire d'abeilles. Ce jour était le jour de l'espoir : on partait moissonner en espérant obtenir une ration de potage. Je partis avec mes parents.

Pendant le travail, personne n'osait parler. Les gens se dépêchaient de moissonner pour arriver le plus vite possible à une diguette et continuer à moissonner dans une autre rizière. En voyant les épis tombés, j'eus envie de les ramasser mais c'était interdit et nous étions surveillés par les soldats. De temps en temps, l'un d'entre eux criait :

– Vous n'avez pas le droit de glaner, c'est interdit. Le premier qui ose sera puni.

A midi, le soleil était au zénith. Nous étions très fatigués mais nous devions finir de moissonner la rizière que nous avions commencée. Beaucoup eurent des syncopes. Pour les réveiller, les soldats les giflaient ou leur arrachaient les cheveux. Quand ils sifflaient, nous devions nous mettre en rang et avancer vers eux : ils fouillaient nos poches et nos sacs et nous laissaient repartir.

Pour la première fois depuis bien longtemps, j'entendis sonner la cloche de la cuisine collective. Ma mère et moi avalions en vitesse les six grandes louches d'un potage enfin consistant qu'on nous donnait avec deux cuillerées à café de sel. Notre joie était immense. A cause du changement brusque de nourriture, plusieurs personnes moururent dans l'après-midi. En effet, trop contents d'avoir enfin à manger, ils s'étaient littéralement gavés.

Grâce à l'abondance de nourriture, tout le monde commença à grossir. Les têtes qui n'avaient plus de cheveux à cause de la famine se regarnirent. La plupart des visages étaient pâles et joufflus à la fois.

Il ne pleuvait plus et les arbres perdaient déjà leurs feuilles : la saison sèche allait venir. Mes frères qui ne pouvaient presque plus bouger allaient mieux. Le soir, en rentrant du travail, mon père et moi réparions le toit de la cabane et, à la nuit tombée, ma mère nous racontait les souvenirs de son enfance, de sa vie d'écolière et de son voyage en Indochine.

Quand j'avais le temps, je piochais la terre devant la cabane pour planter du tabac pour mon père et du manioc pour toute la famille. Bien souvent, le gouvernement nous laissait planter sans rien dire mais dès que les fleurs avaient des fruits, il nous disait : « Les fruits appartiennent au gouvernement, même si c'est vous qui les avez plantés. » A partir de ce moment-là, nous étions considérés comme « voleurs » des fruits de nos propres plantations. Nous savions bien que cette attitude du gouvernement était systématique : laisser les gens planter et leur interdire ensuite le fruit de leur récolte pour se l'attribuer. Mais nous devions tout de même le faire, sans quoi qu'aurions-nous eu à « voler » pour subsister durant les dures périodes de la famine ?

La moisson avait commencé depuis plusieurs semaines. Nous étions au début de l'année 1977. Il faisait de plus en plus chaud et bien que la brise du nord s'apaisât peu à peu, la rizière et les étangs tarissaient. Devant la maison, les manguiers étaient en fleur et derrière, la plaine était toute jaune. Au loin, les anciens et les nouveaux camarades moissonnaient côte à côte, alternativement : pendant que les uns se courbaient pour couper les tiges, les autres se redressaient pour aller déposer les épis dans la gerbe. On entendait parfois l'un des deux groupes entonner des chants révolutionnaires.

A 11 heures, quand le soleil était presque au zénith, on voyait passer sur la piste charretière en face de la maison, des charrettes remplies de gerbes, tirées par deux bœufs qui avançaient tant bien que mal sur la route poussiéreuse. Quand les charrettes étaient passées, les petits enfants accouraient pour ramasser les épis qui étaient tombés.

Pendant la moisson, on travaillait de 7 heures à midi et l'après-midi, de 13 heures à 17 heures. A midi, on mangeait sur place car depuis quelque temps, l'*angkar* nous avait interdit de préparer nos repas chez nous. Le chef du village avait désigné deux ou trois personnes pour transporter le riz et l'eau et nous mangions à l'ombre des banians, là où il faisait le plus frais. Ceux qui rentraient au village déjeunaient à la cuisine collective.

Le soir, si tout était calme, je retournais à la rizière pour glaner ce que je pouvais trouver et, d'un épi à l'autre, mon sac rapiécé ne tardait pas à être plein. Je humais l'air frais qui se mêlait à l'arôme du riz et je me disais : « Avant, je glanais pour mes poules, maintenant, je glane pour pouvoir manger. »

Lorsque nous avions du temps, ma mère et moi décortiquions le riz glané pour le mettre dans une bouteille que nous enterrions. Si nous agissions ainsi, c'est parce que toutes les semaines, un détachement de six ou sept soldats armés de fusils fouillaient les maisons du village pour confisquer le riz, le sel, les couteaux, etc. Tout appartenait au gouvernement! A partir du mois de mai, les rations alimentaires diminuaient : au lieu d'une boîte de riz par jour et par personne, on n'avait qu'une louche de potage liquide contenant quelques pincées de riz. C'était à partir de ce moment-là que nous déterrions nos réserves et les mangions.

Pour l'instant, nous étions encore au début de l'année et tous les enfants mangeaient à leur faim, chantaient et riaient. Je me souviens d'une chanson qu'ils chantaient et que je n'aimais pas, mais que je chantais quand même avec eux. Elle s'appelait *L'Enfant révolutionnaire* :

Nous sommes les petits enfants de l'angkar que nous aimons sans frontières et sans limites.
Grâce à l'angkar, nous sommes encore vivants, notre vie est meilleure et pleine de joie.
Avant la Révolution, nous étions pauvres et tristes, nous vivions comme des bêtes.
Les impérialistes ne pensaient jamais à nous.
La peau sur les os, la peau sur les os!
Maigres, maigres, c'était vraiment triste!
La nuit, nous couchions par terre et le jour, nous faisions les poubelles et mendiions.
O, angkar, nous vous aimons profondément!
Nous marchons sur votre parfait chemin, le chemin rouge de l'angkar unique.
Nous nous efforçons d'apprendre les chiffres et les lettres, nous mettons toute notre énergie dans le travail, nous souvenant toujours de votre révolution ensoleillée.

Mon père n'aimait pas du tout me voir chanter cette chanson.

Un matin de janvier où je m'apprêtais à partir moissonner, deux soldats entrèrent dans la maison. Je connaissais bien l'un des deux qui était le camarade Sith, chef du groupe des 60 garçons. Quant à l'autre, je sus plus tard qu'il était un espion du gouvernement.

– Savang! me dirent-ils, l'*angkar* t'ordonne d'aller

moissonner à Samrong Ton Chey (c'était à 20 kilomètres de notre village).

– Permettez-moi de rester ici, suppliai-je.

– Mith Oeun (camarade Oeun) m'a dit que tu devais absolument y aller.

– Je préférerais rester ici.

– A la fin, tu vas obéir, oui ou non ?

Obligé d'accepter, je partis avec eux. Cela me faisait vraiment mal de quitter à nouveau ma famille ! Quand j'étais triste, ils pouvaient partager ma tristesse et quand j'étais heureux, ils partageaient ma joie. Mais face à la méchanceté des chefs, je devrais lutter une fois de plus seul.

Le soleil était déjà haut et l'ombre de nos silhouettes diminuait sur la route. A cause de la poussière, la crinière des deux chevaux entre lesquels je marchais devenait moins noire. Devant nous et jusqu'à l'horizon, s'étendait la plaine d'or. Comme c'était beau ! J'aimais beaucoup cette couleur jaune qui me faisait oublier que j'avais faim.

Nous arrivâmes vers une heure de l'après-midi. Dès que je vis le camarade Oeun, je fis semblant de ne pas le connaître mais il m'interpella aussitôt :

– Et alors, toi ?

– Je viens travailler ici, avec les autres, grand frère Ouen.

– Seulement maintenant ? Depuis le temps !

Il éclata de rire et je vis tout d'un coup les soldats descendre de leurs hamacs et venir autour de moi. Paniqué, je me demandais ce qu'on allait bien pouvoir faire de moi. La réponse ne se fit pas attendre : un coup de faucille tomba sur ma nuque. J'avais très mal mais je n'osais pas tourner la tête pour voir le visage de celui qui m'avait frappé.

– Cela te fait mal ou je me trompe ? cria-t-il.

Un autre prit un briquet et, après avoir brûlé sa cigarette, me le passa sur le bras. Je m'écartai pour l'éviter mais il s'étonna :

– Quoi ? C'est chaud et tu oses bouger !

Et de nouveau, des coups de pied tombèrent sur mon dos et mes hanches. Je ne sentais rien mais ce qui me faisait le plus mal, c'était de rester inerte sans pouvoir me défendre. Je savais que quand les soldats frappaient, il valait mieux se tenir tranquille car si on leur disait que cela faisait mal, ils répliquaient que cela ne faisait même pas verser une larme aux enfants.

En quittant mes parents, je savais très bien que je serais soumis à ce genre de mépris et de correction purement gratuits. Mais après ce que je venais de subir, j'avais grandement besoin de me confier à quelqu'un qui accepte de me comprendre. Hélas, il n'y avait personne! Un moment après, Sith m'emmena à la cuisine collective et dit à une dame qui était là de me donner à manger. Puis il sortit.

– Oh, mon fils, on t'a frappé, n'est-ce pas? demanda la dame. Je ne vois que cela tous les jours.

Elle me tendit alors un grand bol de riz, arrosé de quelques branches de liserons d'eau. Agée d'une cinquantaine d'années environ, la dame agissait, semblait-il, d'une manière très sincère. Au fond de moi-même, j'avais très envie de lui dire ce que j'éprouvais mais je préférais me taire car je ne savais pas si elle était pour le gouvernement ou non. De plus, alors que nous sortions d'une période de famine, elle était très forte et cela me laissait des doutes.

J'avais faim mais j'étais incapable de manger. J'étais triste et je souffrais. Ce n'étaient pas les coups qui me faisaient mal, mais le fait de me sentir abandonné, écarté et méprisé. La dame prit à nouveau la parole :

– Tu es de la même taille que mon fils. Je ne sais pas où il est maintenant... Sois patient, mon petit. Dieu est puissant et il est capable de renverser ce régime. Oh, pauvre petit! Tu as des bleus partout.

– Je vous remercie grand-tante (à cette époque, les femmes de son âge étaient appelées « Mère », mais je ne pouvais pas l'appeler ainsi à cause de ma mère).

– Tu sais, mon petit, à l'heure actuelle, le noir devient blanc et le juste devient faux.

Elle s'arrêta pour regarder autour d'elle puis elle reprit :

– Mes cheveux vont bientôt devenir blancs mais jamais de ma vie je n'ai vu un régime pareil ! Laisse-moi te dire une chose : le génie du tamarinier [1] est très en colère contre ce régime ! Par qui ont été brûlées les plaines de riz ? Dieu seul le sait. La nuit, on voit des braises de charbon rouge voler dans le ciel. Que de choses bizarres !

Elle voulut continuer à me parler mais je fus appelé par Sith :

– Camarade Savang, tu ne restes pas ici avec nous. Tu dois aller travailler à Thmad Pon (village des Vautours pondeurs).

De nouveau, je dus me mettre en route et traverser une nouvelle fois des plaines qui n'en finissaient plus et qui étaient toutes de la même couleur : jaune d'or. Partout, je voyais des centaines et des centaines de palmiers, de toutes les tailles. Comme c'était beau ! Si seulement j'avais pu m'arrêter quelques minutes pour contempler ce paysage ! Ma douleur aurait été moins dure à supporter et ma soif de liberté aurait pu au moins être désaltérée.

Le lendemain matin, je me présentai au chef de la région des Vautours pondeurs. Il s'appelait Koy et avait à peu près 40 ans. Il était très robuste et avait la peau aussi jaune qu'un Chinois. Il était très fier de son uniforme noir et de sa montre japonaise. Il devait être assez haut gradé car il avait une moto [2].

– Alors, petit Blanc, tu viens avec nous ?

– Oui, frère, répondis-je.

– Bon, tu vas pédaler le moulin à eau. Il y a deux personnes par moulin. Ici, nous nous occupons d'une rizière estivale.

---

1. Elle voulait parler de l'un de ces esprits que l'on représentait par des grosses pierres placées à l'ombre des grands arbres au Cambodge, comme partout ailleurs en Asie du Sud-Est.

2. On repérait en effet le grade des Khmers rouges au véhicule qu'ils utilisaient. Les moins gradés utilisaient par exemple des bicyclettes qui venaient de Chine populaire, puis venaient les chevaux, les motos et les voitures.

C'était la première fois que je pédalais un moulin à eau. Au début, cela me rappela la bicyclette. Mais quand on pédalait sur une bicyclette, on était assis confortablement sur une selle tandis qu'ici, nous étions assis sur des branches mal coupées. Au bout de quinze minutes, j'avais mal aux fesses, je n'arrivais plus à pédaler et je m'arrêtai pour me reposer. Le garçon qui pédalait avec moi s'étonna de me voir arrêter au bout de si peu de temps :

– Eh, camarade petit frère! L'eau coule moins vite dans le ruisseau. (On pouvait en effet mesurer notre travail au débit de l'eau.)

Prenant mon courage à deux mains, je me remis à pédaler : une, deux, une, deux, et le moulin se mit lentement à tourner.

Je n'aimais pas ce travail car j'avais très mal aux hanches et aux mollets. Je fronçais les sourcils, souhaitant de tout mon cœur que le repas de midi arrive vite pour que je puisse me reposer en me mettant à l'ombre. Mon camarade me dit alors :

– Tu n'as pas l'air content!

– Depuis combien de temps es-tu ici ? Tu es d'où ? De Phnom Penh ?

– Oui, je suis né là-bas et j'y suis resté jusqu'à la Révolution.

C'était un citadin comme moi et je pouvais lui faire confiance, même si je ne le connaissais pas encore.

– C'est vrai, lui dis-je, que je ne suis pas content. On nous force tout le temps à travailler sans nous donner suffisamment à manger. Frère, ne raconte pas aux autres ce que je viens de te dire. Crois-tu qu'un jour nous serons libres ?

Il ne répondit pas à ma question mais regarda autour de lui avant de me demander :

– As-tu été à l'école, avant ?

– Et toi ?

– Bien sûr.

– Moi aussi.

Une confiance réciproque s'installa entre nous. Nous

discutions ensemble et quand les soldats arrivaient, nous nous taisions et faisions comme si nous ne nous connaissions pas. J'appris par la suite que ce grand frère camarade était en troisième année de médecine.

Quelques semaines passèrent. Je savais maintenant que j'étais dans un camp d'intellectuels. J'étais content d'être avec eux car au moins, on pouvait discuter de temps en temps. La discipline était moins sévère, en revanche une chose me terrifiait de plus en plus : la disparition quotidienne de mes camarades. Au début, on s'interrogeait mais comme on ne trouvait pas de réponse, on se contentait de garder le silence et de rester méfiant.

Tous les soirs, à la réunion, le chef nous conseillait de travailler et de nous taire. Il nous redisait sans arrêt également que les orangeraies avaient besoin d'être fertilisées (la région des Vautours pondeurs est en effet très riche en orangeraies). Oui, beaucoup d'entre nous disparaissaient. Même celui qui pédalait avec moi, je ne le voyais plus! En traversant un jour les orangeraies, je vis des monticules de terre fraîchement piochés. Petit à petit, le nombre des plus âgés diminuait et je me retrouvai bientôt avec des jeunes de mon âge.

La plupart étaient des citadins comme moi et ils venaient eux aussi de Phnom Penh. Leurs parents étaient morts pendant la dernière saison des pluies, de faim, de maladie ou sous la torture et beaucoup avaient été arrêtés par les Khmers rouges. Ils n'avaient plus de famille, ni de parents ni de maison. Une seule chose leur restait : une petite marmite en fer cabossée et rouillée dans laquelle ils mangeaient leur ration. Comparé à eux, je possédais une chose en plus : l'espoir de pouvoir un jour rentrer chez moi et de revoir les miens.

J'aurais bien aimé profiter d'une pause pour parler à ces orphelins qui avaient des tristes mines mais qui me touchaient par leur gentillesse et leurs souffrances. Un jour, je réussis à leur dire que j'espérais avoir une permission pour rentrer chez moi et voici ce qu'ils me répondirent :

– Nous aussi, on aimerait bien retourner à la maison, mais quand on arrive, elle est vide.

Les manguiers s'épanouissaient en fruits maintenant, j'aurais bien voulu en manger quelques-uns mais c'était interdit par le gouvernement [1]. Aussi, je me levais à l'aube pour aller ramasser six ou sept mangues que je trouvais par terre et je me sauvais en vitesse.

Vers le début du mois d'avril, on me donna la permission de rentrer chez moi. Comme j'étais heureux! Je partis tout de suite après le repas de midi. Cette fois, j'avais un long chemin à parcourir. Je marchais en courant et chantant. Il faisait extrêmement chaud, je transpirais beaucoup mais je n'étais pas fatigué. Soudain, l'ombre d'un gros nuage plana au-dessus de moi et grâce à ce parapluie naturel, j'eus moins chaud. Ici et là, les tourbillons du vent enlevaient la poussière, les brins de paille et les feuilles mortes. La plaine s'assombrit tout d'un coup et une grosse averse tomba.

Je descendis alors dans la rizière cueillir des liserons d'eau pour ma mère. D'une tige à l'autre, j'eus bientôt une brassée que je nouai avec une graminée qui poussait au bord de la digue. Il pleuvait à torrent et j'étais tout seul dans cette plaine à contempler le paysage rabougri qui allait être rafraîchi par la pluie. Les trombes d'eau formaient tout d'abord un immense voile qui barrait la vue; quelques instants après, un coup de vent violent le déchirait et la plaine morne et sèche au début devenait en une seconde inondée. Mais l'inondation ne durait pas longtemps car l'eau était immédiatement absorbée par les crevasses de la terre assoiffée. Assis sur la digue, le cœur débordant de joie, je chantais et ne désirais qu'une seule chose : que ma liberté éphémère devienne éternelle!

Après plusieurs mois d'absence, je ne fus pas surpris de voir que mes parents et mes frères avaient maigri. Nous n'étions qu'au mois d'avril mais les rations quotidiennes

1. « Défense de cueillir des fruits » était un des slogans du gouvernement.

avaient été déjà réduites à une louche de bouillon. Ils étaient obligés de manger des fourmis rouges, des têtards et des feuilles... Il restait encore sept mois avant la prochaine récolte. D'ici là, comment ferions-nous pour survivre ? Où étaient parties les tonnes et les tonnes de riz qu'on avait moissonnées ? Personne ne le savait.

Malgré la faim qui nous serrait à nouveau le ventre, rien ne pouvait troubler la joie que nous avions de nous revoir. J'expliquai à mon père que les intellectuels qui travaillaient avec moi avaient tous disparu et que je ne savais pas pourquoi. Il me dit alors :

– Protège-toi bien. Ça va changer. Je n'ose pas dire que le Cambodge sera bientôt un pays capitaliste mais de toute façon, ce régime ne va pas durer longtemps.

Quant à ma mère, elle se laissa attendrir par ce que je lui dis sur les orphelins. Malgré le changement de régime, elle me disait comme autrefois :

– Il ne faut pas les laisser seuls et tu dois jouer avec eux. Tu sais, c'est tellement triste de n'avoir plus ni père ni mère.

Je savais pourquoi elle me disait cela. Sa mère en effet était décédée quand elle avait 6 ans et son père était toujours en voyage pour son travail. Elle avait vécu avec une tante beaucoup plus âgée qu'elle qui était méchante et cruelle et qui n'avait pas cessé de la battre. C'est pourquoi elle m'écoutait les larmes aux yeux, en fredonnant une chanson populaire que je lui avais souvent entendue chanter :

L'enfant sans mère,
personne ne le soigne comme sa vraie mère,
et il manque de tendresse maternelle.
Quand on a des gâteaux, on les cache.
Ce n'est pas comme sa vraie mère qui les cache mais qui les lui donne plus tard.

CHAPITRE IX

Takok

Un matin, la cloche du village des Vautours pondeurs sonna pour nous convoquer à une réunion importante.

Camarade Koy arriva tout en noir, tenant une lettre à la main. Il avait un pistolet à la hanche gauche, une cuillère et une fourchette américaines à la hanche droite. Il passait son temps à injurier les Américains mais cela ne l'empêchait pas de se servir de leurs ustensiles. Il cracha plusieurs fois par terre avant de nous lire ce qu'il y avait dans la lettre :

« Chers camarades, je viens de recevoir une lettre de l'*angkar* supérieur qui nous ordonne de quitter cet endroit et d'aller à Takok où nous ferons le même travail. Peut-être faudra-t-il construire des barrages ou repiquer du riz, je n'en sais rien. Toujours est-il que nous n'aurons jamais fini de planter. Il faut détruire les coutumes ancestrales qui sont pleines de crasse impérialiste et leur substituer le principe de révolution permanente qui seul nous aidera à reconstruire notre pays. Avant la Révolution en effet, nos parents moissonnaient seulement une fois par an. Maintenant, pour obéir au gouvernement, nous moissonnerons trois fois par an. Vive le Kampuchéa démocratique! Mort aux bandits américains! »

A Takok, le travail était beaucoup plus dur qu'à Vautours pondeurs. Depuis le matin très tôt jusqu'au coucher du soleil, nous devions repiquer du riz sous l'étroite surveillance des soldats (1 soldat pour 10 personnes). Quand nous avions soif, nous devions demander l'autorisation de boire mais l'eau de l'étang était saumâtre : les buffles eux-mêmes s'y trempaient en relevant la tête. Au début, je ne voulais pas boire de cette eau mais la chaleur était torride et je n'en pouvais plus, si bien que je fis comme les autres. Bien sûr, cela donnait des diarrhées et la dysenterie mais on ne pouvait pas faire autrement.

Le soir, après deux louches de potage en guise de dîner, il fallait repartir pour aller au barrage. Nous étions déjà épuisés mais les chefs s'en fichaient. Le barrage, immense, se trouvait au cœur d'une plaine où étaient plantés par milliers des palmiers à sucre, des banians, des *sdaos* [1], des tamariniers, etc. Je profitais des moments où j'étais sur le barrage pour regarder attentivement ce paysage paisible à l'approche de la nuit. Ce beau pays était en train d'être détruit par la folie khmère rouge... « O nature nourricière, m'exclamais-je, je souhaite de tout cœur que ton vrai visage ne soit pas détruit ! »

Pour en revenir au barrage, des milliers de gens avaient été mis à la tâche, chacun avec une pioche et un panier pour mettre la terre. Tandis que les uns piochaient, les autres se passaient les paniers de main en main. Nous n'avions pas le droit de parler, alors que nous étions assommés de fatigue, de faim et de tristesse. De temps en temps, un soldat s'écriait :

– Vive le Kampuchéa démocratique ! La nature a autrefois créé cette rivière mais aujourd'hui, c'est nous qui sommes les maîtres de la nature et de la terre.

Tout le monde se mit à bâiller. Quelle heure était-il ? Vraiment, ils voulaient nous tuer ! La question revenait sans arrêt mais les soldats ne nous autorisaient toujours pas à nous arrêter. De temps en temps, quelques-uns avaient une syncope et s'écroulaient par terre. Les soldats se jetaient sur eux, les giflaient, leur tiraient les cheveux

1. Arbres d'Asie du Sud-Est dont l'écorce et les feuilles sont utilisées pour faire des médicaments locaux.

et les pinçaient mais c'était trop tard : ils étaient morts sur place.

– Voilà les vrais amis du gouvernement, criaient alors les gardes. Ceux-là acceptent de donner leur vie pour le travail collectif!

C'est seulement vers minuit, après la réunion commune, que nous avions le droit d'aller nous coucher. Nous dormions sur le sol d'une grande cabane rudimentaire, faite de quelques branches solides. La moitié du toit avait été couverte avec du zinc, l'autre moitié avec des feuilles de cocotier qui avaient été juste posées pour donner de l'ombre ou protéger de la rosée pendant la nuit. Pour nous réveiller, le chef lançait des morceaux de brique sur le toit en zinc mais bien souvent, elles atterrissaient sur l'autre moitié du toit et tombaient sur nos têtes. Je me réveillais plusieurs fois en entendant gémir de douleur ceux de mes camarades qui avaient été blessés par le réveil sans pitié du chef. Désormais, je savais que pour nous réveiller, on jetait des briques sur le toit. Pour éviter d'en recevoir une sur la tête, j'inventai une ruse. Comme le potage qu'on nous donnait le soir était très liquide, je me levais plusieurs fois la nuit pour aller uriner. J'avais repéré une étoile qui se levait peu de temps avant l'aube à l'est et je l'avais appelée « l'étoile du matin ». Dès que je l'apercevais, je savais que l'aube était proche et que les briques allaient pleuvoir sur nos têtes. Aussitôt, sans me faire remarquer des soldats, je me décalais en cachette vers le zinc, évitant ainsi à chaque fois de me faire tuer.

Nous étions au mois d'avril 1977 et les Khmers rouges fêtaient leur victoire. Cela faisait deux ans en effet qu'ils avaient pris le pouvoir. Pendant cette période de fête, on avait droit à deux jours de repos qui étaient consacrés à des réunions avec les chefs d'autres régions. Les repas, eux aussi, étaient spéciaux : on mangeait à notre faim du riz arrosé de soupe aux liserons et des morceaux de viande de bœuf. Au dessert, on nous donnait une grosse part de gâteau au sucre de palme. J'étais tellement heureux de pouvoir manger à ma faim que quand j'avais fini ma ration, je courais à la cuisine collective pour remplir à nouveau ma gamelle. Je reprenais d'autres gâteaux que j'enveloppais dans des grandes feuilles de bananier, tellement j'avais peur de manquer de nourriture. Car après la fête, ce serait à nouveau les deux louches de potage liquide...

Pendant les réunions, je n'écoutais pas ce que disaient les chefs, je ne faisais que manger. J'avais ma gamelle entre mes pieds et mon paquet de gâteaux était dans le sac déchiré et plein de punaises que je portais toujours sur le dos. (Ce sac était tout ce que je possédais et je ne voulais pas le jeter. Même si nous nous lavions tous les jours en effet, nous étions sales et rongés de nuit comme de jour par les poux et les punaises.) Quand je voyais les autres lever le poing vers le ciel pour approuver l'idée du chef, je faisais comme eux même si je ne comprenais rien, car celui qui n'approuvait pas était battu par les soldats.

Depuis quatre jours, je travaillais comme transporteur de terre. En plus des soldats, nous avions un chef qui s'appelait Teav et qui était un ancien bonze, issu d'une famille paysanne modeste. Teav n'aimait pas la couleur de ma peau et il faisait exprès de dire devant tout le monde que la race blanche se disait supérieure et plus intelligente.

Son travail consistait à remplir nos paniers de terre en en mettant normalement quatre pelles. Mais dans le mien, c'était toujours huit ou neuf pelles qu'il mettait. Je savais très bien que cette injustice était due à la couleur de ma peau, beaucoup plus blanche que celle de mes camarades. Le premier jour, je me dis qu'il n'avait peut-être pas fait exprès et je n'y fis pas attention. Mais le deuxième jour, il recommença. Si jamais j'osais lui demander d'alléger mon panier, assurément je serais torturé. Mais d'autre part, je courais le risque de laisser tomber le surplus. Teav me guettait et m'ordonnait d'avancer. J'hésitais car j'étais mort de fatigue, mais il m'apostropha en criant :

– Qu'est-ce que tu attends ? Des coups de bâton, sans doute ?

Que pouvais-je faire sinon obéir, la rage au cœur, et porter mon fardeau ?

– Quand tu manges, reprit Teav, tu n'es pas fatigué et tu en veux toujours plus. Mais quand tu travailles, tu es tout de suite fatigué et tu ne veux rien faire !

– Je mange deux louches de potage comme les autres, et je dois porter la même charge qu'eux, répondis-je.

– Ah non, sûrement pas !

Je me tus, tremblant de colère. Il venait de remplir mon panier mais je ne voulais pas le soulever : je ne tolérais plus sa méchanceté !

– Qu'est-ce que tu attends ? demanda Teav. Tu veux que je te guérisses de ta paresse ?

Sans rien dire, je m'approchai de lui et lui dis doucement :

– Frère, vous avez été bonze. Auriez-vous oublié les paroles de Bouddha ? C'est dommage, je regrette pour vous.

– Que dis-tu ? Soldats, ligotez cet ennemi de l'*angkar* ! cria Teav.

Deux soldats arrivèrent aussitôt et m'attachèrent. Ils m'arrachèrent les cheveux, m'appuyèrent la tête contre le sol et me donnèrent des coups de pied dans le dos. Il était midi et tout le monde cessait de travailler pour aller manger, sauf moi qui étais surveillé par les deux soldats.

– Bien fait pour toi, dirent-ils. Comment as-tu osé t'opposer au gouvernement ?

– Frères, j'ai soif. Je voudrais un peu d'eau, s'il vous plaît.

– Tout à l'heure, camarade Teav te donnera à boire.

Mais au lieu de me rapporter de l'eau, Teav revint avec une tige de raphia et me frappa avant de me relâcher :

– Ce n'est rien. La prochaine fois, si tu recommences, ce sera pire !

Non seulement j'étais torturé, mais en plus j'étais privé de ma ration de midi. J'avais faim et je souffrais. Je marchais en pleurant et avançais au hasard dans la plaine. Je n'acceptais pas d'être traité de cette manière. C'était parfaitement injuste mais malheureusement, je ne pouvais rien faire. J'évitais de marcher dans la poussière car elle était aussi chaude que des cendres qui sortaient d'un four brûlant et je restais sur le gazon qui avait poussé au bord de la route. Assez loin devant moi, je vis un grand-père vêtu de noir qui se dirigeait vers moi et qui transportait deux énormes paniers remplis de bananes mûres. C'était peut-être un Khmer rouge ou un de leurs alliés mais peu importait. J'avais faim et peut-être qu'il me donnerait à manger.

– Grand-père, je meurs de faim. Permettez-moi de vous demander quelques bananes.

– Pauvre petit! Pourquoi es-tu si maigre? Qu'est-ce qu'on t'a fait encore? Tous ces bleus, partout! Je vais te donner à manger mais surtout, ne le dis pas aux autres. Tu resteras dans la brousse.

Sans hésiter, à pleines mains, il arracha des bananes qu'il me donna. Puis, joignant les mains sur la poitrine, il fit cette prière :

– Oh, mon Dieu, ayez pitié de vos enfants!

Depuis que j'étais à Takok, j'assistais tous les jours à des arrestations : 10 à 20 personnes étaient emmenées chaque fois par les soldats, on ne savait où. Aux réunions du soir, les Khmers rouges torturaient des gens devant nous. Ce spectacle me terrifiait. Une femme qui ne voulait pas travailler et qui ne pensait qu'à ses biens laissés en ville fut obligée de creuser sa propre tombe avant d'être frappée à coups de pioche sur la nuque. Un homme qui était rentré chez lui sans demander la permission fut également arrêté. Les soldats lui mirent la tête dans un sac pour l'empêcher de respirer et il mourut étouffé quelques instants après. De toutes ces scènes horribles, je ne retiendrai que celle de ce petit enfant qui, dans un geste d'amour, voulut cueillir pour sa mère des feuilles de bétel et qu'on obligea à porter des braises dans les mains : il en est mort.

CHAPITRE X

La faim

Il pleuvait de plus en plus souvent. Le chantier de Takok n'était pas encore terminé mais il fallut le quitter pour suivre une nouvelle fois la « flèche » de l'*angkar*. Personnellement, j'étais content de partir car les derniers temps je n'avais enduré que méchancetés, haine et injustices.

Je trouvais le temps long, pourtant nous étions déjà au mois d'août 1977. Mon travail consistait à couper des lièges dans un étang qui se trouvait à l'est, très loin de Takok. C'était très dur. Je restais toute la journée dans l'eau, une eau qui était noire et fétide, stagnante et bourrée de sangsues. Nous partions très tôt le matin sous la pluie, et nous ne rentrions qu'à la nuit tombée, à l'heure où les oiseaux nocturnes sortaient.

Au départ, nous étions près de 200 jeunes de 12 à 17 ans. Au bout d'une semaine, nous n'étions plus que 50. Tout le monde était malade : la plupart avaient la fièvre, une fièvre méchante qui tuait très facilement ; les autres étaient démangés par la dartre et n'avaient plus la force de se gratter.

Cette première semaine fut vraiment épouvantable. Malgré tout, j'arrivais à quitter chaque matin la cabane pour aller travailler. Je ne mangeais pas assez mais la nature m'aidait à oublier ma faim. Sur la plaine inondée par les averses quotidiennes, je regardais les gens tirer des bateaux remplis d'herbe pour les bœufs. J'admirais aussi les corbeaux qui, perchés sur les cimes d'arbres isolés, se contentaient de piquer les poissons avec leurs becs et je me demandais si moi aussi, un jour, je serais libre comme eux.

Le troisième jour de la deuxième semaine, je tombai plusieurs fois en allant au chantier. Je ne pouvais plus avancer, je frissonnais et je me sentais pris d'une lourde fièvre. Au cœur de la nuit sombre, je n'entendais que des gémissements de douleur de gens qui demandaient à boire ou à manger, mais personne ne leur répondait. Comme mon état s'aggravait, une charrette à bœufs me transporta jusqu'à l'hôpital de la région qui était en face de chez mes parents, à Brin-de-Marmite.

A l'hôpital, la situation était encore plus dramatique que là d'où je venais. Comme on ne leur donnait pratiquement rien à manger, les malades n'avaient que la peau et les os. De ma vie je n'ai vu des êtres humains dans un tel état : ils ne pouvaient plus marcher et dormaient les uns sur les autres. Des pieds à la tête, ils étaient couverts d'excréments et rongés par des plaies et des furoncles où grouillaient les vers.

Chaque fois que j'allais dans le couloir, des nuages de mouches s'envolaient dans un bruit qui me faisait frissonner. Tous les jours, 30, 40, 50 personnes mouraient et les camarades médecins qui étaient là passaient leur temps à enterrer les morts. Toute la journée, ce n'étaient que des bruits de crachats (les couloirs étaient pleins de caillots noirs) et des cris plaintifs de gens qui réclamaient à manger et à boire ou qui murmuraient tout simplement : « Aidez-moi, pour l'amour de Dieu! »

En plus de toutes ces horreurs, j'étais sans cesse torturé par la faim. Je sortais dehors et regardais par terre, là où les gens faisaient chauffer la maigre soupe qu'on leur distribuait, mais je ne trouvais rien, pas même un grain de maïs. Il ne restait que des fibres de cannes à sucre sans goût, quelques tessons, deux cornes de bœuf, un peu de barbe de maïs et deux ou trois dents d'origine inconnue.

Beaucoup de malades venaient de l'autre côté de la rivière, c'est-à-dire du village de mes parents, où régnait la famine. Je n'étais pas autorisé à quitter l'hôpital mais je tentai plusieurs fois de traverser la rivière. Une nuit, je réussis à franchir la clôture et à traverser la route pleine de boue qui atteignait la rivière. Soudain, j'entendis des bruits de pas : deux soldats étaient en train de faire leur ronde. Je les évitai en me dissimulant dans les bambous mais j'étais mort de peur. Dès qu'ils m'eurent dépassé, je descendis vers la rivière. Le courant n'était pas très fort mais les plantes aquatiques m'empêchaient de nager normalement.

A peine débarqué sur la rive, j'aperçus notre cabane sous la lueur opaque de la lune. Dans quel état elle était ! Pauvre cabane que mon père et moi avions construite avec une hache trouvée dans la brousse ! La nuit était calme et je restai un instant planté là, à la regarder. Un rayon de lune entrait dans la maison par le toit déchiré et je me demandai : « Pourquoi papa ne l'a-t-il pas réparé ? Est-il malade ? » Beaucoup de choses m'intriguaient mais je préférais ne pas poser de questions. Les murs de la cabane étaient envahis de plantes grimpantes, comme ceux d'une maison abandonnée. Dans le jardin, il n'y avait plus rien, que des mauvaises herbes; tout ce que j'avais planté avait disparu. Et le goyavier sur lequel je grimpais avec mes frères ! Il était toujours là mais l'écorce de son tronc avait été arrachée, ce qui prouvait qu'il y avait beaucoup de choléra et de dysenterie dans le village (on utilisait en effet les feuilles et l'écorce de goyavier comme remèdes contre le choléra et la dysenterie).

Je me sentais si découragé par ce que je venais de voir, si triste et si abandonné que je pressai le pas pour voir ce qui se passait. Arrivé devant la maison, une voix s'écria :

– Qui est là ?

Tout de suite je reconnus la voix de mon père. Quelle joie de les revoir tous, mon père, ma mère et mes frères ! Mais ma joie se dissipa aussitôt quand je vis à quel point ils étaient maigres. Même leur voix commençait à changer !

Ma mère me serra dans ses bras, elle avait les joues baignées de larmes. Puis elle me dit :

– Je sais que tu as faim, toi aussi. Cela fait presque un mois que nous n'avons plus rien à manger. En plus, nous sommes nuit et jour rongés par la dysenterie. J'espère que la moisson va bientôt arriver pour nous sauver. La seule chose qui peut nous guérir, c'est le riz, nous en avons tant besoin ! Avant, on trouvait au moins des têtards à manger. Maintenant, il n'y a plus rien.

Bouleversé par ce que je venais d'entendre, je me mis moi aussi à pleurer.

Mon grand frère, dont on n'avait plus de nouvelles, était depuis peu à la maison. Il s'appelait Eng Thaï et avait 3 ans de plus que moi. Quelques jours après moi, on l'avait emmené lui aussi dans une ferme d'État, près de Mong Russey. Depuis plusieurs mois, il était malade et son chef, jugeant qu'il ne pouvait plus travailler, l'avait renvoyé chez lui. Il était très maigre et pouvait à peine marcher. Dès que je le vis, je lui demandai comment il allait, mais il ne me répondit pas et secoua la tête négativement.

Quant à mes deux petits frères, le plus jeune, Kiet, n'avait que la peau et les os et Sany (de 5 ans mon cadet) avait le ventre tellement gonflé qu'on voyait tout le liquide qu'il contenait.

Même si elle avait très faim, ma mère ne mangeait jamais toute sa ration mais la partageait avec ses enfants. Quand mon père et moi lui disions de manger sa part en entier, elle nous disait tristement :

– Je les aime, ils sont tellement à plaindre ! Surtout le plus petit qui n'a jamais connu ce que vous avez connu, même pas un gâteau, mais seulement ces quelques cuillères de potage et ces grains de sel. Parfois il entend le bruit d'une voiture et il me demande ce que c'est.

Face à la faim et à la souffrance de leurs enfants, les femmes réagissaient de deux manières. Il y avait celles qui disaient : « J'aime mes enfants mais je ne partagerai pas ma ration avec eux car si je meurs, qui s'occupera d'eux ? Tant que je vis, je peux voir vivre mes enfants, voir ceux qui vivent et ceux qui meurent. » Ma mère, elle, faisait partie de celles qui disaient : « J'ai beaucoup d'enfants et je les aime vraiment. C'est pourquoi je partage ma ration avec eux, je la donne au plus petit, je mange moins et je travaille plus qu'eux. Ils sont encore jeunes et je serai peut-être morte avant eux. Mais Dieu prendra soin de mes enfants. Moi-même je n'ai pas peur de mourir. Je quitterai cette terre, heureuse d'avoir pu récupérer quelques grains de riz pour donner à mes enfants, heureuse d'avoir pu les nourrir tant qu'ils étaient en vie. »

La vie à l'hôpital devenait de plus en plus insupportable. En effet, j'avais de plus en plus faim : deux louches de potage dans l'estomac étaient comme une goutte d'eau dans un puits sec.

Tous les matins, après la visite des camarades médecins qui passaient, leurs flacons de Pepsi-cola ou de Seven-up à la main, j'allais me promener en cachette dans la brousse pour essayer de trouver quelque chose à manger : des feuilles, des geckos, des rainettes, des vers blancs, des têtards, etc. Même si je ne trouvais rien, j'étais heureux d'être dans la nature. Mais ce qui m'énervait le plus, c'étaient ces fameuses réunions du soir auxquelles nous étions forcés d'assister, sans que nos souffrances soient prises en compte. Jamais je ne pourrai oublier les discours qu'on nous rabâchait :

« Nous n'avons plus besoin des médecins impérialistes qui veulent toujours être payés. Ils ont maintenant leur compte sous la terre : nous les avons payés à coups de hache ! Voyez combien le gouvernement vous aime ! Quand vous êtes malades, vous venez à l'hôpital et vous êtes soignés gratuitement par vos camarades. L'hôpital ne porte plus le nom d'une personne comme avant, car ce n'est pas elle qui l'a construit mais tout le peuple. »

Au cours de la deuxième semaine du mois de septembre, mon grand frère Eng Thaï qui était très malade fut hospitalisé. Dès que je le vis, j'accourus vers lui. Il avait encore beaucoup maigri depuis la dernière fois. Chaque pas lui demandait un gros effort et quand il en avait fait deux, il était obligé de s'arrêter. A chaque respiration, il fermait les yeux et ses lèvres tremblaient. Pour pouvoir rester debout, il fallait qu'il s'agrippe à quelque chose avec ses deux mains; quant à ses genoux déjà saillants, ils étaient presque aussi gros que sa tête maintenant.

La première chose qu'il me demanda en arrivant fut si j'avais quelque chose à manger : il crevait de faim. Malheureusement, je n'avais rien à lui donner et je ne sus que lui répondre. Le camarade peth [1] lui donna un lit à côté du mien et nous mangions ensemble à midi et le soir notre ration de potage et de sel.

Bien souvent, quand les camarades peth n'étaient pas là, je jetais un coup d'œil dans la grande cuisine pour voir s'il n'y avait pas quelque chose à manger que je pouvais voler. Mais quand c'était le cas, je sentais tellement de yeux affamés braqués sur moi que je n'osais même pas chiper une noix de coco ou une banane qu'il aurait fallu que je coupe en dix ou vingt morceaux, sinon le bruit se serait répandu et c'aurait été moi la victime.

Le deuxième jour après son arrivée à l'hôpital, mon grand frère ne pouvait plus bouger et il restait dans son lit. De temps en temps, je l'entendais dire :

– J'ai faim, donne-moi du riz.

De son corps sortait un liquide noir qui attirait des nuages de mouches. Son état empirait : il ne pouvait même plus ouvrir les yeux. Quand la journée était calme, je demandais à manger aux camarades peth :

– Frères, mon grand frère est très malade. Il a faim. Pourrais-je avoir quelques bananes pour lui ?

– Nous comprenons, mais ce n'est pas nous qui décidons ici. Arrête de nous demander à manger. Si on le sait, c'est toi qu'on tuera.

Pour survivre, je mangeais des insectes, des feuilles et

1. *Peth* signifie « médecin » en cambodgien.

des vers. Mon grand frère ne pouvait pas me suivre car il n'avait pas la force de mettre le pied par terre et son corps n'était pas habitué à une telle nourriture.

Un soir où j'étais assis auprès de lui pour chasser les mouches qui l'entouraient, je me rendis compte qu'il était vraiment au bout de ses forces. Il bougeait parfois les lèvres et il disait d'une voix faible, si faible que je l'entendais à peine :

– J'ai faim.

Cette phrase me faisait pleurer et je me demandais : « Que dois-je faire pour lui trouver quelque chose à manger ? » Je voulus aller voir mes parents mais ma visite n'allait leur apporter que de la peine et des souffrances. De plus, ils souffraient terriblement eux aussi de la faim, de la maladie, de la douleur et de la peur de perdre leurs enfants.

Soudain, je fus pris du besoin irrésistible de confier ma propre souffrance aux autres. Mais ceux qui m'entouraient vivaient eux aussi la même souffrance et dans les heures ou les minutes qui allaient suivre, ils allaient peut-être aussi perdre un de leurs proches. Le couloir sombre de l'hôpital (qui était en fait une grande cabane) résonnait du bruit des mouches, des gémissements, des sanglots et du dernier souffle des moribonds – tout un poids de souffrances humaines créé par la folie khmère rouge pour détruire l'homme.

Le lendemain matin, je fus réveillé à l'aube par un de nos voisins musulman qui me secoua en disant :

– Réveille-toi, mon petit. Ton frère ne va pas bien.

Il était sur le point de mourir : ses yeux se révulsaient, sa bouche se tordait et de son corps coulait un liquide blanc qui n'était pas de la sueur. Je l'embrassai et lui dis :

– Non, tu ne vas pas mourir. Camarade peth ! Aidez-moi, mon frère va mourir.

Une camarade peth arriva aussitôt avec un bol d'eau sucrée et me dit :

– Tiens, donne-lui ça à boire et il guérira.

– Camarade, c'était hier qu'il fallait le lui donner, lui répondis-je.

J'essayai alors de faire boire mon frère mais il ne pouvait plus avaler. Quelques minutes plus tard, il mourait. Je regardai la pendule : il était 9 h 30.

Désespéré et malheureux, je restai à côté du corps de mon frère. Son visage était serein, je pouvais compter les côtes de sa poitrine et à la place de son ventre, il y avait un énorme creux : il était mort le ventre vide. Cette dernière image me bouleversa.

Quelques heures avant midi, le camarade peth me demanda si j'avais quelque chose pour couvrir le corps de mon frère car on allait l'enterrer. Je lui donnai un bout de tissu déchiré qui servait seulement à cacher son ventre. Quand son corps fut déposé dans la tombe, je le recouvris de terre en m'inclinant trois fois jusqu'au sol et en prononçant ces mots :

– Frère, que la joie soit toujours avec toi!

Le soir du même jour, je pus aller voir mes parents et leur annoncer la mort de Eng Thaï. Ma mère s'écria en pleurant :

– Je ne veux pas entendre qu'il est mort de faim! Mon fils ne doit pas mourir de faim! Ces Khmers rouges, ces barbares, qu'ils soient dissous comme le sel dans l'eau!

Mon père, quant à lui, ne savait que dire et il secouait tristement la tête.

L'un de nous venait de mourir de faim. Que devions-nous faire pour survivre en attendant la moisson? Nous nous regardions désespérément, avec des yeux affamés.

Avant de rentrer à l'hôpital, mon père me dit d'une voix triste :

– Tu sais, Avang (il m'appelait souvent Avang au lieu de Savang), le chef du village m'a demandé avec insistance d'adopter Sany en me disant qu'il le nourrirait comme son fils. Je ne voulais pas donner ton frère à quelqu'un que je ne connais pas mais...

Il ne pouvait pas continuer et je compris qu'il pensait à Sany qui était très malade à cause de la famine. Poussant un gros soupir, il reprit cependant :

– Vois-tu, sa santé m'inquiétait de plus en plus et j'ai

été obligé de le confier au chef du village. Espérons que cela ira mieux. Je ne supporte pas d'entendre qu'on meurt de faim. Ton grand frère vient de mourir de faim et je trouve cela intolérable. Si Sany est chez les Khmers rouges, cela ne veut pas dire qu'il va devenir comme eux. De toute façon, il fallait essayer. On verra bien...

Trois jours puis une semaine passèrent. Nous n'avions pas de nouvelles de Sany. Un jour où je passais devant la maison du chef du village, je demandai aux soldats qui montaient la garde si Sany était là mais personne ne le connaissait. Avait-il vraiment été adopté ?

A la fin du mois de novembre 1977, je fus expulsé de l'hôpital par les camarades peth qui disaient que je n'étais pas malade puisque j'étais capable de manger des feuilles, des insectes et des vers. Ils me renvoyèrent à l'endroit où je travaillais avant de venir à l'hôpital. Mais avant de partir, je m'arrêtai quelques instants chez mes parents où il n'y avait plus que mon petit frère.

La famine régnait depuis plusieurs mois et mes parents étaient très faibles et très maigres. Heureusement ils pouvaient encore se déplacer car depuis que Sany était parti, c'étaient eux qui devaient aller chercher de quoi manger. Ma mère ramassait des feuilles et des têtards et mon père, quand sa santé le permettait, attrapait des grenouilles – ce qui devenait de plus en plus rare. Après avoir lavé les têtards, ma mère les mélangeait à la soupe de feuilles qui, verte au début, devenait grise et de plus en plus foncée. C'est cette soupe qui, depuis plusieurs mois, les faisait vivre jour après jour.

Le moment du départ fut très pénible pour moi car je quittais ma famille avec l'angoisse de ne plus les revoir. Mais je voulus leur cacher ma peur et je ne dis rien. La mort dans l'âme, je leur dis au revoir en pleurant et en baissant la tête. Ma mère comprit et elle me caressa la tête avec ses doigts maigres. Puis, en pleurant, elle me dit :

– Sois sage, mon fils, et que le bien t'accompagne !

Mon père, quant à lui, appuya ma tête contre sa poitrine et m'embrassa. Puis il me dit d'une voix sombre :

– Viens nous voir dès que tu le pourras et ne t'inquiète pas pour nous. Prends soin d'abord de toi.

Ma mère me tendit alors un petit morceau de patate qu'elle avait gardé pour mon plus jeune frère :

– Tu as un long chemin à faire. Prends ce petit morceau de patate, cela te fera du bien!

Je refusai et m'en allai, les larmes aux yeux.

Quand c'était la moisson, au début de l'année, on entendait les enfants chanter. Maintenant le vent du nord soufflait, le riz était en fleur mais les enfants et les adultes mouraient ou pleuraient leurs morts. Partout où je passais, c'était le même décor : toits déchirés, jardins déserts, gens maigres aux figures lunaires, enterrements. Moi qui aimais tellement les paysages, je n'éprouvais en ce moment aucun plaisir à regarder la plaine en fleurs, mais une haine grandissante envers les Khmers rouges. Pourquoi avions-nous faim ? Quand serions-nous rassasiés et libres ? Il était grand temps que ces sangsues soient écrasées par la foudre!

Un matin où j'étais en train de remplir d'eau des jarres, j'entendis quelqu'un m'appeler. La voix me parut familière et je me retournai : c'était Sany, mon petit frère. Il était occupé à couper des herbes.

Je fus rempli de joie en le voyant mais très vite, je fus inquiet sur son état de santé : il n'avait plus d'œdèmes mais il était plus maigre que jamais.

Je laissai tomber mon seau et courus vers lui :

– Comment vas-tu et comment se fait-il que tu sois ici ? Nous pensions que tu avais été adopté par le chef du village!

– Quand j'ai quitté la maison, on m'a tout de suite emmené ici, répondit Sany. Tu sais, le chef n'a raconté que des mensonges à papa. En réalité, je suis très mal traité. Quand je n'ai plus la force de piocher, il me frappe avec un roseau (il me montra les traces qu'il avait sur tout le corps). En ce moment, je plante des patates, parfois je garde les bœufs. Je crève de faim et je n'en peux plus. J'ai toujours envie de m'asseoir mais on ne me laisse jamais le temps de souffler. Mes pieds deviennent de plus en plus lourds et je n'arrive plus à marcher. Je ne veux plus travailler, la maison me manque trop!

J'étais fou de joie de revoir mon frère, mais il était vraiment à plaindre. J'avais beaucoup de choses à lui dire mais le temps passait et je ne voulais pas que nous nous fassions remarquer. Avant de nous séparer, je proposai à Sany de le rencontrer discrètement au même endroit une fois par jour, soit le matin de bonne heure, à l'heure de la toilette, soit le soir, après la réunion commune. Sany me montra sa baraque qui n'était pas très loin de la mienne.

– Ah, lui dis-je en partant, j'ai oublié de te dire une chose. Il ne faut surtout pas dire aux autres que je suis ton frère, sinon on risquerait d'être séparés.

Le soir de ce même jour, une violente averse emporta le toit en chaume de ma baraque et le chef décida qu'en attendant le jour, nous dormirions dans la baraque d'en face qui était celle de Sany. Tout heureux, je m'empressai de trouver une place à côté de mon frère. Malgré la fatigue, nous restâmes quelque temps éveillés, échangeant des nouvelles à voix basse. Je parlai de notre famille à Sany et de ce qui s'était passé après son départ.

– Tu sais, me dit Sany, je sais où ils cachent des patates. C'est dans la jarre qui est derrière la porte, là où dort Salaos, notre chef.

– Tu as bien fait de me le dire, je vais aller en voler quelques-unes que j'apporterai à nos parents qui ont encore plus faim que nous.

– Non, n'y va pas, reprit Sany. Salaos est capable de tout et il fouette très facilement.

– Ne t'inquiète pas et laisse-moi faire.

Quand tout le monde fut endormi, je rampai vers la porte que Sany m'avait indiquée et je trouvai la jarre. Une à une, j'entassai les patates dans la serviette que je mettais autour du cou. J'étais mort de peur et je suais à grosses gouttes. Mon cœur battait très fort mais quelque chose d'irrésistible me poussait : j'avais faim et je ne voulais pas voir mes parents mourir de faim.

Salaos dormait en ronflant. De temps en temps, le frottement de son hamac contre le mur en bambou de la baraque me faisait sursauter. Je n'étais pas très rassuré et je m'arrêtai de fouiller dans la jarre. Repliant ma serviette, je me dépêchai de partir.

– Quoi ? Tu as volé tout ça ? demanda Sany.

– Et alors ? répliquai-je. Bon, écoute, je vais cacher quelques patates sous la paille mais ne les mange pas devant les autres. Dès que le coq chantera, je partirai car il faut absolument que je sois revenu au début de l'après-midi.

Oui, il fallait que je sois là en début d'après-midi. Serait-ce possible ? Je savais que nous étions comptés tous les matins, avant dc partir au travail. Mais quand il faisait mauvais temps, les chefs ne nous comptaient pas. Oh, pourvu qu'il pleuve ou qu'il y ait une tempête ! Si j'avais voulu, j'aurais pu m'enfuir et survivre dans la brousse, comme j'avais fait l'année dernière. Mais dorénavant, il y avait Sany et je devais rester avec lui. Il était déjà très maigre et je ne voulais pas qu'il connaisse le même sort que mon frère aîné.

Une question cependant me tourmentait : si le chef nous comptait et découvrait que je n'étais pas là ? Il fallait que je trouve une raison. Je pourrais peut-être dire que j'étais allé chercher des légumes pour la cuisine collective, très tôt le matin. Mais non, c'était trop juste, je n'avais pas le temps et en plus j'aurais les mains vides. Jamais ils me croiraient ! Je ne pourrais pas leur dire non plus que je m'étais perdu ou que je n'avais pas trouvé de légumes. Toutes ces questions pesaient si fort dans ma tête que je pris tout d'un coup une décision : partir. On verrait bien ensuite !

Cela faisait presque deux semaines que j'avais quitté la maison et beaucoup de choses avaient changé : ma mère et mon petit frère ne pouvaient plus marcher et on aurait dit qu'il y avait de l'air dans leur ventre tellement il était gonflé. Ils respiraient très vite comme s'ils étaient essoufflés mais en réalité, c'était parce qu'ils ne pouvaient plus bouger. Mon père était très maigre également mais il avait encore la force de casser quelques branches mortes pour entretenir précieusement le feu de la maison.

J'étais tout heureux de les voir mais j'étais tellement troublé de ces changements que je ne pouvais prononcer un mot. Je tendis le sac de patates à ma mère qui l'embrassa en pleurant et je fondis en larmes. Sans parler tout de suite de Sany, j'allai chercher d'abord des branches mortes pour faire cuire les patates. Je courus vers la jarre pour remplir d'eau la marmite mais la jarre était vide. Je décidai alors de prendre le seau que nous avions pour aller chercher de l'eau à la rivière. Mais le seau était rouillé et plein de trous et je dus étendre une couche d'argile au fond pour pouvoir tant bien que mal le remplir. En revenant, je mis l'eau dans la jarre et fis cuire les patates. J'étais content de voir mes parents et mon frère manger, mais jusqu'à la moisson, ces quelques patates étaient comme une goutte dans l'océan.

Quand je leur appris où était Sany, ils furent bouleversés et leur visage s'emplit de haine et de pitié.

– Prends soin de lui, dit tristement mon père. Il a besoin de toi.

– Il est parti sans rien et il doit avoir froid la nuit, dit ma mère. On n'a plus de couverture. Donne-lui ces quelques morceaux de patates, tu vas les lui apporter.

– Non, maman, c'est pour toi. Je lui en ai laissé quelques-unes.

Je dus partir aussitôt le repas terminé. A force de marcher, mes genoux saillaient et frottaient l'un contre l'autre, provoquant de grandes taches rouges boutonneuses.

A peine arrivé au camp, Salaos me ligota et me frappa sans me poser de questions avec une branche fine. J'avais beau essayer de lui expliquer les raisons de mon absence, c'était en vain. Au bout de quelques instants, j'avais la peau toute rouge et je commençais à saigner. Pour finir, il me pinça l'oreille de toutes ses forces en disant :

– Si tu recommences, ce sera pire !

Je n'osais pas pleurer devant lui et je me contentai de serrer les dents pour essayer d'oublier ce châtiment injuste. Chaque fois que j'étais torturé, j'avais honte de regarder mes camarades et pendant le travail, je n'osais pas les regarder en face. Je restais à l'écart, la tête baissée.

Le soir, je fus privé de ration. Sany voulait bien partager la sienne avec moi mais nous n'étions pas dans le même groupe et nous n'avions pas le droit de sortir de la cuisine collective.

Le lendemain, je profitai de ce que nous plantions du manioc pour ramasser quelques grenouilles qui avaient été blessées par les coups de pioche de mes camarades. Quand j'en trouvais une, je l'assommais avec une motte de terre et la fourrais dans ma poche, en me disant : « Ce soir, j'aurai moins faim et je serai moins fatigué. » Tout d'un coup, je vis à mes pieds un petit moineau tombé de son nid qui pépiait d'une voix fragile. Fou de joie, je le pris dans mes mains et le caressai. Puis je lui dis doucement, comme s'il me comprenait : « Je suis heureux de te voir mais c'est dommage car je vais te manger. » Mais devant ces pépiements si innocents, si sages, si amicaux et si sincères à la fois, je fus incapable de lui serrer le cou. Je n'avais plus faim. Mon cœur se remplit de pitié et d'amour si bien que je ne pouvais plus le mettre dans ma bouche et je libérai mon prisonnier en disant :

– Que ta joie d'être libre soit aussi la mienne !

Il s'envola aussitôt et ne se retourna pas, ce qui troubla un peu ma joie !

Quelques jours après, peu de temps avant le dîner, je vis Salaos en train de fouetter mon frère. Je m'approchai de lui et lui demandai aimablement pourquoi il faisait mal à mon frère. Mais pour toute réponse, il me poussa par terre et me fouetta cruellement. Le soir, mon corps était à nouveau couvert de traces rouges et je fus pris d'un accès de fièvre.

Pour le venger, je dis à Sany que j'allais aller voler le potage de Salaos. Je savais en effet qu'il gardait une marmite de potage sous son hamac pour en manger soit la nuit, soit le matin, avant de partir au travail. A l'instant où j'écris ces lignes, je revois encore cette nuit où je pris le potage de Salaos : j'avais si peur que je fus incapable de l'apprécier, une fois que je l'eus volé !

J'attendis qu'il fût assez tard pour ramper sans bruit vers le hamac de Salaos. La marmite était là : Salaos l'avait couverte avec une assiette et avait posé dessus deux gros morceaux de brique pour éviter qu'on la vole facilement. Il faisait très sombre et je ne voyais rien. Tâtant avec mes doigts la marmite, je trouvai les deux morceaux de brique que je mis sur la paille mouillée (heureusement qu'elle était mouillée sinon cela aurait fait du bruit) puis j'ôtai délicatement l'assiette. Je plongeai ensuite un doigt dans la marmite pour être sûr que c'était du potage. Ma langue me dit que c'en était et je m'enfuis en vitesse avec la marmite. Quand j'arrivai près de mon frère, il se réveilla :

– Qu'est-ce que tu as volé ? me demanda-t-il.

– Ne pose pas de questions et dépêche-toi d'avaler ça !

Dans le noir, nous bûmes rapidement tout le potage. Quand il ne resta plus rien, je sortis pour aller jeter la marmite dans le ruisseau et le courant l'emporta vers une destination que Dieu seul savait. Quelques instants plus tard, on entendit Salaos s'écrier :

– Ô voleur ! Ô voleur ! Qui a volé mon potage ?

Aussitôt je dis à Sany de faire semblant de dormir et de bien essuyer sa bouche pour qu'il n'ait pas de grain de riz collé entre les dents. Salaos fouillait en vain toute la baraque. Je jubilais de le voir si en colère et je me disais que le lendemain, je serais encore plus content de voir sa figure privée de potage !

[illegible] de [illegible] au travail. [illegible] de [illegible] incapable de [illegible]

[illegible] avec [illegible] et avant [illegible] pour [illegible] je ne [illegible] les deux [illegible] de [illegible] depuis [illegible] du potage [illegible]

[illegible] de question [illegible]

[illegible] Quelques [illegible]

[illegible] mon potage ?

[illegible] de dormir [illegible] de [illegible] la [illegible] que [illegible] comment [illegible] son potage !

CHAPITRE XI

Prison et mort

Au début de l'année 1978 – trois ans après que nous avions quitté Battambang – eut lieu la troisième moisson. Mes parents, trop faibles pour marcher jusqu'à la rizière, ne purent y participer. Ils étaient obligés de rester toute la journée dans leur cabane. Comme je faisais de nouveau partie des jeunes moissonneurs de Brin-de-Marmite, je passais tous les jours prendre de leurs nouvelles. Je remplissais d'eau la jarre, je ramassais des branches mortes et j'allais chercher leur ration de potage (deux louches).

Depuis quelque temps, mon frère Sany était rentré à la maison. En effet, il avait tellement de difficultés à marcher et le ventre si gonflé qu'il était devenu très faible, et le nouveau chef qui avait remplacé Salaos lui avait permis de rentrer chez lui. En tout, il y avait donc quatre personnes à la maison, quatre personnes malades, tristes et désespérées.

Alors que nous étions en période de moisson, le gouvernement avait diminué les rations alimentaires. De ce fait, les enterrements étaient de plus en plus fréquents. Cette vision des morts qu'on transportait dans les rues me faisait redouter de plus en plus l'avenir et je finis par me dire : « A chaque jour suffit sa peine. »

Un soir où je rentrais à la maison après mon travail, je trouvai mon père et mes frères plus désespérés que jamais : ma mère n'était plus là.

– On a arrêté ta mère, on l'a frappée et l'on a emmenée de force, dit mon père. Oh non, ce n'est pas possible!

Il voulut continuer mais les mots s'étranglèrent dans sa gorge. Cette nouvelle me fit l'effet d'un coup en pleine poitrine. Je me souviens que ce soir-là, je restai accroupi auprès du feu incapable de réagir. Je me tenais la tête entre les mains et une seule question me revenait sans cesse : « Pourquoi ont-ils fait ça ? »

Quelques jours plus tard, j'appris que le gouvernement venait d'ouvrir une prison dans le village dans laquelle se trouvaient beaucoup de gens récemment arrêtés.

Un après-midi, je demandai à mon chef qui était compréhensif la permission d'aller voir ma mère après mon travail. Il me l'accorda sans hésitation et je partis en emportant un peu de riz cuit que j'avais glané le matin. La prison se trouvait à l'extérieur du village, sur une pente aride où rien ne poussait. De loin, avec ses fils barbelés, elle ressemblait à une étable. A mesure que je m'approchai, je vis beaucoup d'hommes, de femmes et d'enfants, mais je ne reconnus pas tout de suite ma mère car ils étaient tous rasés et vêtus de vêtements qui tombaient en loques. Le cœur palpitant, je scrutais attentivement cette foule quand j'entendis soudain quelqu'un m'appeler. Je reconnus aussitôt la voix de ma mère.

Elle était assise sous une petite tente, le visage plus triste que jamais, le crâne rasé comme tout le monde. Je m'approchai, voulant être tout près d'elle, mais il y avait le barbelé qui nous séparait. Alors, incapable de dire un mot, je lui tendis le paquet de riz : je pleurais et elle aussi.

Un jeune garde m'avait vu donner quelque chose à ma mère et il accourut vers nous. D'un coup de bâton il fit tomber le paquet de riz et l'écrasa par terre avec ses chaussures.

– Ce n'est pas la peine d'apporter quoi que ce soit à ta mère, dit-il. Ici, on a de quoi la nourrir. Fiche le camp!

Quand il fut parti, je m'approchai de nouveau et je pus échanger quelques mots avec ma mère. J'aperçus des traces de fouet sur ses mains et je la questionnai. Elle me dit qu'on l'accusait simplement de savoir lire et écrire le chinois. Tous les gens qui étaient enfermés là avaient été arrêtés uniquement parce qu'ils avaient quelqu'un de leur famille qui était instituteur ou soldat républicain.

Quand je vis les conditions de détention dans laquelle se trouvait ma mère, je résolus sur-le-champ de la sortir de là. Malheureusement, je ne voyais personne qui pouvait m'aider. Ma mère ne cessait de me demander des nouvelles de mon père et de mes frères ; elle s'inquiétait beaucoup pour eux.

J'aime énormément mon Cambodge natal mais chaque fois que je revois mentalement l'image de ce Khmer rouge écrasant le riz précieux que j'avais si soigneusement préparé, l'amour que j'ai en moi se change tout à coup en une haine inextinguible.

Toute ma famille était malade et en plus de cela, ma mère était en prison. La première chose que j'avais à faire, c'était d'arracher ma mère à cette prison. Mais comment ? De quelle manière ? Je savais que les chefs du groupe de mes parents avaient été arrêtés récemment par les Khmers rouges et qu'ils avaient été remplacés par des gens qui étaient de la région de Posat, la famille Vech. Camarade Vech était âgé de 40 ans environ, sa femme était un peu plus jeune. Ils avaient cinq enfants et vivaient avec la mère de Vech, âgée d'une soixantaine d'années. Il n'y avait pas longtemps qu'ils étaient installés mais les bruits couraient que Mme Vech était méchante et cruelle. On disait aussi que son mari était intransigeant et autoritaire avec elle mais que quand elle n'était pas là, il avait le cœur sur la main. Quant à la grand-mère, même si elle avait suivi son fils pour rejoindre les communistes dans la forêt en 1973, elle n'avait soi-disant pas changé ses habitudes de vie ni ses pratiques religieuses.

Au milieu de tant d'angoisses je pensai tout d'un coup à cette grand-mère, et je me souvins qu'un jour, en allant chercher la ration de mes parents, j'avais aperçu par la fenêtre de sa chambre une statue d'un Bouddha aussi grosse qu'un bidon de 5 litres sur une assiette de lotus en porcelaine.

Le soir du même jour, en allant chercher mon potage, je guettai le moment où il n'y avait plus personne pour m'approcher de la grand-mère. Assise sur un petit lit, elle était en train de préparer des feuilles de bétel. Voyant mon air hésitant, elle ne tarda pas à me demander :

– Tu n'as pas eu de potage, mon petit ?

– Si, grand-mère, je viens d'en avoir, répondis-je. Mais je voudrais vous dire quelque chose car j'ai besoin de votre aide.

– Qu'y a-t-il, mon petit ? Dis-moi.

– Mon père et mes frères sont malades et ma mère est en prison alors qu'elle n'a rien fait de mal. Votre fils pourrait peut-être l'aider à en sortir ? J'ai besoin de votre aide, grand-mère !

– Comme ton histoire est triste ! Je connais en effet ta mère, elle est gentille et toujours souriante. Peut-être que mon fils pourra t'aider. Je le lui dirai quand il rentrera, mais ne dis rien aux autres. Dieu va nous aider à résoudre ce problème.

Deux jours après, le camarade Vech, le fils de la grand-mère, vint me chercher pendant que je moissonnais. Le chef du chantier me libéra immédiatement et nous partîmes en charrette à bœufs chercher ma mère. Arrivés à la prison, les choses se compliquèrent. Thine, le Khmer rouge qui dirigeait la prison, ne voulait pas libérer ma mère. Il fallut des heures de discussion pour obtenir gain de cause. A la demande de Vech, j'étais resté derrière lui, écoutant ce qui se disait. Thine accusait Vech d'être le pire des citadins mais lui, sans se décontenancer, répliqua :

– Cette camarade est sous ma responsabilité et c'est une bonne travailleuse. Je ne vois pas pourquoi elle devrait rester ici.

A la fin, Thine céda et ma mère fut libérée. (Quelques mois après, on apprit que Thine avait été torturé et décapité par d'autres Khmers rouges venus de la région de Kampot.)

Nous étions si heureux que nous remerciâmes chaleureusement le camarade Vech. Dès que nous fûmes rentrés, je courus annoncer la bonne nouvelle à la grand-mère qui se réjouit avec moi et qui me dit avec un grand sourire :

– Je partage ta joie mais c'est Dieu qu'il faut remercier.

La famille était à nouveau au complet. Il ne manquait que mes deux sœurs aînées Kiet Hoa et Eng qui étaient parties depuis longtemps de Brin-de-Marmite et dont on n'avait toujours pas de nouvelles. La santé de ma mère cependant ne cessait de se détériorer. Non seulement son corps se gonflait mais sa respiration s'accélérait et elle était de plus en plus pâle. Déjà triste et désespérée, elle avait été complètement traumatisée par les sauvageries auxquelles elle avait assisté en prison. Mon père et moi faisions tout ce que nous pouvions pour l'encourager, mais tous nos efforts s'avéraient inutiles. Un jour, elle m'apporta une petite boîte contenant du riz et elle me dit :

– Avang, je voudrais que tu apportes cette boîte de riz chez le grand-père Coton qui habite sous le grand manguier, au premier tournant de la rivière. Je ne sais pas s'il est toujours là mais essaie quand même. Tu lui diras que tu es mon fils et que j'ai besoin qu'il me dise un peu quel sera mon avenir. S'il te demande mon âge, dis-lui que j'ai le même âge que sa deuxième fille, sauf que moi je suis née en septembre. Si c'était possible éventuellement, demande-lui pour ton père; il est de l'année des souris, c'est-à-dire des années vingt. Écoute bien ce qu'il te dira et avant de partir, donne-lui cette boîte. Cache-la bien pour que les soldats ne te suspectent pas.

Il était 2 heures de l'après-midi quand je me mis en route pour aller chez le voyant, avec la boîte de riz enveloppée dans une feuille de bananier. Je me souviens encore de ce jour-là. J'avais un peu peur car je me demandais si le grand-père serait là et ce qu'il allait bien pouvoir me dire. A ma peur s'ajoutait en plus un sentiment de tristesse dû au temps : le ciel était gris et lourd, on entendait de temps en temps un bruit de tonnerre mais pas une goutte d'eau ne tombait pour rafraîchir mon esprit.

Ma mère avait raison. Au premier tournant de la rivière, sous le grand manguier, il y avait une petite maison au toit en feuilles de cocotier. A travers la porte ouverte, j'essayais de voir à l'intérieur. Il faisait sombre mais j'aperçus un homme âgé avec une longue barbe toute blanche qui était assis par terre, occupé à rouler une cigarette avec une feuille de *sangké*[1]. J'hésitai un instant à entrer puis je l'interpellai :

– Grand-père, vous êtes bien le grand-père Coton ?

– Oui, me répondit-on. Que veux-tu mon petit ?

Je ne lui répondis pas tout de suite et, par respect des politesses, je m'agenouillai devant lui en joignant mes mains sur ma poitrine, puis je touchai trois fois le sol avec mon front.

– Grand-père, dis-je, je suis le fils de Koârk. Ma mère est très malade et elle a besoin de votre aide.

– Ah oui, je connais bien ta mère, cette gentille femme souriante ! La pauvre, elle est malade maintenant !

Il se tut un instant puis il me posa une question :

– Est-ce que la route est calme ?

– Oui, grand-père, je n'ai rencontré personne.

– Les oiseaux chantent-ils comme d'habitude ou as-tu entendu d'autres bruits bizarres ?

– Je n'ai pas fait attention, grand-père.

– Peu importe.

Il sortit alors du toit un petit portrait de son maître et l'accrocha au mur. Puis il prit une ardoise qui était sous la natte et un morceau de craie. Levant les yeux vers le portrait, il se mit à réciter une prière dans une langue que je ne connaissais pas. Quand il eut terminé, il se tourna vers moi et me dit :

– Connais-tu la date de naissance de ta mère ?

– Oui, elle est née la même année que votre deuxième fille, au mois de septembre.

A ces mots, le grand-père traça sur son ardoise des

1. Arbre sauvage qui pousse dans la brousse ou les forêts clairsemées.

signes que je ne comprenais pas et qui ressemblaient à des empreintes de chenille sur le sable.

– La pauvre! Ce que je vois n'est pas très brillant!

– Que voulez-vous dire par là, grand-père?

– Mon petit, tu es trop jeune pour comprendre.

– Vous pouvez me le dire et je le réciterai à maman.

– Alors, écoute bien. Je vois une femme malade et seule au sommet d'une montagne. Étant donné qu'elle est malade, il est temps pour elle d'aller vers une autre montagne qui est plus paisible et où elle ne trouvera que du bonheur.

Malgré mon jeune âge, je devinai à peu près ce que le grand-père voulait signifier par ces paroles. Mais ce départ pour une autre montagne me fit peur et je sentis quelque chose s'effondrer en moi. Je m'efforçai cependant de ne rien laisser paraître et je demandai au voyant :

– Donc, que faut-il que je fasse grand-père?

Il me donna une potion à base de plantes médicinales et me conseilla de faire le geste rituel de la religion hindouiste qui consistait à asperger d'une poignée de riz le corps de ma mère en prononçant cette formule : « Ô âmes affamées, laissez cette âme tranquille! Que celles d'entre vous qui sont venues de loin prennent le riz cru et que celles qui sont proches prennent le riz cuit! » Voulant être certain que ce geste était efficace, je demandai au grand-père :

– Et après ma mère sera guérie?

– Je ne peux rien te dire, mon petit. Il faut essayer.

Je lui demandai ensuite de voir ce qu'il en était pour mon père et je lui indiquai sa date de naissance. Il traça à nouveau les même signes sur son ardoise et dit :

– Ce que je vois n'est pas non plus très brillant : un homme ivre sur le dos d'un corbeau.

– Qu'est-ce que cela veut dire, grand-père?

– Cela veut dire que l'état mental de ton père est rongé depuis quelque temps par la faim, la torture et les souffrances de ses proches.

– Que dois-je faire alors, grand-père?

– La même chose que pour ta mère.

Au moment de partir, j'insistai pour qu'il me décrive clairement et concrètement l'avenir de mes parents, mais il secoua négativement la tête en disant qu'il préférait ne rien dire et il me souhaita simplement bon courage. Je lui donnai alors la boîte de riz mais il refusa de la prendre :

– Si je l'acceptais, je trahirais également mon maître, ce que je ne veux pas. Ce que je désire, c'est la guérison de tes parents et leur prochain bonjour.

Le retour fut très pénible pour moi. J'étais encore plus angoissé et désespéré qu'à l'aller. Le sentiment d'être seul et abandonné venait de s'installer en moi et sans cesse je me demandais s'il fallait oui ou non que je répète ce que je venais d'entendre à ma chère maman. Au fond de moi-même, je voulais lui dire la vérité, mais je redoutais que cela soit un trop gros choc pour elle. Finalement je décidai de ne rien dire et je me contentai de préparer le médicament conseillé par le grand-père Coton, en accomplissant le geste rituel hindouiste.

J'avais fait comme avait dit le grand-père mais la santé de ma mère ne s'améliora pas et son état devint de plus en plus alarmant.

J'ai parlé déjà de mes deux sœurs dont on n'avait plus de nouvelles. Un beau jour, elles arrivèrent à Brin-de-Marmite. Après avoir longtemps travaillé dans la région de Mong Russey comme jeunes filles de première force, elles avaient été renvoyées chez elles par les nouveaux chefs khmers rouges qui avaient décidé de fermer la ferme d'État où elles étaient. Kiet Hoa et Eng faisaient dorénavant partie de notre commune et devaient participer comme moi à la moisson. Cependant il n'y avait que Eng qui travaillait car Kiet Hoa était très malade, très pâle et très maigre; elle avait le ventre qui gonflait de plus en plus et chaque fois qu'elle toussait, elle crachait du sang.

En ce début de l'année 1978, nous étions donc sept à la maison : mes parents, mes deux sœurs, mes deux petits frères et moi. Seuls Eng et moi pouvions encore courir malgré notre maigreur. Les jours passaient. Nous étions toujours en pleine saison de moisson mais le gouvernement nous laissait toujours crever de faim.

Mes sœurs et moi essayions de donner à ma mère les médicaments prescrits par le voyant mais c'était en vain : elle était de plus en plus affaiblie par la dysenterie. Un soir en rentrant, nous fûmes tout surpris de voir dans la marmite une soupe spéciale que ma mère avait préparée. Quelques heures avant le coucher du soleil, quand tout le monde fut réuni, elle se leva avec beaucoup de peine et nous dit avec un pâle sourire :

– Je suis bien contente que vous soyez tous là. Je voudrais qu'on mange tous ensemble cette soupe. Il faut profiter de cette occasion car il est rare que nous soyons tous réunis comme ce soir.

A la fin du dîner, il restait encore un peu de soupe dans son bol mais elle était incapable de l'avaler. Quand elle vit que les deux bols de mes frères étaient vides, elle leur versa son reste de soupe et nous dit tristement :

– Vous les grands, n'oubliez pas que vous devez mettre votre amour dans le cœur de ces deux petits qui sont faibles. Aimez-les ! Ils n'ont pas eu la chance de connaître ce que vous avez connu quand vous étiez en ville.

Soudain, elle se mit à sangloter :

– Je vous aime plus que jamais, dit-elle.

Quelques jours après, au matin d'une journée ensoleillée, ma mère nous fit signe à mes sœurs et moi de nous approcher. Sa voix était rauque et son visage plus triste que jamais.

– Je me sens vraiment faible, dit-elle. Si jamais après ma mort votre père se remariait, prenez bien soin des petits, qu'ils ne soient pas maltraités. Imaginez une poule qui protège ses poussins et qui voit approcher un chat ou un chien. C'est la même chose. Une « petite femme » (la deuxième) n'aura pas un cœur plein d'amour comme votre mère.

Elle eut à peine achevé ces mots qu'elle réclama à boire. Soudain elle s'arrêta, incapable d'avaler. Ses yeux se fermèrent et ses mains serrèrent fortement les nôtres avant de les lâcher brusquement. Elle venait de nous quitter pour toujours. Nous étions le 5 février 1978 : elle avait 38 ans.

Quand nous avions été chassés de Battambang, nous avions emporté avec nous suffisamment de choses qui nous avaient duré un certain temps. Mais depuis, le gouvernement nous avait tout pris et aujourd'hui, nous n'avions même pas un bout de savon pour faire la toilette mortuaire de notre mère. Il fallut se débrouiller comme on pouvait. On finit par lui mettre sa chemise et son sarong blanc raccommodés. Mais nous n'avions pas de cercueil. Quand nous eûmes terminé, mon père nous dit d'une voix qui tremblait :

– Regardez bien le visage de votre mère car bientôt vous ne le verrez plus.

Cette phrase nous fit à nouveau pleurer.

Nous enterrâmes notre mère dans l'après-midi. Tous mes frères et sœurs étaient là. Seul mon père n'était pas venu : il était incapable de se déplacer. Je me souviens qu'au moment de remplir la tombe de terre, je commençai par recouvrir la partie inférieure du corps mais lorsque j'arrivai à la hauteur de la poitrine, je m'arrêtai un moment pour parler une dernière fois à ma mère. J'avais mille choses à lui dire mais ma peine était si grande que je ne pus lui dire que quelques mots :

– Maman, tu me manques déjà ! Je ne veux pas mettre de terre sur ton visage pour te supprimer...

A cette époque les gens mouraient les uns après les autres, des suites des tortures, de la maladie et de la famine. Aussi, presque partout où on allait, dans la brousse, les collines, le bord des digues, on voyait des tombes. Nous ne voulions pas que notre mère soit mélangée avec les autres et nous l'enterrâmes dans un endroit assez éloigné de la maison, près d'un petit kapokier planté au bord d'un lac.

Le retour à la maison fut affreux. Je me sentais complètement désorienté, avec une impression de vide total. Chaque fois que je pensais à ma mère, je pleurais. Heureusement, mon père était là et il partageait ma peine. Quant à mon plus petit frère, nous avions beau lui dire que maman était morte, il ne comprenait pas et il n'arrêtait pas de la chercher.

Dans la nuit de ce premier jour sans ma mère, je me rappelai la parole qu'un voyant avait prononcée à l'enterrement de mon grand-père maternel, quelques années avant la prise du pouvoir par les Khmers rouges. Assis à côté de ma mère, je l'écoutais demander au voyant de lui lire les lignes de la main. Après un long silence, celui-ci avait déclaré :

– Dans quelques années, en 1975 exactement, vous habiterez une maison au milieu d'un assez vaste terrain et devant laquelle il y aura une rivière.

– Mais ce n'est pas possible, avait répondu ma mère, je n'ai pas besoin d'aller vivre dans cette maison !

– Je ne sais pas, mais c'est ce que je vois. Attendez, ce n'est pas fini : quelques années après, vous devriez en principe habiter une autre maison en face d'un lac.

– Cela paraît stupide, trois maisons dans une vie !

– Vous n'êtes pas obligée de me croire mais pour être sûre de mes paroles, coupez un arbre et vous verrez plus tard que j'avais raison.

Je me souvenais de toutes les paroles du voyant à présent et cela me faisait frissonner. Je comprenais tout à fait ce qu'il avait dit : la maison sur le terrain vague, près de la rivière, c'était Brin-de-Marmite en 1975, et celle construite trois ans après au bord d'un lac était la tombe de ma mère.

Depuis cette nuit, je déteste les voyants. Pour moi, ils ne prédisent que malheurs et catastrophes. Cela ne m'empêche pas cependant d'aimer le grand-père Coton, malgré tout ce qu'il avait dit sur ma mère.

Après la mort de ma mère, mon père fut complètement abattu. Sa santé empira et il nous dit un soir tristement :

– Je ne peux pas vivre sans votre mère. J'ai l'impression qu'elle est toujours là et que j'entends encore sa voix.

Je compris tout à fait sa réaction et je lui dis :

– Mais si, tu peux continuer à vivre, papa. Même si tu penses à maman, tu sais qu'elle ne reviendra pas. Cela nous fait de la peine à nous aussi, mais nous avons besoin de toi et tu ne dois pas nous quitter.

Mon chagrin devenait plus dur à supporter à cause des paroles de mon père. Dorénavant, il n'y avait pas que la faim et la fatigue du travail qui m'accablaient, mais aussi la peur de perdre mon cher papa.

Mon chef d'équipe venait d'être arrêté et remplacé par un homme cruel et sauvage qui non seulement nous torturait mais nous empêchait de rentrer chez nous. En plus de cela, il avait restreint notre ration alimentaire : nos deux louches de potage étaient remplacées par quelques cuillerées de soupe de feuilles ou la moitié d'une banane. En l'espace de quelques jours, je devins aussi maigre qu'un cure-dents. J'avais terriblement faim et il n'y avait plus de têtards car les étangs étaient à sec. Et quand je rencontrais par hasard des caméléons, je n'arrivais pas à les attraper car ils couraient plus vite que moi. En ce début de l'année 1978, nous vivions une période de très grande famine.

Au cours de la troisième semaine du mois de février, je réussis à m'échapper du chantier des travaux forcés pour aller voir mon père. Je savais qu'au retour je serais arrêté et torturé comme toutes les fois où je communiquais avec ma famille, mais l'amour des miens était plus grand que la torture, la faim et la méchanceté que me faisaient subir mes chefs. Il me fallait trois heures de marche pour arriver à Brin-de-Marmite et chaque pas me demandait beaucoup d'efforts car il faisait très chaud (35 degrés au moins à l'ombre). J'avais soif et j'étais épuisé. Mais la joie de revoir mon père me réconfortait et me donnait un surcroît de force. Je savais en effet qu'il me dirait : « Tu dois avoir confiance dans l'avenir car tu respires encore. »

Arrivé devant la maison, je vis mon père rester inerte sur sa natte en bambou. D'une voix faible et rauque, il me dit :

– Te voilà, mon fils, tu es revenu. Ma joie est grande de te voir.

Puis, après un petit instant d'hésitation, il continua :

– J'ai faim. As-tu quelque chose à manger ?

A cette question, j'eus la gorge nouée. Mon cœur se serra en voyant son visage affamé, ses côtes que je pouvais compter et sa peau déchirée par les coups de fouet. Pour le réconforter, je lui dis que j'allais faire de mon mieux pour trouver quelque chose. Mes mains étaient vides mais une confiance m'habitait, celle qui me nourrissait et me permettait de répondre aux appels de ceux qui souffraient. Je pris un bâton de bambou et je m'enfonçai dans la brousse qui était derrière la maison, espérant trouver quelque chose. Quoi ? Je n'en savais rien.

Au bord du sentier poussiéreux, poussaient des jujubiers dont les fleurs étaient en train de faire des fruits ; les cigales se moquaient de la chaleur et sifflaient joyeusement ; quant aux perroquets, ils semblaient tout heureux de picorer dans les fleurs sauvages. J'étais content de les voir car ils me faisaient oublier mes souffrances et me rappelaient en même temps les souvenirs précieux du passé. Soudain, la tête d'un énorme serpent surgit devant moi, prêt à m'attaquer. Sans hésiter une seconde, je lui assenai un coup de bâton qui le fit fuir dans un trou. Je n'avais pas de pioche pour creuser le trou mais je fis un feu avec un morceau de kapok bien sec, un bout de porcelaine et un morceau de fer. Privé d'oxygène et étouffé par la chaleur, le serpent fut obligé de sortir de son trou et je le tuai. Je le coupai en morceaux et les fis cuire avec du sel. Mon père pleurait de joie et moi, j'étais content.

Après s'être resservi, mon père me dit :

– Je trouve amère cette précieuse nourriture dont nous avons tant besoin et j'ai froid sous cette chaleur torride.

Quelques instants après, il me demanda d'aller déterrer les livres que j'avais enterrés (ils étaient en parfait état) et il commença à lire un livre chinois qui parlait des régions montagneuses en Chine.

– Pourquoi lis-tu ce livre, papa ? demandai-je.

– Parce que j'aime beaucoup les paysages chinois et que je voudrais que mon esprit en soit imprégné.

Puis il me demanda un autre livre. C'était un livre de biologie écrit en français. Pendant un long moment, il s'arrêta sur des images qui représentaient la vie et la physiologie du rat et du lapin. Puis il secoua la tête et déclara :

– Je me force à lire mais j'ai du mal à comprendre. Je deviens de plus en plus faible.

Il me prit alors dans ses bras. Des larmes coulaient de ses yeux et il parlait d'une voix remplie par la douleur, la peine, la tristesse et l'émotion.

– Je suis comme un homme, dit-il, qui s'efforce de pédaler pour que son vélo roule. Mais les roues refusent de tourner et elles n'écoutent plus les commandes.

– Papa, dis-je en pleurant et en l'embrassant de toutes mes forces, nous avons besoin de toi. Si tu pars, notre maison sera sans toit. Que ferons-nous pour vivre ?

– La vie vous apprendra à vivre.

Quelques heures avant le crépuscule, il me demanda de lui apporter le Larousse médical. Après avoir lu une page qui parlait de malnutrition, il nous dit en souriant :

– Je ne vivrai pas jusqu'à demain matin. Si le Cambodge retrouve sa liberté, tu emmèneras tes frères et sœurs vers la liberté. Sois le gardien de l'amour fraternel et que la famille soit toujours unie comme une bague d'or [1], car c'est l'union qui fait la force.

Ses dernières paroles me bouleversèrent profondément. J'avais enterré mon frère aîné et ma mère mais maintenant, je refusais d'enterrer mon cher papa. Non, il ne devait pas nous quitter, il devait rester toujours avec nous. Mais cela était-il possible ? Son apparence physique troublait mon esprit et j'avais du mal à croire que c'était lui. J'essayais de concentrer toutes mes forces pour tenter de sauver mon père afin qu'il lutte avec moi pour la liberté. Mais tous mes efforts étaient vains...

1. En Asie, tout ce qui est rond symbolise la force.

Peu de temps avant l'aube, il nous réveilla en disant :

– Réveillez-vous mes enfants, je m'en vais et je vous dis au revoir.

Nous ne voulions pas le croire et nous nous efforcions de le secouer tant qu'il respirait. Mais lui répétait qu'il nous aimait et, jusqu'à son dernier souffle, il nous répondit :

– Oui, oui, oui, oui, oui, oui...

Nous étions le 19 février 1978.

Le lendemain, on se rendit compte que dans les ténèbres on avait oublié de fermer les yeux de mon père. Ils étaient grands ouverts mais ses prunelles étaient troubles. Son visage en revanche souriait toujours. Les seuls vêtements qu'il avait pour son dernier voyage étaient une chemise blanche et un pantalon en nylon bleu marine.

Je l'enterrai à côté de ma mère après avoir mesuré la distance entre le kapokier et l'endroit où reposait sa tête : cela faisait exactement trois pas. Étonnés de me voir prendre des mesures, mes frères et sœurs me demandèrent des explications mais je ne leur répondis pas, voulant garder mon secret. C'était mon père qui m'avait enseigné la géométrie et cela aurait été trop ingrat de ma part de l'enterrer sans savoir exactement où il se trouvait. J'espérais qu'un jour, quand tout redeviendrait calme, je pourrais les faire sortir de cette région où il y avait plus de tombes que d'arbres. Comme je savais où se trouvait le corps de mon père, je saurais tout de suite où était celui de ma mère. Tous les deux m'étaient si chers que ce serait vraiment trop cruel de ma part de les laisser dans cette région qui ne représentait que la faim, la torture, le génocide, la peur, la solitude, la sueur, le sang et la soif de liberté. Je restai auprès de mon père encore plus longtemps qu'auprès de ma mère. A la mort de ma mère en effet, je pouvais encore compter sur mon père. Maintenant que mon père était mort, j'étais au désespoir : dorénavant, je ne pouvais compter sur personne, à part moi-même. Je venais d'enterrer l'être qui m'était le plus cher au monde et j'hésitai longtemps avant de recouvrir de terre son visage souriant. Enfin, je m'y résolus et je le fis en disant :

– Au revoir, papa!

Je pleurais amèrement pendant ce dernier moment. En même temps, quelque chose au fond de moi me disait que je venais d'enterrer mon Larousse vivant. Papa en effet connaissait tout et chaque fois que je ne comprenais pas quelque chose, il me donnait la réponse.

Le ciel gris et la pluie fine qui tombait me donnèrent l'impression que la nature partageait le vide de mon cœur et que je n'étais pas complètement abandonné. Et de nouveau, j'eus le courage de lutter.

Le soir de ce même jour, j'allai me recueillir sur la tombe de mes parents. Ils étaient toujours présents dans mon cœur et je restai un long moment à leur parler. Je voulais leur avouer une faute que j'avais faite quand j'étais plus jeune et qui me donnait beaucoup de regret.

Mes parents en effet avaient acheté deux enfants qui étaient un peu plus jeunes que moi : un petit garçon, Chloeur, et une petite fille, Sokaim. Leur mère était folle et les avait abandonnés peu de temps après les avoir mis au monde; quant au père, il jouait et ne s'occupait jamais d'eux. Les enfants allaient à l'école avec nous, le soir ils mangeaient chez nous et ils dormaient dans notre chambre, dans des lits aussi grands que les nôtres. Au moment des fêtes, ils avaient des cadeaux comme nous et quand ils n'arrivaient pas à faire leurs devoirs, mes parents les aidaient comme nous. Ma sœur et moi en étions très jaloux : quand je faisais la vaisselle et que je les voyais jouer avec mes chiens, je n'étais pas content du tout et sans que mes parents le sachent, je n'arrêtais pas de les pincer.

– Nos parents sont à nous et à personne d'autre, disions-nous à mon frère et ma sœur aînés qui n'étaient pas d'accord avec nous.

– Vous n'êtes pas fous tous les deux? nous répondaient-ils. Vous allez voir, on va le dire aux parents.

Ils ne leur disaient rien mais mes parents étaient quand même au courant. Ma mère était furieuse et elle nous pinçait ma sœur et moi en nous disant :

– Je vous rends ce que vous avez fait! La terre appartient à tout le monde et tout le monde mérite d'être aimé. Si vous n'êtes pas gentils avec eux, je ne vous aime plus!

Quant à mon père, il était très en colère :

– Si vous continuez, disait-il, les rotins vont pleuvoir sur votre dos!

Nous étions forcés d'obéir car si nous pincions à nouveau Chloeur et Sokaim, ils couraient se réfugier dans les bras de nos parents.

Ce soir-là, devant la tombe de mes parents, j'eus honte et je me sentis coupable :

– Papa, maman, pardonnez-moi!

[illegible]

[illegible]

Je vous souhaite que vous ayez tout ce qui appar- tient à tout le monde et tout le monde [illegible] [illegible] [illegible] je ne vous [illegible]

Quel [illegible] il était très en colère.

— Je vous connaissez, dit-il, les [illegible] plein [illegible] la vue [illegible]

Pendant qu'après d'hier [illegible] nous partions [illegible] [illegible] dans les [illegible] torches.

[illegible] la tombe de mes parents [illegible] [illegible]

[illegible] commencement [illegible]

CHAPITRE XII

La forêt du lac Tonlé Sap

Le lendemain, les Khmers rouges vinrent me chercher et sans me demander pourquoi j'avais rejoint ma famille, ils se mirent à me fouetter cruellement. Je fus privé de nourriture et forcé de reconnaître mes torts devant tous mes camarades de chantier à la réunion du soir :

« Chers camarades, c'est avec plaisir que j'accepte de reconnaître mes fautes. Je déclare devant tous qu'à partir d'aujourd'hui, je ne connais qu'un seul travail : servir la Révolution pour assurer la prospérité de notre patrie communiste. »

Je débitais ces phrases avec le plus de haine possible.

La nuit était très sombre mais je n'arrivais pas à m'endormir tellement j'avais faim et mal partout. Malheureusement, je n'avais rien à manger et la cuisine collective que nous avions construite de nos mains se trouvait environ à 100 mètres de ma cabane. Je savais cependant que si j'y allais, je trouverais sûrement quelque chose à manger mais pour y arriver, ce n'était pas facile car les soldats et les espions veillaient pendant la nuit.

Il n'était pas loin de minuit quand je décidai de quitter la cabane pour aller à la cuisine. J'étais à tel point épuisé que je n'avais plus la force de marcher et je dus ramper au milieu des moribonds et de ceux qui venaient de mourir. J'arrivai finalement à la cuisine : le calme régnait, il n'y avait personne. Soulagé, je me disais en moi-même :

« Heureusement que j'ai ma tête pour pouvoir encore lutter contre la faim et la torture ! »

Dans les ténèbres, je plongeai ma main dans une vieille jarre pour ramasser les grains de riz collés à la paroi et je recueillis un mélange de riz cuit, de sable et de cailloux. Sans perdre de temps, je fourrai tout dans ma bouche et ma langue fit le tri : j'avalais les grains comestibles et je recrachais le sable et les cailloux. La nuit s'écoula ainsi tranquillement sans que je voie un soldat. Seul l'envol des oiseaux nocturnes qui chassaient les souris me faisait sursauter.

Comme chaque année depuis 1975, une fois la moisson terminée, nous partions dans les communes de la région construire des barrages ou refaire les digues qui avaient été détruites pendant la saison des pluies. Cette année cependant, le programme avait changé et au lieu de bâtir des barrages, il fallut aller défricher la forêt qui entourait le grand lac de Tonlé Sap.

La rumeur disait que nous trouverions là-bas beaucoup de poissons à manger car les lacs étaient très poissonneux. Personnellement, j'avais du mal à imaginer cette région que je ne connaissais pas mais j'étais content d'entendre qu'on pourrait y manger à notre faim. D'un autre côté, cela me faisait mal de m'éloigner de mes frères et sœurs qui étaient faibles et malades et que j'aimais encore plus depuis le décès de mes parents.

Je profitai d'un jour où le grand chef (celui qui m'avait torturé et obligé à avouer mes fautes devant tout le monde) était parti pour demander à son remplaçant, un homme d'une quarantaine d'années, d'aller voir ma famille. Lorne accepta tout de suite, ce qui me remplit de joie.

Quand mes parents étaient encore en vie et que j'avais la permission de retourner les voir, j'imaginais pendant tout le chemin ce qu'ils étaient en train de faire, ce qu'ils allaient me dire et ce que j'allais leur raconter. Et quand j'arrivais, ma joie de les revoir était immense. Mais aujourd'hui pour la première fois, cette habitude de penser était forcée de disparaître : mes parents étaient morts et je ne les verrais plus jamais. De nouveau une tristesse s'empara de moi et je me dis que je n'avais pas assez profité d'eux.

Quand j'arrivai à la maison, ma grande sœur et mes petits frères étaient sous un lit en train de creuser le trou d'une souris pour pouvoir la manger. Finalement ils trouvèrent non seulement la souris mais toute une famille – la mère en effet venait de faire des petits qui étaient tout rouges, sur un brin de paille au fond du trou. Nous avons commencé par manger la mère, puis les petits.

Mes frères n'avaient rien pour se couvrir et le plus jeune qui avait 3 ans maintenant marchait tout nu. Ma sœur qui avait encore de la force était partie travailler très loin. C'était donc ma sœur aînée qui s'occupait des deux plus jeunes mais elle avait beaucoup de mal à se déplacer. Devant tant de détresse, je me sentis désorienté, sans savoir ce qu'il fallait que je fasse. Au fond de moi-même, je me disais : « Il faut faire quelque chose sinon tu sais bien ce qui les attend. Mais quoi ? Oh, Dieu mon maître, ayez pitié de moi ! » Je n'avais plus de larmes pour pleurer, seulement un morceau dur dans le cœur que je ne pouvais ôter pour le moment.

Avant de partir, je remplis d'eau la jarre. C'était la tâche la plus pénible pour ma sœur malade. Je me souvins alors que je faisais la même chose pour ma mère, puis mon père, et cela me fit pleurer. Je courus alors dans la brousse pour cacher mes larmes car je ne voulais pas que le fait de me voir pleurer détruise le peu d'espoir qu'ils avaient encore en eux.

Je décidai également d'emmener Sany avec moi au chantier et nous nous mîmes en route. Pendant le trajet, je me demandais comment Sany allait être accueilli par le chef et pour me rassurer, je me disais qu'il ne pourrait pas rester indifférent et qu'il lui demanderait au moins ce qu'il voulait. En fait, j'espérais secrètement que Lorne accepterait Sany sans faire de difficultés.

– Ton petit frère est bien pâle, dit-il. Sait-il au moins travailler ?

– Bien sûr camarade frère, il sait faire ce que je sais faire. (En réalité c'était faux, Sany était incapable de tenir une pioche plus de dix minutes.)

– Bon, on va le prendre avec nous.

Ce n'était pas avec quelques cuillerées de soupe par jour qu'on pouvait vivre; il fallait compléter par autre chose – mais pour l'instant je ne savais pas quoi. J'espérais rester encore hors du registre de ceux qui devaient quitter la terre pour toujours.

Il fallait une journée de marche pour atteindre la région du lac Tonlé Sap. Sany était incapable de marcher et Lorne le fit monter sur une charrette à bœufs. Bientôt la plaine disparut devant nous pour faire place à une forêt clairsemée qui devint de plus en plus dense. La piste charretière s'était resserrée et circulait étroitement entre les arbres sauvages qui supportaient bien l'inondation du lac à la saison des pluies. Le silence régnait, troublé de temps en temps par le bruit d'un lézard ou d'un caméléon qui se faufilait à travers les feuilles sèches, à la recherche de sa nourriture.

Une foule de singes s'amusaient à secouer les branches touffues dès qu'ils nous voyaient. Au bout d'un moment, nous aperçûmes devant nous une plaine verdoyante semée un peu partout de petits lacs et, dans le ciel bleu, une quantité d'oiseaux de toutes sortes. Cette vue magnifique nous fit oublier un instant la faim et la soif de la journée. C'était là que nous devions passer la nuit.

Le travail commença dès le lendemain matin. On nous distribua à chacun un couteau aussi long que large et une hache. Cela me faisait vraiment mal au cœur de détruire cette belle forêt qui poussait sur une terre aussi noire que le dessous d'une marmite. On devait d'abord brûler les arbres avant de les déraciner et de les ébrancher. Il avait fallu des années pour qu'une graine devienne un arbre et encore plus d'années pour que la plaine déboisée se transforme en forêt et voilà qu'en quelques heures cette belle forêt allait être réduite en cendres. La douleur qui avait été la mienne de voir mourir mes parents et de devoir quitter ma famille avait été confortée par la vue de ce beau paysage, mais aujourd'hui on allait le détruire. Ma joie disparut aussitôt...

Notre ration alimentaire fut augmentée : au lieu de quelques cuillerées de soupe par jour, on nous donnait maintenant une petite boîte de riz. Après les longs mois de cruelle famine, mon frère et moi étions très contents de manger du riz pour la première fois. On pouvait également aller pêcher deux ou trois après-midi par semaine sans autorisation : le gouvernement acceptait de fermer les yeux. C'était une bonne occasion d'essayer de prendre le plus de poissons possible pour envoyer à nos proches.

Je ne savais pas pêcher et étant donné que Sany était encore trop faible, je partis seul le premier jour. Il suffisait de descendre dans le lac et de plonger les mains dans l'eau pour toucher une multitude de poissons. Il y en avait tellement que mon panier fut immédiatement rempli. A force de manger du poisson et du riz, le corps de Sany dégonfla et il put m'accompagner quelques jours plus tard. Après avoir attrapé les poissons, on les faisait fumer et on les cachait soigneusement pour les donner à ma sœur et à mon plus jeune frère qui avaient faim au village. Même s'il était moins fort que moi, Sany était en revanche plus habile. Un jour, il attrapa un poisson qui était aussi gros que mon mollet. Il voulut absolument le manger au dîner mais je n'étais pas d'accord car je voulais garder ce poisson pour ma sœur aînée. Sany ne voulait pas céder et il y eut une petite dispute entre nous :

– Si tu ne me laisses pas manger ce poisson, je ne partirai plus pêcher avec toi !

– Mais tu peux manger d'abord les petits que tu as pris. Pense qu'il y a une semaine, tu n'avais rien à manger !

– Tu n'as pas assez souffert et tu veux te priver encore ?

Cette phrase me réveilla tout d'un coup :

– Mange, tu as raison !

Je mangeais à ma faim à présent mais chaque fois que

je sentais le parfum aromatique du riz, le visage affamé de mon frère et de mes parents se présentait à moi et encore aujourd'hui, je pense à eux chaque fois que je mange.

Un jour où il y eut un incendie dans la forêt, je vis quatre tortues qui essayaient d'échapper aux flammes en rampant de toutes leurs forces. Contrairement à mes camarades qui les auraient tuées pour les manger, je les sauvai du péril et les laissai vivre. Je ne voulais pas non plus les donner à ma sœur pour qu'elle les mange. L'amour de mes chiens qui était depuis longtemps absent venait de renaître dans ces quatre tortues. Même si elles ne manifestaient pas leur affection comme les chiens, je pouvais au moins parler avec elles, les voir manger et ramper, et courir après elles pour les attraper. Tous les soirs, quand j'allais me laver au lac, je leur rapportais des plantes aquatiques. Un jour cependant, je m'aperçus que les petites branches qui les protégeaient étaient brisées : les tortues avaient disparu.

Malgré tout, je n'étais pas heureux. La joie que j'éprouvais parfois était étouffée aussitôt par le souvenir des tueries que je voyais commettre par Lorne et quelques gardes qui n'avait pas 15 ans. A la nuit tombée, il leur arrivait d'emmener des gens qui avaient les mains ligotées et les yeux bandés à la cabane de Lorne, puis tous ensemble ils disparaissaient dans les ténèbres. Le lendemain, en allant défricher dans la forêt, on découvrait alors des tombes sur lesquelles il y avait de la terre encore baignée de sang. Tout le monde le voyait, tout le monde le savait mais tout le monde se taisait, et c'était cela qui me faisait mal.

Nous avions appris également à faire des pièges pour attraper les singes. Un matin, avant de partir travailler, je trouvai un petit singe qui sautait dans tous les sens à mon approche. Ne voulant pas l'affoler, je me tins assez loin, puis j'avançai en lui tendant la main. Il n'eut plus peur et se soumit. Il tenait sa tête avec ses deux mains et se laissa caresser. Alors je brisai la branche et le dégageait de son piège. Qu'allais-je faire de ce singe, en effet ? Serais-je capable de faire ce que tout le monde faisait, à savoir le ligoter, lui donner un coup sur la nuque, le dépecer et le faire griller à petit feu ? Dans ma tête, le « non » sonnait plus fort que le « oui » et je me disais : « Tu as déjà vu les Khmers rouges tuer des hommes et tu sais que c'est tellement horrible, lâche et cruel que tu ne trouves même pas de mot pour décrire cette sauvagerie. Et maintenant tu voudrais faire la même chose ? Tuer un singe, c'est déjà commettre un crime. C'est déjà une altération de toi-même car tu acceptes de tuer une pauvre créature qui se fait piéger parce qu'elle a faim. Toi-même tu as connu la faim. Alors, pourquoi acceptes-tu de détruire ta dignité humaine ? »

Après avoir bien réfléchi, je décidai donc de relâcher le singe et je le dis à Sany :

– Il faut que ce singe reste libre.

– Pourquoi ?

– Parce que nous avons déjà du poisson. Je t'expliquerai plus tard.

– Tu as raison, nous avons du poisson.

– Si on te demande pourquoi tu ne tues pas les singes, tu dis que c'est parce que nous avons déjà du poisson à manger. C'est tout.

Je prenais garde de ne pas en dire davantage car je savais bien que le fait de parler d'amour était méprisé par la Révolution.

Le singe fut très content d'être libre et quand on le relâcha, il se fit une joie de nous quitter et de grimper dans un arbre pour rejoindre les siens.

Une des images de cette forêt que je ne pourrai jamais oublier : sur la plaine de cendres, celle des arbres brûlés et coupés sur les branches desquels continuaient de pousser les bourgeons. Cette vision était comme un reflet en creux de ma propre vie : même si celle-ci avait été meurtrie, amère et parfois insupportable, l'espoir qui était au fond de moi poussait comme un bourgeon et me permettait de vivre en gardant confiance en l'avenir.

Les poissons séchés s'entassaient dans notre cabane ; il était temps que je les apporte à ma sœur et à mon petit frère. J'obtins enfin la permission d'aller les voir et je partis au crépuscule pour être à l'aube à la maison. Je préférais voyager de nuit pour ne pas être repéré par les soldats et parce que j'avais peur que l'on me confisque ma réserve de poissons.

Quelques années auparavant, j'aurais été incapable de marcher seul ainsi dans la forêt. Maintenant, il suffisait que je fasse le trajet une fois et je me repérais; en touchant le côté des arbres chauffé par le soleil, je savais où se trouvaient les points cardinaux. J'étais très chargé mais j'étais heureux de marcher sur cette piste jonchée de feuilles mortes et humides, peu éclairée par les premiers rayons de la lune. La chaleur était tombée et on n'entendait plus les caméléons, seulement quelques oiseaux nocturnes. Mais ce qui me faisait le plus peur, c'étaient les troncs des arbres brûlés mal éclairés. Quelques semaines avant, nous avions pris ce chemin pour venir dans la forêt et nous avions vu des gerbes qui restaient dans la plaine de Ballaing. Je repensai alors à ces gerbes. Peut-être qu'elles étaient toujours là et que je pourrais les battre pour récolter un peu de riz!

Il n'était pas loin de minuit quand j'arrivai à la plaine de Ballaing. Je contemplai un long moment ce paysage où il n'y avait pas la moindre colline et pas le moindre bois, mais rien que des rizières à perte de vue. Une image fantastique surgit alors dans le silence de cette nuit de pleine lune : celle des gerbes de riz! Elles étaient toujours là mais déchargées peu à peu de leurs grains par les rats qui régnaient en maîtres dans la plaine. Au bord d'une diguette, j'aperçus une charrue abandonnée. Ce n'était pas la première fois que je voyais une charrue mais la vue de cet objet si simple sous les rayons de la lune m'apparut tout à coup d'une telle beauté que mon corps tout entier trembla de joie.

Lorsque ces images eurent imprégné mon esprit, je m'avançai vers les gerbes de riz. A mon approche, les rats se dispersèrent. J'étalai alors une serviette par terre et j'écrasai les gerbes en prenant soin de prendre juste ce dont j'avais besoin pour ne pas trop me charger et arriver à l'heure à la maison.

J'arrivai juste à l'heure prévue : les derniers oiseaux de nuit s'en retournaient dans leurs nids.

– Grande sœur, petit frère, je suis là! criai-je.

– Oh, Avang, tu m'as fait peur, dit ma sœur. Tu sais, nos voisins sont morts, tout le monde est mort. La journée, ça va mais la nuit, nous avons peur. Où est Sany?

– Il est resté dans la forêt. Il va beaucoup mieux. Tenez, je vous apporte un peu de riz et des poissons séchés.

Ils pleuraient de joie tellement ils étaient contents...

CHAPITRE XIII

Derniers jours à Brin-de-Marmite

Le 10 avril 1978, nous quittions la forêt pour retourner à Brin-de-Marmite. Je ne comprenais pas vraiment en quoi notre travail consistait. On défrichait la forêt qui devenait une plaine de cendres, ensuite on plantait du maïs et du riz mais les grains étaient aussitôt déterrés et mangés par les singes. En fait, on détruisait la forêt pour rien, mais avec les Khmers rouges il ne fallait pas chercher à comprendre !

Ces derniers s'apprêtaient à fêter le troisième anniversaire de leur victoire. Cela faisait donc trois ans que nous habitions Brin-de-Marmite, la région de ma grand-mère paternelle. A 10 kilomètres de là vers l'ouest, se trouvait Don Téov, le village de mon grand-père paternel, où les gens mangeaient encore à leur faim.

Comme nous étions en période de fête, ma deuxième sœur était revenue et je profitai de cette occasion où tous mes frères et sœurs étaient là pour voir avec eux ce que nous devions faire. Si nous restions à Brin-de-Marmite, tôt ou tard nous mourrions de faim. Donc il fallait partir. Mais où ? La seule solution était de partir à Don Téov. En effet, nous avions encore là-bas des cousins qui pourraient peut-être nous aider mais pour en être sûr, il valait mieux se rendre sur les lieux une première fois. (Quand des gens décident de quitter un groupe en effet, il faut qu'ils soient acceptés par le groupe dans lequel ils vont, sans quoi les soldats décident à leur place et les emmènent où ils veulent.)

Quand j'arrivai à Don Téov, je fus profondément choqué par l'indifférence de mes cousins. Ils ne comprenaient pas pourquoi je voulais venir vivre dans leur région et quand je leur dis que mes parents étaient morts, ils me répondirent :

– Que veux-tu qu'on y fasse ? C'est la période. Maintenant, chacun sauve sa peau comme il peut car on a de plus en plus de mal à survivre.

Ces derniers mots me nouèrent la gorge. Ma déception fut si grande que je faillis pleurer devant eux. Je ne comprenais pas. Eux qui avaient été toujours gentils et chaleureux, toujours solidaires de la famille, voilà qu'ils étaient devenus d'autres personnes ! Ils ne m'avaient même pas demandé en arrivant si j'avais déjà mangé. J'avais tellement faim pourtant que je tremblais mais je ne leur demandai rien.

J'étais parti de Brin-de-Marmite à 4 heures du matin pour arriver ici avant midi. En plus de cela, la route n'était pas bonne et j'avais dû me cacher plusieurs fois dans la brousse quand j'entendais les chevaux des Khmers rouges. Mais tout cela n'était rien, comparé à la déception que j'éprouvais. Ma maigreur ne les impressionna même pas, pourtant j'avais l'air d'un bagnard affamé en face de villageois bien nourris : j'étais devenu un étranger pour eux ! Je ne voulais pas que ma présence les dérange plus longtemps et, le sourire aux lèvres mais profondément blessé, je leur demandai tristement où était la maison du chef du village car je voulais m'adresser à lui directement.

– Quoi ? On va t'arrêter ! Tu n'as même pas de permis de voyage avec toi !

– Peu importe, répondis-je, je n'ai rien à perdre car vos paroles viennent de donner un coup fatal à l'amour que j'avais pour vous et maintenant mon cœur saigne. Aussi, je m'en vais.

Je ne savais pas où se trouvait la maison du chef mais cela n'avait aucune importance. Je traversai en courant une plantation de cannes à sucre et j'arrivai au village en larmes. « Hier, me disais-je, je pensais être bien accueilli. Mais aujourd'hui hélas, je ne suis même pas écouté! Ce régime a changé le cœur de l'homme mais j'espère que moi, je ne changerai pas. »

Il était midi passé et j'attendis que la cloche sonne car là où se trouvait la cloche se trouvait le chef du village. Quelques instants plus tard, un premier coup sonna pour annoncer la reprise du travail. Je courus aussitôt dans la direction de la cloche et j'arrivai devant une grande maison au toit rouge où les soldats prenaient leur repas. Je ne savais pas ce qu'ils mangeaient mais cela sentait très bon. Un des soldats cependant ne mangeait pas mais s'amusait avec ses enfants, habillés en noir comme lui. Au fond de moi-même, j'avais terriblement peur des soldats mais maintenant que j'étais là, je n'avais pas le choix : je voulais venir habiter dans cette région où on mangeait à sa faim et il fallait absolument que ce désir soit accepté. Cependant, je me demandais qui était le chef. Peut-être celui qui jouait avec les enfants car il semblait plus âgé? Hésitant à me montrer, je me cachai derrière un cocotier et l'observai. Il avait l'air gentil et il s'amusait bien avec les enfants. Aussi, pourquoi m'arrêterait-il? Il fallait lui demander, on verrait bien!

Pour ne pas attirer l'attention des autres Khmers rouges, je passai derrière le hangar et me présentai devant lui. Il sursauta et me demanda :

– Que viens-tu faire ici? Tu n'as pas le droit de pénétrer dans cet endroit. De quel groupe es-tu? (Il pensait que j'étais un garçon de la commune.)

– Camarade frère, je voudrais voir le chef du village. (Je voulais lui montrer que je n'étais pas du village.)

Il me lança un regard privé de chaleur humaine et dit d'une voix ferme :

– C'est moi. Que veux-tu?

– Permettez-moi de me présenter. Je m'appelle Savang et j'ai 14 ans et demi. J'habite actuellement à Brin-de-Marmite mais j'aimerais bien, si vous me le permettez, venir habiter dans votre village. J'ai deux sœurs et deux petits frères avec moi.

– Et tes parents ?

– Ils sont morts il n'y a pas longtemps.

– Combien êtes-vous à pouvoir travailler pour l'*angkar* ?

– Normalement, nous sommes trois mais le dernier est encore trop petit.

– Tu m'as l'air bien sympathique et je voudrais bien vous prendre tous pour travailler ici, mais nous avons de plus en plus de bouches à nourrir et nos rations sont très limitées par le gouvernement.

– Je serais très content de venir travailler ici car à Brin-de-Marmite, les gens meurent tous de faim.

– Est-ce que tu sais faire la charrue ?

– Non, mais je sais tenir la charrue pour labourer.

– C'est toujours comme ça ! Quand on cherche quelque chose, on ne trouve pas et quand on n'en a pas besoin, on le trouve !

Il se tut un moment. Puis il poussa un soupir et dit :

– Quand comptez-vous venir ?

– Cela dépend de vous. Si vous êtes d'accord, nous serons là dans une semaine.

– C'est bon. Tu as l'air gentil et tu le mérites bien. Mais je ne m'occupe pas de votre voyage et ne dites pas que c'est moi qui vous ai autorisés à venir. Je vous donnerai votre ration seulement quand je verrai le travail fourni.

– Merci beaucoup camarade frère. Nous ferons de notre mieux pour arriver sains et saufs jusqu'ici.

Je décidai de quitter Brin-de-Marmite avec ma famille le 16 avril 1978 au soir. Pourquoi cette date ? Simplement parce que c'était la veille de la fête de la victoire des Khmers rouges et nous pensions que les routes allaient être moins surveillées ce jour-là. Avant de partir, je m'étais levé de bonne heure pour aller me recueillir devant la tombe de mon frère aîné. Malheureusement, toutes les tombes se ressemblaient et je fus incapable de reconnaître où était mon frère. Un peu déçu, je me sentis coupable et je me fis des reproches : « Tu aurais pu repérer l'endroit où il a été enterré! » Oui, c'est vrai, mais ce jour-là j'avais tellement faim que je n'avais pensé à rien d'autre qu'à du riz.

Je retournai alors sur la tombe de mes parents. Je désherbai tout autour et leur parlai un long moment. Je leur demandai de veiller sur nous car même si leurs corps n'existaient plus, j'étais persuadé que leurs âmes étaient toujours vivantes. Je me souviens encore des dernières paroles que je leur adressai :

– Papa, maman, les mottes de terre que j'ai posées sur vos tombes ont été peu à peu transformées par les premières pluies de l'année. Mais mon cœur, lui, ne changera jamais. Je resterai toujours sincère et fidèle envers vous.

Les cigales avaient cessé de chanter et la nuit était tombée sur Brin-de-Marmite, devenu depuis quelque temps un village de morts. Nous nous apprêtions à partir quand ma sœur aînée se mit à pleurer et dit qu'elle ne voulait pas s'en aller parce qu'elle avait trop de mal à se déplacer.

– Partez, dit-elle, et laissez-moi mourir en paix ici. Je ne marche pas vite et vous allez vous faire arrêter à cause de moi. Je ne voudrais pas que ce projet d'évasion échoue à cause de moi.

– Ne t'inquiète pas, lui dis-je, nous te protégerons et nous t'aiderons à marcher quand tu seras fatiguée.

Malheureusement, au bout de 100 mètres à peine, elle tomba. Elle était trempée de sueur et de sa bouche sortait un filet d'écume. Avec Eng, mon autre sœur, je la transportai jusqu'à notre cabane et nous attendîmes qu'elle revienne à elle. Mais elle ne reprit conscience qu'à l'aube et il était trop tard pour partir : nous risquions d'être aperçus.

Ainsi, nous étions obligés de rester à Brin-de-Marmite pour la fête de la victoire : cela faisait trois ans que nous avions quitté Battambang. A cette occasion, le gouvernement distribuait à chacun un petit pot de jus de palme et un bout de gâteau. Nous étions cinq mais le chef du village ne nous donna que trois gobelets de jus de palme et trois gâteaux car Eng et moi faisions partie des groupes de première force et nos noms n'étaient pas inscrits sur la liste des gens du village.

Cette année, la fête se déroulait dans une atmosphère triste et monotone. Beaucoup de villageois en effet étaient morts de faim et ceux qui étaient vivants étaient gravement malades et attendaient leur tour pour mourir. Devant cette situation si tragique, je voulus à tout prix quitter Brin-de-Marmite car je ne voulais absolument pas mourir de faim.

Le soleil venait de se coucher mais la chaleur de ce jour de fête était encore étouffante. Nous aurions bien voulu partir tout de suite mais il fallait attendre les premiers rayons de la lune car il faisait trop sombre pour marcher. Quelques heures plus tard, la lune se leva mais ce n'était qu'un petit quartier qui dispensait une faible lumière et nous ne pouvions pas même repérer la couleur de notre chemin.

Trois ans auparavant, nous étions arrivés avec tous nos biens qui étaient sur un tracteur. Aujourd'hui, nous quittions le village en guenilles, avec seulement une bouteille d'eau. Je jetai un dernier regard sur la cabane que j'avais construite avec mon père et je lui dis :

– Pauvre cabane ! Comme tu as l'air triste sous ce premier rayon de lune ! C'est sous ton toit que mes parents ont vécu les derniers instants de leur vie. Toi aussi, tu portes notre deuil. Mais dans nos douleurs, il y a eu de merveilleuses joies. Je ne t'oublie pas et je reviendrai te voir. Mais peut-être que d'ici là, tu n'existeras plus... Ce qui compte pour moi, ce sont les années que nous avons passées ensemble. Au revoir, ma cabane !

Au lever du jour, nous avions déjà parcouru la moitié du chemin. Ma sœur aînée était déjà très faible mais Eng et moi l'aidions à marcher. Cependant, le plus dur restait à faire. Nous devions en effet traverser une zone où il y avait beaucoup de Khmers rouges et dans laquelle les arrestations étaient très fréquentes. Là où nous étions, nous pouvions encore nous cacher dans la brousse si nous entendions les chevaux, mais d'ici 2 à 3 kilomètres, nous serions dans des villages où il y avait beaucoup de soldats et rien pour nous cacher. L'idéal aurait été de se mêler à la population, mais comment ne pas être repérés avec nos visages maigres, couverts de poussière et nos vêtements qui tombaient en loques? Tout de suite on saurait que nous étions en train de fuir. Alors, que faire? Il était trop tard pour retourner à Brin-de-Marmite et nous étions encore trop loin de notre but. Il n'y avait donc qu'une solution : avancer.

Nous arrivâmes l'après-midi au village de Samrong Knong. En passant devant l'ancienne pagode transformée en prison, nous vîmes des gardes rouges qui étaient en train d'arrêter des fugitifs. Paniqués, nous nous dépêchâmes d'avancer, pensant que nous n'avions peut-être pas été aperçus. Mais deux minutes plus tard, j'entendis des chevaux hennir. Ils semblaient assez loin mais, tremblant de peur, je dis à mes frères et sœurs :

– Aidez-moi à réfléchir. Nous sommes poursuivis. Que devons-nous faire?

– Si j'avais su, déclara ma sœur aînée en pleurnichant, je ne t'aurais pas suivi. Vraiment, tu nous mènes en enfer!

– Je commence à en avoir assez de tes larmes! Tu ne cherches pas à réfléchir. Au contraire, tu cherches à nous faire arrêter!

A quelques mètres de nous, il y avait une très grande maison entourée d'un superbe jardin potager. Une grand-mère vêtue de noir était en train de vanner du riz et à côté, il y avait un homme vêtu de noir également qui réparait un vélo, le fusil sur l'épaule; c'étaient des Khmers rouges. Ne sachant que faire et voyant qu'il n'y avait pas d'autre issue, je dis à ma sœur Eng :

– Je vais leur demander s'ils peuvent nous cacher.

– Tu n'es pas fou? répondit Eng. On dirait que tu veux te jeter dans la gueule du lion!

Il fallait faire vite. Sans écouter ma sœur, je courus vers la grand-mère :

– Grand-mère, lui dis-je, nous sommes poursuivis. Pouvez-vous nous cacher dans votre maison ? Aidez-nous sinon nous allons tous être arrêtés.

La grand-mère laissa tomber son pilon et courut voir son fils. Quelques instants après, elle fit signe à mes frères et sœurs d'approcher.

– Rentrez mes enfants, n'ayez pas peur !

Son fils ne nous posa aucune question et nous accueillit d'une manière extraordinaire. Il nous fit monter au premier étage de la maison et nous dit de nous cacher dans une pièce qui était assez sombre. Il referma la porte et descendit réparer son vélo, comme si de rien n'était. Quand le calme total régna dans la pièce, ma sœur Eng se mit à chuchoter :

– Je me demande si ce n'est pas du cinéma. Je n'ai pas du tout confiance.

– Ils nous ont arrêtés mais ils ne nous ont pas encore emmenés, renchérit ma sœur aînée.

– Mais non ! leur dis-je. Vous auriez fait pareil si vous aviez été à leur place. J'ai confiance en eux et je trouve que ce que vous dites est honteux.

Notre conversation fut interrompue par le bruit des soldats qui entraient dans la cour avec leurs chevaux. L'un d'entre eux questionna le fils de la grand-mère :

– Camarade, n'avez-vous pas vu passer un groupe de filles et de garçons ?

– Je n'ai pas fait tellement attention, camarades, mais attendez ! Je vais demander à ma mère. Mère, vous n'avez pas vu passer un groupe de jeunes gens ?

– Il me semble en effet que j'en ai vu passer, répondit la grand-mère, mais cela fait un bout de temps ! Je crois qu'ils sont allés par là !

A travers la fente du mur, je vis la grand-mère indiquer une fausse direction aux gardes. Quelle joie et quel soulagement pour nous !

Il n'était pas loin du crépuscule quand la grand-mère nous fit sortir de la pièce. Elle nous demanda où nous allions et elle nous conseilla vivement de faire très attention, surtout quand nous traverserions la rivière. Cette rivière servait de frontière entre deux régions, celle où nous étions et celle de Don Téov. Or c'était un point chaud très surveillé par les Khmers rouges car beaucoup de gens fuyaient vers la rive gauche – celle de Don Téov – où on mangeait à sa faim.

Le soleil était couché mais il ne faisait pas encore très sombre quand nous arrivâmes au bord de la rivière de Sangké. Je reconnus aussitôt les berges car c'était un endroit où je venais fréquemment avant la Révolution. Il y avait autrefois des barques qui, à n'importe quel moment de la journée, transportaient pour quelques riels les voyageurs d'une rive à l'autre. Aujourd'hui bien sûr, tout cela n'existait plus et la dernière fois que j'étais allé à Don Téov, j'avais traversé la rivière à la nage, à toute vitesse.

Cette fois, nous étions cinq mais mes sœurs et mon petit frère ne savaient pas nager. Heureusement, il y avait une barque abandonnée qui était là, à quelques mètres. Je fis monter dedans mes sœurs et mon petit frère, tandis que Sany et moi tirions la barque en nageant (nous n'avions pas de rame et la barque était trop petite).

Finalement, nous pûmes gagner l'autre rive et arriver à Don Téov sans encombres. Le chef du village que j'avais vu la fois précédente nous classa immédiatement dans le groupe d'un camarade nommé Voeuth et il fallut tout de suite nous mettre au travail : Eng était jardinière et moi laboureur. Ma sœur aînée gardait des enfants et s'occupait de mon dernier frère. Quant à Sany, il avait rejoint le groupe des enfants révolutionnaires.

[illegible] nous [illegible] la rivière. Cette [illegible] deux [illegible] celle du [illegible] et celle de Pont Troy. [illegible] pour chaque [illegible] beaucoup de [illegible] vers la rive gauche [illegible] celle de Pont Troy [illegible].

[illegible] quand nous arrivions au bord de la rivière de Sangke [illegible] les [illegible] un [illegible] il y avait [illegible] des barques [illegible] quel moment [illegible] pourquoi [illegible] les voyageurs [illegible] sur [illegible] que j'étais allé à Pont Troy [illegible] la nage, à [illegible].

Cette fois, nous étions cinq [illegible] trois [illegible] et Bien [illegible] ne savaient pas nager. Heureusement, il y avait une barque [illegible] la [illegible] mètres [illegible] je [illegible] tandis que [illegible] la barque [illegible] nous n'avions pas de [illegible] la barque était trop petite.

[illegible] nous [illegible] arriver à Pont Troy sans encombres [illegible] du village que j'avais [illegible] dans le [illegible] d'un [illegible] ordinaire et [illegible] laborieux. [illegible] des enfants, et s'occupait du [illegible] Quand [illegible] il avait [illegible] révolutionnaires.

DEUXIÈME PARTIE

CHAPITRE XIV

Don Téov

Par rapport à Brin-de-Marmite qui était beaucoup plus rural au point de vue mentalité (la plupart des gens ne savaient ni lire ni écrire), Don Téov était un village très civilisé où beaucoup d'intellectuels n'avaient pas encore été arrêtés. D'ailleurs, Don Téov n'était qu'à 5 kilomètres de Battambang et les enfants du village allaient tous au lycée de la ville. Il y avait encore beaucoup de grandes maisons qui n'avaient pas été détruites par les Khmers rouges et la route goudronnée était très bien entretenue par le régime communiste.

Ici, je me sentais plus heureux qu'à Brin-de-Marmite non seulement parce que je mangeais à ma faim mais parce qu'en plus, je retrouvais le plaisir de marcher aisément sur une route goudronnée.

Non loin de là, se trouvait la pagode Kdoll où reposaient mes ancêtres paternels. Bien qu'il n'y ait plus de bonzes, les tombeaux n'avaient pas été profanés, sauf quelques-uns. Mais l'important pour moi était d'être près de ceux que j'avais aimés et qui m'étaient très chers.

La chance malheureusement ne resta pas longtemps de mon côté car quelques jours après mon arrivée, je quittai le groupe de Voeuth où les gens mangeaient à leur faim pour aller labourer une plaine qu'on appelait la bananeraie. Cette plaine (où il y avait d'ailleurs très peu de bananiers) n'était qu'à 3 kilomètres de Battambang et je me rapprochais ainsi de plus en plus de ma ville.

Un des souvenirs inoubliables de cette période reste cet après-midi où, après le travail, je laissai les bœufs brouter et grimpai dans un tamarinier pour revoir avec nostalgie et douleur ma chère ville. Dès le premier regard, je sentis ma gorge se serrer et je fondis en larmes :

« Oh, Battambang ! Cela fait déjà plus de trois ans que je t'ai quittée et qu'on m'a forcé à te dire au revoir. Te voilà maintenant devant moi ! Si tu savais comme je suis content de te revoir ! J'aimerais tant être de nouveau dans ton cœur, courir dans tes rues, sentir la gaieté que tu m'as toujours donnée. Quand serai-je à nouveau dans ton cœur ? Depuis que je t'ai quittée, je ne connais que douleur et tristesse. Prions notre Dieu pour que ce calvaire prenne fin rapidement. »

Ce premier regard sur ma ville était pour moi un bon présage et en descendant de l'arbre, je me sentis heureux et soulagé. Je me disais que je serais peut-être bientôt libre et que je pourrais bientôt habiter chez moi.

Depuis que j'avais quitté Brin-de-Marmite, j'étais classé dans le groupe des gens mariés (qu'on appelait à l'époque le groupe de deuxième force), ce qui ne plaisait pas à mon chef qui aurait voulu que je sois avec les garçons de mon âge. Même si je travaillais bien, il n'était pas content de moi et il écrivait sans arrêt au chef du village pour qu'on vienne me chercher mais il n'obtenait jamais de réponse. En attendant, cette situation me convenait très bien : le travail n'était pas très dur et, qui plus est, il n'y avait pas de réunion d'autocritique le soir.

Quand le chantier de la bananeraie fut terminé, je retournai au village. La santé de ma sœur me remplit alors d'inquiétude : non seulement elle était très faible, mais en plus elle était torturée par la femme de Voeuth qui l'accusait d'être une paresseuse incapable de garder les enfants. Elle n'avait pas le droit de manger avec les autres aux repas. On la laissait seule et quand elle demandait un peu de soupe ou de sel, la femme de Voeuth lui tirait les cheveux et lui disait de retourner à sa place. Ce geste me blessa profondément d'autant plus que je ne pouvais rien faire contre cette méchante femme qui avait tous les pouvoirs. Mais en moi-même, je me disais : « Tu me le paieras un jour ! »

Les jeunes gardes rouges étaient sous le commandement de Voeuth et de sa femme. J'ignorais de quelle manière ils avaient torturé ma sœur mais depuis, elle crachait du sang. Camarade Voeuth décida alors de l'envoyer à l'hôpital, ce qui m'inquiéta car je savais que cet hôpital n'était pas un lieu où on soignait les gens mais plutôt un lieu où on les achevait. En un mot, c'était un infâme mouroir.

Ma sœur étant à l'hôpital, mon petit frère qui avait 3 ans se retrouvait seul. Je ne voulais pas qu'il soit adopté par des Khmers rouges car lorsqu'il serait plus grand, il ne saurait plus reconnaître sa vraie famille. Il aimerait ceux qui l'auraient nourri, sans se douter qu'ils étaient les camarades des Khmers rouges qui avaient tué son père et sa mère. Par ailleurs, je ne voulais absolument pas qu'il aille dans un orphelinat où il serait condamné à mourir, mal soigné et mal nourri, et surtout totalement privé d'amour familial. Que fallait-il donc faire ? L'emmener avec moi dans le groupe des garçons de première force ? Non, il serait incapable de travailler ! Le confier à mes cousins ? Je n'avais aucune confiance en eux.

Je croisai un jour Eng, mon autre sœur, et lui exposai la situation. Elle était tout à fait de mon avis au sujet de l'adoption et de l'orphelinat et elle me dit qu'elle allait essayer de demander à son chef de passer dans le groupe de deuxième force pour pouvoir s'occuper de notre petit frère. C'était une très bonne idée. Sa demande fut acceptée et comme Eng était très douée en couture, le chef du groupe de deuxième force fut très content de l'avoir dans son atelier communal.

Un soir où je rentrais d'un chantier très éloigné, Eng me dit que notre sœur aînée était au bout de ses forces et qu'elle aurait bien voulu manger un peu de sucre avant de mourir. Encore fallait-il en trouver! Eng alla voir une cousine qui avait quelques kilos de sucre en réserve mais cette dernière lui demanda de l'or en échange. Avant de mourir, ma mère nous avait laissé une chaîne en or qui faisait 3 taels [1] et une breloque faite de grappes de raisin attachées à un morceau de jade en forme de lune. Eng et moi décidâmes d'échanger la chaîne contre le sucre mais la cousine ne voulut rien nous donner tant qu'elle n'avait pas la breloque. Eng rentra très déçue et elle me dit d'un ton désespéré :

– Tu sais, il faut qu'on lui donne la breloque sinon elle n'est pas d'accord. Tout cela pour une livre de sucre!

– A part elle, tu ne vois personne qui aurait un peu de sucre? lui demandai-je.

– Non, personne.

– Ce n'est pas beaucoup mais tant pis, il faut que Kiet Hoa soit heureuse avant de partir.

– Oui, je suis d'accord avec toi, mais c'est vraiment dommage. Autrefois, on pouvait acheter beaucoup de choses avec une chaîne comme celle-là.

– Je sais mais tant qu'on vit, on peut toujours trouver des chaînes pareilles. En revanche, on ne vit qu'une fois. Aussi, échangeons la chaîne. Ce qui compte, c'est qu'elle soit heureuse de pouvoir satisfaire son désir avant de mourir.

Ainsi la chaîne d'or et la breloque, cadeau de mariage de mon père à ma mère, furent vendues à notre cousine en échange d'une livre de sucre – cette cousine qui paraissait gentille mais dont le sourire cachait une cupidité effrénée qui lui faisait oublier le sens du don et du partage.

Comme je le disais précédemment, beaucoup d'intellectuels de la région de Don Téov avaient échappé aux arrestations. Le chef du groupe de première force dans lequel je me trouvais à présent s'appelait Sambath. Je le connaissais très bien car il avait été en terminale avec ma

1. Ancienne monnaie de compte chinoise; 1 tael = 36 grammes d'argent.

sœur aînée qui était à l'hôpital, mais lui ne me connaissait pas. A l'époque, il s'appelait Kim-Ly. C'était un élève brillant, gentil et courtois. Avec le nouveau régime, il avait changé de nom et s'appelait désormais Sambath. Il se montrait assez cruel avec nous et il n'hésitait pas à fouetter ceux de mes camarades qui étaient faibles et n'avaient plus la force de piocher. Jusqu'à présent, je n'avais pas été fouetté par lui mais il m'arrivait de temps en temps de recevoir une motte de terre dans le dos quand je m'arrêtais de piocher pour respirer.

On nous annonça un soir à la réunion commune que nous allions quitter Don Téov pour aller travailler dans la région de Thmor Kol. Chaque départ me rendait mécontent car il m'éloignait encore un peu plus de mes frères et sœurs.

Le lendemain, il y eut une grosse averse. Nous étions au mois de juin et les premières pluies de l'année commençaient à tomber. Dans la rizière à peine inondée, j'aperçus des poissons qui nageaient en se frottant contre la vase; on aurait dit qu'ils dansaient. Dès que je les vis, je sautai dans l'eau, les attrapai et les jetai de toutes mes forces contre la diguette. Je venais de tuer deux poissons aussi gros que ma main et je pensai tout d'un coup à ma sœur qui était à l'hôpital: elle serait sûrement très contente de les manger.

Le soleil allait se coucher quand je fus surpris par Sambath qui était en train de fumer une cigarette et qui fronça les sourcils en me voyant:

– Que fais-tu ici?

– Camarade frère, ma sœur est très malade et je voudrais aller la voir à l'hôpital.

– Ah non! Ce soir, il y a une réunion très importante et il faut que tout le monde soit là.

– Je sais, mais comme nous allons bientôt quitter cet endroit, j'aimerais la voir avant notre départ.

– Quand je dis non, c'est non! Et maintenant, laisse-moi tranquille sinon... Tu connais le fouet?

– Camarade frère, faites ce que vous voulez, j'y vais

quand même... Ma sœur était dans la même classe que vous, en terminale. Je suis le frère de Kiet Hoa.

Sambath eut l'air stupéfait mais il ne pouvait pas démentir ce que je venais de dire :

– Quoi ? dit-il, tu es le frère de Kiet Hoa ?

– Oui, mais n'ayez crainte camarade frère, je ne dirai pas que vous étiez étudiant. Chacun de nous est libre de penser et de se comporter comme il veut, mais sachez que je ne serai jamais chef, ni communiste et encore moins garde rouge. C'est vrai que l'on peut manger à sa faim quand on est chef, mais je me contente de ma soupe quotidienne et si j'ai encore faim, je bois de l'eau. Permettez-moi de vous dire tout cela simplement, comme si nous étions encore à l'école. Je ne voudrais pas que ce que je viens de vous dire altère votre façon de voir les choses.

– Comment se fait-il que tu me connaisse ?

– Presque tous les jours quand j'avais fini mes cours, j'allais attendre ma sœur devant sa classe et je vous voyais en train de travailler encore.

Un peu déçu mais incapable d'ajouter un mot, Sambath me regarda d'un air gêné et me dit :

– Vas-y si tu veux !

– Merci de votre compréhension.

Il faisait déjà nuit quand j'arrivai à l'hôpital. Dans la pénombre du couloir, je scrutai un à un les visages des malades : c'étaient les mêmes que ceux que j'avais déjà vus. J'eus beaucoup de mal à reconnaître ma sœur tellement elle avait changé : non seulement elle était maigre et pâle mais elle avait en plus des bleus partout et ne cessait de cracher du sang.

– C'est gentil à toi, dit-elle, de m'apporter ces deux poissons mais il faut que tu penses à toi aussi. Tu en as plus besoin que moi. Je crois que je n'en ai plus pour longtemps, je me sens tellement mal... La femme de Voeuth m'a fait tellement souffrir... Je ne souhaiterais pas pour ma prochaine vie renaître sur cette terre khmère, ailleurs oui, mais pas ici.

– Il ne faut pas que tu penses à ça. Tu vas t'en sortir !

– Oh, tu sais, il vaut mieux mourir que de rester avec ces sauvages. Mais j'ai entendu dire que les troupes des Nations unies étaient au lac de Tonlé Sap et que la plupart des chefs Khmers rouges avaient été arrêtés. Pourquoi ? Je l'ignore.

– On entend beaucoup de choses mais rien n'a bougé. Cela fait trois ans, bientôt quatre ans que cela dure.

– Puisque tu es là, je tiens à te dire une chose importante : il ne faut surtout pas abandonner tes petits frères car ils ont besoin de vous, les grands. De tout mon cœur, je compte sur vous. Aimez-les comme papa et maman qui nous ont toujours aimés.

Je passai la nuit auprès d'elle mais je ne pus dormir à cause des punaises qui nous entouraient et nous piquaient. On aurait dit des fourmis à l'assaut d'un morceau de sucre.

[illegible]

— On m'a dit [illegible] que ce [illegible] de [illegible] Mais [illegible] dit que les [illegible] des [illegible] de [illegible] que la plu-part des [illegible] avaient été [illegible]. Pour-[illegible] de [illegible].

— On [illegible] beaucoup de choses mais rien n'a [illegible] [illegible] [illegible] dire.

[illegible] je [illegible] à ce que [illegible] pas abandonné les petits [illegible] [illegible] [illegible] [illegible] [illegible].

[illegible] [illegible] [illegible] [illegible] [illegible] [illegible] de sucre.

CHAPITRE XV

Tréa, la plaine des douleurs

Comme prévu, nous quittâmes la région de Don Téov pour aller travailler dans la plaine de Veal Tréa, dite plaine Tréa. Dès notre arrivée, les groupes de travail furent reconstitués et je fus placé dans une équipe de 300 garçons venus tous d'endroits différents. Notre chef s'appelait Kéov et devait avoir environ 25 ans. C'était un grand gaillard qui était de la région de Kampot. Dès que j'entendis son premier discours, je sus que c'était quelqu'un de méchant et de cruel car les mots qu'il répétait sans cesse étaient : « coups de hache », « disparitions définitives », « tortures publiques », « enquêtes sur la vie de groupe », « renseignements précis sur le passé de chacun », et enfin « suppression des hommes s'ils ne savaient pas travailler »...

A nouveau j'avais peur. Peur de qui, peur de quoi ? Je n'en savais rien mais j'avais peur. J'aurais voulu me sentir en sécurité mais sans cesse je me demandais : « Combien de temps vais-je devoir vivre encore sous ce régime ? »

Fin juin, début juillet, il pleuvait presque tous les jours et la plaine qui était morne et torride reverdit et fut peu à peu inondée. Notre travail consistait maintenant à repiquer le riz. La journée commençait à 4 h du matin et se finissait au coucher du soleil. Les nuits étaient réservées aux réunions d'autocritique qui ne se terminaient qu'à 1 heure ou 2 heures du matin. Malgré le rythme intense qu'on nous faisait mener, nous n'avions que deux louches de potage au riz par jour.

Au départ, nous étions 300. Deux semaines plus tard, 40 personnes étaient déjà mortes d'épuisement. Ceux d'entre nous qui étaient très malades restaient dans leur baraque mais ils disparaissaient les uns après les autres. Comme l'avait dit Kéov, « suppression des hommes s'ils ne savaient pas travailler »...

Parmi ceux qui étaient malades, je connaissais bien Kou, un jeune de mon âge qui dormait à côté de moi. Depuis une semaine, il avait une terrible fièvre et ne pouvait pas aller travailler. Un matin où nous étions en train de repiquer du riz, Kéov traîna Kou vers nous et nous dit :

– Chers camarades, regardez ! Camarade Kou n'est pas malade, c'est seulement dans sa tête que ça ne va pas. Mais attention ! Cette petite tête cache bien des armes pour détruire la Révolution et pour que la Révolution ne soit pas détruite, il faut détruire cette petite tête !

Il ordonna alors à Kou de s'agenouiller devant lui et il lui donna un coup de pioche sur la nuque. Pauvre Kou ! Il était à bout et il tomba dans la rizière sans pouvoir résister. Kéov continua à le frapper de toutes ses forces jusqu'à ce qu'il ne bouge plus. Puis il lui arracha ses vêtements et les jeta vers nous en disant :

– Tenez ! Pour celui qui n'a pas d'habits !

Les gardes rouges qui nous surveillaient poussèrent des cris de joie. Quant à moi, je pleurais amèrement en cachette et je compris pourquoi ma sœur avait dit qu'elle ne voulait pas renaître sur la terre khmère.

Non seulement il fallait accepter d'avoir faim mais en plus, il fallait subir le vent, la pluie, le froid, la chaleur et le silence. Personnellement, ce que j'avais le plus de mal à supporter étaient la faim et le silence. Quand j'avais faim à Brin-de-Marmite, je pouvais au moins manger des feuilles mais maintenant que j'étais strictement surveillé, je devais me contenter de ce que je trouvais dans la rizière : des insectes, des mille-pattes, des crabes et des racines. Encore fallait-il manger cela en cachette pour ne pas être fouetté par les soldats qui disaient : « Vous mangez ces choses-là pour être malades et ne pas servir la Révolution ! »

Un soir, je vis qu'il restait encore un peu de potage dans le fût (le potage était cuit en effet dans un fût à pétrole). Je rentrai dedans avec ma cuillère et je commençai à manger le potage qui était resté collé contre la paroi sans me douter que Kéov m'avait vu. Tout d'un coup, il se précipita sur moi, m'enferma dans le fût qu'il fit rouler plusieurs fois dans la boue. Quelques instants après, je ressortis en titubant, le corps couvert de grains de riz collés.

– Ce que tu viens de faire là est absolument honteux ! dit Kéov. Pourquoi as-tu fait cela ? La louche de potage que l'*angkar* te donne tous les jours ne te suffit donc pas ? Va-t'en maintenant ! Tu vas voir tout à l'heure, pendant la réunion !

Je savais que j'allais être critiqué et torturé. Mais de quelle manière ? Je l'ignorais encore. De toute manière, ce ne serait que peines et douleurs. Depuis que j'étais à Veal Tréa, je perdais beaucoup de poids et chaque fois que je me lavais, mes doigts touchaient les os de mon corps. J'avais peur d'être torturé et frappé avec des bâtons en bambou. Quand on est maigre, un coup de bâton sur les vertèbres provoque des douleurs abominables. Je le savais car mon dos en avait déjà reçu. Je pensais aux scènes violentes, sauvages et barbares qui avaient lieu pendant la réunion et cela me donnait des palpitations. J'eus soudain envie de parler et de demander à ceux qui m'entouraient : « Qu'ai-je fait ? Même si ce que j'ai fait est grave, est-ce que je mérite d'être torturé ? » Ce besoin irrépressible de parler ne pouvait exister que dans ma tête car il était formellement interdit de parler.

L'heure de la réunion arriva. Devant tout le monde, Kéov m'accusa d'être un ennemi de la Révolution et d'avoir commis un acte qui la déshonorait. Quand il termina son discours, tout le monde applaudit. C'était maintenant mon tour de parler. Je tremblais comme une feuille mais je m'efforçais de dissimuler ma peur. Mon désir d'être compris, écouté et aimé était tellement fort que j'eus beaucoup de mal à prononcer quelques phrases :

– Je tiens à servir la Révolution jusqu'à la fin de ma vie et je désire respecter mes camarades frères dans toutes les circonstances de ma vie. Chers camarades, chers compatriotes bien-aimés, permettez-moi de m'expliquer devant vous. Je reconnais très sincèrement avoir commis une faute, mais très franchement, je ne savais pas que c'était un délit contre la Révolution. Je vous promets que je ne recommencerai plus et je vous demande de me comprendre très fraternellement. Merci.

Quand j'eus fini de parler, personne n'applaudit car Kéov n'en avait pas donné l'autorisation. J'étais un peu étonné et effrayé à la fois. En attendant que Kéov prenne sa décision, je restai debout au milieu de la foule. Soudain, il sauta sur moi et m'arracha les cheveux. Puis il se mit à me gifler et à me fouetter avec une fine tige en rotin. Je joignis les mains sur ma poitrine en signe d'imploration mais il ne m'écouta pas, encouragé par les cris des jeunes gardes rouges. Le visage baigné de sueur, il leur demanda quelques instants après :

– Vous en voulez encore ?

– Attendez, camarade frère ! cria un des plus jeunes.

Il se retourna alors vers mes camarades de chantier et leur cria :

– Quels sont ceux qui sont dans l'équipe de camarade Savang ? J'aimerais les voir tous à côté de lui.

Mes camarades sortirent des rangs, se rassemblèrent autour de moi (ils étaient dix en tout) et attendirent la décision du jeune soldat.

– Bien ! Maintenant, chacun à votre tour, prenez ce rotin et frappez dix coups très fort sur les mains de votre camarade, sur « ces » mains qui volent !

Ils ne pouvaient pas refuser puisqu'on les obligeait et je dus étendre les mains pour recevoir les coups. Je pleurais et gardais la tête baissée mais Kéov me donna un coup de pied dans le dos et me lança :

– Lève la tête, espèce de sale race blanche !

C'était au tour de Ponleu [1] de me fouetter, il était le dernier. Au lieu de frapper de toutes ses forces comme les autres, il fit semblant de taper fort, au grand scandale des chefs qui désapprouvèrent son geste. Ils se précipitèrent sur lui pour le ligoter, le frappèrent avec le fouet et le poussèrent dans la fumée pour qu'il étouffe.

– Tu te moques de nous, espèce de sale bête sauvage! crièrent-ils.

Oui, Ponleu m'avait compris mais à cause de cela, il était torturé de façon ignoble. Je ne pouvais tolérer qu'on le fît souffrir de manière si injuste. J'étais très touché par ce qu'il venait de faire pour moi et je voulais le remercier sans plus tarder. Malheureusement, ce fut impossible : les gardes rouges nous avaient séparés et nous dormions chacun à un bout de la baraque.

Je me souviens très bien de cette nuit-là. J'avais des courbatures partout et je mourais de soif. De temps en temps, je réclamais à boire et le jeune garde me tendait un crâne de coco rempli d'eau. Je ne pouvais pas le prendre avec mes mains car elles étaient attachées et quand ma langue effleurait la surface de l'eau, le garde retirait le crâne et souriait d'un air moqueur. Face à tant de cruauté, j'étais incapable de me venger; j'éprouvais seulement un regret amer devant ce que l'homme était capable de faire! Jamais je n'aurais pensé qu'il pût être si cruel!

Au milieu de cette nuit de douleurs, une pensée ne quittait pas mon esprit : m'enfuir. Mais où aller, quand et comment? Je n'en avais aucune idée mais la seule chose que je voulais avant tout, c'était m'enfuir d'ici.

Le lendemain, je pus enfin remercier Ponleu qui était dans un état de faiblesse extrême. Il crachait du sang et il mourut dans l'après-midi du même jour.

Après la faim, c'était le silence que j'avais le plus de mal à supporter. Pour me soulager, je parlais pendant le travail aux jeunes tiges de riz que je repiquais dans la boue :

1. Prénom qui signifie « Lumière ».

« Tu es destinée à donner du riz. Tu es plantée dans la vase mais tu as de l'eau pour te nourrir. Quant à moi, je suis destiné à devenir un homme mais j'ai besoin de tes grains pour me nourrir. Tu sais, cela fait trois ans de suite que je te moissonne et que tu donnes des épis magnifiques, chargés de grains. Mais ce sont “ eux ” qui ne nous donnent pas à manger ! J'ai faim, tu sais. Aujourd'hui, je suis heureux de te replanter, toi qui es source de vie. Mais arriverai-je à surmonter tous les obstacles qui m'empêcheront de manger tes grains à la prochaine récolte ? Tu n'en sais rien et moi non plus. Enfin, peu importe ! Ce qui compte pour moi, c'est que je puisse te parler. Mon cœur est triste et aurait bien besoin de devenir vert comme toi. Parfois, quand souffle une brise légère, ta jeune tête se balance allègrement. Cela me fait plaisir de te regarder et je trouve de la joie dans mes souffrances. Ô grain de riz, grain de l'espoir qui partage mes peines !

Je n'étais pas le seul à souffrir du silence. Mes camarades avaient beaucoup de mal à le supporter, eux aussi. Un jour où nous étions en train d'arracher des mauvaises herbes dans la rizière, Khum, un de nos camarades, entonna un refrain populaire qui racontait l'histoire de la séparation d'un couple de tourterelles. C'était une chanson triste et mélancolique que tous les Cambodgiens connaissaient. Étonnés d'entendre cet air qui rompait le silence, les gardes rouges accoururent et ligotèrent Khum.

– Tu sais qu'il est interdit de parler, dirent-ils. Alors comment oses-tu chanter ce chant impérialiste ?

– Si je ne chante pas, je vais mourir, répondit Khum. Il vaut mieux que je sois vivant pour travailler plutôt que de mourir stupidement. Je ne vous ai pas fait de mal en chantant cette chanson qui me fait du bien et qui me donne du courage.

– Quoi ! Tu oses parler ainsi ?

Le garde sortit son arme et tira sur Khum qui eut le corps troué de balles et trempé de sang. Mais les soldats criaient de joie et hurlaient :

– La rizière a besoin d'engrais et il faut la fertiliser!

Devant tant de barbarie, nous nous taisions et tremblions de peur. Mais les soldats crièrent à nouveau :

– Chers camarades, vous avez intérêt à vous taire et à travailler! L'exemple de Khum vous montre qu'on n'a rien à perdre en vous supprimant. Au contraire, ça fait des bouches en moins à nourrir! Les obus des impérialistes ont rendu la terre infertile et pour la rendre à nouveau fertile, il lui faut des corps d'impérialistes comme Khum.

La vie d'un être humain n'avait aucun prix pour eux et ils la supprimaient facilement. Je me demandais parfois s'ils se rendaient compte de ce qu'ils faisaient. A force d'être les témoins de tant de férocités, chacun de nous sentait la haine bouillir dans son cœur. Mais nous étions trop faibles pour riposter et au moindre soulèvement, nous serions immédiatement exécutés. Nous ne pouvions donc que nous taire mais ce silence forcé, joint à une peur permanente, faisait de notre vie une vraie torture.

Une fois tous les dix jours, nous étions rassemblés sur un vaste terrain pour écouter les discours des chefs. C'était l'occasion pour nous de rencontrer nos camarades de Don Téov avec qui nous échangions des nouvelles. Nous comparions nos situations qui étaient les mêmes : silence, faim, tortures, tueries, etc. Les discours des chefs étaient semblables à celui que Kéov nous avait fait le premier jour.

Pendant la réunion, nous étions assis à côté des sacs qui contenaient les semences de riz. A la fin de la journée, les sacs étaient pratiquement vides : grain par grain, nous étions contents de manger ce riz qui nous rappelait les pastèques dont nous mangions les graines aux fêtes du Nouvel An.

Deux ou trois fois par jour, Kéov et ses gardes fouillaient nos sacs à dos. (On n'avait pas le droit de garder plus de deux chemises et de deux pantalons, tout le reste était confisqué.) Un jour, ils trouvèrent un couteau sans valeur dans le sac à dos de Vannack et, sans rien lui demander, ils se mirent à torturer sauvagement notre camarade.

Le lendemain, pendant le travail, je demandai tout bas à Vannack :

– Tu sais bien qu'ils fouillent nos sacs à dos plusieurs fois par jour. Pourquoi as-tu laissé ce couteau ? Tu aurais pu le cacher quelque part.

– Je sais, répondit-il, mais j'étais tellement fatigué hier que je n'y ai plus pensé. Je m'en sers de temps en temps pour couper des têtes de serpents. Vu la manière dont ils m'ont accusé, ils croyaient sans doute que je m'en servais pour autre chose !

Autour des latrines en effet, il y avait beaucoup de serpents qui venaient manger les grenouilles et les rainettes qui, elles, dévoraient les vers. Chaque fois que nous venions faire nos besoins, mes camarades et moi-même tuions les serpents que nous trouvions. Nous avions donc à la fois le serpent et la grenouille. Quand je pense à cela aujourd'hui, je frissonne et suis écœuré : dans le ventre des serpents, on trouvait des grenouilles et dans l'estomac des grenouilles, on trouvait des vers et nos propres excréments...

– Tu n'as qu'à faire comme moi la prochaine fois, dis-je à Vannack. Tu tiens la queue du serpent et, très vite, de toutes tes forces, tu lances sa tête contre la diguette ou sur du bois. Quand il est mort, tu le jettes dans le feu et avant de le manger, tu lui coupes la tête, c'est plus pratique.

– Tu sais, j'en ai marre, ils me dégoûtent. Non seulement j'ai perdu toute ma famille mais en plus il faut sans cesse leur obéir. Je vais m'enfuir ce soir. Ne le dis pas aux autres !

– Mais où veux-tu aller ? Tu as vu comme nous sommes surveillée ? A mon avis, tu ferais mieux d'attendre encore un peu.

– Je ne sais pas où aller, reprit Vannack, mais je n'en peux plus. Je veux partir !

– Je te comprends. Moi aussi, j'en ai assez de ces « corbeaux », mais pour l'instant je suis incapable de faire quoi que ce soit. Tu sais, il faut être patient et attendre encore un peu. Tu risques ta vie si tu quittes la baraque de nuit. Écoute-moi !

– Non, j'ai trop mal !

A l'approche d'un jeune garde, notre conversation s'interrompit brusquement.

Comme tous les soirs après la réunion, j'eus du mal à m'endormir d'abord parce que j'avais faim, ensuite parce que ma famille me manquait. Que devenaient ma sœur aînée et mes petits frères ? Eng était-elle toujours dans le groupe de deuxième force ? Le plus petit était-il toujours avec elle ? Ce soir cependant, je pensais plus particulièrement à Vannack qui allait s'enfuir. J'étais très inquiet...

Minuit venait de sonner. J'entendis soudain quelqu'un marcher entre les tiges de riz. Je me redressai et vis à travers la faible lumière que la place de Vannack était vide : il n'y avait que son sac à dos. Mon cœur commença à palpiter et je murmurai en moi-même :

– Que le bien soit sur ta route ! Oh, tiges de riz, j'ai besoin de votre service. Cachez bien mon ami Vannack ! Que son voyage se déroule dans la paix, comme les poissons qui nagent entre vos branches. (A la saison des pluies en effet, l'eau du lac Tonlé Sap inonde les plaines environnantes et les rizières deviennent très poissonneuses.)

Quelques instants plus tard, j'entendis les gardes crier : « *Chapp, chapp* [1] ! » Deux ou trois coups de fusil suivirent, puis plus rien. Il n'y avait eu aucun cri mais j'étais certain que Vannack avait été tué. C'était de nouveau une partie de moi-même qui était blessée et je pleurais amèrement.

Le lendemain, en allant au travail, je reconnus le corps de Vannack, envahi de mouches et d'insectes. Si j'avais pu agir librement, mon devoir aurait été de l'enterrer mais ce n'était pas le cas ! Heureusement, j'étais encore libre de penser et mentalement, je dis :

– Mon cher Vannack, tu es digne d'avoir pu faire ce

1. « Arrête, arrête ! »

que tu voulais faire, même si tu as été tué. N'importe qui, à ta place, aurait pu être tué. Au revoir mon ami, que ton âme soit dans la paix!

Mon travail ce jour-là consistait à arracher des tiges de riz pour les replanter ensuite dans une autre rizière. Ce travail demandait beaucoup plus d'efforts que le repiquage car une fois les tiges de riz arrachées, il fallait les débarrasser de la vase en les secouant dans l'eau. Nous devions faire chacun 80 bottes de tiges par jour, alors que nous étions obligés d'arracher les tiges de riz une par une. Autant dire que nous étions presque morts à la fin de la journée. Au bout de deux jours, on obligeait ceux qui étaient épuisés à rester sur place et quand on était mécontent d'eux, on les emmenait dans la brousse pour les éliminer. Beaucoup d'entre nous étaient très faibles mais nous nous forçions à travailler de peur d'être arrêtés.

Un soir, après la réunion, je vis Phanna, un jeune soldat, en train de manger du sucre de palme qu'il avait mis dans une boîte de lait Guigoz. Dès que je le vis, je me dis : « Je mangerai ce sucre quand il sera endormi. J'ai trop faim! Il faut absolument que je mange, je ne veux pas me laisser mourir comme les autres. Ce serait vraiment dommage! »

J'attendis que tout fut calme pour me glisser entre les pieds de mes camarades et arriver jusqu'au sac à dos de Phanna. A peine effleurai-je la boîte où il y avait du sucre que Phanna se réveilla et cria :

– Ô voleur, ô voleur! Arrêtez-le!

Je fus tout de suite ligoté et fouetté mais cela ne suffit pas. Phanna réveilla tout le monde pour que tout le monde pût contempler la figure du voleur. Je n'éprouvais aucune honte. Je souffrais, c'est tout. Les coups de fouet laissaient des traces sur tout mon corps mais Phanna continua de plus belle. Un autre garde s'avança et me donna un coup de bâton sur la tête. Je saignais de partout...

– Ayez pitié de moi, implorai-je, cela me fait très mal! J'ai volé parce que j'avais trop faim et que je ne veux pas mourir comme mes camarades.

Mais les gardes répliquèrent par des cris :

– Vive la Révolution ! Mort aux voleurs !

Tout près de nous, se trouvait l'étable qui abritait quelques bœufs. Tous les soirs, nous nous relayions pour faire un feu avec les excréments secs qui servait à chasser les moustiques. Quand les flammes étaient assez hautes, on y jetait des branches encore vertes et des excréments mouillés pour obtenir une fumée qui durait longtemps.

Ce soir-là, c'est avec cette fumée qu'ils m'étouffaient. Je ne trouve pas les mots pour exprimer ce que j'éprouvais à ce moment-là mais je revois la scène de manière très concrète : j'avais l'impression d'être comme une grappe qu'on presse de toutes ses forces avant de la jeter dans un four brûlant et je sentais mon corps se fondre comme un morceau de gruyère. Je n'ai pas oublié l'unique souhait qui m'habitait en cet instant : être compris et sauvé. Mais hélas ! Ce soir-là, mes larmes n'étaient accompagnées que de souffrances et de moqueries.

Comme cette punition ne leur suffisait apparemment pas, ils m'attachèrent dehors sous la pluie et je restai toute la nuit dans le noir. Au milieu de tant de douleurs et d'inhumanité, je ne pensais qu'à une chose : l'amour que mes parents m'avaient donné durant les années bénies de mon enfance. Ils avaient été pour moi la source de l'amour et ce soir, j'étais sûr qu'ils étaient avec moi.

Le lendemain, les tortures recommencèrent. Avec d'autres gardes rouges, Phanna me poussa dans l'eau et m'enfonça plusieurs fois la tête avec ses pieds jusqu'à l'épuisement.

– Pourquoi voles-tu ? criaient-ils. Dis-le-nous !

– Parce que j'ai trop faim, camarades frères.

L'un d'entre eux prit une aiguille et me piqua les oreilles, le dos, les bras, les épaules en disant :

– Ces douleurs te feront peur pour toute ta vie. Voilà la réponse à ta faim !

Quelques jours plus tard, les marques des coups que j'avais reçus se transformèrent en plaies. Celle que j'avais sur la tête me faisait très mal et les ganglions que j'avais sous les mâchoires me donnèrent une forte fièvre.

Comme je l'ai déjà dit, la tristesse, la peine et la douleur avaient besoin d'être partagées et de s'exprimer. Mais comment parler dans de telles circonstances?

A mon chevet se trouvait un bœuf qui avait lui aussi une grande plaie au-dessus de l'œil droit. Je me réveillai assez tard dans la nuit et lui confiai tout ce que j'avais sur le cœur en caressant sa tête et en pressant de temps en temps sa plaie pour faire sortir le pus. Au bout de quelques minutes, je sentis l'espoir renaître en moi et je remerciai le bœuf de m'avoir écouté. Cependant, Phanna se réveilla et me demanda ce que je faisais là.

– Cette bête a très mal à cause de sa plaie. Elle a besoin d'être soignée et c'est ce que je suis en train de faire, sinon elle ne pourra pas tirer la charrue demain.

Phanna ne répondit pas et regagna sa place en me laissant tranquille.

Dès que je me sentis mieux, un sentiment de haine et de vengeance s'empara de moi : je voulais à tout prix détruire ce qui appartenait au gouvernement! Chaque fois que je voyais un marteau et une faucille, je les volais et je les jetais dans les rivières. Pendant les réunions, on parlait d'un « ennemi » qui se cachait dans les équipes. Je savais que c'était moi mais je m'en moquais. Je détestais ce gouvernement qui détruisait le peuple. J'aurais voulu dire aux autres de faire pareil mais je n'avais pas confiance en eux. Pour avoir une louche de potage en plus, ils étaient capables de dénoncer leurs amis.

CHAPITRE XVI

Sdao : nouveau départ, nouvelles souffrances

Nous étions au début du mois de septembre 1978. Il pleuvait tous les jours et les jeunes pousses de riz qu'on avait plantées étaient inondées. Il fallut faire des barrages pour empêcher l'eau de se répandre dans les autres rizières du plateau. Malheureusement, les barrages qui étaient construits de nos mains s'écroulèrent aux premières vagues et au premier coup de vent et les rizières du plateau ne furent, elles non plus, pas épargnées.

Devant une telle situation, le gouvernement décida d'envoyer une partie d'entre nous dans la région de Sdao (près de Sneng, à l'ouest de Battambang) pour planter du manioc et défricher la forêt. A l'annonce de ce départ, personne ne bougea. Personne ne voulait partir car Sdao était connu pour être une région paludéenne et tout le monde avait peur de mourir du paludisme.

Après avoir réfléchi, je levai la main; je fus le seul au milieu de 150 personnes. J'en avais vraiment assez d'être ici et il était temps que je change d'horizon. Oui, là-haut, je serais peut-être mieux traité et j'aurais peut-être moins faim... Mais des pensées contradictoires m'assaillaient : si c'était pire ?... Tant pis, je n'avais rien à perdre!

La veille de mon départ, je vidai tout ce qu'il y avait dans mon sac à dos et ne gardai que deux culottes kaki et une chemise déchirée que je mis sur moi. C'était pour moi une souffrance physique et mentale que de devoir porter les vêtements noirs de l'*angkar*. Aussi, le fait de les jeter était une manière de concrétiser mon départ et la fin peut-être définitive de mon cauchemar. Je les regardai dériver au fil de l'eau, emportés par le courant. Je voulais garder le sac à dos car c'était ma mère qui me l'avait fait mais il était troué de partout, rempli de punaises et sentait très mauvais. Je décidai donc de le jeter mais à regret. Je n'oublierai jamais ce sac à dos : ma mère l'avait confectionné avec beaucoup d'amour et c'était son amour que j'avais porté partout!

Sdao se trouvait à 30 kilomètres de Battambang et pour la première fois, nous eûmes la chance d'y aller en tracteur. Ce qui me faisait très plaisir, c'est que nous devions traverser Battambang. Je revis ainsi les rues, le cinéma, les pagodes, les écoles, les marchés, la piscine, les bords de la rivière Sangké, etc. Tous ces lieux qui m'étaient familiers n'avaient pas tellement changé et ils me rappelaient tant de souvenirs d'enfance! Pendant quelques minutes, j'essayai de capter toutes les images que je voyais afin qu'elles se fixent pour toujours dans mon esprit.

Arrivé à Sdao, le tracteur prit la direction de l'ouest et s'engagea à droite sur une route de latérite. Plus on avançait, plus la route devenait étroite et mauvaise et la forêt de plus en plus épaisse. Tout d'un coup le paysage changea : il n'y eut plus de route et nous fûmes entourés de toutes parts par de magnifiques montagnes boisées. Ma joie aurait été bien plus grande si j'avais pu manger à ma faim et être libre!

En descendant du tracteur, je trouvai quelques papayes bien mûres, abandonnées sur le sentier. J'étais tellement content de ma trouvaille que je m'écartai un peu du groupe pour les manger. C'est alors que le chef se dirigea vers moi, m'arracha les cheveux et me gifla en m'accusant de déshonorer les valeurs de la Révolution. C'était complètement stupide : nous étions dans une région de vergers et nous n'étions même pas autorisé à manger des fruits!

Comme toujours, la première chose à faire était de construire la cabane. Celle-ci devait être au pied d'une montagne très boisée, non loin d'un ruisseau limpide qui gazouillait nuit et jour. Jamais je n'oublierai ce murmure qui était pour moi l'expression de la liberté que j'entendais battre à tout instant de la journée.

La première semaine, mon travail consista à couper du foin pour faire le toit de la cabane. Cela ne demandait pas trop d'efforts physiques mais nous étions de plus en plus affaiblis par la privation de nourriture, le froid et les moustiques. A Veal Tréa, on nous donnait du potage à manger même s'il était très liquide. Mais ici, nous n'avions droit qu'à un morceau de patate douce quatre fois par semaine.

Je crois que ce fut le moment le plus dur de ma vie. Je crevais littéralement de faim et cette faim cruelle me rendait presque fou. Je mangeais tout ce qui me tombait sous la main et, la nuit, je ne rêvais que des bons plats que je mangeais autrefois en ville. Dans la journée, on se précipitait sur le premier lézard ou caméléon qu'on voyait et on se dépêchait de le décapiter avant de le cacher dans une botte de foin. Nous mangions également des cafards et des mille-pattes mais malgré tout cela, nous avions beaucoup de mal à survivre et mes camarades mouraient les uns après les autres. Parmi les choses qu'on volait pour manger, il y avait les ficelles en peau de bœuf (utilisées pour attacher le joug à la charrue). Après les avoir fait brûler, on était obligé de les faire tremper dans la boue toute la nuit pour les ramollir et les avaler plus facilement.

Au flanc de la montagne, se trouvait une plantation de cocotiers mais nous n'avions pas le droit d'y pénétrer. Pour manger des noix de coco, il fallait se lever très tôt, aller jusqu'au bord du ruisseau et tâter les plantes en espérant y trouver quelques fruits mûrs que le courant n'avait pas emportés. Quand j'en avais trouvé un, je le cachais d'abord dans la brousse et je le jetais dans le feu pendant qu'on défrichait la forêt. Il ne fallait absolument pas que les soldats le sachent !

La haine que j'avais en moi faisait place peu à peu à une peur qui me rendait de plus en plus soumis. Au lieu de juger tout bas les paroles de l'*angkar* pendant les réunions, je restais inerte. La seule chose que je continuais à faire était d'essayer de sauver ma vie pour ne pas mourir tout de suite. Seulement, pour sauver sa vie, il fallait manger et on trouvait de moins en moins de nourriture! Beaucoup de mes camarades allaient voler du manioc dans les champs mais quand ils revenaient, ils n'avaient même pas le temps de les manger : on les déshabillait et on les forçait à se battre contre un arbre. Ceux qui assistaient à cette scène cruelle étaient obligés de pousser des cris de joie, ce qui était absolument horrible.

Les années ont passé mais je revois encore Sareth à qui on avait ordonné de se battre contre un oranger sauvage plein d'épines. Au départ, il n'osait pas se jeter de toutes ses forces contre l'arbre mais il y fut contraint par les coups de fouet. A la fin, il avait les mains et le dos couverts de sang. Mais le châtiment corporel ne s'arrêta pas là! Quand Sareth fut complètement épuisé, on le mit debout et on lui accrocha sur la tête une pancarte portant l'inscription : « Voleur de la Révolution qui mérite la mort mais que le gouvernement garde parce qu'il l'a pris en pitié. » Tant de mensonges et d'injustices m'écœuraient. Mais que faire ?

Quand le coupable reprenait son souffle, les chefs lui rasaient la moitié de la tête pour qu'il prenne conscience de sa faute et que son acte antirévolutionnaire soit gravé dans l'esprit de ses camarades.

Un après-midi où j'étais en train de cueillir des feuilles qui ressemblaient à celles du mimosa, Saing, un jeune camarade chinois s'approcha de moi et me proposa d'aller ramasser des noix de coco avec lui.

– Je viens de voler une hache, dit-il. Avec ça, on pourra éplucher plus facilement les cocos volées.

– Je regrette, dis-je, mais j'ai trop peur d'être torturé. Je viens de cueillir ces feuilles aigres et cela me suffit pour l'instant. Mais fais attention! Il ne faut pas qu'on sache que tu possèdes une hache. Tu sais qu'ils deviennent de plus en plus sévères.

Saing me comprit parfaitement et il partit sans moi.

La nuit venait de tomber. Mon cœur palpitait de peur comme d'habitude. C'était l'heure où je me posais la question : « Que vais-je voir comme spectacle ? » Quand tout le monde fut là pour la réunion, le chef donna l'ordre à un soldat d'amener un contre-révolutionnaire. Dans les ténèbres, je vis s'avancer une silhouette fragile aux yeux bandés et aux bras ligotés. Au départ, j'eus du mal à voir de qui il s'agissait mais quand le chef prononça son nom, j'eus un choc en entendant celui de Saing. Les gardes s'emparèrent de la hache qu'il avait volée et se mirent à lui frapper la nuque. Au bout de quelques instants, il avait le visage en sang et il resta paralysé.

Saing était dans la même baraque que moi. La nuit qui suivit, j'enjambai en rampant le corps de mes camarades pour aller serrer la main de Saing et l'assurer de mon soutien. Je lui parlai en foukien [1] :

– Dans ta douleur si injuste, je pense à toi. Ta douleur est celle de tous ceux qui sont encore en vie. Si éventuellement tu avais besoin de quoi que ce soit, n'hésite pas à me faire signe. Je pourrais peut-être t'aider.

Saing me remercia en me serrant amicalement la main. Le sang coulait de sa bouche et des larmes jaillissaient de ses yeux. Il secoua négativement la tête en murmurant quelque chose que je ne pus comprendre. Il mourut quelques jours après.

Au milieu de mes tourments, une joie extraordinaire s'offrit à moi, comme une fleur dans le désert. Je réussis un jour à m'évader discrètement dans la forêt avant le coucher du soleil, espérant trouver quelques fruits. Soudain, j'entendis quelqu'un courir. Sans savoir si c'était un soldat ou un de mes camarades, je pris soin de me cacher. Un instant après, je sortis de ma cachette mais au

1. Dialecte du Sud-Est de la Chine.

lieu de suivre le chemin qui était tracé, je pris une autre direction. J'avais plus de mal à me diriger mais au moins, je me sentais en sécurité. J'aperçus alors à quelques mètres devant moi un paquet fait avec des feuilles de bananier. Je le ramassai et sentis aussitôt le parfum aromatique du riz. Quand j'ouvris le paquet, le riz était encore chaud et je ressentis tout d'un coup une immense joie, une joie pleine d'émotion que je me rappelle toutes les fois que j'ai faim.

Cependant, je voulus m'assurer encore une fois que c'était bien du riz et je le respirai à nouveau, si près que mes joues en effleurèrent la surface. Alors je le pris doucement et le serrai contre ma poitrine. Je frissonnais en avalant la première bouchée et mon cœur palpitait de joie. C'est quand j'eus fini de manger que je me demandai : « A qui appartient ce riz délicieux ? »

Un jour où j'étais en train de me laver au bord du ruisseau je rencontrai par hasard mon cousin Chay qui était le second fils de mon oncle. Son groupe travaillait tout près du mien. La conversation tomba très vite sur le problème de la faim.

Le chef du groupe de Chay possédait un grand nombre de cochons qui étaient bien nourris, mieux que nous qui travaillions. On leur donnait deux fois par jour du riz cuit mélangé à du son et des tranches de bananier.

– Si on allait voler la nourriture des cochons, qu'en penses-tu ? me demanda Chay. Ils sont assez méchants mais il suffit de faire attention. A deux, on y arrivera !

– On ne risque pas de se faire prendre ? demandai-je.

– Non, mais il faut y aller à midi, quand les chefs sont partis manger. Tu n'as qu'à venir me rejoindre.

Mais ce ne fut pas si simple que cela : les cochons défendaient leur auge eux aussi ! Dès que nous nous approchions, il y en avait un qui se précipitait sur nous pour nous renverser avec son groin et nous avions tout juste le temps de nous échapper. Mon cousin me dit alors :

– Voici ce qu'on va faire : rentre le premier. Dès que

le cochon court vers toi, j'en profite pour vider les auges. Fais en sorte que le cochon te suive tout le temps!

L'opération réussit du premier coup et nous pûmes ramasser toute la nourriture contenue dans les auges. Il fallut ensuite s'enfuir dans la forêt et manger à toute vitesse la nourriture volée.

Le lendemain, nous retournâmes à la porcherie mais cette fois, elle était bien gardée. De nouveau, nous avions faim.

Un jour, deux jours, une semaine passèrent. Les rumeurs disaient que nous allions manger à notre faim mais cela faisait quatre ans que ces bruits couraient et jusqu'à maintenant, rien n'avait changé. En attendant, le nombre de mes camarades diminuait et ceux qui survivaient étaient extrêmement maigres et presque devenus fous.

Un matin, je vis Chay en train de fouiller les excréments des bœufs dans l'étable.

– Chay, que fais-tu là ?

– Je viens d'apprendre que ces vers-là sont mangeables, dit-il et il me montra d'énormes vers qui gisaient dans les excréments des bœufs. Tu sais, reprit-il, ça a un goût bizarre, mais c'est mieux que de se laisser mourir de faim.

En le regardant manger, je me demandai comment il arrivait à mettre dans sa bouche ces vers qui rampaient. Comme le goût paraissait assez fort, il était obligé de cracher de la salive qui avait la même couleur que les excréments.

– Chay, je ne sais pas comment tu fais mais je crois que je ne pourrai jamais en manger! dis-je sur un ton de dégoût.

– Tu dis ça mais le jour où tu auras vraiment faim, tu n'auras pas le choix.

Le lendemain, Chay était de nouveau dans l'étable, occupé à manger les vers. Au fond de moi-même, l'idée de manger des vers me révulsait, mais mon estomac me faisait tellement mal que je finis par céder.

Ce n'était pas la première fois que je mangeais ce genre de bestioles, mais les autres fois elles étaient cuites alors que là, il fallait les manger vivantes. Je me rappelle que je frissonnai quand je mis dans ma bouche les vers qui bougeaient encore. Je serrai alors les dents et un liquide affreux emplit ma bouche. Comme je ne voulais pas voir de quelle couleur il était, je décidai de ne rien cracher et de tout avaler.

CHAPITRE XVII

Le barrage de Salataorne

La pluie avait cessé de tomber et le vent du nord commençait à souffler. Nous étions presque à la fin de l'année 1978.

Le travail dans la plantation de manioc n'était pas terminé mais de nouveau, il fallut partir. Au cours d'une réunion, le chef demanda s'il y avait des volontaires pour aller construire le barrage de Salataorne. Sans hésiter, je levai la main, avec dans l'esprit toujours la même idée : ailleurs, ce serait peut-être mieux! Je verrais peut-être moins de cruautés et je serais peut-être mieux traité.

Le départ fut très rapide. Pris d'inquiétude cependant, je me demandais où on allait nous emmener et je ne fus rassuré que lorsque je vis le tracteur prendre la direction de Battambang. Malgré tous les événements qui avaient bouleversé ma vie depuis quelques années, revoir Battambang était pour moi une source de joie. Le seul fait d'entendre le nom de ma ville suffisait à calmer ma faim et à faire renaître mon espoir. Oui, un jour je vivrais librement à Battambang!

Le lendemain soir, peu de temps avant le coucher du soleil, le tracteur s'arrêta devant la pagode de Kdoll, là où reposaient mes ancêtres paternels. Ce qui me fit le plus plaisir fut de revoir les deux lions en pierre qui gardaient l'entrée principale : quand j'étais petit, je m'asseyais sur le dos de ces deux lions pour qu'on me prenne en photo. En contemplant ce souvenir de mon enfance, je sentis tout d'un coup que j'allais être bientôt libre. Ce n'était peut-être qu'une superstition mais la joie que j'éprouvais était toute différente de celles que j'avais connues jusqu'alors.

Le ciel changea soudain de couleur. De gros nuages noirs s'assemblèrent et les vents commencèrent à souffler dans tous les sens. Sous les premières gouttes d'eau qui tombaient, j'aperçus une femme maigre dont le visage m'était familier, qui marchait sur le bord de la route. Je me dirigeai vers elle :

– Tante, lui dis-je, si vous prenez cette direction, je suppose que vous allez à Don Téov. Connaissez-vous par hasard ma sœur Eng ? J'ai entendu dire récemment que sur l'ordre de l'*angkar*, toute une partie de la commune a déménagé vers l'ouest et je ne sais pas si mes sœurs et mes frères font partie de ce flot.

– Ah oui ! Je vois qui est ta sœur, une petite souriante avec ses deux frères. D'ailleurs, le fait de t'entendre me dit que tu es son frère. Mais permets-moi d'abord de te poser une question. (Elle regarda à droite et à gauche, ne voulant pas être entendue des Khmers rouges.) Pourquoi es-tu si maigre ? On ne te donne rien à manger ? Oh, mon Dieu ! Ayez pitié ! Je vais aller voir si Eng est chez elle. Elle sera très contente de savoir que tu es là.

Après le départ de la dame, le vent continua toujours à souffler sans que la pluie tombe plus fort. Quelques instants plus tard, je vis Eng et mes deux frères se diriger vers mon groupe et scruter attentivement chaque visage, sans parvenir à me trouver. Je courus alors vers eux et les serrai très fort dans mes bras.

– Mon Dieu ! Comment se fait-il que tu sois si maigre ? s'exclama Eng.

Je posai mon index sur mes lèvres et dis tout bas :

– Le travail est dur et on ne me donne presque rien à manger.

Après de si longs mois d'absence, quelle joie de retrouver les miens ! Une seule chose cependant m'attristait :

ma sœur aînée n'était plus parmi nous, elle était décédée quelques mois auparavant.

Avant de partir, mes frères et mes sœurs me donnèrent deux noix de coco.

– Le vent en a fait tomber quatre, dirent-ils. Nous en avons caché deux pour nous et ces deux-là sont pour toi!

Je sus alors que le chantier du barrage se trouvait juste de l'autre côté de la rivière Sangké. La cloche sonna et il fallut se remettre en route pour arriver au chantier avant la nuit. J'avais encore beaucoup de choses à dire et à demander à ma sœur et mes frères mais notre conversation fut interrompue par l'arrivée d'un Khmer rouge qui les chassa à coups de bambou.

Il était assez tard quand on atteignit le chantier. J'appris qu'il s'agissait du barrage de Salataorne[1]. A 100 mètres de là, se trouvait la pagode de Kéov dans laquelle nous logions, mais comme il faisait noir, je ne vis rien.

Je me souviens encore de ce jour-là. Sitôt arrivé dans le temple, je courus au fond de la grande salle et je tâtai le mur pour voir si la grande statue de Bouddha était toujours là. Pourvu qu'elle ne soit pas détruite!... Je reconnus alors la forme de ses mains et, fou de joie, je m'écriai :

– Oh, mon Dieu! Vous êtes encore là! Je suis bien content que vous soyiez là pour veiller sur nous maintenant.

Je m'appuyai alors contre ses mains, joignant les miennes sur ma poitrine.

– Dieu mon maître, dis-je, la fin de ce régime est-elle pour bientôt?

En disant cela, des larmes jaillirent de mes yeux et mon cœur se gonfla à nouveau d'espoir.

Normalement nous n'avions pas le droit de nous déplacer pendant la nuit, mais ce soir tout était calme et je ne vis aucun garde rouge. Je profitai alors de cette

1. Littéralement, « l'école du grand-père Orne ».

trêve pour aller passer un moment au bord de la rivière. A cette heure tardive, la chaleur était encore étouffante dans les allées de la pagode. L'air était parfumé par l'arôme des frangipanes que les campagnes de destruction contre les fleurs avaient épargnés. Pour la première fois depuis la prise du pouvoir par les Khmers rouges, je pus respirer librement cet agréable parfum. Depuis quelque temps, je retrouvais le contact avec beaucoup de choses de mon passé. C'était peut-être un bon présage!

Quand j'arrivai au bord de la rivière, je me dirigeai vers la *sala* [1], espérant trouver une place convenable pour m'asseoir. Autrefois, pendant la fête des eaux au mois de novembre, mon père et moi venions ici pour assister à la course des pirogues. Mais ce soir, j'étais seul dans la *sala* qui me rappelait mon cher papa... Avant de m'asseoir, je pris soin de regarder autour de moi. Devant moi, se trouvait la rivière; à ma gauche mais sur l'autre rive, il y avait l'emplacement de l'ancien marché de Don Téov et à quelques mètres de là, la maison natale de mon grand-père paternel qui avait été détruite dès les premiers jours de la Révolution.

Quelques rares lumières se reflétaient dans l'eau et je pus suivre les vaguelettes qui ondulaient doucement dans la nuit sans vent jusqu'au second méandre sur ma droite. De ce côté-là au contraire, le chantier était bien éclairé et les bruits de pioche étaient dominés par le martèlement des chants révolutionnaires que j'exécrais.

Je repensai alors à mon école. Comme j'aimerais y retourner pour apprendre à connaître davantage le monde! Quelle chance ce serait! Ah, si seulement j'étais libre! Mais avant d'être libre, il fallait que je mange à ma faim et mon estomac ce soir n'arrêtait pas de sonner.

Le soleil n'était pas encore levé quand le gong de la pagode retentit. Je rejoignis en vitesse mes camarades et tâtai doucement leurs corps pour voir s'ils n'étaient pas encore morts. Mon regard se posa alors sur le visage sou-

---

1. Sorte de cabane réservée aux voyageurs qu'on trouve au bord des routes ou près des pagodes.

riant de Bouddha que je distinguais à peine dans l'obscurité. Depuis combien de temps avais-je été privé d'un tel visage ? Autour de moi en effet, je ne voyais que des airs féroces ou des figures privées de toute chaleur humaine.

L'air frais du matin me fit frissonner mais il fallait rester en rang dehors pour être comptés, avant de partir. Le chef appela tous les prénoms qui étaient sur sa liste. Quand vint mon tour, il se dirigea vers moi et me dit d'un ton sec :

– Enlève-moi cette chemise sale, raccommodée et pleine de trous. Tu te moques de nous ! C'est une insulte à la Révolution ! Tout à l'heure au chantier, nous serons sûrement critiqués à cause de ta chemise et ne me dis pas que c'est la seule que tu as !

– Camarade frère, répondis-je, c'est la seule que je possède. Les autres sont tellement usées à force de rester dans la boue que j'ai été obligé de les jeter.

Le chef ne dit rien et appela un de ses collègues pour lui demander quels étaient ceux qui avaient eu les chemises des morts de la nuit.

– C'est trop tard, répondit le soldat. J'en ai donné une à camarade... Je ne me rappelle plus son nom !

Cette réponse me soulagea. Je dois avouer en effet très honnêtement que je n'aimais pas porter des vêtements qui n'étaient pas à moi, encore moins ceux de mes camarades qui étaient morts sous mes yeux. De plus, ces chemises étaient pleines de taches de pus qui attiraient sans cesse des nuages de mouches. Il est vrai que celle que je portais était très usée mais au moins elle était propre et elle m'appartenait.

Le chef parut mécontent et il déclara à un autre soldat :

– Vous n'allez pas me dire qu'il n'y a pas un seul mort ce matin ?

– Non, camarade, mais les autres chemises sont pires que celle qu'il a sur lui.

Cette fois, le chef ne dit plus rien. Il regarda sa liste et continua l'appel.

Dans les images de mes livres d'enfant qui représentaient des barrages, on voyait des montagnes qui retenaient l'eau grâce à la force hydraulique. Mais le barrage de Salataorne se trouvait dans une région plate et on était obligé d'apporter de la terre des environs pour le construire – non seulement de la terre mais des blocs de maisons de toute la commune. Cette manière de construire le barrage me mit hors de moi dès le premier jour, mais avec les Khmers rouges, mieux valait ne pas poser de questions!

Vers la fin de l'année, il tombait souvent de grosses pluies qui détruisaient facilement le barrage et il fallait recommencer le lendemain le travail de la veille. A chaque nouveau dégât, le chef criait que la force révolutionnaire finirait par vaincre la nature.

Je travaillais ici comme transporteur de terre de 7 heures à 12 h 30 le matin et de 13 heures à 19 heures le soir. J'avais une heure avant le dîner pour me laver, avant de commencer le travail de nuit, de 20 heures à minuit. Venait ensuite la réunion d'autocritique que les chefs faisaient durer le temps qu'ils voulaient et qui se terminait en général vers 2 heures du matin.

En ce qui concerne la nourriture, nous avions un bol de potage de riz à midi et le soir, ce qui était très peu par rapport aux efforts que nous fournissions pendant la journée. Le premier jour, j'eus du mal à tenir le coup et le cinquième jour, il fallait me pousser pour que j'arrive à vider mes paniers remplis de terre dans la rivière, sur le barrage. Le garde rouge qui nous surveillait était un garçon cruel qui se servait souvent de son fouet.

De la commune qui dominait la rivière jusqu'au barrage, il y avait à peu près 300 mètres à parcourir mais le chemin n'était pas plat et il y avait beaucoup de pentes à monter et à descendre. Quand il s'agissait de monter, je n'avais plus de forces, premièrement parce que mes paniers de terre étaient trop lourds, deuxièmement parce que l'escalier était étroit et glissant, troisièmement parce que je tremblais de faim. Une fois en haut de la pente, il fallait redescendre. Je pouvais aller plus vite mais mes pieds ne savaient pas freiner et mes genoux se dérobaient. En tombant, je renversais les deux paniers... Le garde attendait ce moment pour se précipiter sur moi et me fouetter de toutes ses forces. Honteux d'être ainsi battu devant tout le monde, je me relevais péniblement en serrant les dents, je ramassais en vitesse les mottes de terre et je poursuivais mon chemin. J'étais tellement en colère sur le coup que j'avais envie de dire ce que je pensais au soldat, mais la phrase que j'avais dite au Bouddha me revenait : « La fin de ce régime est peut-être pour bientôt. » Je préférais alors m'armer de patience. Personnellement, j'acceptais de faire n'importe quel travail mais à condition de n'être jamais battu et méprisé.

Juste de l'autre côté de la rivière, se trouvait Don Téov où habitaient ma sœur et mes frères. A cette époque de l'année, le repiquage du riz était terminé et ils devaient sûrement être en train de fabriquer des nattes avec des papyrus et de planter des légumes dans le jardin potager de la commune. Leur travail était par conséquent moins dur et ils mangeaient mieux que moi.

Un soir où je me lavais, j'aperçus un bananier qui flottait sur la rivière, retenu contre le courant par quelques branches de bambou. Je nageai jusqu'à lui et réussis à le bloquer complètement. J'eus du mal à m'endormir après la réunion. Je cherchais en effet un moyen d'atteindre la rivière et je me demandais si le bananier y était toujours. S'il n'était plus là, je serais incapable de traverser la rivière par mes seules forces. Je savais pourtant nager mais maintenant, je ne pouvais plus faire que quelques mètres. Mon but était d'aller voir ma sœur et de lui demander si elle avait quelque chose à manger.

Quelques instants après, lorsque les jeunes gardes eurent accroché leurs hamacs dans les arbres pour dormir, je me levai et sautai par la fenêtre qui était au fond du couloir. Quand j'arrivai dans l'allée centrale, il y eut un fort courant d'air et j'entendis une voix. Sans chercher à savoir d'où elle venait parce que j'avais trop peur, je tournai immédiatement à gauche, en direction d'un magnifique cimetière où reposaient de riches Chinois. Là, je pouvais toujours me cacher derrière une tombe et gagner petit à petit la rivière

Ma peur diminua et mon espoir se remit à briller quand je vis que le bananier était toujours là. Avant de traverser, je jetai un coup d'œil d'une berge à l'autre pour voir si les sentinelles étaient à leur poste. Il n'y avait personne, pas la moindre lumière. Je rentrai alors dans l'eau. Sans le bananier, je crois que je serais sûrement mort de fatigue car la traversée était assez longue. Dès que j'eus posé le pied sur l'autre rive, je dus chercher un endroit pour cacher le bananier alors que j'étais pressé de partir. Dieu merci, il y avait un coin de brousse qui fit très bien l'affaire.

Le calme régnait sur Don Téov mais dans les rues, les gardes rouges étaient toujours là, en train d'écouter de la musique révolutionnaire, de fumer, de faire du vélo, de boire du jus de palme ou de tuer des oiseaux nocturnes avec leurs fourches.

Je connaissais bien le village qui était pour moi ma « forêt de caca » [1]. Aussi, au lieu de prendre la route normale, je passai par les champs de cannes à sucre. Ma sœur et mes frères logeaient toujours dans la maison où j'étais resté quelque temps avant d'aller labourer la bananeraie. Plusieurs mois s'étaient écoulés mais rien n'avait changé dans le village, excepté quelques maisons qui s'étaient vidées suite au déménagement récent de la population.

Je frappai à la porte et attendis un moment avant d'entendre une voix qui était celle de ma sœur.

– Qui est là ?

– C'est moi ! Ouvre-moi, vite ! Les gardes rouges vont arriver.

Quand la porte s'ouvrit, je vis ma sœur qui tenait un long couteau dans la main droite et une hache dans la

---

1. Expression cambodgienne imagée qui signifie que l'on connaît très bien le lieu dont on parle.

main gauche. Cela faisait longtemps que de tels instruments – couteaux, haches, ciseaux, etc. – avaient été confisqués mais ma sœur, elle, tenait absolument à les garder et à les cacher. Au départ, je ne compris pas son attitude mais elle ne voulut rien me dire tant que la porte ne serait pas bien fermée.

Il faisait très sombre à l'intérieur mais on n'avait rien pour s'éclairer. Sany était absent cette nuit-là car il était dans le groupe des petits garçons. Il n'y avait que mon plus jeune frère. Heureusement que Eng était là pour s'occuper de lui!

– Pourquoi viens-tu si tard? demanda ma sœur. Tu sais, tu m'as fait peur! Même dans le noir, on voit que ton visage est pointu et tu es tellement maigre qu'on dirait un fantôme. Fait très attention, la prochaine fois que tu traverseras la rivière car les soldats tirent sur tout ce qui bouge. Il est strictement interdit de traverser la rivière!

– Je sais, répondis-je, mais j'ai tellement faim! Si tu savais comme j'ai faim!

Elle sortit alors deux morceaux de patate qu'elle avait cachés sous son lit pour mon plus jeune frère.

– Mange-les, dit-elle, cela te donnera des forces. Tu me fais tellement pitié! Jamais je n'aurais imaginé que tu deviennes un jour si maigre. Je te plains et j'aimerais bien te donner davantage mais c'est tout ce que j'ai. Je n'ai même pas de sel et encore moins de sucre. Cela fait très longtemps que le gouvernement ne nous a pas donné de sel. Parfois, mes camarades de travail m'en donnent un petit morceau pas plus grand que le pouce. Je le pile alors avec du piment pour que cela dure plus longtemps, sinon tes frères et moi le mangeons comme si c'était un bonbon.

J'avalai en une bouchée les deux morceaux de patate et j'eus l'impression de n'avoir rien mangé.

– Tu sais, dis-je à ma sœur, je risque souvent de venir te demander quelque chose à manger. Si tu as quelque chose en plus, mets-le de côté pour moi s'il te plaît car j'ai trop faim! Si jamais tu vois des écorces de manioc, ramasse-les pour moi. On peut les manger!

– Ne t'inquiète pas, je vais me débrouiller pour te trouver quelque chose. Mais fais attention quand tu traverses la rivière! La prochaine fois que j'entendrai taper à la porte, je saurai que c'est toi et je n'aurai plus peur. Maintenant, il faut que je réponde à ta question de tout à l'heure. En ce moment, l'*angkar* oblige toutes les jeunes filles du village à épouser les Khmers rouges qui sont des blessés de guerre. Ils sont vieux et il y a de tout : des manchots, des borgnes, des sans-pieds, des sans-mains, etc. Ces gens-là ne savent ni lire ni écrire. Ce sont des communistes qui ont accepté de servir aveuglément ce régime d'imbéciles. Beaucoup de jeunes filles se sont suicidées avant ou après le mariage et quand je parle de mariage, il s'agit simplement d'une poignée de main devant le chef! En général, c'est la nuit qu'ils viennent les chercher. C'est pour cela que j'ai très peur. Je sais déjà que je n'accepterai jamais qu'on vienne me chercher de force pour une raison quelconque. Si c'est le cas, soit je le tue, soit on me tue, mais jamais je n'accepterai d'être forcée, encore moins de me suicider. Comme tu as pu le voir, je garde ce couteau et cette hache que je cache tant bien que mal.

J'étais profondément touché par ce que venait de me révéler ma sœur. Elle était vraiment à plaindre et je regrettais que les circonstances ne me permettent pas de rester auprès d'elle pour qu'elle se sente plus en sécurité. Personnellement, je n'avais rien contre ces Khmers rouges blessés (peu importe leur conception morale) qui méritaient d'aimer et d'être aimés comme les autres. En revanche, j'étais tout à fait opposé à l'idée du mariage forcé. Chacun de nous est libre de se comporter et libre de choisir la personne avec qui il veut vivre.

Sans nous préoccuper de savoir si les murs avaient des oreilles, la conversation dura longtemps entre ma sœur et moi. Je ne retournai à la pagode qu'avant l'aube et le retour fut plus difficile car je devais nager avec un seul bras pour ne pas mouiller mes habits que je tenais dans l'autre main sinon je me serais fait remarquer.

Quelques jours passèrent au cours desquels beaucoup de mes camarades disparurent. Quant à moi, j'étais chaque jour de plus en plus faible. Je tentai plusieurs fois de traverser la rivière mais elle était strictement surveillée.

Vers midi, au moment où les chefs étaient en train de déjeuner, je me promenais près de la rivière pour ramasser les petits poissons qui flottaient sur l'eau. Je les enveloppais dans une feuille de bananier et je les jetais dans le feu. Ils cuisaient en quelques minutes mais gardaient toujours une mauvaise odeur. J'avais si faim que je n'y faisais même pas attention et je les dévorais en pensant : « Cela pourrait être mieux, mais par rapport aux vers, ce n'est déjà pas si mal. »

Un jour où je continuais mes investigations du côté de la rivière, une grand-mère s'approcha de moi, la bouche édentée pleine de salive rouge, et elle m'adressa la parole :

– *A touch* [1], j'ai entendu dire que bientôt nous allions pouvoir manger de la soupe chinoise au marché. Il paraît que notre pays est envahi et que la guerre est très proche. Es-tu au courant de ces bonnes nouvelles ?

Plus tard, quand je relus l'histoire de l'invasion du Cambodge par les troupes vietnamiennes, je me rendis compte que le jour où la grand-mère m'avait posé cette question coïncidait avec la fin de l'année 1978, autrement dit avec le moment où les soldats vietnamiens pénétraient dans les régions du Sud-Est du Cambodge qui touchaient la frontière vietnamienne.

Il me semblait avoir vu cette grand-mère quelque part. Je réfléchis un instant et son visage me fut tout d'un coup familier. Oui, je l'avais vue dans le grand hangar communal qui se trouvait à la sortie de la porte sud de la pagode : elle était en train de garder les enfants des

1. « Mon petit. »

chefs. Les bonnes nouvelles qu'elle venait de me livrer me faisaient très plaisir, mais je dissimulais ma joie car cette femme ne m'inspirait pas confiance. Premièrement, elle était loin d'être maigre et deuxièmement, dans cette période où tout le monde mourait de faim, elle avait encore du bétel dans la bouche – luxe dont on pouvait se passer. Sa question me laissa beaucoup de doutes et je me demandai si on ne l'avait pas chargée de venir m'espionner. Au fond de moi-même, j'avais envie de lui dire : « Oh, vous savez! J'entends tellement de choses mais rien n'a changé jusqu'à maintenant. » Mais j'étais sûr que si je lui disais cela, elle me poserait d'autres questions. Aussi je lui répondis :

– Je cherche à manger pour avoir la force de transporter la terre. Vous savez grand-mère, avant de mourir vous et moi, nous souhaitons de tout cœur voir la prospérité promise par la Révolution. Espérons que cela arrivera un jour!

Sans rien dire, la grand-mère disparut tout d'un coup, comme une fée de mes livres d'enfant.

Après son départ, je me réjouis tout seul de ces bonnes nouvelles : « Mon Dieu! Si ce qu'elle vient de me raconter était vrai! Dans ce cas, la première chose que je ferais serait de cuire une grande marmite de riz que je mangerais rien qu'avec du sel. Si cela pouvait se réaliser, comme je serais content! »

Ce jour-là, je ne trouvai aucun poisson mais j'étais moins triste que les autres jours. L'après-midi, pendant le travail, je me sentis si faible que je tombai trois fois de suite. Le chef me fouetta mais la douleur me parut supportable car mon cœur était rempli de joie.

Le soir, après la réunion commune, j'entendis mes camarades discuter de ces rumeurs. Quand les gardes rouges s'approchaient, ils se taisaient mais la discussion reprenait dès qu'ils étaient partis. Le fait de les entendre parler de quelque chose qui était défendu – et alors qu'on n'avait pas le droit de parler – me donnait très envie de me mêler à leur conversation, mais une sorte de peur m'en empêchait. Finalement, je calmai ma curiosité en me raisonnant moi-même : « Je sais bien que tu as très envie de parler, mais calme-toi. Ce n'est pas le moment. La situation est peut-être en train de changer et peut-être seras-tu libre de parler dans un proche avenir. Mais en attendant, n'ouvre absolument pas la bouche. Dans le pire des cas, tu ne participeras à aucune discussion tant que les Khmers rouges sont là. En attendant, aie confiance car c'est la confiance qui te fera dire plus tard que tu as bien fait de te taire. »

Quelques jours après, les jeunes gardes rassemblèrent tous les groupes de travail. Lorsque tout le monde fut là, un chef haut gradé se leva au milieu de la foule silencieuse et commença son discours. Comme toujours, il parla de la puissance révolutionnaire, de l'accélération de la production des céréales, insulta les impérialistes et les ennemis du gouvernement, etc. Mais, chose étrange cette fois-ci, il faisait allusion à une campagne anti-vietnamienne et ne disait que du mal du Viêt-nam. Ce langage ne laissa pas de m'étonner d'une part parce que c'était la première fois que j'entendais parler du Viêt-nam, d'autre part parce que ce pays qui était voisin du nôtre et qui avait apparemment le même régime que nous était très violemment critiqué.

Le chef poursuivit son discours mais je prêtai moins attention à ce qu'il disait maintenant car outre ma surprise et mon étonnement, je me sentis envahir par un espoir réel et immense : peut-être allait-on assister prochainement à la chute de ce régime !

Je continuais cependant à faire comme si de rien n'était et enfouis mon espoir au fond de moi. Quand il fallait lever le poing vers le ciel ou applaudir, je me contentais d'imiter les autres. Juste avant de terminer, le chef prononça un mot dont j'ignorais le sens à l'époque : « KBG ». Il disait que parmi nous se cachaient beaucoup d'espions du KBG mais que l'*angkar* ne les laisserait pas s'échapper facilement. A peine eut-il achevé sa phrase que les gardes rouges désignèrent dans la foule ceux qui avaient parlé des rumeurs colportées par le vent. J'eus peur tout d'un coup d'être entraîné dans le flot des arrestations. Heureusement, il cessa au bout de quelques instants. Lorsque tous les coupables furent sur la tribune, les soldats les ligotèrent et les forcèrent à redresser la tête pour montrer à la foule les vrais visages du KGB. Ils leur mirent ensuite un bandeau sur les yeux et les emmenèrent.

On n'eut même pas le temps de se demander où ils allaient : les gens furent immédiatement dispersés et contraints à reprendre leur travail normalement comme si rien ne s'était passé. Cet événement m'avait cependant persuadé que les choses étaient en train de changer mais que les Khmers rouges ne voulaient rien nous dire.

Nous étions à quelques jours du 31 décembre 1978. En cette période très troublée, mon état de santé changea brusquement : je perdais presque tous mes cheveux, j'avais des conjonctivites, mes dents saignaient sans arrêt et j'étais torturé par la dysenterie. La nuit, j'ôtais le seul pantalon que j'avais pour mettre sous mes fesses des feuilles de bananier mortes qui absorbaient les liquides jaunes ou rouges qui sortaient de mon corps. Je gardais à mon chevet une gamelle d'eau pour enlever le pus de mes yeux car je me réveillais souvent la nuit en étant incapable de soulever mes paupières.

Malgré mon extrême faiblesse, je préférais aller travailler plutôt que rester sur place avec mes camarades malades. Car sentir l'affreuse odeur de la mort et la regarder se peindre sur les visages faisait surgir en moi un désespoir sans nom qui me faisait frissonner. Le réveil m'était ce qu'il y avait de plus pénible. Il fallait que je me tienne à quelque chose pour pouvoir rester debout mais quand je me redressais, j'étais pris de vertiges. Chaque pas me demandait énormément d'efforts et, parfois, j'avais beau concentrer toutes mes forces, je n'arrivais pas à avancer.

Il suffisait d'une nuit pour que mon bassin (partie de

mon corps la plus touchée) devienne rouge et gonflé. Comme on disposait de très peu de temps pour faire sa toilette, je rejoignais les rangs avec beaucoup de retard. Quelques gardes me comprenaient et ne disaient rien; les autres faisaient semblant de me fouetter, sans être brutaux et méchants. Chaque fois que je tombais, ils accouraient vers moi, prêts à me battre, mais à la vue du sang que je perdais et qui s'écoulait le long de mes mollets, ils laissaient retomber leur fouet et disaient :

– Lève-toi! Il faut que tu te soignes.

– Camarades frères, laissez-moi me reposer un peu. Je me lèverai dès que j'aurai moins froid et que je tremblerai moins. (Je n'étais pas le seul dans cet état. Beaucoup de mes camarades tombaient pendant le travail.)

J'avais montré au gouvernement que je faisais des efforts et les gardes rouges ainsi que les chefs se montrèrent pour une fois très compréhensifs. On m'autorisa à regagner ma place et je pus me reposer.

En général, quand je retournais à ma place, il faisait assez clair et je profitais de ce moment pour discuter avec mes voisins malades, du moins avec ceux qui pouvaient encore parler. L'un d'entre eux s'appelait Xiaohoa. C'était un jeune Chinois de mon âge qui parlait couramment le foukien [1]. Ce soir-là, je l'aidais à manger son bol de potage et il me dit tristement en pleurant :

– J'ai de plus en plus de mal à respirer et je vois de moins en moins. J'ai bien peur de ne pas pouvoir manger le riz de la prochaine récolte.

Ses paroles m'affligèrent profondément mais je m'efforçai de rester calme. Avant de lui répondre, je m'assurai que les gardes rouges n'étaient pas là et je lui dit :

– Ne pense pas à cela. Ce qui compte, c'est que tu gardes espoir. Personne n'est sûr de pouvoir manger le riz de la prochaine récolte! (Je lui parlais également en foukien.)

---

1. Voir note p. 205.

– As-tu un peu de sucre sur toi ?

– Mon pauvre ami, cela fait des décennies que je n'ai pas senti le goût du sucre. Mais dès que j'en aurai, je penserai à toi. Et maintenant, tâche de finir ce bol de potage.

Il avait faim mais avait perdu l'appétit. Le désir de vivre était très fort chez lui et pour aller jusqu'au bout de son désir, il se força à avaler son potage. En voyant sa figure, on aurait dit qu'il avalait du poison.

Nous parlâmes de beaucoup de choses ce soir-là : de nourriture, de notre famille qui nous manquait, et de notre maison en ville.

Il faisait déjà nuit. Notre conversation s'interrompit à l'entrée des fossoyeurs qui venaient chercher les morts. Ces derniers étaient des gens comme nous qui, parce qu'ils voulaient manger à leur faim, se montraient aussi cruels et inhumains que les Khmers rouges.

CHAPITRE XVIII

La fin du cauchemar ?

Un matin du début de l'année 1979 (je ne me rappelle plus quel jour exactement mais c'était sans doute avant le 5 janvier), nous ne partîmes pas travailler car les chefs étaient tous partis en réunion. Une heure, deux heures s'écoulèrent sans que personne ne bouge et il était bien 9 heures passées quand les groupes furent dispersés. Je regagnai aussitôt ma place sans poser de questions.

Depuis quelque temps, mes yeux me faisaient moins mal grâce au jus des feuilles de kapokier que j'utilisais pour les soigner. Aussi, accoudé au rebord d'une fenêtre, je pus observer les changements qui s'opéraient dans la nature depuis que la pluie avait été remplacée par le vent du nord. Mon regard était attiré ce matin-là par les tombes magnifiques des riches Chinois qui étaient parsemées de feuilles mortes. En recouvrant ces pierres intactes depuis des siècles, ces feuilles jaunes donnaient l'impression que la mort n'était qu'un repos éternel plein de joie, privé des soucis quotidiens. Je trouvai alors injuste que les Khmers rouges jettent les morts dans des fosses communes et cette pensée me révolta, venant bousculer la paix que j'éprouvais en contemplant ces tombes.

Soudain, un bruit d'explosion fit trembler le mur du temple et une pluie de tuiles rouges tomba en rafale. Heureusement, personne ne fut blessé. Un bombardement avait dû se produire quelque part mais pour l'instant, nous n'osions pas poser de questions. En regardant le visage de mes camarades, je compris qu'au fond de leur cœur quelque chose de rarissime venait de naître : l'explosion d'une joie cachée.

Je me souviens très bien de cet instant : j'étais si heureux d'avoir entendu ce bruit qui était pour moi l'annonce d'un prochain soulagement! Cependant, qui avait provoqué cette explosion et pour quelle raison? Quel était le but de cette opération? Je ne cherchais pas à comprendre et mon corps tout entier tremblait de joie. Soudain, un frisson de froid me parcourut et j'eus tout d'un coup envie d'aller aux toilettes. J'essayai de me maîtriser et pour ne pas me faire remarquer, je me mis à ramasser les tuiles éparpillées. A peine venais-je de me pencher que les chefs accoururent, l'air affolés :

– Allez, au travail! Qui vous a donné l'ordre de rester ici?

Le soleil était déjà assez haut quand je commençai à transporter mes paniers de terre. Malgré la chaleur, il faisait assez froid ce jour-là et je tremblais comme d'habitude, mais mon cœur était chaud d'émotion. Tandis que je soulevais mes paniers, une multitude de rêves se bousculaient dans ma tête : les soldats de l'ONU allaient peut-être venir nous libérer, comme avait dit ma sœur aînée? Je mangerais bientôt à ma faim et je retournerais bientôt chez moi, en ville? Il y aurait à nouveau des marchés où je pourrais acheter tout ce que je voulais?...

Midi arriva très vite. J'espérais avoir une ration plus consistante mais non, rien n'avait changé. Après avoir fini de manger, je me mis à l'ombre du grand banian pour me reposer un peu. En même temps, je passai la main dans mes cheveux pour faire tomber les poux sur la feuille de bananier que j'avais préalablement étalée sur mes cuisses. Comme cela faisait quatre ans que je n'avais pas fait de shampooing, mes cheveux étaient très gras et très poussiéreux. Aussi, les poux ne tombaient pas facilement et ils continuaient à s'accrocher aux mèches.

Lorsque le soleil dépassa le sommet de l'arbre et

déclina vers l'ouest, je sus qu'il était l'heure où je devais me remettre en route. Je marchais assez lentement (comme j'étais très maigre, mes genoux frottaient l'un contre l'autre et cela me faisait très mal) et pour éviter d'être fouetté, je partais en avance sur le chantier. Le moment de reprendre le travail était arrivé mais pour la première fois, le gong ne sonna pas. Tant mieux, je pouvais me reposer!

Au loin, j'aperçus un nuage de poussière qui se rapprochait en grossissant de plus en plus. C'était un convoi de charrettes à bœufs qui transportaient de la nourriture, des enfants et des femmes vêtus de noir, escortés par des hommes ou des gardes rouges armés. Ils avaient l'air très pressés et regardaient droit devant eux. Bientôt, je ne vis plus rien à cause de la poussière et j'entendis seulement pendant un long moment les hennissements des chevaux et les grincements des charrettes.

Curieux comme j'étais, je me hasardai à interroger un jeune soldat qui passait près de moi :

– Camarade frère, je sais bien que je n'ai pas le droit de vous parler mais permettez-moi de vous poser une question : où se dirigent ces camarades frères et sœurs? il s'agit peut-être d'une grande fête révolutionnaire, je suppose.

Le soldat me regarda d'abord d'un air rude, puis il se détendit et son visage s'éclaira d'un mince sourire. Il regarda autour de lui avant de répondre d'une voix plus humaine que je croyais :

– Ces frères et sœurs reviennent d'une pêche au lac de Tonlé Sap qui a duré quelque temps. Tu vois bien que leurs charrettes sont pleines de poissons séchés!

– Vous avez raison, je n'avais pas fait attention, répliquai-je.

Le jeune garde passa son chemin mais je ne crus pas un seul mot de ce qu'il venait de dire. Pour moi, les gens que j'avais vus étaient en train de fuir. Mais vers où et pourquoi? Je n'en savais rien.

Lorsque le convoi fut passé, le gong sonna et le travail

reprit normalement mais il était déjà assez tard. Devant moi, beaucoup de camarades tendaient leur panier pour qu'ils soient remplis par ceux qui tenaient les pioches. Comme j'étais le dernier arrivé, je devais faire la queue. Soudain, un bruit dans le ciel me fit lever la tête et je vis un avion qui volait à très basse altitude vers l'ouest. Je suivis sa trace jusqu'au bout et, tout d'un coup, il lâcha une bombe qui explosa dans la plaine.

Malgré l'interdiction de parler, nous ne pûmes nous empêcher de crier mais les chefs, énervés, nous ordonnèrent de nous cacher. Aussitôt, tout le monde s'accroupit par terre. Cependant, nous suivions toujours l'avion qui fit plusieurs allers et retours avant de disparaître définitivement vers l'ouest.

Dorénavant, personne ne pouvait plus raconter de mensonges. La grand-mère avait raison, le pays était envahi. Mais par qui ? Pour l'instant, je n'en savais rien et je n'étais sûr que d'une chose : le prochain régime, quel qu'il soit, ne serait pas aussi cruel et inhumain que celui que nous étions en train de subir et qui était sur le point de s'effondrer. Mon Dieu, ce régime allait peut-être finir ! C'est alors que me revint en mémoire la prière que j'avais adressée à Bouddha. J'étais heureux ce jour-là et je me sentais plein de joie et d'espoir. Le rythme du travail n'était plus le même, on pouvait s'asseoir quand on était fatigué : les gardes rouges ne nous fouettaient plus. Je sus plus tard que c'était mon dernier jour de travail sous le régime khmer rouge.

Ce soir-là, on ne m'autorisa pas à rejoindre ma couche bien que je perde encore du sang. Tout le monde en effet devait assister à une réunion très importante qui commençait après le coucher du soleil. (C'était la dernière réunion à laquelle j'assistais depuis le 1er mai 1975 mais sur le moment, je ne le savais pas sinon j'aurais craché et juré pour que cela ne se reproduise plus.) Comme chaque fois, les chefs montèrent à tour de rôle à la tribune pour faire leurs discours. L'un d'entre eux me parut tellement drôle et intéressant que je le retins par cœur :

« Chers camarades de la même patrie bien-aimée, il est inutile de vous répéter que vous avez toujours défendu avec courage la Révolution mais je tiens à vous annoncer ce soir que notre pays est envahi par le Viêt-nam, ce pays où rien ne pousse. Les Vietnamiens sont des voleurs et des bandits, leurs femmes sont des prostituées et leurs enfants ramassent des ordures pour vivre. (Au milieu de la foule, je me cachai pour ne pas rire. Même des fous n'auraient pas cru des choses pareilles! Il nous prenait vraiment pour des imbéciles.) Notre pays est riche, c'est pour cela qu'ils nous envahissent. Mais soyez rassurés, camarades, ils ne nous auront pas! Nous lutterons jusqu'aux dernières gouttes de notre sang. Vive la Révolution! Mort aux Vietnamiens! »

J'avais sursauté en apprenant que c'était le Viêt-nam qui nous envahissait car je n'avais pas du tout pensé à ce pays qui avait pratiquement le même régime politique que le Cambodge. Personnellement, je pensais que les événements des jours derniers avaient été provoqués par un pays capitaliste qui avait un régime politique démocratique comme la Thaïlande. Le fait d'apprendre la vérité n'entamait pas la joie que j'éprouvais car je me disais que parmi les méchants, il y en avait toujours de moins méchants et que parmi les cruels, il y en avait toujours de moins cruels. Le Viêt-nam avait beau être un pays communiste, je pourrais peut-être quand même manger à ma faim.

Après ce discours, chacun de nous dut monter à la tribune pour témoigner son attachement à l'*angkar*. Dénué de tout sentiment révolutionnaire, je me forçai à dire d'un ton convaincu :

– Chers camarades, j'ai décidé de servir la Révolution jusqu'au bout et je lutterai quoiqu'il arrive avec les critiques sincères et amicales de mes camarades et avec le soutien de l'*angkar*. Vive la Révolution du Kampuchéa! Mort au Viêt-nam envahisseur!

Je ne savais pas que ces paroles étaient les dernières que je prononçais sous le régime communiste.

Le chef suprême conclut la réunion en disant :

« L'*angkar* vous aime, il pense toujours à vous et pour vous prouver son amour, voici deux oranges qui vous donneront de la force. »

Voilà maintenant qu'il nous prenait pour des enfants et des imbéciles! Je ne disais rien mais en moi-même, je trouvais que c'était une honte de dire des choses pareilles. J'étais très content de manger ces deux oranges mais ce n'était pas pour cela que ma conception morale allait changer.

Il faisait encore nuit quand j'entendis des bruits de canon, comme si deux troupes étaient en train de s'affronter. J'étais content de sentir que ma liberté était imminente mais en même temps, j'avais peur d'être emmené de force par les Khmers rouges et de m'éloigner à tout jamais de ma sœur et mes frères. Si j'essayais de m'enfuir, il fallait que ce soit sans risques. Alors, que faire ?

A l'approche du jour, les bruits de canon redoublèrent. Au lieu de partir travailler comme d'habitude, les chefs et les soldats nous forcèrent à les suivre. C'était tout à fait ce que j'avais imaginé. Comme avait dit le chef suprême à la réunion de la veille, il fallait lutter « jusqu'aux dernières gouttes de notre sang ». En attendant, ma décision était prise : je devais absolument traverser la rivière pour rejoindre ma famille dans la journée. Mais comment faire ? Seuls les événements qui allaient suivre me le diraient mais il fallait à tout prix que j'atteigne mon but.

Avant de partir, les gardes rouges nous obligèrent à enterrer les morts, ce qui fut vite fait : il suffisait de les transporter et de les jeter dans la fosse commune. Ce qui me serrait le plus le cœur cependant, c'était de voir que le chef voulait abandonner Xiaohoa qui était encore vivant. Cette attitude me parut tellement barbare, sauvage et inhumaine que je ne trouve aujourd'hui aucun mot pour la qualifier. Mes camarades et moi n'étions pas d'accord pour laisser Xiaohoa mais sous les menaces de mort, nous dûmes nous incliner. Heureusement, avant le départ, je réussis à lui serrer la main et je lui dis tristement :

– Je viendrai te voir dès que possible. En attendant, je te laisse de l'eau dans ma gamelle pour que tu puisses boire. Je n'ai pas oublié ma promesse! Dès que j'aurai du sucre, je penserai à toi!

Mon cœur se gonfla quand je vis qu'il gardait ma main dans la sienne sans vouloir la lâcher et, devant ce visage maigre, affamé et agonisant, je ressentis une très grande blessure. D'une voix faible, si faible que je l'entendais à peine, il murmura :

– Ne m'abandonne pas, j'ai peur!

Je le quittais les larmes aux yeux, honteux de mon impuissance.

Nous prîmes la direction de l'est. D'ici jusqu'à la plaine, il y avait une heure de marche. Si je voulais m'enfuir, c'était maintenant que je devais me décider car là où nous étions, je pouvais me cacher facilement grâce aux champs de cannes à sucre, de bétel, d'ananas, aux orangeraies et aux bananeraies. Le sang continuait à couler le long de mes mollets et j'avais terriblement mal au ventre. J'étais obligé de m'arrêter très souvent pour me soulager. Au départ, les soldats me surveillaient à tour de rôle pendant que je faisais mes besoins, mais ces arrêts successifs finirent par leur faire perdre patience (je faisais exprès de les multiplier pour trouver une occasion de m'enfuir). Exaspérés à la fin, ils me dirent :

– Nous partons en avant. Tu n'as qu'à nous rattraper! Mais attention! N'essaie pas de t'enfuir car celui-là (ils montraient leur fusil) court plus vite que toi!

A la vue de leur arme, j'eus un peu peur mais quelque chose au fond de moi-même me dit que si je n'essayais pas maintenant de m'enfuir, ce serait trop tard. Il fallait que je profite de cette occasion qui m'était donnée! Je regardai en direction des soldats : ils étaient déjà assez loin. Alors, sans plus réfléchir, je me mis à courir jusqu'au champ le plus proche. Je restai un instant caché entre les colonnes de bétel puis je me dirigeai vers une plantation de cannes à sucre. Là, je me sentis plus en sécurité car les cannes étaient très serrées et leurs feuilles me dissimulaient complètement. Je repris mon souffle, n'osant pas pénétrer plus en avant, de peur de me perdre. En même temps, je faisais attention au moindre bruit. Un moment passa, rien ne bougeait. Ma peur diminua et je me dis que les soldats voulaient peut-être me laisser une chance. Mais au fond de moi, je n'avais pas tellement confiance.

A travers la plantation, je me dirigeai peu à peu vers l'ouest, en direction de la rivière. Avant de traverser le sentier qui délimitait les cultures, je prenais soin de regarder des deux côtés. Arrivé enfin au bout du champ, je vis de nouveau le toit de la pagode où j'étais le matin. Hésitant un instant, je me décidai à franchir les quelques parcelles de terre qui me séparaient de la rivière. Des coups de fusil déchirèrent à nouveau le silence mais cette fois-ci, ils étaient assez loin. Ce qui m'étonnait beaucoup, c'était de voir que partout où je passais, je ne rencontrais personne.

Comme chaque fois avant de traverser la rivière, je regardai les deux postes de guet : il n'y avait personne. Je sursautai simplement à la vue de quelques cadavres qui flottaient sur l'eau, portés par le courant. Je n'eus pas besoin de trouver un bananier pour la traversée car il y avait plusieurs barques amarrées. Je choisis celle qui me convenait le mieux et je me dépêchai de ramer à toute vitesse pour atteindre l'autre rive.

Quand j'arrivai à la maison où habitaient ma sœur et mes frères, je trouvai la porte fermée. Heureusement, un trou dans la fenêtre me permit de passer mon doigt à l'intérieur et d'ouvrir la porte. Malgré le silence, je me sentais tout à fait en sécurité. Ma peur avait entièrement disparu et laissait place à la faim : il fallait absolument que je trouve quelque chose à manger. Je me souvins alors du couteau que ma sœur avait caché ! Comme la maison n'était pas grande, je n'eus pas de mal à le trouver et je sortis aussitôt par la fenêtre en me dirigeant vers la bananeraie. Chantant et criant à tue-tête, je me mis à choisir le régime de bananes qui me plaisait.

Je me souviens très bien ce jour. Après plusieurs mois

de sécheresse, une pluie fine arrosait la terre assoiffée. J'aimais beaucoup l'odeur de la terre mouillée qui me rappelait une multitude de souvenirs très agréables. Comme j'étais heureux ce jour-là! La situation ne me permettait pas d'affirmer en cette minute que j'étais libre mais je m'en moquais, profitant de cet instant précieux : partout où il y avait de quoi manger, les gardes rouges avaient disparu!

Je n'arrivais pas à soulever le régime de bananes que j'avais coupé et je dus le traîner jusqu'à la maison. Quelques jours auparavant, j'aurais été obligé de tout manger en vitesse pour ne pas attirer l'attention des soldats qui nous surveillaient. Aujourd'hui, ce n'était plus le cas. Aussi, je préférais attendre un peu et faire cuire les bananes. Je mangeai en tout cinq mains de bananes! Pour la première fois depuis bien longtemps, je pus dire enfin que j'étais rassasié. L'après-midi du même jour en effet, je perdis moins de sang et mon mal de ventre diminua. Il suffisait d'une alimentation normale pour que la dysenterie disparaisse.

Midi venait de passer. Le silence fut tout d'un coup rompu par des cris de joie qui venaient de la rue : « La cuisine collective n'existe plus! Maintenant, chacun a sa marmite! » J'appris par la suite que c'étaient les gens du village qui regagnaient la commune après avoir été mobilisés depuis la veille au soir par les Khmers rouges qui leur disaient que le village allait être bombardé par les avions. Le matin cependant, quand les villageois s'étaient réveillés, ils avaient découvert que les Khmers rouges avaient pris la fuite.

Ce fut avec une très grande joie que je retrouvais ma sœur et mes frères qui faisaient partie de cette foule. Quand je les vis approcher de la maison, j'ouvris la porte et courus à leur rencontre.

– Mon Dieu! s'écria ma sœur, comment se fait-il que tu sois déjà ici? Quelle chance, Dieu merci! Je m'inquiétais beaucoup pour toi et je me demandais ce qu'il fallait que je fasse pour que tu sois de nouveau parmi nous. Mais te voilà, enfin!

Tous les chefs khmers rouges étaient partis mais on ne savait pas qui allait les remplacer. Après quelques minutes d'échanges joyeux (je n'osais pas encore dire victorieux car jusqu'à présent, je ne voyais pas de soldats libérateurs), nous partîmes dans les plantations pour chercher de quoi manger. Les champs de cannes à sucre et de bananes qui étaient la veille étroitement surveillés furent immédiatement rasés par la population affamée. Mes frères, ma sœur et moi, nous nous efforcions de cueillir tout ce qui était comestible et vers la fin de la journée, la maison fut remplie de nourriture.

La veille encore, beaucoup de gens mouraient de faim mais aujourd'hui, beaucoup mouraient d'avoir trop mangé. Je me souviens encore de ce jour-là. Je mangeais tellement que mon ventre qui était creux se gonflait; il était tellement dur qu'il semblait sur le point de se fendre. J'avais envie de vomir et j'étais terriblement constipé. Je ne pouvais éliminer que des gouttes de sang qui paraissaient moins rouges cependant. J'essayais en même temps de respirer à fond mais malgré mes efforts, je m'étouffais. Le plus étonnant dans ce genre de situation, c'est que même si le ventre ne peut plus rien recevoir, le désir de manger demeure très fort.

L'après-midi de ce même jour, mon frère Sany et moi découvrîmes un petit cochon aussi gros qu'un épagneul breton qui semblait égaré. Tout de suite une idée nous traversa l'esprit : nous allions l'attraper et le manger. Mais le cochon courait beaucoup plus vite que nous! Heureusement, Sany tombait moins souvent que moi et à nous deux, nous réussîmes à le capturer. La pauvre bête ne cessait de crier. Pour mettre fin à ses cris et pouvoir le manger vite, il fallait le tuer. Mais qui allait s'en charger? Aucun de nous ne voulait le faire. Après un long moment, Sany prit un couteau et l'égorgea.

Ma sœur savait très bien faire la cuisine. Avec ce cochon, du riz et toutes sortes de fruits et de légumes que nous avions pris dans la cuisine collective, elle fit plusieurs plats délicieux. Nous n'avions pas mangé comme cela depuis quatre ans! La veille, j'avais ramassé une nouvelle fois des poissons morts pour survivre et aujourd'hui, à la vue de ces plats, j'étais tout étonné et tout joyeux. Je n'ai jamais réussi à décrire concrètement la sensation de joie de ce jour-là. C'était quelque chose de brillant, de riche, de fier, qui reste encore intimement lié à mon âme chaque fois que je sens l'odeur de la nourriture.

Avant de manger, nous avions étalé les plats sur une petite planche en pensant douloureusement à ceux qui nous étaient chers et qui étaient morts de faim: « Aujourd'hui, nous avons à manger et nous pensons sincèrement à vous. Venez partager ces plats avec nous et qu'une telle chose si inhumaine et cruelle ne se reproduise jamais plus. » Nous n'étions que quatre mais à la fin du repas, nous avions mangé tout le cochon sans en laisser un seul morceau. D'où mes maux de ventre...

Le gong ne sonnait plus pour annoncer la reprise du travail et la nuit arriva brusquement. Pour la première fois, je pouvais dire qu'il n'y avait plus de réunion d'autocritique. Était-ce fini pour toujours? Je ne pouvais encore rien affirmer. Cette nuit-là fut très profonde: nous dormions tous les quatre sans surveillance, dans une paix non garantie mais depuis si longtemps attendue! Pour la première fois, je dormis d'une seule traite sans me réveiller et tâter le corps de mes camarades pour voir s'ils étaient vivants ou morts.

Le lendemain, je me levai de bonne heure en me demandant ce que j'allais faire de cette nouvelle journée. Tandis que ma sœur et mon plus jeune frère restaient à la maison pour s'occuper de ce qui avait été ramassé la veille, Sany et moi suivîmes la foule affamée vers les communes que les Khmers rouges venaient d'abandonner et où on pouvait trouver tout ce qui nous manquait: riz, sel, maïs, etc. Quand nous arrivâmes à Romdoul qui n'était qu'à quelques kilomètres de Battambang, les gens étaient en train de détruire la porte verrouillée d'un grand hangar pour avoir du sucre. Il fallut attendre deux heures avant de pouvoir y pénétrer. Aussitôt, tout le monde se disputa les quelques jarres de sucre qui étaient entreposées. Heureusement, je parvins à remplir tout un casque qui était cabossé. Sous l'ombre d'un grand arbre, Sany et moi sucions nos doigts et nos mains. Pour la première fois depuis longtemps, ma langue reconnaissait ce goût tant désiré! Sany et moi étions collants de la tête aux pieds.

Soudain je pensai à Xiaohoa. Je lui avais promis que je penserais à lui dès que j'aurais du sucre. Maintenant que c'était le cas, je ne pouvais pas continuer à suivre la foule sans respecter mon engagement envers lui. Que devenait-il ? Je ressentis tout d'un coup un choc dans la poitrine et une inquiétude me saisit.

– Il faut absolument qu'on rentre, dis-je à Sany.

– Mais tu as dit ce matin qu'on ne rentrerait que quand on serait chargé!

– Je sais, mais il faut qu'on rentre maintenant. Je t'expliquerai plus tard.

Sany accepta en maugréant. Dès que j'arrivai à la maison, je versai un peu de sucre dans une boîte et je partis en direction de la pagode de Kéov.

Les Khmers rouges étaient déjà partis mais la pagode conservait un air lugubre comme si elle portait leur deuil. Ce n'était plus comme autrefois un lieu où on trouvait une joie spirituelle en communiquant avec Bouddha et les morts. Le plus dur pour moi était de revenir dans ce lieu où j'avais eu faim et où j'avais souffert. Je n'avais pas du tout souhaité le revoir ni y être, mais je ne ne pouvais pas trahir ma conscience en n'accomplissant pas une promesse que j'avais faite à un camarade qui souffrait comme moi, et que j'avais la possibilité de réaliser maintenant. Pour cela donc, il fallait que j'oublie tous les cauchemars que j'avais subis.

Quelques rares lumières s'infiltraient à travers les grandes fenêtres du temple. Le grand Bouddha souriant était toujours là et devant lui, au milieu de la pièce mal éclairée qui sentait encore la sueur, je distinguai quelqu'un d'allongé. Le cœur palpitant, je me forçai à réprimer ma peur et j'avançai vers le corps, certain qu'il s'agissait de Xiaohoa. Hélas, quand je fus tout près de lui, je m'aperçus qu'il ne respirait pas : il était mort. Au fond de moi, je n'étais pas tellement surpris, mais je regrettais d'arriver trop tard. D'habitude, je trouvais toujours quelques mots à dire aux morts mais tout à coup, je me sentis incapable de parler. J'étais tellement las que je ne savais que faire. Un instant s'écoula. Posant alors la boîte de sucre par terre, je me dirigeai vers l'endroit où étaient les paniers et les pioches. Rien n'avait changé, les objets étaient à leur place. Je sortis ensuite dehors pour chercher un endroit où enterrer Xiaohoa. Mais pourquoi prendre la peine de creuser une tombe? J'aurais pu faire comme les Khmers rouges et le jeter dans la fosse commune. Non, jamais je n'aurais pu faire cela! De plus, j'étais libre maintenant et je pouvais agir selon ma conscience. Cette dernière pensée me remplit tout d'un coup d'une force extraordinaire : la force d'un homme libre!

Étant donné que Xiaohoa était chinois, je résolus de l'enterrer à côté des superbes tombes chinoises. Après avoir creusé un trou peu profond, je m'adressai d'un ton ferme aux tombes des riches Chinois : « Je vais enterrer mon ami ici, mais cela ne veut pas dire qu'il sera votre coolie. Il sera libre, c'est moi qui vous le dis! »

Cette manière de penser me rappela ma mère. C'est elle qui m'avait initié à cette mentalité plus ou moins superstitieuse mais très populaire.

Même si je mangeais à ma faim depuis deux jours, j'étais encore incapable de soulever le corps de mon ami. Dès que j'essayais de me relever, je m'effondrais sous le poids du corps. Le seul moyen était que je le traîne par les pieds. Cela me faisait mal au cœur d'agir ainsi mais je ne pouvais pas faire autrement.

Le soleil allait se coucher quand je quittai la pagode pour rentrer à la maison. J'étais triste et je ne pouvais pas manger alors que j'avais faim. Je n'avais pas de fièvre mais mon corps était chaud comme un tronc d'arbre qui garde sa tiédeur après le coucher du soleil.

tournant un jour et j'ai couru vers le corps, certain qu'il s'agissait de [illegible]. Il [illegible] gardé. J'ai tout [illegible] de lui [illegible] [illegible] [illegible] [illegible] [illegible] au fond [illegible] [illegible] [illegible] mais je regrettais [illegible] trop tard. L'habitude [illegible] toujours quelques [illegible]. Du coup, je me sentis [illegible] tellement las que je [illegible] que faire. [illegible] Pourquoi alors le [illegible] de [illegible] et les [illegible] les objets [illegible] place [illegible] chercher [illegible] Mais pourquoi prendre la peine de creuser une tombe ? [illegible] que les Khmers [illegible] dans la fosse commune. Non, [illegible] [illegible] [illegible] Cette dernière [illegible] un coup d'une force extraordinaire [illegible] homme [illegible].

[illegible] que [illegible] je [illegible] de [illegible] Après avoir causé un [illegible] [illegible] [illegible] [illegible] [illegible] Car [illegible] de [illegible] [illegible] qu'il sera votre [illegible] vous le [illegible].

Cette [illegible] ma mère. C'est elle qui m'a [illegible] à cette [illegible] moins [illegible] populaire.

Après [illegible] j'avais faim depuis deux jours. [illegible] le corps du moment [illegible] [illegible] sous le [illegible] que le [illegible] par les [illegible] mais je ne [illegible] pas [illegible].

Le soleil [illegible] quand je quittai la pagode [illegible] à la maison. [illegible] et je ne pouvais pas [illegible] de fièvre mais [illegible] d'arbre qui garde [illegible] après le coucher du soleil.

CHAPITRE XIX

Haines et vengeances

Le troisième jour après le départ des Khmers rouges (c'était la deuxième semaine du mois de janvier 1979), nous fûmes réveillés par les cris de la foule dans la rue. Quand j'ouvris la porte et que je vis ce qui se passait, je compris pourquoi les gens criaient : deux Khmers rouges de la commune de Kdoll venaient d'être capturés. Ils avaient refusé de suivre leur troupe car leurs femmes étaient de la commune. Mais ils avaient commis des actions si cruelles que les gens refusaient de les lâcher – bien que leurs femmes soient du pays. Ils étaient torse nu, ligotés et hués par la foule. Certains, munis de bâtons ou de pioches poussaient des cris de joie ; d'autres leur lançaient toutes sortes d'injures.

J'étais dans la foule avec ma sœur et mes frères, mais tous les quatre, nous restions bouche cousue. Au cœur de ce tumulte matinal, un vieil homme maigre voulut mettre fin à ces cris et éleva la voix :

« Chers amis, dit-il, je vous prie de bien vouloir m'écouter. Écoutez-moi bien, je dis " chers amis " et non pas " camarades " car ce mot est de la merde et jamais plus je ne le prononcerai. Il est inutile de me présenter. Tout le monde ici me connaît. J'ai fait la guerre pour chasser les Thaïs, ensuite je me suis battu contre les *Barang sés* [1].

1. Les Français.

Maintenant, c'est le tour des Khmers rouges! Je suis content de dire pour la première fois ces mots à voix haute : " Khmers rouges ". Chers amis, je dois vous demander votre avis. Qu'allons-nous faire d'eux? »

Les uns dirent qu'il fallait leur faire subir le même sort qu'ils avaient infligé à leurs proches, avant de mourir; les autres proposaient de les faire souffrir le plus longtemps possible, de les faire brûler à petit feu en leur coupant les veines, etc. Entre-temps, une pluie de cailloux s'abattait sur les deux accusés. Ma sœur, mes frères et moi-même écoutions et regardions. Pour dissiper la tension et le désordre qui régnaient, le vieillard reprit la parole :

« Je comprends tout à fait votre désir de vengeance mais avant tout, il faut la décision de nos amis libérateurs. Mes enfants sont partis les chercher et ils ne vont pas tarder. »

Vers 10 heures, quelques soldats venant de Battambang arrivèrent. La couleur de leurs uniformes était excrément de cheval. Ils paraissaient aimables et avenants mais avaient l'air très réservés. A la tête de leur détachement, un soldat brandissait un drapeau rouge portant l'image du temple de Angkor Wat en jaune au milieu. Dès que je vis le drapeau, je me sentis déçu : « Oh non! me dis-je tout bas, rouge = communisme! Bref, à part le chauffeur qui a changé, c'est toujours la même voiture! Que nous réserve l'avenir? »

La foule applaudit à l'arrivée des soldats. Le chef de la délégation, un homme d'une quarantaine d'années environ, réfléchit une seconde pour savoir ce qu'il allait faire des deux Khmers rouges. En attendant le verdict, la foule continuait à crier :

« Ils méritent la mort! Il faut les faire souffrir le plus longtemps possible! Ils doivent payer ce qu'ils ont fait au peuple! »

Le chef leva la main pour faire taire les cris, puis il commença à s'exprimer dans sa propre langue (il y avait un interprète qui traduisait) :

« Chers camarades (j'étais écœuré d'entendre encore ce

mot), nous sommes ici pour libérer le peuple cambodgien de la barbarie sanglante des Khmers rouges et de leur chef Pol Pot. (Surpris d'entendre pour la première fois ce nom, les gens poussèrent des exclamations.) Nous sommes au service du peuple et nous sommes là pour vous écouter et vous aider à résoudre vos problèmes. Il n'y a pas longtemps que nous sommes sur le sol cambodgien et pour l'instant, il est encore trop tôt pour nous de juger ou de condamner ceux ou celles qui vous ont maltraités. Aussi, nous ne pouvons prendre de décision en ce qui concerne cette affaire. C'est à vous de décider. »

De nouveau, il y eut des cris de joie, mais le chef reprit aussitôt :

« Je vous prie de garder le silence car je n'ai pas terminé. Les circonstances actuelles ne nous permettent pas de rester plus longtemps. Il y a encore beaucoup de communes et de régions qui ne sont pas libérées et notre devoir nous appelle auprès d'elles. Avant de vous quitter, je vous souhaite bon courage et bonne chance. »

A peine étaient-ils partis que les cris de haine redoublèrent. La foule obligea les Khmers rouges à se coucher par terre sur le dos et c'est alors que défilèrent les scènes de vengeance les plus horribles. Une femme dont le mari avait été éxécuté écarta tout le monde et vint uriner sur leur tête, une autre dont le mari et les enfants étaient morts à cause de la faim et des tortures, prit une pelle d'excréments humains qu'elle leur fourra dans la bouche. « Pendant quatre ans, dit-elle, notre vie n'a été qu'un enfer ! Toute ma famille a été sauvagement exterminée. Vous n'avez que ce que vous méritez ! »

Les gens assouvissaient leur haine. Les uns les fouettaient avec des cannes à sucre, d'autres leur coupaient la peau avec des couteaux, d'autres encore les aspergeaient avec des fourmilières.

Ma sœur, mes frères et moi regardions ce spectacle avec peur et pitié. Les Khmers rouges avaient beau être méchants et sauvages, jamais nous n'aurions été capables de faire ce que les autres étaient en train de leur faire.

Personnellement, je nourrissais une grande haine envers les Khmers rouges, mais il y avait en moi de la pitié et cette pitié était beaucoup plus forte que la haine.

Lorsque la foule commença à être fatiguée, le vieillard prit de nouveau la parole :

« Je vais les lâcher et courir derrière eux avec mon sabre. Là où je les rattraperai, leur vie prendra fin. »

Ma sœur Eng ne voulut pas regarder et elle rentra en emmenant avec elle notre plus jeune frère. Sany et moi étions beaucoup plus curieux et nous tenions absolument à rester jusqu'au bout. Les deux Khmers rouges furent lâchés, rattrapés et tués quelques instants après par le grand-père qui les coupa en plusieurs morceaux de l'épaule à la hanche.

Pour rétorquer à ces multiples attaques, les Khmers rouges, avant de s'enfuir, avaient caché des mines dans les hangars communaux ou – ce qui était encore plus barbare –, avaient déchiqueté des êtres humains et mis les morceaux dans des jarres en marquant sur le couvercle : NOUS REVIENDRONS.

De semblables scènes de vengeance durèrent jusqu'à la fin de janvier 1979.

Depuis que je voyais des soldats vietnamiens, je pouvais affirmer sans hésiter que le génocide prenait fin. Ma joie était immense mais elle aurait été plus grande encore si le drapeau avait été d'une autre couleur...

TROISIÈME PARTIE

CHAPITRE XX

Une paix précaire

Désormais, la cloche ne sonnait plus pour annoncer l'heure des repas. Chacun s'efforçait de trouver sa nourriture, les uns en continuant à suivre la foule dans les hangars et les plantations éloignées, les autres en se contentant de moissonner les champs aux alentours. Évidemment, il était plus facile de puiser dans les réserves des hangars que de récolter le riz qu'il fallait vanner et décortiquer. Mais ramasser de la nourriture était devenu un véritable danger à cause des mines enterrées par les Khmers rouges avant leur départ.

La peur de ne pas avoir assez provoquait en moi une ambition qui ne cessait de grandir – bien qu'il fût stupide de perdre la vie pour de la nourriture. Aussi, je me bornais à moissonner dans les champs près de chez nous. Mais je n'étais pas le seul et bientôt, il n'y eut plus de riz. Il n'y avait plus que des épis à glaner qui, à leur tour, furent très vite ramassés. Jusqu'à présent, nous mangions à notre faim mais au-delà d'un an, notre réserve de nourriture serait certainement épuisée. Que ferions-nous alors ?

Quelques jours après, vers la troisième semaine de janvier, la ville de Battambang fut de nouveau ouverte à la population. Ce fut avec beaucoup d'émotion que j'y pénétrai : en avril 1975 en effet, nous étions huit personnes à la quitter ; aujourd'hui, nous n'étions que quatre, les autres ne vivaient plus que dans notre cœur...

Battambang avait tout à fait l'allure d'une ville morte. Les maisons étaient pleines d'ordures et de débris de meubles : pieds de tables, portes d'armoires, tiroirs cassés, etc. Les arbres fleuris qui bordaient la maison n'existaient plus ; les Khmers rouges avaient planté à la place des cocotiers et des bananiers. A mesure que nous approchions de notre maison, mon cœur tremblait d'émotion. Je revoyais mentalement ce jour d'avril 1975 où nous l'avions quittée. Sany ne partageait pas mon sentiment. Pour lui, cette journée était une journée comme les autres bien qu'il se souvienne lui aussi de ce jour où nous étions partis.

La voilà, enfin ! J'hésitai un instant avant d'entrer. Elle était sale, poussiéreuse et donnait une impression de peur et d'insécurité. La grande porte d'entrée avait disparu et un coup d'œil suffisait pour apercevoir au fond de la maison la rue de derrière. Dès que j'eus franchi le seuil, je voulus me mettre à la recherche de mes chiens. Mais ils étaient introuvables. Mon coq aussi avait disparu. Il ne restait même pas une seule de ses plumes dans un coin ! Qu'étaient-ils donc tous devenus ? Ils avaient dû mourir probablement, mais comment ? Je préférai ne pas me poser de questions... Lorsque j'eus fait le tour de la maison (j'aurais bien voulu monter au premier étage pour voir les autres chambres mais l'escalier était détruit et il ne restait plus qu'une petite charpente de soutien), je commençais à trier les montagnes d'ordures, espérant trouver quelques reliques du passé. Je tombai tout d'abord sur une photo de mes parents qui avait été prise dans une plantation de pastèques près du Mékong, au Laos, quelques mois après leur mariage. Enfouie sous les détritus, la photo était restée propre et claire. Je remarquai alors au cou de ma mère la chaîne d'or et la breloque en jade que j'avais échangée contre du sucre pour ma sœur aînée, avant sa mort. En continuant à fouiller, je trouvai une feuille du journal de ma sœur aînée. La date avait été rongée par les insectes mais son écriture était encore très lisible. Elle avait écrit en français : « Ce matin, mon frère est allé à Don Téov pour chercher des tiges de patates douces et des branches de manioc. A mi-chemin, son vélo est tombé en panne et il est rentré de mauvaise humeur. » Elle avait fait quelques fautes que mon père avait corrigées en rouge. Le fait de revoir l'écriture de mon père décédé provoqua en moi une grande émotion. J'avais l'impression qu'il était tout près de moi, en train de partager ce que je ressentais.

L'anecdote à laquelle ma sœur faisait allusion me revint alors en mémoire. Effectivement, j'étais allé à Don Téov pour chercher des tiges de patates et des branches de manioc que je voulais planter. Mes parents nous donnaient souvent de l'argent mais pas beaucoup. Si nous voulions en avoir plus, nous devions planter dans le jardin des fruits que nous vendions. Personnellement, je n'avais pas tellement besoin d'argent à l'époque. En revanche, j'éprouvais un réel plaisir à voir mes plantes grandir, fleurir et donner des fruits. En général, je dépensais mon argent en achetant des œufs que je mettais dans ma couveuse artificielle et quelques jours après, j'avais beaucoup de poussins. Quelle joie de les avoir sur mes bras, mes genoux, mes épaules et mon dos! Jamais je n'oublierai ces précieux instants. J'étais libre de faire ce que je voulais une fois que j'avais fini mes devoirs.

La dernière chose que je trouvai fut une page de mon livre de français de 9ᵉ. C'était la première année de l'école primaire où on apprenait le français. Voici ce qui était marqué sur la feuille : « Le halo, la lune, la hache, le képi, la pipe, la fumée. Tonton a un képi. Toto est têtu. Samedi soir, papa a téléphoné à maman. » Quand j'avais lu le texte, je n'avais pas compris le mot « têtu » et mon père m'avait expliqué en cambodgien qu'un homme têtu était quelqu'un qui avait une tête de clou [1].

Tous ces souvenirs, banals autrefois, étaient devenus maintenant précieux et je gardai soigneusement ces bouts de papier pour les relire le jour où je me sentirais trop seul.

Quittant la maison, nous allâmes faire un petit tour en ville. Nous nous arrêtâmes devant un superbe motel qui

1. Expression cambodgienne qui équivaut au « tête de mule » français.

était derrière la maison de l'ambassadeur du Siam. Chose étonnante, il paraissait très propre et il donnait l'impression d'avoir été tout récemment habité. (J'appris par la suite qu'il avait servi de résidence à des experts chinois qui étaient venus travailler au Cambodge à l'époque des Khmers rouges.) Sans hésiter, nous entrâmes. Toutes les chambres du rez-de-chaussée étaient impeccables, les lits bien faits, les baignoires et les lavabos reluisants. Dans les frigidaires, il y avait de la nourriture qui commençait à s'abîmer; Sany et moi n'osions pas y toucher, de peur d'être empoisonnés. Cependant, la première chose que nous fîmes fut de faire couler le robinet de la baignoire et de nous laver. En m'installant confortablement dans la baignoire, je me revis quatre ans plus tôt, en train de marcher sans chaussures dans la plaine épineuse, au milieu des mottes de terre. Je revis le moment où je me lavais le soir, dans un étang plein de sangsues. Pour l'atteindre, il fallait traverser un endroit où se cachaient des souches qui me rentraient dans les plaies. Comme il était facile de s'habituer au confort, après l'enfer que nous venions de vivre! Je pris tout mon temps pour me laver et enlever toutes ces crasses de l'ancien régime qui se vidèrent dans la baignoire du motel. Mon corps était aussi propre qu'une feuille poussiéreuse qui vient d'être nettoyée par la première pluie de l'année.

Laissant de côté la baignoire, nous nous dirigeâmes dans la cour centrale. Quelle ne fut pas notre surprise en découvrant, attaché à un arbre, un gros cochon blanc qui faisait au moins 200 kilos! A qui appartenait-il donc? Sans chercher à savoir, je décidai de l'emmener avec nous. Il était tellement docile qu'il se laissa faire sans difficultés. Comme le marché avait été rouvert depuis seulement quelques jours, la vue du cochon devant la maison attira de nombreux regards. Beaucoup de gens nous proposèrent de l'échanger contre du riz, du sucre ou du pétrole mais je refusai car je tenais absolument à garder le cochon. En outre, même si le marché existait à nouveau, il n'y avait pas d'argent et on utilisait le riz ou l'or comme monnaie de base. On pouvait aussi échanger les produits qu'on possédait contre des produits dont on avait besoin.

Les années ont passé mais je me rappelle très bien le jour où on a tué le cochon. C'est encore Sany qui eut le plus de courage. Il fallu en effet 36 coups de couteau dans la gorge pour que le cochon ne bouge plus, mais celui-là était beaucoup plus gros que le précédent et, même les pieds attachés, il était encore capable de jeter Sany par terre. Finalement, une solution fut trouvée : ma sœur, mon petit frère et moi nous assîmes sur le dos du cochon pendant que Sany l'égorgea. Le sang giclait partout, y compris sur nos cheveux. Je ris maintenant quand j'y pense, mais à l'époque je ne riais pas! Pendant ce temps, ma sœur et moi faisions notre prière au cochon :

« Pardonne-nous de mettre fin à tes jours! Que ta prochaine vie soit meilleure que celle-là! Nous te demandons pardon, que notre prochaine vie ne soit pas vengée par ton esprit! »

Quant à mon petit frère âgé de 4 ans, il riait beaucoup non pas à cause du cochon qu'on était en train de tuer mais parce que le fait de se basculer l'amusait beaucoup.

Une fois tué, le cochon fut coupé en plusieurs morceaux qui furent salés et mis en réserve dans une jarre. Une petite partie de la viande fut échangée contre quelques mètres de tissu avec lesquels ma sœur nous confectionna des vêtements. Nous nous étions enfin débarrassés des guenilles de l'ancien régime et nous avions chacun maintenant une chemise et un pantalon neufs.

L'année précédente à Brin-de-Marmite les gens mouraient à cause de la faim et des tortures. Cette année, beaucoup d'enfants de Don Téov mouraient de la rougeole. Presque tous les enfants de nos voisins étaient atteints et disparaissaient les uns après les autres. Cette méchante fièvre décimait le village tout entier. Jusqu'à présent, nous avions été tous les quatre épargnés mais, très vite, le plus jeune de mes frères fut contaminé. Une forte fièvre le prit, accompagnée de quintes de toux. Ses yeux pleins de larmes étaient toujours rouges, des sécrétions muqueuses coulaient sans arrêt de son nez et il avait le visage gonflé. De plus, il avait la diarrhée, ne mangeait plus et devenait de plus en plus faible. Des taches rouges envahirent d'abord son visage, puis se répandirent sur tout son corps.

Que faire pour enrayer la maladie, à un moment où il était impossible de trouver un comprimé d'aspirine ? Les jeunes de notre âge ne savaient pas comment soigner la rougeole. Il fallait qu'ils demandent conseil auprès des plus âgés. Or beaucoup étaient morts pendant le régime khmer rouge et rares étaient ceux qui étaient encore vivants. Voici cependant les conseils qu'on nous donna : les uns dirent qu'il fallait le baigner plusieurs fois par jour, les autres qu'il fallait l'asperger avec un mélange d'eau et de plantes sauvages. Nous appliquâmes les deux méthodes mais sans succès. L'état de mon petit frère s'aggravait. Il fallait faire vite pour qu'il ne meure pas. Notre peur augmentait en voyant les enfants de nos voisins disparaître, en entendant les pleurs de leurs mères ainsi que les bruits des pioches qui creusaient les tombes. Malgré cela, ma sœur et moi tenions ferme. Nous voulions à tout prix qu'il s'en sorte ! Nous faisions de notre mieux pour tenter de le sauver. Dès que nous croisions quelqu'un, nous lui demandions s'il avait un remède pour guérir la rougeole. Une gentille grand-mère nous dit qu'il fallait boire l'eau qui coulait de la tête d'un chien noir car la rougeole avait très peur des chiens noirs. Mais où trouver des chiens en cette période où même les souris avaient de la peine à se multiplier. Le même jour, une autre grand-mère nous dit :

« Ah, pour guérir la rougeole, c'est très simple ! Demandez à toutes les femmes qui entrent chez vous si elles ont leurs règles. Si c'est le cas, elles ne devront pas franchir le seuil. Vous savez mes enfants, les règles aggravent la rougeole. Toutes les deux en effet vont très bien ensemble, c'est comme les fourmis et le sucre. Savez-vous pourquoi je dis cela ? Parce que les règles sont rouges et la rougeole est rouge également ! »

En entendant cela, j'eus vraiment envie de rire, mais je

fis semblant d'être sérieux et je remerciai la grand-mère. En moi-même cependant, je me disais : « Il faut être fou pour croire ce genre de chose ! » Ma sœur, elle, ne pensait pas tout à fait comme moi. Elle n'avait pas vraiment été convaincue par ce qu'avait dit la grand-mère mais elle pensait qu'il fallait essayer. Depuis quelque temps, nous avions tous les après-midi la visite d'une jeune voisine, Sokunthéa, qui demandait à ma sœur de l'aider à lui chercher les poux. Ce jour-là, elle vint à notre rencontre comme d'habitude et dit dans un grand sourire :

– Quoi de neuf, grande sœur ? Qu'allez-vous faire pour le repas ce soir ? Oh, si vous saviez ce que j'ai vu au marché ce matin !

Elle était encore loin et dès que ma sœur l'aperçut, elle se tourna vers moi et me dit :

– Je vais lui demander si elle a ses règles. Si c'est le cas, elle n'entrera pas.

– Il faut vraiment être idiote pour poser ce genre de question ! répondis-je. Enfin, fais comme tu veux, mais si j'étais toi, je la laisserais entrer normalement !

– Tu n'es pas fou, non ? Si la grand-mère avait raison ? C'est une affaire très sérieuse ! Je ne t'écoute pas et je vais lui demander.

Dès que Sokunthéa fut sur le seuil, ma sœur lui déclara sans hésitation :

– Sokunthéa, j'ai quelque chose à te dire. Mon petit frère a la rougeole et on m'a dit que cela pouvait s'aggraver avec les règles. Aussi, je me permets de te demander si tu as tes règles en ce moment. Si c'est oui, je ne peux pas te laisser entrer. Il faut d'abord qu'il guérisse. Ne m'en veux pas, je te demande cela en toute franchise et sincérité.

Sokunthéa eut l'air vexée mais elle continua à sourire :

– Oh non, je ne vous en veux pas, grande sœur ! Mais en toute honnêteté, je n'ai pas mes règles et je peux vous le prouver. Si jamais je vous racontais des mensonges, que je sois tuée par les foudres de la première pluie !

– Il ne faut pas jurer comme cela, dit ma sœur. C'est bon, je te crois.

Un peu vexée, Sokunthéa accepta d'entrer et la scène habituelle reprit, comme si rien ne s'était passé.

En attendant, mon petit frère n'allait pas mieux. Le lendemain, je rencontrai par hasard une autre grand-mère qui me conseilla une méthode très bizarre :

– Mon pauvre petit, pour cela il faut absolument que tu trouves des excréments d'une veuve, mère de sept enfants, un crapaud et une noix de coco. Tu fais griller l'excrément avec la peau du crapaud jusqu'à ce qu'ils deviennent noirs, aussi noirs que du charbon. Ensuite, tu ajoute le lait de coco, tu mélanges bien et tu attends un moment avant de faire boire ton frère.

– Merci grand-mère, mais savez-vous où je peux trouver les excréments d'une veuve ayant eu sept enfants ?

– Comme tu es naïf ! Il y en a partout dans la brousse ! Ramasse un petit morceau et dis-toi que c'est cela. Dis-le tout haut pour que les esprits soient au courant, eux aussi. Fais comme je te dis et tu verras : dans quelques jours, ton frère pourra courir et cette rougeole ne sera plus qu'un mauvais souvenir ! Pour être sûr de ce que je viens de te dire, fais des croix sur les arbres.

Elle parlait d'une manière très sévère et sincère à la fois, si bien que je me demandais si je devais essayer ou non son remède. Avant toute chose, j'allai me renseigner auprès des mères dont les enfants mouraient ou guérissaient. Les unes me dirent que cette méthode était très efficace, les autres qu'elle était sans effet. Ma sœur et moi avons décidé d'essayer. Je me souviens très bien du jour où on lui donna le médicament. J'étais assis sur les pieds de mon frère et je tenais ses mains pour qu'il ne puisse pas bouger. Pendant ce temps, ma sœur tenait sa tête entre ses genoux. D'une main, elle lui ferma les narines et de l'autre, elle lui versa le liquide noirâtre dans la bouche. Mon frère ne savait pas ce que contenait le médicament mais il réagissait comme si c'était du poison. Il essaya de le recracher mais comme il n'en avait pas la force, il l'avala en suffoquant. Quelques jours plus tard, la fièvre tomba et les taches rouges disparurent. Il retrouvait peu à peu l'appétit et il se mit à courir, exactement comme l'avait dit la grand-mère.

De temps en temps, il nous arrive de raconter à notre petit frère ce qu'il y avait dans le médicament, quand il avait la rougeole. Cela le rend mécontent et il dit que s'il avait su, il aurait tout recraché!

Le temps passa. La nourriture qu'on avait amassée diminua rapidement à cause de notre grand appétit. Depuis quelque temps, ma sœur et moi vendions du poisson. Tous les matins, nous nous levions à l'aube pour aller acheter du poisson que nous revendions. Nous l'achetions avec du riz, dans le but d'obtenir du riz! En général, nous partions avec 15 kilos à peu près de riz non décortiqué et nous rentrions avec 18 ou 20 kilos. Il nous arrivait fréquemment de ne pas vendre tout le poisson dans la journée. Dans ce cas, nous mangions le surplus.

L'après-midi, je semais et plantais. La terre n'appartenait pas plus à l'*angkar* qu'à quiconque. Aussi, chacun pouvait planter tout ce qu'il voulait et cueillir librement les fruits de ses récoltes.

Les Khmers rouges n'avaient pas pu fêter le quatrième anniversaire de leur victoire, le 17 avril 1975. Le mois d'avril arrivait mais plus personne ne pensait à cette date maléfique. Au contraire, tout ce qui avait été interdit pendant les quatres dernières années renaissait, en particulier la fête du Nouvel An khmer et toutes les cérémonies que le peuple organisait quand le Cambodge était encore paisible. Chaque village avait sa danse, sa fête et ses décorations. Les pagodes qui avaient été abandonnées renaissaient avec une décoration extraordinaire qui prouvait l'ardeur d'un peuple religieux et fervent. J'étais ému d'entendre à nouveau la musique traditionnelle khmère durant les nuits de pleine lune et de contempler à nouveau les statues de Bouddha, empreintes de dignité dans leurs toges de safran, qui retrouvaient leur place habituelle dans les pagodes.

A la pagode de Kdoll, tels des fidèles rescapés, nous priions et brûlions des baguettes d'encens pour nos ancêtres ainsi que pour tous ceux qui étaient morts injustement. Je n'étais pas le seul à vivre ces moments d'intense émotion. Beaucoup de gens pleuraient de joie de pouvoir enfin se prosterner devant celui qu'ils adoraient depuis des siècles : le Bouddha.

J'étais encore plus heureux de retrouver les statues qui me rappelaient mes souvenirs d'enfance : le grand lion de la porte Est sur lequel je grimpais pour me faire prendre en photo, le géant qui gardait le temple et entre les pieds duquel je jouais à cache-cache, enfin l'énorme stûpa sur le flanc duquel je me hissais pour essayer d'attraper les nids d'oiseaux inconnus.

Être à la pagode et ne pas visiter les tombes de mes ancêtres était une chose dont j'étais incapable. Je pris le temps d'aller d'une tombe à l'autre. L'une d'entre elles était un peu abîmée, c'était celle de mon grand-père paternel. Les Khmers rouges avaient enlevé quelques dalles de la partie ouest (là où se trouve la tête, car les morts reposent la tête à l'ouest, du côté où le soleil se couche) pour faire des travaux. Mais le mausolée restait inchangé et propre, si bien que sur les murs extérieurs je pus lire encore très clairement l'histoire de la rencontre entre la souffrance et le prince Siddharta, au cours de ses quatre étapes : rencontre avec un vieillard mendiant, avec un malade, un cadavre mené au bûcher et un moine. L'image du cadavre était celle qui me faisait le plus peur. Non seulement en effet il était horrible à voir, mais en plus il était entouré d'oiseaux carnivores qui étaient très impressionnants. Chaque fois que nous venions prier ici autrefois, ma mère me montrait cette image en me disant :

« Sois sage, mon fils, et ne sème que du bien afin que notre mort soit paisible. »

Je ne l'écoutais pas et j'allais me rafraîchir contre les pierres tombales qui restaient toujours froides sous la chaleur torride du soleil.

CHAPITRE XXI

Exode

Au mois de mai 1979, un événement historique survint : l'exode des rescapés cambodgiens en Thaïlande.

J'appris cette nouvelle au cours de la première semaine de mai, mais l'exode avait commencé déjà depuis un bout de temps. A l'annonce de cet événement, je fus pris d'un grand désir de quitter le Cambodge. Je voulais premièrement fuir le communisme. Bien sûr, le régime qui était en place n'avait encore rien fait qui soulève l'inquiétude mais je sentais que quelque chose d'inhumain se cachait derrière le drapeau rouge. Deuxièmement, j'avais très peur du retour des Khmers rouges. Enfin, je ne voyais pas très bien quel serait mon avenir si je restais dans ce pays baigné de sang. En même temps, d'autres questions me tourmentaient : que ferai-je une fois en Thaïlande ? Certes, c'était un pays libre mais moi, serai-je libre ? Car mon but n'était autre que la liberté ! Pendant plusieurs jours, les mêmes questions me tracassèrent. Surtout, je ne parlais pas le thaïlandais, ce qui était un gros problème.

Les rumeurs disaient que les réfugiés avaient tout de suite du travail dans les plantations ou les usines. On disait même qu'ils étaient nourris, logés et touchaient un peu d'argent à la fin du mois. Quand j'entendais « un peu d'argent », je me disais : « Avec cela, tu pourrais au moins acheter quelques livres pour lire et t'instruire. » Rien ne pouvait désormais m'en empêcher. Il fallait absolument que je parte ! Maintenant que le régime khmer rouge avait été renversé, toutes ces rumeurs me faisaient entrevoir les richesses d'un monde libre : pas de réunion d'autocritique, pouvoir lire, écrire et faire ce que je voulais !

Je parlai de tout cela à ma sœur et mes frères. Tout le monde fut d'accord pour quitter le Cambodge. Ma sœur était prête à me suivre n'importe où mais il y avait une chose qu'elle ne cessait de me répéter :

– Tu sais, je n'aime pas la forêt, cela me rappelle trop de mauvais souvenirs. Et quand nous serons en Thaïlande, il faudra à nouveau qu'on travaille dans les rizières, les champs, etc. Enfin... j'espère que les deux petits pourront aller à l'école.

– Je comprends tout à fait ce que tu viens de dire, rétorquais-je, mais je crois qu'au départ, il faut accepter le travail qu'on nous propose. Peut-être qu'ensuite les circonstances nous permettront de changer de travail. Il ne faut surtout pas d'emblée être pessimiste. De toute manière, si on reste, le manque de nourriture ne nous permettra pas de vivre très longtemps.

Le lendemain matin, une tante que nous aimions beaucoup vint nous voir pour parler avec nous de notre départ. Elle approuva notre projet et nous conseilla de partir le plus vite possible. Elle avait même entendu dire que les réfugiés étaient très bien accueillis par les troupes de l'ONU, vêtues de bleu pour symboliser la liberté. En l'entendant, mon désir de partir devint plus fort. A ma connaissance, ces soldats-là ne faisaient que du bien au peuple. Qu'attendais-je donc pour partir ? Il est vrai aussi que depuis quelques jours, la dernière parole de mon père avant sa mort résonnait encore dans mon esprit : « Tu emmèneras tes frères et tes sœurs vers la liberté. » Dorénavant, il n'y avait plus de temps à perdre. Dès que ma tante fut partie, j'échangeai immédiatement, le peu de nourriture qui nous restait contre de l'or, en prenant soin de garder ce qu'il nous fallait pour le voyage.

Le 12 mai 1979, ma sœur, mes frères et moi quittâmes Don Téov en direction de Sisophon, la dernière grande ville avant la frontière. Nous emportions avec nous un tout petit sac de riz et un petit morceau d'or qui était aussi gros qu'un grain de pastèque et pas moins fin qu'une écaille de poisson. Il ne valait presque rien mais ce presque rien était pour nous un espoir dans le vide : aussi minime fût-il, nous avions au moins quelque chose en cas de besoin!

Il y eut plusieurs jours de marche. Nous dormions la nuit sous les arbres, au bord des ruisseaux, des routes, dans les rizières, etc. Le jour, nous rencontrions beaucoup de gens sur la route qui allaient dans la même direction que nous ou dans le sens contraire. Tous cependant étaient tristes, maigres, sales, trempés de sueur et couverts de poussière sous la chaleur torride. Les enfants étaient transportés dans des paniers et les personnes âgées, incapables d'avancer, étaient installées dans de vieilles charrettes minuscules toutes cassées que les gens tiraient et poussaient. Pendant les pauses à l'ombre des arbres, les conversations allaient bon train : « Où allez-vous et d'où venez-vous ? Il vous reste de la famille ? Là où vous étiez, les Viets étaient-ils méchants ? » Et au moment de se quitter, on entendait murmurer : « Faites attention! A l'entrée de la prochaine commune, les soldats (ceux de Heng Samrin [1]) et les Viets fouillent les gens pour trouver de l'or. Si vous en avez, cachez-le bien! » Pour ne pas attirer l'attention, ma sœur avait cousu notre petit morceau d'or sur son sarong raccommodé.

Au bout d'une semaine, nous arrivâmes à Nimitt, une petite commune non loin de la frontière. Avant la prise du pouvoir par les Khmers rouges, c'était un village très animé, bien connu des contrebandiers qui faisaient passer les marchandises de la Thaïlande vers le Cambodge, ruiné par la guerre civile. Aujourd'hui, Nimitt n'avait plus le même visage : les petites boutiques thaïlandaises, les riches maisons et les voitures japonaises avaient dis-

1. Leader du Front uni national pour le salut du Kampuchéa, luttant aux côtés du Viêt-nam contre les Khmers rouges.

paru, remplacées par des habitations révolutionnaires de style chinois, construites depuis peu par le régime de Pol Pot. Sur la route poussiéreuse, quelques buffles avançaient avec nonchalance, en quête d'une flaque d'eau boueuse.

C'était à Nimitt que se réunissaient tous les réfugiés, avant de partir vers la Thaïlande. Dès notre arrivée, un guide vint à notre rencontre pour nous proposer son toit, mais si on acceptait, on devait également lui donner quelques taels [1] d'or pour la traversée de la forêt. Je refusai sa proposition mais je ne le laissai pas partir sans avoir obtenu au préalable tous les renseignements que je désirais.

– Combien demandez-vous pour une personne ?

– Normalement 2 taels d'or, mais si vous êtes nombreux, je peux vous faire des prix intéressants.

– C'est très honnête de votre part, mais pour l'instant je n'ai rien décidé. De toute façon, je vous contacterai.

Le prix qu'il demandait pour une personne me fit tout d'un coup réfléchir. Comment faire pour atteindre ma destination finale ? Tout ce que je possédais ne faisait même pas un dixième de tael et le guide avait parlé de 2 taels !

A la nuit tombante, j'allumai un feu au bord de la route pour chasser les moustiques. Il ne nous restait plus grand-chose à manger, seulement 250 grammes de riz. Je me rendis au village pour aller chercher des liserons d'eau, mais même s'ils poussaient dans la rizière, on n'avait pas le droit de les cueillir car ils appartenaient à quelqu'un qui vendait les tiges. Comme je n'avais rien, je rebroussai chemin.

A l'aube, je fus réveillé par les pleurs des enfants de la grande maison d'en face. Réunis autour d'une lampe à pétrole, les guides étaient en train de faire payer leurs clients. Chaque client devait donner deux chaînes d'or la.ges comme l'auriculaire et d'une longueur égale à la

1. Voir note p. 184.

distance entre le majeur et le poignet. Cela devait correspondre à 2 taels. Je supposais cependant que ceux qui n'avaient pas d'or pouvaient payer avec d'autres objets de valeur.

Je discutai longuement avec ma sœur pour voir comment nous pourrions rémunérer les guides. La seule solution aurait été de nous mélanger à la foule au moment du départ, après que tout le monde eut payé les frais d'accompagnement. Mais en agissant ainsi, on risquait d'être pris et d'être humiliés devant tout le monde. Nous n'accepterions jamais d'être humiliés, donc ce n'était pas de ce côté-là qu'il fallait chercher. Dans ce cas, que faire ?

Dans la commune de Nimitt, il y avait de nombreux guides. Certains étaient gentils, d'autres étaient indifférents. Un après-midi, je me dirigeai vers un guide qui avait l'air sympathique. Je lui expliquai ma situation en lui montrant mon or. Il m'écouta avec beaucoup d'attention mais il ne put m'aider car il était entouré par d'autres guides qui n'étaient pas d'accord avec lui. J'en aperçus alors un autre, grand et robuste, le visage variolé et les cheveux frisés, qui faisait les cent pas dans l'avenue principale en attendant la venue de nouveaux clients. Je me dirigeai vers lui et lui demandai la même chose qu'au précédent. Il me répondit :

– Tu sais, avec cela on ne peut même pas acheter un gâteau. Que veux-tu qu'on fasse de ton morceau d'or ? Vraiment, c'est tout ce que tu as avec toi ? Et en plus, vous êtes quatre ! Pourquoi ne veux-tu pas chercher du travail ici ? On a besoin de temps en temps de colporteurs. Du moment que tu peux vivre, que ce soit ici ou là-bas, qu'importe ! Je ne vois pas la différence.

– Je comprends ce que vous voulez dire, répondis-je, mais j'ai décidé de partir et il faut que je parte.

– Mon pauvre petit, tu me fais de la peine. Écoute ! Ce que je peux faire, c'est discuter avec mes collègues. S'ils sont d'accord, il n'y a pas de problèmes.

Le soir du même jour, je retournai voir le guide. Malheureusement, ses collègues n'étaient pas du tout d'accord pour nous accompagner en échange de si peu d'or. Je n'étais pas tellement étonné de ce refus mais au milieu de cette situation désespérée, le guide m'annonça une bonne nouvelle qui me redonna du courage :

– Je ne veux pas compliquer les choses pour une affaire si simple, dit-il. J'accepte de te faire plaisir, alors écoute! Demain matin avant le jour, viens avec tes frères et ta sœur. Mais ne vous mêlez pas tout de suite à la foule. Cachez-vous dans la brousse et ne vous mêlez à la foule qu'au moment du départ, lorsque tout le monde aura payé. Si un de mes collègues vous demande quoi que ce soit, dites-lui simplement que c'est d'accord avec moi. De toute façon, ils ne vous connaissent pas! En revanche, il y a une chose très importante dont tu dois te rappeler, c'est le mot de passe de notre groupe : « le lion plus grand que l'étoile ». Voilà, je crois que je n'ai rien oublié. Si les autres vous demandent combien vous avez payé, réponds « 2 taels, comme vous ». Je te quitte. Je ne crois pas que je te verrai demain.

– Je ne sais pas comment vous dire ma joie et ma reconnaissance!

– Mets tout cela dans les mains de Bouddha!

Nous suivîmes à la lettre les conseils du guide et tout se passa bien. Ayant rejoint le groupe, nous partîmes sous la pluie, trempés. Quand le soleil fut levé, nous venions de franchir une vaste plaine. Devant nous s'étendait une forêt très dense que nous devions traverser seuls car les guides avaient peur d'être pris par les bandits thaïlandais et les Khmers rouges en fuite qui s'y cachaient. Ils s'en retournaient alors, nous laissant là, et nous devions nous contenter de suivre les traces de ceux qui étaient passés avant nous. Les réfugiés qui avaient payé poussèrent des cris de colère et de protestation. Mais l'attitude des guides ne m'étonnait pas du tout car quelques jours à Nimitt m'avaient permis de voir et de comprendre comment ils faisaient leur travail.

Marcher dans la forêt était plus pénible que marcher

dans la plaine à cause des jeunes pousses de bambou qui déchiraient la plante des pieds. Mais tous, nous étions habitués à la vie dure et nous nous efforcions de marcher sans bruit pour ne pas attirer les bandits. Parfois, on entendait des bébés pleurer. Aussitôt, les mères les faisaient têter et elles leur caressaient doucement la tête avec leurs doigts pleins de boue. Vers midi, les 100 personnes qui composaient notre petite troupe ralentirent le pas. Des bruits couraient... Comme nous étions au milieu de la foule, les nouvelles qui venaient de l'avant nous parvenaient assez vite. On parlait cette fois-ci des voleurs de la forêt. Ceux d'entre nous qui avaient de l'or sur eux essayèrent de le cacher ailleurs pour tromper les bandits. Personnellement, ce n'était pas le fait d'être fouillé qui me faisait peur, mais plutôt celui d'être maltraité. Les femmes, quant à elles, avaient peur d'être violées. Je comprenais tout à fait ces sentiments de peur et d'insécurité, mais que faire pour s'en débarrasser ? Il aurait fallu des armes également. Hélas, nous avions les mains vides ! Les rumeurs disaient que les voleurs forçaient les femmes à se déshabiller complètement et qu'ils fouillaient ensuite les vêtements un par un. En entendant cela, ma sœur fut affolée et elle décousut aussitôt son sarong pour sortir le petit morceau d'or que je lui avais donné le matin.

– Fais-en ce que tu veux, dit-elle, je ne demande que la paix !

Où allais-je le cacher ? La seule solution était de le mettre dans la bouche du poisson salé que j'avais enfoui dans un petit sac de riz.

Notre tour arriva. Les bandits étaient au nombre de quatre : il y en avait deux qui fouillaient et deux qui pointaient leur fusil, prêts à tirer. Ils n'avaient pas l'air méchants et ils nous dirent même gentiment :

– Déposez vos objets de valeur dans ce panier. (Jamais de ma vie je n'avais vu autant de bijoux !) Si vous ne voulez pas avoir d'ennuis, levez les mains en l'air et ouvrez la bouche.

Avant de nous laisser repartir, ils nous fouillèrent des pieds à la tête. Ceux qu'ils soupçonnaient d'être riches étaient fouillés minutieusement à part. Tous les biens des voyageurs furent confisqués mais, Dieu merci, personne n'avait été violé ni maltraité.

Nous reprîmes la route au bout de deux heures, avec cette fois plus de larmes et de douleur. La forêt devenait de plus en plus épaisse. On ne voyait presque plus le soleil et le manque d'air nous faisait suffoquer. Parfois, on voyait surgir devant nous une ferme abandonnée, entourée de pièges de bambous affûtés; tout autour se trouvaient des cabanes aux toits en chaume, recouvertes de plantes grimpantes et, dans la cour, il restait quelques papayers pleins de fruits qui faisaient le bonheur des perroquets. Sous un arbre, s'entassaient les ossements de plusieurs corps aux vêtements pourris qui dégageaient une odeur fétide. A cette vue, je frissonnai, mais plus j'avais peur, plus cela piquait ma curiosité. En voyant les ossements, je me dis que cette ferme devait être un ancien poste de garde khmer rouge qui était utilisé pour empêcher les gens de s'enfuir vers la Thaïlande.

La forêt ne s'éclaircissait toujours pas et on se demandait s'il y avait encore beaucoup de marche à faire. Tout le monde commençait à être très fatigué. Pour se désaltérer, on buvait l'eau des flaques qui étaient au bord des sentiers. Soudain, on entendit des bruissements bizarres. Sans regarder d'où cela venait, on continua à marcher en courbant la tête. Tout d'un coup, les visages devinrent pâles comme la mort : en face de nous venaient d'apparaître des Khmers rouges. Ils étaient une quarantaine environ, assez jeunes et tous vêtus de noir.

« Pères, mères, frères et sœurs, dirent-ils, n'ayez pas peur! La Révolution nous éduque à faire seulement le bien et non pas le mal. Avant tout, nous voulons savoir si des Viets se cachent parmi vous car nous ne voulons pas les laisser partir : ils méritent la mort! »

Beaucoup de réfugiés vietnamiens en effet quittaient leur pays vers la Thaïlande en passant par le Cambodge.

En général, ils étaient reconnaissables à leur accent et à leur taille (les Vietnamiens sont plus petits que les Cambodgiens et ils ont la peau plus claire). Les femmes, elles, étaient toujours en pantalon. J'éprouvais une très grande pitié et une très grande affection envers ces réfugiés vietnamiens car même si le Cambodge était occupé par les soldats vietnamiens, ces réfugiés étaient des gens innocents, privés de liberté, qui fuyaient le communisme et leur pays qu'ils aimaient tant pour une seule chose : la liberté. Mais comment parler de cela aux Khmers rouges ? Autant s'adresser aux arbres ! Au moins, ils agitaient leurs feuilles pour me répondre...

Les soldats dévisagèrent tous les voyageurs. Les personnes suspectées étaient longuement interrogées et devaient répondre en cambodgien. Comme j'avais la peau très claire, je fus soupçonné mais quand ils entendirent mon parfait cambodgien, ils me laissèrent tranquille. Avant de nous autoriser à repartir, ils nous posèrent quelques questions concernant la présence des soldats vietnamiens au Cambodge.

En fin d'après-midi, notre convoi déboucha dans une clairière où résonnaient des bruits de véhicules. Étions-nous déjà en Thaïlande ? Les arbres sauvages étaient rares à présent, ils étaient remplacés par les arbres habituels des villages. Autour de nous, il y avait des rizières non labourées, des granges de style thaïlandais et quelques buffles. Non loin de là, un vieux paysan avec un chapeau de paille et une pioche sur son épaule marchait lentement sur une diguette, sans faire attention à nous. Je courus vers lui pour obtenir quelques renseignements et pour savoir au moins où nous étions. Avec un grand sourire, il me répondit en thaïlandais. Je sus alors où nous étions mais pour le reste, je ne compris rien. C'était mon premier handicap ! Au moment où nous franchissions un ruisseau, des soldats thaïlandais s'avancèrent vers nous et nous ordonnèrent de poser nos sacs :

– Nous voulons simplement savoir si vous avez des armes avec vous.

Ensuite ils notèrent nos noms et notre âge avant de nous laisser rejoindre le groupe de réfugiés qui était là avant nous.

Nous étions à Nang Chann, petit village frontalier où se trouvait un camp de réfugiés. J'étais heureux d'avoir échappé au communisme mais cependant quelque chose me choqua dans l'aspect de ce camp : partout où j'allais, je ne rencontrais que des tas d'ordures, des flaques d'eau puantes, des excréments humains et des nuages de mouches qui s'envolaient à notre arrivée dans un bruit infernal. Les réfugiés s'abritaient dans des tentes de toile bleue qui avaient été distribuées par des organisations humanitaires dont j'ignorais le nom et qui étaient plantées dans des rizières arides de plusieurs hectares. A cause de la chaleur et du manque d'eau, les gens étaient sales, crasseux et vêtus de haillons. Les enfants étaient pratiquement nus; ils avaient le ventre ballonné et la peau desséchée par la poussière. La morve qui coulait continuellement de leur nez ne cessait d'attirer les mouches qui volaient de toutes parts.

CHAPITRE XXII

En Thaïlande

Le jour de notre arrivée en Thaïlande, nous étions le 24 mai 1979. Ce jour-là, nous avons perdu la seule chose qui nous restait : notre or. Ma sœur Eng était partie en effet se laver dans la rivière après avoir mangé le poisson qui contenait le petit morceau d'or (qu'elle prit soin de garder de côté, dans sa bouche). Surprise par des sangsues, elle se mit à crier, oubliant le petit morceau d'or et notre trésor tomba au fond de l'étang.

Nous passâmes notre première nuit à la belle étoile. Le lendemain, je fus réveillé bien avant l'aube par les bruits des voisins qui se râclaient la gorge avant de cracher. Lorsqu'il fit un peu plus clair, je partis faire mes besoins, un peu gêné d'être entouré par tant de regards. Ceux qui ne pouvaient plus se retenir faisaient comme ils pouvaient mais il fallait faire vite pour ne pas recevoir les coups de bâton des soldats qui patrouillaient.

Une des choses les plus inhumaines auxquelles j'ai assisté fut en Thaïlande : un jeune homme d'une vingtaine d'années était en train de se soulager quand les soldats arrivèrent. Ils le frappèrent avec un bâton, lui donnèrent des coups de pied et avant de le laisser partir, ils le forcèrent à écraser ses excréments lui-même, devant tout le monde. Il n'y avait pas si longtemps que j'avais connu la torture, la faim et l'injustice et, de nouveau, je me trouvais confronté à une scène de ce genre. C'en était trop...

L'impuissance me serrait la gorge et la haine coulait dans mes veines. Mais que faire ? Je venais de quitter le Cambodge pour n'avoir plus à supporter de telles images et voilà que dans ce pays libre, la méchanceté existait toujours !

Quelques heures plus tard, quand le soleil fut assez haut dans le ciel, le micro annonça en cambodgien et en *téchiv* [1] que les nouveaux arrivants devaient faire la queue devant le poste des soldats pour obtenir de la nourriture et quelques mètres de toile en plastique pour les tentes. Les soldats nous distribuèrent un sac de riz d'un kilo à peu près et deux ou trois boîtes de sardines. Nous étions très contents de recevoir cette nourriture mais avec cela néanmoins, nous ne pouvions pas vivre longtemps et nous ne savions pas quand aurait lieu la prochaine distribution.

Ceux qui possédaient encore de l'or échangèrent ce qui leur restait avec les marchands thaïlandais pour avoir un peu de monnaie locale, afin de pourvoir à leurs besoins. Quant à nous, nous n'avions rien et nous étions très tentés par les fruits, les gâteaux et les boissons que les marchands présentaient magnifiquement dans leurs voitures japonaises. Ma sœur avait faim elle aussi, mais elle désirait surtout avoir quelques vêtements pour se couvrir correctement. Pour cela, il fallait de l'argent ! Comment faire pour en avoir ? Je demandai aux réfugiés et aux soldats s'il était possible de quitter cet endroit pour aller chercher du travail dans les exploitations agricoles environnantes. Mais on me répondit qu'il n'en était pas question. Tout ce que j'avais entendu dire au Cambodge n'était donc que pur mensonge !

Chaque matin, les marchands thaïlandais et chinois venaient très nombreux vendre leurs produits aux réfugiés. En général, ils étaient très gentils et quand ils nous voyaient en guenilles, ils nous donnaient souvent des gâteaux et des fruits en nous adressant un grand sourire et des paroles que je ne comprenais pas. Mais je sentais que

1. Dialecte chinois.

leur cœur voulait se rapprocher de nous, uniquement par souci d'aimer son prochain – devoir spontané et facile en apparence mais ô combien difficile en réalité! Personnellement, j'étais très content de recevoir ces fruits et ces légumes, mais cela me gênait un peu et pour dire vrai, j'avais honte.

Un matin, ma sœur et moi, allâmes voir une marchande chinoise pour lui demander si elle n'avait pas besoin de quelqu'un pour l'aider à vendre ses légumes. Cette grosse marchande était très gentille et elle nous reçut à bras ouverts :

– Vous m'avez l'air bien gentils tous les deux, dit-elle, et en plus de cela, nos ancêtres sont de la même région! Combien vais-je vous payer pour ce que vous allez faire? (Elle nous parlait en téchiv avec une certaine sincérité – bien qu'il s'agît de la sincérité chinoise...)

– Oh, *Asim*[1], ne vous compliquez pas! Nous serons contents de recevoir ce que vous nous donnerez. Ce qui compte pour nous, c'est de nous occuper.

Et voilà, c'était bon! Ma sœur l'aidait à vendre les légumes. Quant à moi, je les déchargeais du gros camion et les étalais sur la grande table. Avant de repartir en ville vers midi, la marchande nous remettait quelques baths et laissait quelques bottes de liserons d'eau et des laitues chinoises que nous vendions aux retardataires et que nous donnions à ceux qui n'avaient pas d'argent.

Le premier jour, nous n'osions pas dépenser l'argent gagné. Mais au bout de quelques jours, lorsque la somme dépassa 100 baths, une idée nous vint : quitter la marchande et nous débrouiller avec l'argent qu'on avait. Notre seul désir était d'échapper à la misère et de vivre libres. Aussi, nous faisions de notre mieux pour amasser un peu d'argent, ayant toujours peur de perdre le peu que nous avions.

Mon premier travail de la journée consistait à vendre les journaux chinois aux réfugiés. Tôt le matin, je quittais

1. « Tante » ou « Madame ».

ma tente rudimentaire pour aller attendre au bord de la route les marchands de journaux qui venaient de la ville. Avec mon argent, j'achetais une trentaine de journaux que je rangeais soigneusement dans ma sacoche. Quand tout était bien rangé, je courais dans les ruelles du camp en criant : « Bonnes nouvelles, bonnes nouvelles ! » Chaque journal vendu me rapportait quelques centimes en plus et vers 10 heures, quand ma tournée était finie, j'avais gagné quelques baths supplémentaires. C'est avec ce bénéfice que j'achetais tout ce que nous avions envie de manger ainsi que des habits pour ma sœur. (Ma mère répétait souvent qu'un garçon pouvait traverser l'océan avec une seule culotte mais qu'une fille devait s'habiller correctement même si elle restait chez elle.)

Je me rendis compte à la longue cependant que même si je gagnais un peu d'argent, ce travail ne m'apportait aucune sécurité pour l'avenir. Il fallait que je cherche ailleurs. En outre, je voyais tous les réfugiés intellectuels faire des démarches pour être acceptés dans un troisième pays comme la France, l'Australie, le Canada, les États-Unis, etc. Je faisais comme eux et j'envoyais des lettres à toutes les ambassades des pays libres de Bangkok. Malheureusement, je n'obtenais jamais de réponse.

Les jours passèrent. Je continuais toujours à vendre mes journaux mais je fus bientôt obligé d'arrêter à cause de la dysenterie. Je perdais du sang et devenais de plus en plus pâle. Les médicaments donnés par les organisations humanitaires ne faisaient aucun effet et mon état empirait à cause du manque d'eau et de la chaleur.

Quand les premières pluies arrivèrent, la vie dans le camp devint vraiment insupportable. Nous étions réveillés en pleine nuit par les inondations et le vent emportait le toit en plastique de notre tente. Pendant ce temps, les soldats en profitaient pour aller au secours des femmes en difficulté...

Les rumeurs disaient que nous étions des réfugiés illégaux et que le gouvernement thaïlandais acceptait de nous laisser vivre sur son territoire en attendant de trouver une solution. Mais la situation dans laquelle nous nous trouvions se détériorait de plus en plus. Les soldats nous traitaient comme des animaux et se considéraient comme les maîtres des lieux, munis des pleins pouvoirs.

De temps en temps mais très rarement, quelques familles de réfugiés quittaient le camp par l'intermédiaire des ambassades ou de la Croix-Rouge pour aller rejoindre leurs proches qui étaient à l'étranger. Comme nous aurions aimé être à leur place! C'était vraiment une chance inouïe! Malheureusement, beaucoup d'entre nous n'avaient pas de relations dans un troisième pays. J'avais des cousins en Australie mais j'ignorais leur adresse.

Deux semaines venaient de passer. Un matin de la deuxième semaine du mois de juin 1979, un soldat parla dans le micro en chinois et en cambodgien :

« Frères et sœurs, le gouvernement a décidé de vous emmener dans un autre camp. Préparez vos affaires. Dans quelques instants, les bus seront là. »

Cette nouvelle créa en moi un grand vide. Je savais très bien qu'ils mentaient et qu'en réalité ils allaient nous rejeter dans la forêt minée de la frontière cambodgienne où se cachaient les Khmers rouges. J'avais même appris que quelques jours avant notre arrivée à Nang Chann, des camions avaient ramené des réfugiés dans la région ouest du Cambodge (la région de Païlin). On m'avait même dit que c'était la BBC qui avait annoncé cette dramatique nouvelle.

J'avais quitté le Cambodge en espérant trouver la liberté et, plus tard, une situation meilleure. Même maltraité, je préférais rester sur le sol thaïlandais plutôt que retourner dans un pays communiste. Et maintenant, dans la situation où j'étais, que faire? Mon cœur se serrait. J'avais vraiment besoin d'aide mais il était impossible de crier au secours.

Le transfert des réfugiés commença par le groupe des Cambodgiens musulmans. Au moment du départ, ils avaient l'air contents. Je m'approchais d'eux avec curiosité pour leur demander où ils allaient. Ils me répondirent qu'ils partaient pour la Malaisie et l'Indonésie rejoindre leurs parents éloignés. Ils arboraient tous un large sourire et un visage lumineux, plein d'espoir... Mon Dieu! S'ils avaient su où on les emmenait!

Le soleil allait bientôt se coucher. C'était le dernier soir que je passais à Nang Chann. Après le départ d'une grande partie des réfugiés, le camp sembla en deuil. Le silence régnait du côté des tentes abandonnées; des objets inutiles étaient dispersés un peu partout. Quelques chiens galeux erraient à la recherche des restes de nourriture et partout où ils allaient, s'envolaient des nuages de mouches. Au milieu de ce décor silencieux, la flamme des petits fours creusés dans la terre continuait à s'élancer dans le ciel comme si elle voulait encore réchauffer ceux qui l'avaient entourée. Cette image me fit penser au camp de Spartacus après le départ des Romains et en même temps, je me dis tristement : « Demain, l'endroit où tu es actuellement sera pareil à celui que tu regardes maintenant. »

Le lendemain vers 9 heures, les bus étaient là pour nous emmener. Profitant de notre départ, une femme avenante d'une quarantaine d'années, qui prétendait être l'épouse d'un général thaïlandais, proposa gentiment d'acheter mes frères ainsi que les enfants des gens qui étaient à côté de moi.

– Croyez-moi, dit-elle, ils auront un avenir brillant et vous aurez une grosse somme pour chaque enfant!

Avec son air doucereux et malhonnête, cette femme essayait de recruter le plus d'enfants possible. Après quelques minutes de discussion, ma voisine accepta de vendre son fils et sa fille qui avaient tous les deux moins de 10 ans. En voyant cette mère inconsciente et ses enfants qui pleuraient parce qu'ils allaient être séparés d'elle, je ne pus me taire et je m'écriai :

– Je vous en prie, reprenez vos enfants avec vous. Regardez comme ils sont beaux! Je sais que c'est dur pour vous en ce moment mais plus tard, vous serez récompensée! Comment peut-on être si dur devant les pleurs de ses propres enfants?

A ces mots, la femme baissa la tête et murmura honteusement :

– Il vaut mieux qu'ils soient libres en Thaïlande plutôt que de retourner dans un pays communiste.

– Et vous croyez ce que vient de dire cette femme? dis-je en montrant du doigt l'acheteuse d'enfants.

Au lieu de me répondre, cette mère à demi folle s'enfonça dans la foule avec son argent, laissant ses enfants en pleurs dans les mains de la femme qui avait l'air aussi rusée qu'une tenancière.

Le micro annonça alors que tout le monde devait se mettre en rang devant le bus et qu'il était interdit de changer de place sans en demander l'autorisation. Mes frères et ma sœur étaient près de moi. Dans mon sac à dos, j'avais mis 2 kilos de riz, quelques poissons séchés et des médicaments de base comme l'aspirine et des antibiotiques. J'y avais ajouté du baume de singe également (les Asiatiques en ont toujours sur eux). J'avais acheté tout cela avec l'argent que j'avais gagné sur le sol thaïlandais. Nous allions partir quand l'acheteuse d'enfants nous relança :

– Oh, pauvre petit! dit-elle. Qu'attendez-vous pour me donner vos frères? Vous pouvez me faire confiance! Je peux même vous laisser mon adresse pour que vous puissiez venir les voir plus tard. En plus de cela, je vous propose ce diamant!

Elle montra des liasses de billets et ôta en même temps sa bague. Elle parlait le cambodgien avec un léger accent thaïlandais.

– Elle est belle votre bague, lui dit ma sœur.

– Toi aussi, tu es folle! lui dis-je. Tais-toi!

Je savais cependant que Eng n'aurait jamais échangé nos frères contre une telle somme et que mes frères, de toute manière, n'auraient jamais accepté de la suivre. Je me retournai alors vers la dame et lui dis avec colère mais calmement :

– Vous voulez que je vous dise ? Que votre retour se passe dans le sang et que votre chemin soit jonché d'embûches ! Croyez-moi, les vers vous mangeront bien avant votre mort et le feu de l'enfer vous brûlera sous l'affreux regard de Satan ! Et vous l'aurez mérité, à cause de tout ce que vous avez fait !

Furieuse, la femme cracha par terre et s'éloigna immédiatement en me traitant de tous les noms.

Il était presque midi quand nous montâmes dans le bus. La chaleur était insoutenable et tout le monde était trempé de sueur. Chaque car était sous la surveillance de quatre soldats thaïlandais. Le chauffeur avait l'air très gentil. Il faisait des signes amicaux aux enfants avec un sourire plein de pitié. Il semblait vouloir nous parler mais la présence des soldats le réduisait au silence.

A cause de mes crises de dysenterie, je m'installai au fond du bus ; il y avait plus de place et moins de monde. Je continuais à avoir mal au ventre mais cette fois, je ne pouvais plus descendre pour aller me soulager. Heureusement, j'avais emporté en prévision quelques journaux que je mis un par un dans ma culotte et que je jetai successivement par la fenêtre. Je souffrais horriblement ce jour-là, aussi bien physiquement que moralement. Physiquement, car j'avais parfois l'impression qu'une lame tranchante broyait mes entrailles ; en outre, plus le journal était mouillé, plus ma fièvre augmentait en me donnant une soif terrible. Moralement, je souffrais du mépris, des paroles désagréables et des gestes insultants de ceux qui étaient dans le bus. Face à tout cela, je me forçais à avoir beaucoup de courage car le moindre signe de désespoir de ma part pouvait être à ce moment, fatal pour ma sœur, mes frères et moi-même.

Midi passa, le départ arriva. Le bus démarra, escorté par les jeeps des militaires. Je jetai un dernier regard vers le camp qui avait l'aspect endeuillé que je lui avais imaginé. Adieu Nang Chann !

Nous étions le 11 juin 1979. Cela faisait exactement 18 jours que nous étions arrivés dans ce camp.

CHAPITRE XXIII

La chute infernale

Malgré mon mal de ventre, j'étais curieux de savoir où le bus allait nous emmener. Aussi, au lieu de m'effondrer sous la douleur, je m'efforçais de redresser la tête et de chercher partout le moindre repère. Au début, je ne vis que des indications en langue locale que je ne compris pas. Puis, lorsque les chemins de latérite furent passés, le bus s'engagea sur la route goudronnée.

L'angoisse de l'avenir sembla alors se dissiper. J'étais surpris par la richesse des paysages agricoles de la Thaïlande. Le Cambodge paraissait très pauvre à côté! Devant ces champs multicolores, une pointe de jalousie naissait au fond de moi : « Ce n'est pas juste que ce pays qui est si proche de nous soit si riche! »

De temps en temps, le car passait devant des pagodes qui n'étaient pas très différentes des nôtres mais qui étaient décorées de manière beaucoup plus somptueuse. Les jardins qui entouraient les temples étaient très bien entretenus, depuis le chemin bordé d'orangers jusqu'aux rangées de cocotiers et aux fleurs de toutes les couleurs que je regardais d'un œil envieux. Je constatai que les toits des temples étaient encore en parfait état et qu'ils brillaient fièrement au soleil, mais au milieu de ces beautés silencieuses, je remarquai cependant que les *sala* [1] avaient besoin d'être restaurées.

1. Voir note p. 212.

Quel dommage que je n'ai pas eu de carte avec moi pour repérer le nom de toutes les communes que nous traversions! Je fis de mon mieux pour essayer de retenir toutes les inscriptions en caractère romain que je voyais. Je me souviens en particulier que le convoi prit en premier la direction de Prachin Buri, mais les cars ne roulèrent pas jusque là. En fin de journée en effet, ils tournèrent vers le nord pour prendre la direction de Nakhon Ratchasima. A la nuit tombante, nous arrivâmes dans une ville toute illuminée et très animée où la circulation était dense. Le convoi ralentit et beaucoup de gens nous regardèrent avec pitié. Depuis 1975, c'était la première fois que nous, pauvres réfugiés cambodgiens, nous nous trouvions dans une ville qui ressemblait à notre chère capitale du Cambodge – quand ce dernier était encore le royaume du Cambodge! Les passagers du car poussaient des cris de joie et d'étonnement. Quant à moi, j'étais surtout attiré par les panneaux publicitaires qui scintillaient alternativement. A l'approche du grand marché, des enfants coururent vers nous dans l'espoir de vendre leurs marchandises contenues dans des paniers, mais ils furent très vite chassés à coups de bâton par les soldats qui nous escortaient. Il faisait nuit quand le car sortit de la ville. Ceux qui voulaient aller aux toilettes et qui ne pouvaient plus se retenir firent comme ils pouvaient, mais ils se sentirent très gênés car en partant, ils s'étaient moqués de moi.

Le car s'arrêta avant Buri Ram, dans un village mal éclairé pour que la population, prévenue quelques heures auparavant, nous apporte de la nourriture : du riz cuit, des poissons salés, de l'eau, des fruits, etc. Ce fut un échange pathétique entre deux peuples qui ne se comprenaient pas mais qui avaient le même langage d'amitié. Certains d'entre nous étaient en larmes, d'autres remerciaient en souriant ceux qui leur donnaient à manger. Avant de partir, nos bienfaiteurs firent des gestes en souriant, comme s'ils voulaient nous dire : « Que le bien soit sur votre chemin! »

Dans le silence de la nuit qui l'enveloppait, le car se

remit en route vers l'est. Cette fois, les villages se firent rares. On voyait de plus en plus de rizières non labourées et d'étendues en brousse. Les soldats firent une halte avant Surin et j'en profitai pour me diriger vers le conducteur et lui demander en téchiv :

– Oncle, où nous emmenez-vous?

Il ne me répondit pas tout de suite car il était en train de se curer les dents. Il se râcla la gorge avant de cracher par terre, puis se tourna vers moi comme s'il venait seulement de m'entendre.

– Mon pauvre petit, dit-il, je n'ai pas le droit de te dire où nous allons, mais si j'ai un conseil à te donner, essaie de t'enfuir!

J'en parlai aussitôt à ma sœur et mes frères qui refusèrent car ils avaient trop peur d'être à nouveau maltraités. D'ailleurs, j'avais décidé de mon côté de rester dans le car et d'attendre. On verrait bien!

A la sortie de Surin, dans le calme de la nuit pluvieuse, la population vint de nouveau nous apporter à manger. Plusieurs personnes qui parlaient le cambodgien couramment nous dirent en chuchotant et en braquant leurs yeux sur les soldats :

– Si vous voulez vous enfuir, on vous aidera. Mais attention! Vous avez très peu de temps devant vous! Croyez-nous, ils vous emmènent vers la mort.

Un des Thaïlandais glissa alors une somme d'argent dans la poche d'un soldat et une fille qui était avec nous dans le bus descendit sous prétexte d'aller aux toilettes. Les soldats firent semblant de regarder ailleurs.

Quelqu'un nous proposa de nous aider à nous enfuir mais je refusai, n'ayant pas du tout confiance en la personne. Une fois dans ses mains, nous serions peut-être séparés et livrés à l'esclavage! En outre, nous n'avions pas de cartes de résidents, etc. Donc, si nous pouvions nous enfuir maintenant, tôt ou tard nous serions arrêtés par les autorités locales. Ma décision était prise : nous restions dans le bus! Même si la suite des événements s'annonçait dramatique, il nous restait assez de forces pour nous unir et nous battre ensemble. Malgré notre faiblesse, nous arriverions à vaincre tous les obstacles!

Le bus roulait à présent vers l'ouest. Il était minuit passé. Presque tout le monde dormait dans le car, y compris ma sœur et mes frères. Quant à moi, j'étais très fatigué mais je restais éveillé, curieux de voir où nous allions. Comme il commençait à faire froid et que je n'avais qu'une chemise, je sortis de mon sac à dos le dernier journal qu'il me restait pour me couvrir. A travers la vitre ruisselante, je parvins à capter quelques images de l'extérieur : les champs et les cabanes aux toits de chaume avaient disparu et étaient remplacés par des forêts peuplées d'oiseaux nocturnes. Si je ne me trompe pas, après Sisa Ket, le car tourna à droite et prit la direction du sud.

Vers 3 heures du matin, les soldats nous autorisèrent pour la première fois à descendre. Nous étions au cœur d'une immense forêt. Très vite cependant, il fallut remonter. Vers 5 heures, le bus s'arrêta à nouveau. Cette fois, les soldats se montrèrent impitoyables : ils nous ordonnèrent de descendre en nous insultant, en nous arrachant les cheveux, en nous battant et en nous jetant à terre.

Nous étions le 12 juin 1979. Le temps était brumeux et pluvieux à la fois. En descendant du bus, je m'aperçus que nous étions au pied d'une montagne mais les nuages m'empêchaient d'en voir le sommet. Craignant que nous leur échappions, les soldats tirèrent dans le ciel en criant :

– Rassemblez-vous!

Les années ont passé mais j'ai toujours devant les yeux l'image douloureuse et triste de cette foule affolée. Le plus déchirant à voir était ces quelques femmes qui avaient accouché deux ou trois heures auparavant dans le bus et qui, aux coups de fusils, embrassaient leurs bébés tout rouges en les serrant contre leurs sarongs tachés de sang. Quand tous les passagers furent rassemblés, des barbelés furent dressés autour de nous. Debout sous la pluie, nous nous demandions avec angoisse ce qu'on allait faire de nous. Allions-nous être remis aux mains des Khmers rouges ? Allaient-ils nous tuer ? La plupart des femmes se mirent à pleurer et réunirent leurs enfants autour d'elles.

Pendant un moment, la conversation s'engagea entre les soldats de l'escorte et ceux qui étaient sur place. Ces derniers ôtèrent les barbelés et nous chassèrent dans la forêt. Ces soldats étaient encore plus cruels et sauvages que ceux qui nous avaient accompagnés. Ils avaient tous les cheveux très longs et le visage coloré de charbon ou de chaux. Pour nous faire avancer, ils tiraient de tous les côtés et donnaient des coups de pied à ceux qui n'arrivaient pas à marcher. Après avoir parcouru quelques mètres sur le sentier de la montagne, nous vîmes beaucoup d'objets dispersés : vêtements, chaussures, bols, marmites, etc. En voyant toutes ces choses, nous nous demandions où étaient ceux à qui elles appartenaient. Pris de peur, nous refusâmes d'avancer. Les soldats se contentèrent de tirer en l'air mais quand ils virent que nous leur résistions toujours, ils s'emparèrent de deux petites filles et leur tirèrent une balle dans la tête. Elles avaient toutes les deux moins de 8 ans et elles expirèrent en se donnant la main. A ce moment-là on entendit les cris de peur et de douleur des parents qui n'eurent même pas le temps d'enterrer leurs enfants car les soldats nous tiraient carrément dessus. La terre, baignée de sang, était jonchée de corps agonisants, des gens essayaient de fuir ou de se cacher. Avec ma sœur et mes frères, je me dissimulai derrière une grosse pierre. Puis quand tout redevint calme, nous nous remîmes à courir. Les balles volaient au-dessus de nos têtes, faisant tomber autant de feuilles que de gens. En voyant leurs voisins s'écrouler par terre, ceux qui étaient derrière eux abandonnaient leurs affaires pour courir plus vite. Je compris alors pourquoi il y avait tant d'objets dispersés partout : ceux qui étaient arrivés avant nous avaient subi le même sort.

Ma sœur et mes frères pleuraient, complètement affolés. Eng me dit d'abandonner mon sac mais je ne l'écoutai pas, essayant de rester lucide et de chasser ma peur. Je refusais de jeter mon sac car je ne savais pas ce qui allait se passer dans les prochaines heures. Aurions-nous de quoi manger? Serions-nous au moins à l'abri? La peur me faisait oublier la douleur, la faim et le froid. Je courais droit devant moi en traînant mon frère de 4 ans et ma soeur. Tout d'un coup, Eng s'écroula par terre, pâle comme la mort. Cela m'énerva de voir qu'elle ne voulait plus marcher.

– Mon Dieu, aidez-nous! Nous allons mourir! dit-elle dans un frisson, le front baigné de sueur.

Les coups de fusil s'étaient tus. Nous nous arrêtâmes derrière une pierre pour souffler un peu. C'est à ce moment-là que je découvris que nous avions des écorchures partout... Mon corps me faisait mal et je n'en pouvais plus. Des gémissements de douleur résonnaient dans toute la forêt. Chacun se lamentait sur son propre sort. Soudain la voix d'une femme s'éleva :

– Frères et sœurs, ils sont en train de nous pousser en bas de la montagne. Ne descendez pas, il y a des forêts minées, il vaut mieux mourir ici! J'ai été blessée hier. Regardez, je n'ai plus de chevilles! Ma mère et mes frères sont morts en bas!

Debout au bord de la falaise, une autre jeune femme pleurait en criant :

– Au nom de tous les hommes qui prient, laissez-nous en paix si vous ne voulez pas nous sauver!

A ces mots, un soldat aux longs cheveux se précipita sur elle et lui tira une balle dans la nuque. En l'espace de quelques heures, nous avions assisté à une série d'horreurs accablantes. J'en avais vraiment assez et je me disais en moi-même : « Pourquoi devons-nous encore souffrir? N'avons-nous pas assez souffert avec les Khmers rouges? »

Mais nous n'avions pas le choix. Il fallait obéir aux soldats thaïlandais et descendre jusqu'en bas de la falaise. D'en haut, je ne voyais que les cimes des arbres plus ou moins cachées par les nuages et de temps en temps, des cris humains me parvenaient, qui ressemblaient à ceux d'un père cherchant ses enfants ou d'une femme appelant son mari.

Comme les soldats ne nous tiraient plus dessus, je me demandais si nous n'étions pas déjà au Cambodge. Grâce aux plantes grimpantes, et au fait que la falaise n'était pas trop raide, la descente fut moins dure qu'elle ne le laissait prévoir.

Quand nous arrivâmes au flanc de la montagne, il était presque 3 heures de l'après-midi. Cette fois, nous ne pouvions plus avancer, premièrement parce que nous étions au bout de nos forces et que nous avions terriblement soif, deuxièmement parce que le chemin n'allait pas plus loin. Partout sous les arbres, gisaient des êtres humains désespérés qui se laissaient mourir. Ceux qui n'étaient pas blessés et qui étaient là depuis plusieurs jours étaient affaiblis par la faim et la soif. Autour de moi, je ne voyais que des visages tristes et affamés qui murmuraient en gémissant faiblement :« Achevez-moi, je souffre » ou « A boire, j'ai soif ».

Une des images qui me bouleversa le plus fut celle d'une grand-mère blessée, entourée de fourmis, qui réclamait doucement à boire. A côté d'elle, étaient étendus les corps meurtris de ses trois petits-enfants morts. En voyant cela, ma sœur éclata en sanglots. Un sentiment d'impuissance m'envahit et, face à cette souffrance, je ne sus que répondre.

Tout le monde avait soif mais ceux qui avaient de l'eau n'étaient pas très nombreux à se manifester. Près de moi se trouvait un homme qui serrait fermement contre sa poitrine un bidon qui contenait de l'eau aussi trouble que de l'urine de bœuf. Mais qu'importait sa couleur pourvu qu'on puisse boire un peu! Gentiment, je m'approchai de lui :

– Oncle, excusez-moi de vous déranger. Pourriez-vous me dire où je peux trouver de l'eau?

– Non, je ne vous dirai jamais où est la source!

– Mon Dieu, comme vous êtes méchant! Je ne vous ai même pas demandé à boire! Vous me donnez envie de vomir! A votre place, j'aurais honte de rester sourd aux cris de cette grand-mère qui a soif et qui va mourir! Croyez-moi, Oncle, vous ne gagnerez rien en vous comportant ainsi!

Mais pour toute réponse, il détourna la tête et se remit à embrasser son bidon d'eau.

Je me mis à réfléchir. Où étions-nous et comment allions-nous faire pour nous en sortir? Quelques poignées de riz suffirent à obtenir les renseignements que je désirais. Je sus que nous étions dans la chaîne montagneuse de Dang Rêck, au nord du Cambodge [1]. Pour avoir de l'eau, il suffisait de descendre quelques mètres et on trouvait un petit ruisseau à sec entre deux vallées. On creusait alors un trou et au bout de quelques instants, il était plein d'eau. Si beaucoup de gens refusaient d'aller chercher de l'eau, c'est parce que les chemins qui menaient à la source étaient minés. De plus, ils avaient peur de se perdre et de ne pas retrouver leur famille. Pour nous, ce n'était pas une raison suffisante. Nous avions soif et il nous fallait absolument de l'eau! Je décidai donc de partir.

Ma sœur était morte de peur. Moi non plus, je n'étais pas rassuré, mais je m'efforçais de cacher mon inquiétude. Je fus de retour au crépuscule, rapportant avec moi un litre d'eau à peu près. Nous en bûmes chacun un peu, sans oublier la gand-mère, et je gardai un fond de bouteille pour le lendemain. Il est vrai que le chemin qui menait à la source était dangereux. Quelques mines avaient explosé et six personnes étaient mortes sur place; beaucoup d'autres avaient été blessées. J'avais été très impressionné par la vision des morts au bord du ruisseau. On m'avait raconté que c'étaient des blessés qui avaient rampé jusqu'au ruisseau pour tenter de boire mais qui étaient morts avant d'avoir pu se désaltérer.

La première nuit sur le territoire khmer ne fut pas de

1. Cet événement dramatique fut appelé par la suite la « chute de Dang Rêck des réfugiés cambodgiens ».

tout repos. Les cris des pères qui appelaient leurs fils et ceux des femmes qui cherchaient leurs maris résonnaient dans toute la montagne. Quand nous nous réveillâmes le lendemain matin, nous avions des courbatures partout. Cela faisait vingt-quatre heures que nous n'avions rien mangé! Nous étions morts de fatigue. Cependant, si nous nous laissions aller, l'avenir deviendrait obscurément et stupidement absurde. Aussi, il fallait réagir. Mais comment? Si nous retournions sur nos pas, nous serions exécutés par les soldats thaïlandais. Si nous restions sur place, nous mourrions de faim ou de soif. Si nous poursuivions notre chemin, nous avancerions soit vers la mort, soit vers la victoire. La mort, parce qu'il fallait traverser la forêt minée, la victoire parce qu'après la forêt, la route serait plus facile et que nous pourrions calmer un peu notre faim en mangeant des feuilles. Au bout de quinze minutes, la décision était prise : nous partions. Ma sœur était la seule de nous quatre à hésiter encore à cause de la peur :

– Si une bombe explose, dit-elle, que le bon Dieu nous protège! Que nous soyions sains et saufs! Sinon... je ne veux pas voir la souffrance et que la mort nous emporte si ce devait être le cas!

Avant qu'elle ouvre la bouche, j'avais déjà entrevu les risques de notre prochain voyage. Des images horribles oppressaient mon cerveau mais la phrase de mon père me redonna du courage : « Tant que tu respires, l'espoir t'appartient. »

La traversée de cette zone dangereuse dura trois jours. La distance à parcourir était courte mais affreusement risquée. Le premier jour, nous marchâmes au milieu d'une marée humaine qui préférait rester sur place. Le deuxième jour fut une journée mortelle et sanglante. Les bombes explosaient devant nous, derrière nous et à chaque fois, nous tremblions comme des moineaux sous la pluie. Le plus souvent, les explosions étaient causées par deux ou trois imbéciles qui préféraient prendre un autre chemin plutôt que suivre la piste tracée peu de temps avant par les soldats de Lon Nol [1]. Le plus terrible est que ces explosions tuaient non seulement les imbéciles mais tous les gens qui étaient autour. Jamais de ma vie je n'ai vu autant de cadavres que ce jour-là. La plupart étaient des Khmers musulmans qui avaient fait partie du premier convoi et qui avaient été les premiers également à traverser la forêt minée et à être victimes de ses pièges. A cause des mauvaises odeurs et de l'humidité, nous faillîmes mourir étouffés. Quand la nuit vint, tout le monde s'assit sur le chemin. Personne n'osait s'en éloigner à cause des explosions.

Au matin du troisième jour, nous rencontrâmes des soldats vietnamiens qui, gentiment, nous indiquèrent la route la plus sûre. Elle serpentait entre des pentes moins raides et traversait de petites clairières emplies de foin.

Vers 3 heures de l'après-midi, nous avions enfin atteint la route nationale qui menait par le sud à Kompong Thom, au centre du Cambodge. Comme nous étions heureux d'être sains et saufs! Je jetai un dernier regard à la montagne : elle était derrière nous maintenant! Au pied de la montagne, tout près de la route, il y avait un grand lac peu profond où flottaient quelques branches d'arbres. Ce magnifique paysage offrait sa beauté en récompense de notre fatigue. Après s'être désaltérés, les gens se lavèrent pour enlever la sueur des mauvais jours qu'ils voulaient oublier.

Malgré la faim et la fatigue, je me sentis vraiment en forme après m'être lavé dans le lac. Le fait d'être propre me redonna du courage et fortifia mon espoir. Je ne m'étais pas lavé en effet depuis une semaine et j'avais le bassin plein de sang et de pus. Quel soulagement d'être propre maintenant! Je ne savais pas dans quelle direction aller mais peu importait. Ce qui était important, c'était cette propreté retrouvée qui me rendait ma dignité. Ceux qui avaient encore des forces se remirent immédiatement en route. Quant à nous, nous préférâmes d'abord nous

1. Général cambodgien qui abolit la royauté en 1970 et qui fut président de la République khmère jusqu'en avril 1975.

reposer. Les 2 kilos de riz que j'avais dans mon sac étaient presque finis. Avec seulement une poignée de riz, ma sœur fit chauffer une grande marmite de potage où il n 'y avait que de l'eau. Nous mangions pour ne pas mourir de faim et retrouver un peu de force pour lutter.

Après une bonne sieste, je voulus reprendre la route mais j'étais trop fatigué pour avancer. Nous décidâmes alors de passer la nuit sous un arbre, au bord de la route. Dès la tombée de la nuit, nous fûmes assaillis par les moustiques et je dus allumer un feu pour les éloigner. Malgré la clarté de la flamme, mon cœur était triste et malheureux. Une grande peur l'envahissait. Je souffrais de ne pas savoir ce que je ferais et ce que je mangerais dans les jours à venir. Retournerais-je à Battambang avec ma dysenterie? Les routes étaient-elles sûres? J'avais beau être au Cambodge, je me sentais très loin de chez moi. J'avais besoin d'un réconfort moral dans la solitude où je me trouvais. L'espoir de redevenir libre n'était pas perdu pour toujours mais l'échec que nous venions de subir était amer et douloureux. La peur me paralysait et rien que le souvenir des cris dans la forêt suffisait à me faire revivre le cauchemar des Khmers rouges.

Il fallut deux jours de marche pour arriver dans un hameau composé de quelques maisons en bois, qui s'appelait Backkhaim. Les habitants n'étaient pas du tout accueillants. La plupart étaient des gens de tribus qui parlaient à peine le cambodgien. Quand ils nous virent, ils coururent se cacher dans la brousse et nous les aperçûmes dans les arbres, en train de nous guetter avec un grand sourire qui découvrait leurs belles dents. Les femmes avaient les cheveux en désordre. Elles étaient habillées en noir, très pauvrement. Les hommes étaient pour la plupart torse nu et portaient des tatouages. Quant aux enfants, ils étaient pratiquement nus. C'était la première fois de ma vie que je voyais des êtres humains si peu évolués vivre dans un univers qui paraissait moyenâgeux. Cette rencontre me rappela alors la vie des papous que je lisais en classe primaire dans un livre de sciences et de voyages de mon père. Nous passions tous les deux des heures entières à parler de cette civilisation... Comme mon père soudain me manquait!

Même si ces gens s'enfuyaient à notre vue, la faim me poussa à aller vers eux pour leur demander s'ils avaient quelque chose à manger. Je leur montrai ma boîte de baume du singe pour leur indiquer que j'étais prêt à la leur donner en échange de quelques patates douces ou d'une main de bananes. Mais ils secouaient négativement la tête en me montrant une marmite qui était remplie de plantes médicinales. L'un d'entre eux me demanda cependant si je n'avais pas de pince à cheveux pour sa femme, en échange d'un poulet. Malheureusement, nous n'en avions pas.

A la sortie du village, il y avait un poste de contrôle vietnamien où nous dûmes remplir des formulaires en indiquant nos nom, prénom et âge ainsi que les raisons de notre passage et le lieu de notre destination. Je répondis honnêtement à toutes les questions sauf à une : au lieu de dire que nous avions quitté le Cambodge pour des raisons politiques, je racontai que nous avions été faits prisonniers par les Khmers rouges dans la forêt frontalière et que notre seule issue avait été la Thaïlande. Pourquoi cette réponse? Simplement parce que je craignais que nous soyions plus tard arrêtés par les autorités locales et accusés d'avoir trahi notre patrie. Les soldats vietnamiens nous posèrent beaucoup de questions mais ils se montrèrent très gentils avec nous. Avant de nous laisser partir, ils nous remirent à chacun un paquet de farine et nous donnèrent des conseils :

– Il vous faut plusieurs jours de marche pour arriver au prochain village et il n'y a que très peu de points d'eau. Faites attention également car la route n'est pas très sûre! Ce n'est pas à cause des Khmers rouges, rassurez-vous, mais à cause des animaux sauvages! La nuit, dormez en vous regroupant et n'oubliez pas de faire un feu. Nous vous accompagnerions volontiers mais nous ne sommes pas assez nombreux. Veuillez nous en excuser!

Les forêts épaisses de bambous étaient le seul paysage qui bordait la route. La nuit, nous avions beaucoup de mal à dormir à cause des moustiques et de la pluie. Au bout de quelques jours de marche, les vivres s'épuisèrent et le nombre des réfugiés qui marchaient avec nous diminua : beaucoup d'enfants mouraient de la rougeole, du paludisme et de la dysenterie. Grandes ou petites, les tombes faisaient partie du paysage quotidien.

Je me souviens d'un grand-père dont la fille avait été tuée en montagne et qui transportait ses deux petites-filles atteintes de dysenterie dans deux paniers reliés par une planche en bambou. Quand nous étions réunis le soir autour du feu, il lui arrivait souvent de me demander le médicament [1] que j'utilisais pour calmer les douleurs. Un soir où ma sœur, mes frères et moi revenions avec des feuilles et des pousses de bambous pour le dîner, nous trouvâmes les deux petites filles dans les paniers, sans le grand-père. Ma sœur courut vers elles pour leur donner à boire, mais elles n'ouvraient pas la bouche et elles étaient toutes froides. Affolée, elle jeta le gobelet par terre et revint en courant :

– Je ne comprends pas pourquoi elles ne veulent pas ouvrir la bouche, dit-elle. J'ai peur ! Je n'ose pas les toucher !

Je me rendis immédiatement auprès des deux fillettes et tâtai leur pouls : elles étaient mortes. Je m'adressai alors à ma sœur :

– Depuis le temps, tu ne sais pas faire la différence entre une personne morte et une personne vivante ?

– Oh ! Je ne cherche pas à comprendre, répondit-elle, ce genre de chose ne m'intéresse guère.

En attendant, où se trouvait le grand-père des deux petites filles ? Inquiets, nous partîmes à sa recherche. Ce ne fut qu'au coucher du soleil que nous eûmes la désagréable surprise de le découvrir pendu à une branche. Le lendemain, avant de repartir, nous creusâmes trois tombes

1. Médicament que je fabriquais moi-même en faisant bouillir ensemble des écorces et des herbes.

en bordure de la route. Pour que la famille ou les amis des défunts sachent de qui il s'agissait, on mit sur la première tombe les vieilles chaussures du grand-père. Ils n'étaient pas de notre famille mais nous avions pitié d'eux. Comment en effet ne pas être sensible à la souffrance d'autrui et ne pas venir à son secours?

Cet événement dramatique nous incita à presser le pas et à espérer que les étapes suivantes allaient mieux se passer. Malheureusement, les obstacles se multipliaient sur notre route : impossibilité de franchir les rivières à cause des ponts coupés ou détruits par les bombes, routes barrées par les arbres et les inondations... Tous ces actes avaient été commis par les Khmers rouges au moment de leur fuite.

Au début de la quatrième semaine du mois de juin 1979, nous atteignîmes Kompong Thom, le centre du Cambodge. A partir de là, il y avait deux routes : la première allait vers le sud-est, à Kompong Cham, puis vers le Viêt-nam; la seconde allait vers le nord-ouest, à Siem Réap, et ensuite à Battambang. Beaucoup de réfugiés prenaient la direction du Viêt-nam, espérant s'enfuir par bateau en traversant la mer de Chine. Quant à nous, nous voulions fuir aussi le communisme, mais avant tout, il nous fallait regagner notre ville natale car même si nous n'avions plus rien, nous avions là-bas des parents et des amis qui pourraient peut-être nous aider. La nuit à Kompong Thom fut atroce : il pleuvait, nous étions dans la boue et assaillis par les moustiques. Les soldats vietnamiens eurent cependant un geste amical car au moment de partir, ils nous donnèrent une boîte de farine.

De Kompong Thom à Siem Réap, il n'y avait que des rizières. A la place des pousses de bambous, nous mangions des liserons d'eau et des feuilles de tamariniers. Mais mon estomac supportait de plus en plus mal une telle nourriture et je ne pouvais plus boire car l'eau trouble me faisait très mal au ventre. Sous la chaleur étouffante, mon corps se déshydratait complètement. Parfois, j'étais pris de vertige et ne pouvais plus avancer.

Tous les 2 kilomètres environ, mes frères et ma sœur étaient obligés de m'attendre car je m'arrêtais pour me tremper dans l'eau des rizières. Je parcourus ainsi tant bien que mal la distance qui nous séparait de Siem Réap. De nous quatre, c'était moi qui avait le plus de mal à marcher à cause de la dysenterie. Mon petit frère de 4 ans cependant avait lui aussi bien du mal à avancer à cause des plaies de ses pieds. Il fallait le gronder et le pousser pour qu'il ne s'arrête pas. Pauvre petit! Il ne pouvait qu'obéir en pleurant! De temps en temps, je le hissais sur des charrettes à bœufs qui allaient dans la même direction que nous et il se mettait à rire au milieu de ses larmes.

Dès que nous arrivâmes à Siem Réap, mes pensées s'envolèrent vers le temple de Angkor Wat, ce temple magnifique que je ne cesse pas d'aimer. Pendant que je me mettais en quête de nourriture, ma sœur pria les deux déesses noires qui étaient sous un banian. Beaucoup de gens comme nous croyaient que les déesses jetées au fond de la rivière de Siem Réap par les Khmers rouges protégeaient les malheureux. Après le départ de ces derniers, la population avait ressorti les statues pour les vénérer comme elle avait toujours l'habitude de le faire. Dès qu'elle eut fini, Eng me rejoignit au marché. Il y avait des masses de choses sur les étalages : fruits, gâteaux, poissons, etc. Malheureusement, nous n'avions pas un sou en poche et nous devions nous contenter d'avaler notre salive.

A cause de nos vêtements sales et déchirés, de notre maigreur et de notre pâleur, les gens nous regardaient avec curiosité, pitié ou indifférence. Quelques personnes cependant se dirigeaient vers nous et nous demandaient :

« Vous venez de la chaîne de Dang Rêck, n'est-ce pas ? Connaissez-vous ma mère ? Voici sa photo. »

Je répondais qu'il y avait de nombreux réfugiés dans la montagne et que je ne la connaissais pas. La personne se mettait alors à pleurer et demandait s'il était vrai qu'il y avait beaucoup de morts. Je répondais qu'il ne fallait pas désespérer car un grand nombre de gens étaient restés en haut et n'osaient pas encore descendre.

La nuit tombait et nous avions toujours le ventre creux. Mon petit frère se mit à pleurer, mais le fait de lui dire la vérité le consola un peu. Je me demandais cependant avec angoisse ce qu'il fallait que je fasse. Fallait-il mendier ? Jamais ! Devais-je fouiller les poubelles ? Si c'était le seul remède pour ne pas mourir de faim, il n'y avait pas à hésiter. Muni d'un bâton, je commençai à fouiller les tas d'ordures, sous la pluie. Des cochons venaient me disputer parfois un concombre ou une pastèque pourris, mais un coup de bâton suffisait à les chasser. J'étais fier d'avoir surmonté la honte que j'éprouvais, afin de nous nourrir !

Je ne pouvais pas quitter Siem Réap sans aller à Angkor Wat. Le lendemain, nous partîmes pour le temple. Ma sœur s'inquiétait de savoir ce que nous allions manger, mais je lui répondis qu'il y avait des nénuphars et des lotus dans les lacs qui entouraient Angkor Wat. A mi-chemin environ (le temple se trouve en effet à 6 kilomètres de Siem Réap), nous rencontrâmes un bûcheron qui avait besoin d'aide pour remplir sa charrette de bois avant la nuit. Il m'embaucha tout de suite et grâce aux quelques kilos de riz qu'il me donna en échange, nous pûmes visiter le temple sans avoir faim. Je fus peiné de voir toutes les statues de Bouddha décapitées. Beaucoup de belles choses avaient été abîmées par les Khmers rouges, mais malgré cela, Angkor Wat gardait toute sa splendeur.

Nous partîmes le lendemain pour Battambang. Cette fois, le voyage fut plus pénible car tout le monde était épuisé. Il fallait en effet se lever très tôt pour ne pas marcher sous la chaleur car lorsqu'il faisait jour, on se fatiguait très vite. Il y avait beaucoup moins de voyageurs sur la route à présent. Nous étions quasiment les seuls !

CHAPITRE XXIV

Retour à Don Téov

Le 15 juillet 1979, nous étions de nouveau à Don Téov, près de Battambang. Cela faisait deux mois et trois jours que nous étions partis. Nous espérions arriver au village dans l'après-midi afin de pouvoir organiser notre nouvelle vie et demander de l'aide auprès des familles qui étaient restées sur place. Mais la pluie ralentit notre voyage et nous n'arrivâmes qu'à la nuit tombée.

Beaucoup de nos parents habitaient ici, dans des maisons plus ou moins grandes. Je décidai d'aller voir une de nos tantes avec qui nous avions toujours gardé de bonnes relations. Elle avait été autrefois très gentille avec nous et ses enfants avaient logé chez nous pendant plusieurs années quand ils allaient en classe à Battambang. Il faisait très sombre quand je me rendis chez elle. A cette heure-là, il n'y avait plus personne dans les rues de Don Téov et on n'entendait que les pleurs de mon petit frère qui réclamait sans cesse à manger. Pour le calmer, je lui disais :

– Tout à l'heure, notre tante nous donnera à manger. Tu seras le premier servi et tu auras la plus grosse part.

– Il faut marcher encore longtemps ? demandait-il.

– Non, nous sommes presque arrivés.

– Tu es sûr que j'aurai la plus grosse part ?

– Sûr ! Parce que tu es un brave petit garçon qui arrive

à nous suivre malgré la route, le mauvais temps, le sommeil, la faim et les moustiques.

Notre voyage prit fin devant un grand pavillon blanc, entouré d'arbres fruitiers. C'était la maison de notre tante. Toutes les portes étaient fermées, mais la lumière de la lampe à pétrole à travers les fenêtres ouvertes du premier étage indiquait que les gens de la maison n'étaient pas encore couchés. Ma sœur frappa à la porte et nous attendîmes en silence, espérant être accueillis à bras ouverts et contents de pouvoir dormir à l'abri, sans avoir peur.

Quelques instants plus tard, la porte s'ouvrit et une femme d'une trentaine d'années tenant une lampe à la main apparut sur le seuil. C'était ma cousine, la fille aînée de ma tante. Son regard me mit tout d'un coup très mal à l'aise, mais je me dis qu'elle ne se sentait peut-être pas très bien ce soir-là. Un sentiment de tristesse et de déception nous envahissait, excepté le plus jeune d'entre nous qui avait cessé de pleurer et qui regardait à l'intérieur de la maison comme s'il espérait obtenir quelque chose. Je ne sais pourquoi, j'étais incapable d'ouvrir la bouche pour demander quoi que ce soit. Ma sœur décida de rompre la première le silence et déclara en baissant la tête :

– Grande sœur, nous n'avons plus rien. Notre maison a été prise par l'État après notre départ. En attendant que nous trouvions un toit, pourrions-nous loger chez vous ?

– Je ne peux pas vous répondre. La maison n'est pas à moi, c'est celle de ma mère. C'est à elle qu'il faut demander. De toute manière, nous sommes dans la même situation que vous. Nous aussi, nous avons été refoulés par les Thaïlandais dans la montagne de Dang Rêck. Il n'y a seulement que quelques jours que nous sommes là. Ma mère est là, rentre !

Ma sœur entra seule dans la maison pendant que j'attendais dehors avec mes frères. Tristement, je repensais à l'époque où je considérais cette maison comme la mienne. Chaque fois que j'y venais, je courais et faisais tout ce que je voulais. Tout le monde était très gentil avec moi. Il était si facile de se souvenir de ces jours heureux ! A présent, mon cœur se sentait blessé...

A travers la faible lumière des fenêtres, j'aperçus ma tante qui, assise sur un lit en bois, était occupée à préparer sa feuille de bétel. Elle avait entendu notre conversation mais faisait semblant de l'ignorer. Ma sœur s'approcha d'elle et lui demanda :

– Grand-tante, pourrions-nous loger chez vous en attendant de trouver un toit ?

Poussant un gros soupir, ma tante plia la feuille de bétel qu'elle mit dans sa bouche, mâcha un instant et prit enfin la parole :

– Vous pouvez rester si vous voulez, mais vous ne mangerez pas avec nous. Nous aurons chacun notre marmite.

Ma sœur nous fit alors signe d'entrer et c'est le cœur rempli d'amertume et de douleur que je pénétrai dans la maison. Nous avions l'autorisation de dormir au rez-de-chaussée. Mon petit frère n'avait pas oublié la promesse que je lui avais faite en lui disant que ma tante nous donnerait à manger. Malheureusement, la réalité était tout autre ! Quand vint l'heure du dîner, mes cousins rentrèrent de la pêche et déposèrent sur la table de la cuisine un grand panier de poissons frais. Malgré notre faim, nous parvenions à nous maîtriser, sauf mon petit frère qui me demandait s'il pouvait prendre un poisson dans le panier pour le faire cuire. Je n'eus pas le temps de lui répondre ! Il avait déjà couru vers la table et pris un poisson ! En voyant cela, le plus jeune de mes cousins lui dit d'un air indifférent :

– Laisse ce poisson ! Ne le touche pas, on va s'en occuper.

Cette parole me blessa profondément. Je m'emparai du poisson et dis gentiment à mon frère :

– Demain, nous irons à la pêche et nous rapporterons du poisson frais.

Après plus d'un mois d'un voyage éreintant, nous avions enfin un toit, mais notre cœur était plus que jamais rongé par la tristesse et mis à vif par de trop nombreuses épines. Nous nous étendîmes par terre pour dormir, les uns contre les autres. En pleine nuit, le plus petit pleura pour réclamer à manger, mais ma sœur le pinça en lui disant qu'elle s'efforcerait de lui trouver quelque chose s'il s'arrêtait de pleurer. Nous étions d'accord elle et moi pour ne rien demander à ma tante et à ses enfants. Nous ne voulions pas leur montrer que nous avions faim, par fierté, peut-être même par orgueil! Le lendemain, les cuisses de mon petit frère étaient bleues et je fis des reproches à ma sœur :

– C'est stupide et méchant de le pincer! lui dis-je.

– Je sais, répondit-elle, moi-même j'ai encore plus faim que lui. Mais il n'a pas à demander à manger car ici, on ne l'écoutera pas. De toutes façons, je ne baisserai jamais la tête devant ces ingrats. Je préfère mourir de faim! Voilà comment ils nous rendent tout le bien qu'on leur a fait! Cela m'écœure, et je ne dirai plus rien.

– Inutile de te rappeler le passé! dis-je. Si j'étais à leur place, j'aurais honte de me comporter ainsi, c'est tout.

Jour après jour, notre santé se détériorait. Non seulement nous avions faim, mais en plus nous devions supporter les insultes et les désagréments que nous causaient ma tante et mes cousins. De temps en temps, les voisins nous demandaient de les aider à transporter ou vendre des cocos et nous donnaient en échange quelques poignées de riz... Ce riz dont nous avions tant besoin! J'étais dégoûté de voir mes cousins manger du riz alors que mes frères et ma sœur se contentaient d'un bouillon de feuilles. De plus, ils avaient les moyens d'acheter du bois pour faire la cuisine tandis que de notre côté, il fallait se lever de bonne heure pour arriver à trouver un morceau de bois! Ma sœur rentra un soir avec quelques poignées de maïs rouge très dur. Cela prenait des heures de faire cuire le maïs dans l'eau bouillante, aussi on décida de le manger grillé. Mais pour cela, il fallait du bois. Où en trouver? Dans le jardin de ma tante, il y avait des branches mortes provenant des arbres fruitiers. Je me contentai de les briser sans demander la permission, mais je n'avais pas plus tôt commencé que j'entendis une voix à la fenêtre (c'était ma tante) :

– Laisse-les ! J'en ai besoin pour faire les serres des haricots.

Ce soir-là, nous dûmes nous endormir le ventre vide. On mit le maïs à tremper pour pouvoir le manger le lendemain, quand il serait mou. En attendant, mon petit frère continuait à pleurer de faim. A force de le gronder et de le pincer, il s'arrêta de pleurer et s'endormit, des larmes sur les joues et les mains serrées autour de son cou comme pour dire : « Embrassez-moi au lieu de me gronder et de me pincer ! » Je le regardai d'un cœur attendri. Moi aussi je pleurais de faim, mais en cachette !

Nous savions très bien que toute la famille de notre tante cherchait à nous mettre dehors parce que notre présence la dérangeait. Mais où irions-nous si nous partions ? Nous ne pouvions pas retourner dans notre maison à Battambang, qui était toujours sous le contrôle de l'État. Nous étions donc obligés de rester encore chez ma tante. Bien souvent, l'endroit où nous dormions était aspergé de chaux et nous avions des boutons qui s'infectaient parce que cela nous irritait la peau. Face à tant de méchancetés humaines, nos seules armes étaient le sourire et le silence.

Notre vie quotidienne était triste et monotone. Les journées qui passaient nous paraissaient très longues. Nous nous levions tous les matins à 5 heures pour remplir les jarres de la maison en allant chercher de l'eau à la rivière. Puis, nous balayions la cour. Lorsque nous avions fini, il fallait attendre midi. Pendant que nous restions assis sous les arbres, mes cousins allaient s'approvisionner au marché. A l'heure du repas, je m'efforçais (chaque fois que je me levais en effet, j'avais des vertiges) d'emmener mon petit frère quelque part pour qu'il ne voit pas les autres manger. Le soir, on se contentait de boire avant d'aller se coucher.

Notre situation laissait complètement indifférents ma tante et ses enfants. Ils auraient certainement voulu que nous nous abaissions devant eux et que nous leur demandions à manger, mais nous avions décidé de ne jamais courber la tête devant eux. Nous préférions ne boire que de l'eau et ne manger que des feuillages. Pourquoi cette réaction ? Simplement parce que nous n'acceptions pas que des gens qui avaient mangé à notre table et que mes parents avaient profondément aimés nous traitent de cette manière. Ma sœur et moi avions juré de ne jamais clamer haut et fort ce que nos parents avaient fait pour eux.

Je me souviens d'un chat gris très mignon qui venait toujours se frotter contre nos jambes. Je l'aimais énormément et je le prenais tout le temps dans les bras pour l'embrasser. Cela me faisait plaisir de le voir se blottir au creux de mon ventre et je le caressais doucement. Le chat me répondait en léchant tendrement mes doigts et en me regardant avec amour, comme s'il voulait dire : « Moi aussi, je t'aime. » Un matin où le chat se dirigeait vers moi, le petit-fils de ma tante sortit de la maison avec un bâton et sauta sur le chat qu'il assomma de toutes ses forces. La pauvre bête mourut sur le coup. Comment un enfant de 7 ans avait-il pu faire une chose pareille ? Tant de cruauté me mit hors de moi et je me précipitai sur le garnement que je battis de toutes mes forces. En quelques minutes, il eut la peau déchirée, une bosse sur la tête et des bleus partout. « Cela te servira de leçon, dis-je. Et maintenant, va dire à ta grand-mère et à tes parents que c'est moi qui t'ai battu ! » Il est vrai que j'avais été un peu trop loin ! Il était rare que je sois aussi brutal, mais le fait de voir ce chat tué de manière si sauvage m'avait rendu furieux. J'aimais beaucoup cet animal dont la présence et l'affection me réconfortaient et me permettaient de ne pas me sentir abandonné dans cette épreuve, et sa mort laissait un grand vide en moi. Les lamentations de l'enfant attirèrent cependant ma tante et ses enfants qui sortirent aussitôt de la maison. Le visage rouge de colère, ma tante s'écria :

– Quoi ! Tu oses frapper mon petit-fils ? Va-t-en, fils de pute ! Sors de chez moi immédiatement !

Je lui répondis en lui montrant le cadavre du chat :

– Regardez ce qu'il vient de faire ! Ne croyez-vous pas qu'il mérite une correction ?

La mère de l'enfant vint chercher son fils sans dire un mot. Un de ses frères voulut me battre, mais devant les cris de protestation des voisins, il n'osa pas. Le calme se fit au bout d'un instant. Puis la voix coléreuse de ma tante s'éleva à nouveau :

– La prochaine fois que tu frapperas mon petit-fils, tu ne seras pas épargné. Allez-vous-en, sortez d'ici immédiatement ! J'en ai assez de vous quatre !

– Je sais que cette maison est à vous, répondis-je. Mais avant, elle était à l'État, et vous ne pouvez pas nous mettre dehors sans sa permission ! Si vous voulez, nous pouvons aller voir ensemble le chef du village, mais nous ne sortirons pas d'ici avant d'avoir trouvé un toit !

– Va le voir seul ! répliqua ma tante. Je n'ai rien à régler avec lui.

Je savais très bien qu'elle perdrait la face devant le chef du village car tout le monde savait comment elle nous traitait.

Le soir de ce même jour, le rez-de-chaussée fut à nouveau blanchi à la chaux et, pour la première fois, nos affaires furent dispersées un peu partout. Je n'étais pas étonné de cette réaction mais je ne voulais pas faire d'histoires. Ma tante pouvait faire ce qu'elle voulait, nous avions encore nos mains pour balayer la chaux !

Au mois de novembre 1979, mon petit frère tomba malade. Cela ne me surprit pas car depuis cinq mois, nous ne mangions que trois ou quatre fois par semaine. Pour le guérir, il fallait du riz, mais où en trouver ? Mes cousins avaient toujours mangé à leur faim jusqu'à maintenant, mais il n'était pas question que je demande leur aide. En même temps, je me reprochais d'être trop fier : « Il est temps que tu brises ton orgueil, me disais-je, sinon ton frère va mourir de faim ! » Pourtant, je n'avais pas le courage de m'adresser à eux.

Après avoir discuté avec Eng, je décidai alors d'aller demander de l'aide au frère de notre grand-mère paternelle. Nous savions en effet qu'il possédait encore beaucoup de biens qui n'avaient pas été confisqués par les Khmers rouges. Mais nous fûmes accueillis très froidement. En voyant à quel point nous étions maigres et pâles, il se douta que nous venions lui demander quelque chose et il n'osa plus nous taquiner comme il le faisait autrefois. Après les premières formules de politesse, ma sœur entreprit de lui parler :

– Grand-père, dit-elle, nous sommes dans le besoin. Nous avons très faim et mon petit frère est malade. Pourriez-vous nous donner quelques poignées de riz ? Ce serait trop dommage de mourir de faim maintenant que les Khmers rouges ne sont plus là !

Sa demande mit l'oncle dans l'embarras, d'autant plus qu'il s'apprêtait à se mettre à table. Avant de nous répondre, il jeta un coup d'œil au repas qu'on venait de lui apporter, comme s'il souhaitait subitement voir celui-ci emporté par le vent pour pouvoir nous dire qu'il n'avait rien. Il poussa alors un gros soupir, prit son éternel cure-dents et répliqua :

– Moi non plus, il ne me reste plus rien. J'ai juste de quoi survivre ! Je ne peux pas vous aider.

– Excusez-nous de vous avoir dérangé, grand-père, dis-je. Puisque vous ne pouvez pas nous aider, nous allons chercher ailleurs.

En sortant de chez lui, ma sœur fondit en larmes.

– Tu sais, sanglota-t-elle, je ne suis pas du tout surprise de sa réponse !

– Moi non plus, répliquai-je. Je ne souhaite qu'une chose, qu'il crève ! As-tu vu tout à l'heure ? Il a rangé le morceau de sucre dans un tiroir parce qu'il avait peur que je lui prenne, et il m'a regardé comme si j'étais un étranger ! Je me rends compte maintenant que la peur de manquer a terriblement changé le cœur de l'homme !

Le lendemain matin, le chef du village vint nous annoncer qu'on allait distribuer du maïs rouge à ceux qui n'avaient rien à manger. Cette nouvelle nous remplit de joie. Quelques heures plus tard, j'avais dans les mains un gros sac de maïs. Mais où trouver du bois pour le faire cuire ? Cette fois, c'est la femme du chef qui vint nous trouver en nous apportant du bois. Avant de repartir, elle me dit :

– Je vais avoir besoin de toi, veux-tu me suivre ? Je ne peux pas te parler devant tout le monde.

Après avoir fait un bout de chemin, elle me déclara :

– Nous avons beaucoup de tickets pour avoir du maïs, mais nous n'avons droit qu'à une certaine quantité. Mon mari a un poste assez important et nous avons tout ce qu'il nous faut. Aussi, si cela ne te dérange pas, je vais te donner ces tickets pour que tu ailles chercher du maïs, car j'en ai besoin pour mes bêtes. Et après, on partagera.

– Cela ne me dérange pas du tout, répondis-je, je suis content au contraire de pouvoir vous être utile ! Mais je ne voudrais pas que cela me cause des ennuis plus tard !

– Non, fais-moi confiance !

Avant midi, Sany et moi avions rapporté près de 60 kilos de maïs à la femme du chef du village qui nous en donna la moitié. Ainsi, mon petit frère Kiet fut sauvé.

CHAPITRE XXV

Examens

Au cours de la deuxième semaine du mois de novembre 1979, le gouvernement de Heng Samrin, chef d'État de la République populaire du Kampuchéa et ancien Khmer rouge, lança un appel aux étudiants rescapés du régime de Pol Pot pour leur annoncer qu'il avait besoin d'eux :

« Chers compatriotes, l'État a besoin d'instituteurs et l'avenir de notre pays dépend de vous. Renseignez-vous auprès du bureau central de votre ville. »

Ma sœur alla tout de suite chercher les renseignements et rentra toute contente :

– Nous allons poser notre candidature avant la fin du mois, dit-elle. La formation proposée dure deux mois, mais il y a un concours d'entrée. Il faut avoir 25 ans et au moins le bac.

Ma sœur et moi n'avions pas 25 ans, mais ce n'était pas cela qui nous tracassait. En effet, comme tous nos papiers avaient été brûlés par les Khmers rouges, on pouvait indiquer la date de naissance qu'on voulait. Ce qui nous angoissait le plus, c'était le concours d'entrée. Cela faisait presque cinq ans que nous n'avions pas été en classe et nous avions oublié beaucoup de choses. Mais tant pis! Nous allions quand même tenter notre chance! Ma sœur avait le niveau du bac, elle avait donc plus de facilités. Quant à moi, j'avais arrêté la classe en troisième à l'époque de la guerre civile, et mon père avait continué à m'instruire à la maison. De toute manière, il fallait risquer le coup!

La femme du chef du village nous donna quelques feuilles blanches pour rédiger notre candidature. Dans le curriculum vitae, j'écrivis que j'étais né en octobre 1954 et que j'avais donc juste 25 ans, soit 9 ans de plus que mon âge réel.

– Tu crois qu'on me croira? demandai-je à Eng.

– Je ne crois pas car tu fais beaucoup plus jeune! Et moi, tu crois qu'on va me croire? (Elle avait écrit qu'elle avait 26 ans.)

– Je n'en sais rien. On verra bien!

L'autre problème était la question du salaire. Si on réussissait le concours d'entrée, on travaillerait 8 heures par jour pour toucher 15 kilos de riz par mois, 1 kilo de sucre, du poisson salé et peut-être un peu d'argent mais ce n'était pas sûr. Pour manger à notre faim, s'habiller convenablement et trouver un toit, c'était encore insuffisant. Mais comment faire autrement? Voici ce que nous fîmes : ma sœur déclara dans son curriculum vitae qu'elle était veuve avec trois enfants à charge et que son mari était mort pendant le régime de Pol Pot. De mon côté, je déclarai que j'étais également veuf avec trois enfants et que ma femme était morte également sous le régime de Pol Pot.

– Tu crois qu'on va nous croire? demanda ma sœur.

– Je ne sais pas, répondis-je. En tout cas, si nous sommes contrôlés, nous pourrons demander aux voisins de nous prêter leurs enfants. Ils peuvent très bien nous rendre ce petit service car plus tard, ils auront besoin de nous pour aider leurs enfants à faire leurs devoirs!

Quelques jours plus tard, nous apprîmes que le concours d'entrée avait lieu le 25 novembre. Le jour de l'examen, il fallut se lever très tôt. Il y avait en effet plusieurs kilomètres à parcourir et les candidats avaient rendez-vous avant 8 heures dans le quartier nord de Battambang. Pendant le trajet, j'eus tout le temps mal au ventre à cause de la dysenterie. Mon pantalon fut bientôt tâché de sang et comme je n'avais pas de rechange, je dus laver celui que j'avais sur moi dans la rivière. Quand le responsable de l'examen appela mon nom pour je que rentre dans la salle, il fut surpris de voir mon pantalon mouillé mais il ne posa aucune question.

J'espérais être placé à côté de ma sœur pour pouvoir copier, si l'occasion m'en était donnée. Malheureusement, ma sœur était au premier rang et moi au quatrième. Chaque candidat avait sa table et chaque rang était surveillé par quelqu'un. Nous étions en tout 300. Les gens paraissaient étonnés de me voir, premièrement parce que mon pantalon était mouillé, deuxièmement parce que j'étais le plus petit et le plus jeune!

L'examen dura toute la journée. Le matin fut consacré aux mathématiques (algèbre et géométrie) et à la littérature, l'après-midi à l'histoire-géographie et à la physique-chimie. L'examen se terminait ensuite par un entretien personnel avec le jury. La première épreuve fut très pénible pour moi car je ne connaissais rien à l'algèbre et la géométrie des classes de terminale. Je me contentai de faire un dessin et passai le reste du temps à sucer mon stylo. Je voyais ma sœur qui n'arrêtait pas d'écrire et qui ne se retournait pas du tout vers moi. J'aurais bien voulu qu'elle pense un peu à moi! Quand la cloche sonna, je rendis ma feuille presque blanche. J'étais un peu découragé mais je me consolai très vite en me disant : « Maintenant que tu es là, il faut que tu ailles jusqu'au bout! » La deuxième épreuve concernait la littérature khmère. Je me souviens que le sujet était assez dur, mais j'arrivai quand même à remplir plusieurs feuilles.

En sortant de la classe vers midi, je vis plusieurs familles apporter aux candidats de quoi manger. Elles venaient prendre de leurs nouvelles ou simplement les réconforter de leur présence. Cette scène me rendit triste car ma sœur et moi étions tout seuls. Personne n'était venu nous voir ou nous apporter à manger. Notre solitude me fit penser à une histoire triste que j'avais lue quand j'étais à l'école primaire : *Sans famille*, de Hector Malot. Ce jour-là, je partageais sincèrement les malheurs et les souffrances du pauvre Rémi!

L'après-midi se passa mieux. Je répondis presque sans fautes aux questions d'histoire et de géographie. Pour la physique et la chimie, j'eus plus d'hésitations, mais je remplis cependant ma copie. Quant à l'entretien avec le jury, ce fut plus une partie de rire qu'un sévère interrogatoire. L'examinateur regarda mon dossier et leva son visage vers moi :

– Ainsi, Mr Sor, vous êtes veuf et père de famille! (Il sourit d'un air douteux.) Dites-moi donc un peu pourquoi vous êtes intéressé par cette formation!

– Parce qu'elle me permettrait en premier lieu de manger à ma faim! répondis-je. C'est la première raison. Ensuite, cela me fait mal au cœur de voir des enfants de 10 ans et plus qui ne savent ni lire ni écrire dans leur propre langue. Je crois qu'il est de notre devoir de les sortir de l'ignorance.

– Très bien, c'est tout ce que je voulais savoir. Je vous souhaite bonne chance!

Les résultats furent publiés trois jours après. Tout le monde fut admis sauf moi. Mon nom ne figurait pas sur la liste. Je sentis alors un grand vide en moi-même : l'espoir de manger un jour à ma faim s'écroulait! Un peu plus loin, j'aperçus une feuille sur laquelle était marqué : « Mr Sor est prié de se présenter immédiatement au bureau du jury. » Le cœur battant, je me dirigeai vers le lieu de la convocation, sachant très bien qu'on me demanderait pourquoi j'avais rendu une feuille presque blanche à l'épreuve de mathématiques. Je fus reçu par un professeur d'une quarantaine d'années qui me mit tout de suite très à l'aise :

– Mon pauvre ami, dit-il, je t'ai convoqué pour te parler de la formation. Tu t'es bien débrouillé dans toutes les matières sauf en maths. Or, l'épreuve de mathématiques est éliminatoire! Cependant, l'examinateur qui t'a fait passer l'entretien nous a dit à la réunion de ce matin que tu étais intelligent et que, selon lui, tu serais tout à fait capable de suivre la formation et – si tu persévères – de réussir. Tous les membres du jury ont accepté sa proposition et maintenant, c'est à toi de nous montrer tes capacités et ton aptitude.

– Je vous remercie de votre compréhension.

– Une dernière chose, tâche de soigner ta maladie (il parlait de la dysenterie) et maintenant, au travail!

J'étais vraiment ravi! En attendant la rentrée qui avait lieu deux semaines après, soit le 15 décembre 1979, je m'efforçais de trouver les plantes médicinales qui pouvaient me guérir. Malheureusement, elles calmaient la douleur sans enrayer les pertes de sang. Il aurait fallu pour cela que je mange du riz mais je n'en avais pas un gramme.

L'école où se déroulait la session de formation se trouvait en dehors de Battambang, à 9 kilomètres de Don Téov. Les élèves étaient nourris et logés pendant la semaine. Q'allaient devenir mes frères en notre absence? Nous n'avions plus de maïs et pas un sou pour acheter du riz!

J'essayai d'être présentable le jour de la rentrée. Même si mon pantalon était racommodé, il fallait au moins qu'il soit sec. Manque de chance, il était mouillé! Cela commençait mal car personne ne voulait s'asseoir à côté de moi. Nous étions 30 dans ma classe et avions 8 heures de cours par jour en français : pédagogie et psychologie. C'était très difficile car si tout le monde savait lire le français, il y en avait peu qui savaient le parler. Chacun se débrouillait comme il pouvait : ceux qui avaient les moyens s'étaient offert un dictionnaire français-khmer, rescapé de la destruction culturelle des Khmers rouges, et ceux qui n'en avaient pas se contentaient de demander celui de leurs camarades. Le fait de travailler sans dictionnaire n'était pas pour moi un handicap. Le plus dur pour moi, c'était le soir à la nuit tombante, quand je me retrouvais seul dans les ténèbres sans pouvoir travailler. Je me contentais de la lumière des réverbères qui bordaient le boulevard de l'école, mais ils s'éteignaient à 22 heures. Les nuits où il pleuvait, je profitais à distance de la lampe à pétrole de mes camarades de classe, mais en général cela était très mal accepté parce qu'ils savaient comment j'avais accédé à la formation et qu'ils connaissaient l'histoire de mon pantalon. Bien sûr, personne ne m'insultait mais tout le monde me fuyait. Autant dire que j'avais beaucoup de mal à supporter l'attitude de mes camarades et que j'en souffrais énormément.

A l'école, nous avions deux repas par jour, le déjeuner et le dîner. Durant ces deux mois de formation, nous avions mangé essentiellement des liserons d'eau; ajoutés aux quatre bols de riz par jour, c'était nettement suffisant pour ceux qui ne mangeaient pas beaucoup. Mais pour moi qui avais crevé de faim, il y avait juste de quoi me rassasier. D'autant que ma sœur et moi réservions chacun un bol de riz, à chaque repas, pour mes deux frères. Entre midi et 14 heures, nous faisions griller ou sécher les grains pour les conserver le plus longtemps possible et, le week-end, nous retournions chez nous avec un paquet de riz sec. Ainsi, mes frères avaient de quoi se nourrir pendant notre absence.

Le riz était le seul remède qui pouvait me guérir de la dysenterie, mais il fallait compter avec le temps. Les deux premières semaines de cours furent absolument épouvantables. Il fallait que je demande sans arrêt au professeur la permission de sortir. Comme en plus je n'avais qu'un seul pantalon, j'étais obligé de le laver la nuit et de le faire sécher. La lumière m'était utile pour travailler mais d'un autre côté, j'appréciais les ténèbres qui protégeaient en quelque sorte ma pudeur. A l'abri des regards, je me sentais mieux. Le silence me réconfortait et une lueur d'espoir brillait au fond de moi? Je me disais alors : « Demain, tout ira mieux. »

Une fois par semaine, nous avions des contrôles théoriques et pratiques. J'avais de très bonnes notes, ce qui étonnait tout le monde, et on commença à me prêter un stylo ou un crayon. Quelquefois, on me donnait même des feuilles pour écrire quand je n'en avais plus. Je commençais à avoir des amis, mais au fond de moi, je n'oubliais pas que j'avais souffert du mépris et de l'abandon.

Au bout de deux mois eut lieu l'examen final. Je n'avais pas peur cette fois-ci car j'avais bien travaillé. En effet, tout se passa bien : je fus reçu 30e sur 300. Ce résultat me remplit de joie et de fierté, et je murmurai dans mon for intérieur : « Dans quelques jours, tu pourras vraiment manger à ta faim. Cette fois, c'est sûr ! Tu as réussi et ta victoire t'appartient. » Tous mes camarades furent admis. Quant à ma sœur, elle fut reçue 111e. Elle n'était pas très contente de son classement car elle ne pouvait pas choisir son poste. Il n'y avait que les 30 premiers qui avaient la possibilité de choisir.

Avant de commencer à enseigner, les nouveaux instituteurs devaient passer une visite médicale. Là encore, j'eus des problèmes. Le vieux médecin qui avait échappé lui aussi au génocide perpétré par les Khmers rouges me déclara :

– Mon pauvre petit, il est marqué sur ton dossier que tu as 25 ans et tu n'en parais même pas 18 ! Qu'est-ce que c'est que cette histoire ?

– J'ai dû mentir pour pouvoir suivre la formation !

– C'est ce que je voulais entendre ! reprit le médecin. Au moins, tu dis la vérité ! Pauvre petit, n'aie pas peur, tout ira bien pour toi. Tu as bien travaillé pendant deux mois, il n'y a pas de raison pour qu'on ne te laisse pas partir !

Il me laissa alors un moment seul dans la pièce et partit discuter avec ses collègues. Quelques instants après, je le vis revenir avec un visage souriant qui dissipa mes doutes.

– Selon moi, dit-il, il n'y a pas de problèmes. Tu peux partir ! Du moment que tu es capable de suivre une formation, tu es capable d'enseigner !

J'avais vraiment eu beaucoup de chance de tomber sur un médecin aussi compréhensif et humain. Chaque fois que nous nous croisions par la suite, il descendait de sa bicyclette pour me serrer la main et discuter un moment. Et quand il repartait, il me donnait une tape amicale sur la tête en rigolant.

Comme j'avais été reçu dans les premiers, je choisis une école tout près de chez moi, celle du groupe nord – par opposition au cinq autres écoles primaires de Battambang : le groupe du centre, le groupe ouest, le groupe est et le groupe sud. Ma sœur, quant à elle, eut la chance d'avoir un poste dans une école au sud, pas loin non plus de la maison.

CHAPITRE XXVI

Mieux-être

C'est au mois de février 1980 que je pris contact avec mes premiers élèves. Le directeur de l'école, un vieil instituteur aigri, voulait que je m'occupe d'abord des enfants qui ne savaient ni lire ni écrire. Je me retrouvai donc instituteur en classe de 12ᵉ.

A cause de la guerre et du régime de Pol Pot, beaucoup d'enfants étaient en retard dans leur scolarité. Dans ma classe, il n'y avait pas que des enfants de 6 ans : les plus âgés avaient 10 ans! Au départ, j'eus beaucoup de mal à trouver une méthode d'enseignement qui convienne à tous les âges. Les grands, en effet, étaient marqués par les événements qu'ils avaient vécus et ils étaient très mûrs. De ce fait, les petits n'arrivaient pas à suivre. La première semaine fut très difficile à cause de ce déséquilibre. J'essayais de comprendre leur situation, d'évaluer leurs capacités et de me mettre à l'écoute de leurs désirs. Peu à peu, cela me permit d'enseigner plus facilement : les grands n'allaient pas trop vite et les plus jeunes arrivaient à suivre.

Le régime communiste du Cambodge faisait subsister – ce que je trouvais absurde – deux classes de gens : les riches et les pauvres. Pourtant, le gouvernement avait axé sa campagne sur le thème socialiste du changement de l'homme et de la société, sur la fin de la période révolutionnaire, sur la liberté des masses et la fraternité. Mais la réalité était loin des promesses annoncées. La corruption engendrait de plus en plus de riches et de plus en plus de pauvres.

Mes élèves appartenaient aux deux classes de la société. mais ma préférence allait aux enfants pauvres pour qui j'éprouvais une affection plus fière et pourtant, j'étais anticommuniste ! Personnellement, je n'avais aucune haine à l'égard des enfants riches. C'était des enfants comme les autres qui méritaient d'être aimés de la même manière. Mais ma préférence s'expliquait par le fait que je comprenais mieux les enfants pauvres, ayant souffert moi-même de la pauvreté et de la faim. Je voulais donc en priorité sauver ceux qui étaient dans la misère pour qu'ensuite, riches et pauvres puissent marcher ensemble, main dans la main. Je reconnais également que sans la présence des enfants riches qui aidaient matériellement les enfants pauvres, mon travail aurait mis plus longtemps à porter des fruits. Quand un enfant par exemple n'avait pas de craie, son voisin – s'il en avait une – lui en donnait aussitôt la moitié. Il y avait entre mes élèves des liens de solidarité et de fraternité formidables.

Il y avait à l'école 8 heures hebdomadaires de cours obligatoires pour les instituteurs, sur l'idéologie marxiste et léniniste. C'était pour moi une véritable torture mentale. En effet, il fallait apprendre par cœur les conseils fraternels de Marx et de Lénine, comme si quatre années avec les Khmers rouges n'avaient pas suffi ! Pour connaître le fond de notre pensée, un professeur vietnamien d'une quarantaine d'années qui parlait français, nous distribuait des devoirs politiques à faire à la maison. Voici par exemple le genre de sujet que nous devions traiter : « Selon vous, que faut-il pour resserrer les liens entre le Cambodge et le Viêt-nam ? Avant de mourir, l'oncle Hô déclare que le Viêt-nam, le Laos et la Cambodge devront rester des pays frères. Êtes-vous de cet avis ? » Pour préserver leur gagne-pain, les instituteurs n'avaient pas intérêt à contredire le gouvernement et ils devaient lui obéir aveuglément. Moi-même, je me forçais à ne dire que du bien du Viêt-nam afin de ne pas être à nouveau victime de la faim. Quand je sortais des cours et que j'arrivais chez moi, je disais à ma sœur :

– J'en ai assez de leurs cours! Ce n'est pas du tout la vie que je souhaite! Je crois que je vais quitter le Cambodge!

– Qu'ils soient communistes ou capitalistes, je m'en moque du moment qu'ils me donnent mon salaire! répondait ma sœur. Ce que tu as subi avant et pendant la chute de Dang Rêck ne te suffit donc pas?

– Ma foi, rien n'est sans peine! Ce que je veux avant tout, c'est être libre! Si je retombais dans la situation où j'étais avant, je me contenterais de lutter à nouveau. Je n'ai pas oublié la peur et l'insécurité, mais pour éviter cela, il faut absolument faire quelque chose!

– Tu n'es pas bien, je ne t'écoute pas! conclut ma sœur.

Heureusement, il n'y avait pas que des sujets d'inquiétude. Le souvenir de ma première paie par exemple reste pour moi inoubliable : 60 kilos de riz avec des poissons séchés! J'échangeai aussitôt la moitié du riz contre du bois. Quel soulagement de pouvoir enfin brûler du bois pour cuisiner! Finis les feuilles et les écorces de cocos mouillées et le maïs qu'il fallait faire cuire pendant des heures! Maintenant que j'avais du bois et du riz, je pouvais manger comme je voulais et quand je voulais.

Le mois de février passa très vite et mars nous surprit par sa soudaine chaleur. Je travaillais tous les jours mais l'idée de fuir le communisme ne me quittait pas. Il n'y avait que ma sœur qui savait que je voulais partir. Cette fois cependant, je prenais mon temps, essayant de recueillir tous les renseignements qui me parvenaient de l'ouest. Depuis quelques mois par exemple, je savais qu'un camp de réfugiés venait de s'ouvrir sur le territoire thaïlandais, près de la frontière. Je commençais donc à préparer ma fuite.

Avant de partir, il me restait une chose à faire : déterrer les corps de mes parents que j'avais enterrés à Brin-de-

Marmite pour les ramener à la pagode de Kdoll où reposaient nos ancêtres. Je ne tenais pas du tout à laisser pour toujours mes parents dans un lieu qui n'avait représenté pour eux que la faim, la soif, la sueur et le sang. De plus, j'avais le pressentiment que si je quittais le Cambodge, ce serait pour toujours. Aussi mon esprit ne serait-il apaisé que si je remplissais ce devoir qu'ils avaient eux-mêmes rempli pour leurs parents. Un soir, j'exposai mon projet à ma sœur qui me déclara :

– Je comprends tes sentiments et je les partage, mais jamais je n'aurais le courage de faire ce que tu vas faire. J'imagine comment tu vas les trouver, deux ans après, dans une terre inondée. Non, c'est trop dur ! Je préfère garder une image plus belle de mes parents.

Je comprenais tout à fait ce qu'elle voulait dire et je ne la forçai pas à me suivre.

Le dernier dimanche du mois de mars, Sany et moi nous réveillâmes de bonne heure pour partir à Brin-de-Marmite. La chaleur était déjà étouffante. La piste charretière sur laquelle nous marchions était revêtue d'une couche de poussière encore froide qui gardait les traces de nos pas. De chaque côté, la végétation envahissait les fossés qui étaient à sec. On voyait traîner çà et là des crânes et des ossements humains provenant de gens tués récemment par les Khmers rouges, mais que les survivants avaient déterrés pour récupérer les dents en or. Bientôt au fond de la plaine, apparurent les arbres fruitiers de Brin-de-Marmite. Au premier coup d'œil, mon cœur se serra et je me souvins que c'était dans cette plaine que ma mère et moi recherchions les plantes comestibles. Elle avait faim et était plus faible que moi. Elle tombait souvent et chaque fois qu'elle se relevait, elle me disait en souriant : « Donne-moi tes mains, mon petit Avin, je vais m'accrocher à toi. J'espère qu'on ne va pas tomber ensemble ! Je sens mes forces diminuer mais mon espoir de te voir grandir est toujours aussi fort... » Les larmes coulaient alors sur ses joues creusées et pâlies par la faim.

L'arrivée à Brin-de-Marmite me rappelait trop de mauvais souvenirs et je me sentais un peu énervé. Je n'avais qu'une hâte, déterrer les corps de mes parents et m'en aller. A cause de l'inondation, l'eau avait aplani le terrain et je ne trouvai plus les tombes de mes parents. Heureusement, le kapokier était toujours là et je me souvenais qu'entre l'arbre et la tête de mon père, il y avait exactement trois pas. Je comptai donc trois pas vers l'est à partir du kapokier et je commençai à piocher. Au bout de quelques instants, je n'avais toujours rien trouvé, seulement des racines d'arbres. Je m'aperçus alors que j'étais trop à gauche et je recommençai à piocher un peu plus loin. Bientôt apparut un tissu en nylon bleu marine : c'était le pantalon de mon père! Cette vision me fit un choc et raviva tout d'un coup ma douleur et ma tristesse. Je me demandais cependant pourquoi j'étais tombé en premier sur la partie inférieure du corps. Normalement, j'aurais dû trouver d'abord le crâne. Pourtant, j'avais bien mesuré trois pas depuis le kapotier! Mais la réponse vint aussitôt : le kapotier avait grandi et moi aussi! Cela me rassura et je poursuivis mon travail. Je piochais soigneusement car je ne voulais pas casser les os de ceux que j'avais aimés. Délicatement, je ramassai successivement les phalanges, le tibia, le péroné. En remontant ainsi, j'arrivai jusqu'au crâne. Grâce aux deux incisives en argent qu'il avait fait mettre à Haiphong [1] quand il était étudiant, j'eus la certitude que le corps que je venais de déterrer était celui de mon père.

Pour trouver la tombe de ma mère, ce fut plus facile car elle était juste à côté de celle de mon père. Comme précédemment, je commençai à piocher du bas vers le haut et je trouvai les deux molaires en or qui m'indiquèrent qu'il s'agissait bien de ma mère. Quand tous les os furent ramassés, je pris soin de les laver avant de les brûler séparément, comme le voulait la tradition. Puis, j'enfermai quelques bouts d'os que j'avais gardés dans deux urnes et je jetai les cendres dans la rivière pour

1. Port important situé au nord du Viêt-nam, sur le delta du Sông Kôi.

qu'elles soient emportées par le courant jusqu'à la mer – la mer étant pour mes parents le symbole de la liberté. Avant de mourir, ma mère avait déclaré en effet qu'elle souhaitait que ses cendres soient transportées jusqu'à la mer afin d'être libre dans sa prochaine vie.

A la nuit tombante, j'arrivai à la pagode de Kdoll et je déposai les urnes de mes parents dans le stûpa, soulagé d'avoir accompli mon devoir. J'étais épuisé ce soir-là et une fièvre terrible me terrassait.

L'année scolaire prit fin avec l'arrivée des premières pluies. Pour la première fois depuis 1975, nous allions avoir des vacances. Le nouveau gouvernement avait décidé de redistribuer la terre à chaque famille. Pour le labourage et le repiquage, on travaillait en groupe avec les voisins mais pendant la récolte, chacun ramassait et moissonnait les fruits de sa terre. Je garde un souvenir merveilleux de ces deux mois de vacances où je passais mon temps à travailler dans les rizières. Le travail avait beau être collectif, nous étions libres de chanter et de rigoler. J'adorais être dans la nature, sentir l'odeur de la boue, entendre le vent et le chant des oiseaux, voir les nuages courir. A nouveau, je savourais la vie qui était si riche et si belle!

Le repiquage était terminé mais il continuait à pleuvoir tous les jours. En sortant du village, on apercevait la plaine verdoyante et on entendait le coassement des grenouilles. C'était magnifique! Quelque temps auparavant, je ne regardais pas les paysages avec autant de passion car j'étais faible et j'avais faim. Mais aujourd'hui, je sentais mon cœur qui palpitait de joie.

Pour échapper aux remarques désagréables de ma tante, à ses insultes et à ses regards jaloux, mes frères et moi étions allés nous promener avec les enfants des voisins dans la rizière. On courait, nageait, grimpait aux arbres et – ce qui était le plus amusant –, on se lançait des boules de boue. Nous étions couverts de boue de la tête aux pieds et nous nous regardions en riant car nous ressemblions aux fantômes du théâtre de la pagode qu'on voyait aux jours de fête.

Puis ce fut la rentrée. Je repris de nouveau mon travail, mais cette fois avec la classe de 9e. Par rapport à ceux de l'année d'avant, mes élèves étaient plus grands, plus mûrs et plus compréhensifs. Les cours demandaient beaucoup plus de préparation au niveau pédagogique mais ce n'était pas cela le plus dur. Le plus insupportable était l'enseignement marxiste léniniste qu'on nous dispensait. Chaque fois que je sortais des cours, j'étais complètement démoralisé. Je voulais à tout prix quitter ce pays car je sentais qu'il serait toujours communiste. Comment faire cependant pour partir ? Mon salaire ne me permettait pas de m'enfuir pour le moment. Il fallait donc que je cherche un autre travail pour pouvoir mettre de l'argent de côté qui servirait à mon voyage. Mais que faire comme travail ? Les seuls métiers qui rapportaient de l'argent étaient boulanger, glacier, marchand de sel et de pétrole. Il n'y avait pas le choix. Quelques jours après, toute la famille se mobilisa. Tôt le matin, avant d'aller à l'école pour enseigner, je vendais du pain et des glaces avec Sany tandis que ma sœur vendait du sel ou du pétrole. Nous n'avions que trois heures pour écouler nos produits, avant que l'école commence.

Au bout de quelques mois, les bénéfices quotidiens formaient une somme importante que ma sœur voulut utiliser pour construire une petite maison en bois. Ma tante en effet faisait tout ce qu'elle pouvait pour nous chasser et depuis que nous avions un travail, son comportement était de plus en plus insupportable. Plusieurs fois en pleine nuit, ses enfants nous réveillaient en renversant des seaux d'urine sur le plancher du premier étage qui était en bois. Jamais nous n'aurions imaginé une telle cruauté de leur part ! Nous gardions toujours à l'esprit la manière dont mes parents les avaient traités quand ils logeaient chez nous pour faire leurs études. Chaque année à l'approche des examens, ils étaient très occupés et n'avaient pas toujours le temps de faire leur lessive. Ma mère leur lavait leurs affaires sans que mon père le sache car il y avait un mot d'ordre qui régnait chez nous et qui avait été institué par mon père : chacun lave ses vêtements intimes et il n'est pas question de laisser ce travail à la mère de famille. Dès la classe de 10ᵉ, je lavais mes propres slips et j'interrogeais ma mère quand je la voyais laver ceux de mes cousins. Elle levait vers moi son visage souriant et me disait : « Ce petit geste ne coûte rien. Au contraire, cela les encourage à passer leurs examens. Et maintenant, plus de questions ! Va jouer. »

Devant toutes ces injustices, ma sœur et moi ne disions rien. Nous avions juré de ne jamais leur rappeler ce que mes parents avaient fait pour eux. Ce qui était fait était fait, il était inutile d'en parler. J'étais tout à fait d'accord avec Eng pour construire notre propre maison mais s'il en était ainsi, nous n'aurions plus d'argent pour notre départ. J'en discutai plusieurs fois avec elle mais je ne réussis pas à la convaincre. Elle me répondait chaque fois :

– Je me moque de leurs cours de doctrine, pourvu qu'ils ne nous laissent pas crever de faim. Tu ne te souviens donc pas de ce que tu as souffert pendant et après la chute de Dang Rêck ?

– Je ne dis pas que tu as tort, mais il faut que tu saches qu'il n'y a aucun avenir dans ce pays. Ma vie n'est pas finie. J'ai besoin de m'instruire et ce ne sera pas possible sous ce régime. Souviens-toi de la dernière parole de papa ! Les Khmers rouges sont maintenant dans la forêt frontalière du nord et de l'ouest. Qui sait s'ils ne vont pas revenir un jour pour recommencer leurs horreurs ? J'ai peur. Le temps passe et je veux vivre !

CHAPITRE XXVII

Quitter le Cambodge

En sortant de l'école un après-midi du mois de janvier 1981, je rencontrai un de mes cousins éloignés qui avait quitté clandestinement Khao-I-Dang [1], l'immense camp de réfugiés cambodgiens ouvert depuis plus d'un an en Thaïlande, pour venir chercher le reste de sa famille. Je profitai de cette occasion pour l'interroger sur la vie des réfugiés dans le camp et je lui demandai ensuite si je pouvais l'accompagner lorsqu'il repartirait.

« Pas de problèmes, dit-il, cela ne me dérange pas du tout. La seule chose que je te demande, c'est de ne parler de ton départ à personne, sinon je risque d'avoir des ennuis. Je partirai dans un mois. D'ici là, nous aurons peut-être l'occasion de nous revoir. »

Sitôt rentré à la maison, je jetai mon cartable et courus vers le petit pot en terre cuite au fond duquel nous cachions l'or que nous avions gagné en faisant nos petits boulots du matin. Il était presque réduit en poussière et je l'apportai chez un bijoutier pour le faire fondre. Sous la forte chaleur, je vis apparaître un morceau d'or qui était aussi gros que mon auriculaire. Cela représentait une valeur de 2 000 francs, soit la somme que nous avions gagnée à trois en cinq mois! J'avais besoin de cet argent

1. Camp de réfugiés ouvert le 21 novembre 1979 par le H-CNUR (Haut-commissariat des Nations Unies pour les Réfugiés).

pour partir, mais ce morceau d'or que je tenais dans la main n'était pas à moi seul, il était également à ma sœur et à mes frères! Le soir de ce même jour, je leur racontai ma rencontre avec notre cousin.

– J'ai rencontré le cousin B. qui vient de Khao-I-Dang. Il repart dans un mois à peu près et je compte partir avec lui. Je veux quitter ce pays et aller vivre dans un troisième pays, peu importe où pourvu que je sois libre. Car ici, je ne me sens pas libre! Que serons-nous le jour où les Khmers rouges auront repris le pouvoir? Il faut que vous m'écoutiez! Le temps presse, bientôt il sera trop tard!

– Tu nous fatigues avec ton histoire de Khao-I-Dang et de troisième pays, déclara ma sœur. Te rends-tu compte que pour arriver à Khao-I-Dang, il faut traverser les champs de mines, la forêt où se cachent les voleurs, sans oublier les camps des Khmers rouges et ceux des soldats thaïlandais qui violent les femmes? Jamais je n'aurai le courage de fuir, j'ai trop peur!

– Tu as raison, mais rien n'est sans peine, il faut risquer le coup!

Mes petits frères, quant à eux, se moquaient éperdument de mon désir de vivre libre. Ce qui comptait pour eux, c'était de pouvoir se baigner tous les après-midi dans la rivière quand il n'y avait pas d'école. Ils chantaient par cœur les chansons révolutionnaires qu'on leur avait apprises à l'école sans se demander pourquoi on les leur faisait chanter. Ils ne pensaient pas du tout à leur avenir et je me faisais du souci pour eux. Plus tard, quand ils seraient grands, ils seraient sûrement mobilisés pour combattre contre les Khmers rouges! J'en avais assez des armes, de la guerre et de toutes les cruautés, mais comment faire comprendre cela à mes frères qui paraissaient si entêtés? Je décidai alors de partir seul sans argent et de leur laisser l'or pour qu'ils construisent une maison qui leur permette d'échapper aux méchancetés de ma tante.

Quelques jours plus tard, je rencontrai à nouveau mon cousin qui me confirma la date du départ: le 12 février. Cette nouvelle me remplit de joie et d'angoisse. D'une part en effet, je sentais que mes rêves allaient enfin se réaliser : j'allais pouvoir vivre en toute sécurité et liberté, sans avoir peur de rien; d'autre part je devais quitter les miens, quitter cette terre du Cambodge que j'aimais toujours.

En pensant au départ, j'étais de plus en plus préoccupé par l'avenir matériel de ma sœur et mes frères. Sans moi, arriveraient-ils à se débrouiller ? Et sans eux, pourrais-je savourer de toute mon âme la liberté que je désirais tant ? J'avais beau me maîtriser pendant les cours, mon esprit était ailleurs. Bien souvent, les élèves me demandaient si je n'étais pas malade. Un peu gêné de cette question, je me forçais à leur sourire et continuais mon cours comme si de rien n'était.

A la fin du mois de janvier 1981, sachant que mon départ approchait, je notai sur une feuille tout ce que je devais faire avant de partir :

- penser à mon journal;
- visiter la bananeraie;
- aller sur les tombes de mes ancêtres;
- dire au revoir à mes élèves.

Je m'occupai tout d'abord du journal dans lequel je rapportais tous les méfaits de ma tante et de sa famille chaque fois qu'ils nous chassaient de chez eux, les insultes que je prononçais tout bas contre le gouvernement à la sortie des cours d'idéologie. C'était trop risqué d'emporter toutes ces pages avec moi, mais je ne voulais pas les déchirer ni les brûler. La seule solution était de les déposer au fond de la rivière, ce que je fis aussitôt en murmurant : « Ô mon triste passé, sois heureux dans cette rivière, comme les poissons qui l'habitent! »

Quand je quittai l'école le lendemain, il faisait encore jour et j'en profitai pour aller visiter ma bananeraie, une petite plantation de quelques hectares qui se trouvait à quelques kilomètres à l'est de Battambang. J'avais passé une grande partie de mon enfance avant 1975 dans ce champ à planter des bananiers, des orangers, des jujubiers et du manioc, cela pour mon plaisir autant que pour me faire de l'argent de poche. Cela faisait des années que je n'y étais pas retourné, mais rien n'avait changé à part les arbres qui avaient beaucoup grandi. Au premier coup d'œil, j'eus la gorge serrée. J'avais le pressentiment en effet que j'allais quitter ces arbres pour toujours. Ce qui me faisait plaisir cependant, c'était de voir que les orangers en fleurs et la haie de tamariniers avaient atteint une hauteur considérable, sans avoir reçu beaucoup d'eau.

Mon émotion fut moins vive le lendemain quand je me rendis sur la tombe de mes ancêtres. Je ne les avais jamais connus en effet et mon lien avec eux n'était que purement conventionnel. Ce n'était pas la même chose avec mes arbres pour lesquels je nourrissais une solide affection.

Mais le plus dur restait à faire : dire au revoir aux élèves. J'attendis le dernier jour pour leur faire mes adieux, sans prononcer le mot « au revoir ». Au lieu de cela, je leur tins un discours qui était plus personnel que les autres fois :

« Tôt ou tard, nous serons séparés. Vous changerez de classe, vous grandirez et vous irez loin. De mon côté, je m'occuperai peut-être des plus petits. Quoi qu'il en soit, efforcez-vous toujours d'apprendre et de vous instruire. Chaque fois que vous faites quelque chose, soyez sûrs de vous, et surtout ne vous laissez pas séduire par les idées qui ne font pas partie de votre éducation. »

Tout le monde m'écoutait très attentivement et quand j'eus fini de parler, le silence régna dans la classe. Un élève leva alors le doigt :

– Pourquoi dites-vous tout cela aujourd'hui ? demanda-t-il.

– Parce que j'y pense, sinon j'aurais oublié de vous le dire. Sachez que je suis très content de passer ces quelques mois avec vous. J'espère qu'ils seront pour vous un moment inoubliable !

Toute la classe applaudit de joie. La cloche venait de sonner, il était 11 heures. Les élèves rangèrent leurs affaires dans leurs cartables et je les vis partir à regret. C'était la dernière fois que je les voyais.

Le soir de ce même jour, je préparai mon baluchon. J'étais triste de partir seul et quand j'eus emballé mes affaires, je fis une nouvelle tentative auprès de ma sœur. Je savais que la réponse de mes frères dépendait d'elle. Si Eng restait, ils resteraient. Si elle acceptait de me suivre, ils la suivraient car ils ne pouvaient pas vivre sans elle.

– Si plus tard, je parviens à quitter le camp de réfugiés pour aller dans un troisième pays – en France, au Canada, aux États-Unis ou en Australie –, je serai libre et personne ne pourra m'empêcher de faire ce que je veux. Je pourrai lire, écrire et satisfaire toutes mes curiosités. Bien sûr, je penserai toujours à vous, mais je ne pourrai rien vous envoyer car la poste d'ici marche si mal que c'est comme si elle n'existait pas.

Le silence régnait. Ma sœur et mes frères se regardaient. Je m'adressai alors à ma sœur :

– Toi qui aimes bien la broderie et les belles jupes, tu trouveras tout ce que tu veux !

Puis je me tournai vers Sany :

– Et toi qui aimes les voitures, tu pourras en voir des quantités !

Je me tournai pour finir vers mon petit frère :

– Toi qui ne cesses de me poser des questions sur les avions, écoute-moi, tu ne seras pas déçu ! Je suis sûr que tu trouveras la réponse à tes questions ! Ici à l'école, on ne t'apprend que des chansons révolutionnaires stupides et sans intérêt ! Alors que là-bas, tu seras dans une école où on dira la vérité aux élèves et où on ne chantera plus de chansons comme *Grand-père Hô, notre libérateur*, etc. De toutes façons, Hô [1] n'est pas du tout ton grand-père. Ton vrai grand-père est mort !

L'heure du départ approchait. Pour la première fois, ils m'écoutaient sans dire un mot. Eng me déclara alors qu'ils partiraient avec moi le lendemain. J'étais fou de joie !

1. Hô-Chi-Minh.

Je ne dormis pas beaucoup cette nuit-là. Au premier chant du coq, nous réveillâmes mes deux frères pour aller dire au revoir et merci à notre tante, avant le départ. Les larmes aux yeux, elle nous souhaita bon voyage.

J'avais rendez-vous avec le cousin de Khao-I-Dang à 6 heures, à la station de bus du marché de cocotiers, à la sortie ouest de Battambang. Pour être là-bas à 6 heures, il fallait quitter Don Téov à 4 heures, heure à laquelle le couvre-feu n'était pas encore levé. Nous étions donc obligés de partir sans nous faire repérer. Comme il y avait beaucoup de postes de contrôle jusqu'au marché de cocotiers, il fallait éviter de prendre la route principale et prendre un raccourci par la plaine.

Le soleil venait juste de se lever quand nous arrivâmes au marché. Mon cousin nous attendait. Par chance, il y avait un bus qui partait pour Sisophon, dernière grande ville avant la frontière thaïlandaise. Pour ne pas être suspectés par les agents secrets du gouvernement, nous fîmes semblant de ne pas nous connaître mes frères, ma sœur et moi, avant de monter dans le bus. De Battambang à Sisophon, la route était relativement bonne et le bus roulait assez vite. On était en pleine moisson. La campagne était toute dorée et, de temps en temps, l'odeur aromatique du riz emplissait nos narines.

Nous arrivâmes à Sisophon avant midi. Je voulais atteindre la frontière le même jour, mais les nouvelles qui nous parvenaient n'étaient pas bonnes : les postes de contrôle avaient arrêté des réfugiés qui tentaient de s'enfuir à l'ouest, il y avait eu beaucoup de viols, de tueries et de règlements de compte personnels. Les mines et les pièges avaient fait de nombreuses victimes. Ces nouvelles ne faisaient qu'angoisser ma sœur qui imaginait déjà les pires catastrophes. Je ne l'écoutais pas et gardais mon calme.

En attendant de pouvoir partir, nous logions chez une de nos connaissances qui habitait juste en face de la maison d'arrêt de Sisophon. Nous assistions toute la journée à des arrestations de gens qui, comme nous, fuyaient vers l'ouest. Cela ne nous rassurait pas beaucoup mais maintenant nous ne pouvions plus reculer. Le chef du village et le directeur de l'école se doutaient sûrement de quelque chose car je n'avais donné aucune raison à mon absence. Par conséquent, il n'y avait qu'une solution : avancer, malgré les obstacles et la peur.

Quelques jours plus tard, la situation devint de plus en plus alarmante. Deux ou trois fois par jour en effet, un type moustachu faisait des rondes autour de la maison, comme s'il suspectait quelque chose. Nous devions partir le plus vite possible. La veille de notre départ, je me rendis au marché pour échanger mon or contre du riz, un peu de poisson, un bidon de 5 litres (pour mettre de l'eau) et quelques baths [1] thaïlandais pour le voyage. Sans savoir pourquoi, mon regard fut attiré par une boutique décorée sobrement, tenue par un vieux marchand bossu et édenté. J'étais presque sûr que c'était un Chinois et cela me fut confirmé quand je l'entendis parler cambodgien avec un fort accent à une femme qui achetait des feuilles de bétel. Par politesse, je ne voulus pas lui parler en chinois devant ses clients cambodgiens. Aussi, j'attendis que tout le monde soit parti pour m'adresser à lui :

– Grand-père, vous êtes Chinois ?

– Oh ! fit-il, de quel coin es-tu, mon petit ?

– Je ne suis pas d'ici et je ne reste pas longtemps ici non plus.

– Ah, je vois ce que tu veux dire ! Que puis-je faire pour t'aider ?

Je lui donnai mon or à peser et il m'échangea tout ce que je voulais.

– Pour les baths, dit-il, je préfère te donner des pièces au lieu d'un gros billet, mon petit. Si jamais tu étais arrêté par les soldats, glisse-en quelques-unes dans leurs poches. Cela ne te coûtera rien et tu seras tranquille !

Je remerciai le grand-père de sa sollicitude.

Le 16 février à l'aube, nous quittâmes Sisophon en

---

1. Dans cette région frontalière du Cambodge, le bath (monnaie thaïlandaise) est utilisé couramment.

direction de la frontière. A cette heure matinale, la rue était déjà encombrée par les paysans qui venaient vendre leurs fruits et leurs légumes au marché et les soldats qui faisaient leur ronde. Les voyageurs que nous étions s'efforçaient de marcher normalement en dissimulant leur peur. Mais depuis le départ, nous avions pris l'habitude de regarder fréquemment en arrière.

Nous avions à peine quitté l'agglomération de Sisophon qu'un premier poste de contrôle apparut, formé de plusieurs soldats qui semblaient nous attendre. Que faire ? Reculer ? Sûrement pas ! Il fallait avancer, même si on avait peur. Malgré mes encouragements, ma sœur était devenue pâle comme la mort. Heureusement pour mes frères, ils semblaient indifférents. La route était barrée complètement et nous n'avions pas le droit de faire un pas de plus.

– Où allez-vous ? demanda un soldat d'un ton rude.

– Nous allons au mariage d'une cousine à Nimith, répondit mon cousin.

– Bon, vous trois, passez ! dit-il en désignant mon cousin et mes frères. Vous deux, restez-là !

– Mais nous sommes ensemble, reprit mon cousin, c'est mon frère !

– Je ne veux rien savoir ! Allez-vous-en ou je vous tire dessus !

Le barrage était ouvert mais mon cousin et mes frères refusèrent de partir sans nous. Le chef se tourna alors vers ma sœur et moi :

– Tous les deux, je ne vous laisse pas passer car vous êtes vietnamiens !

Comme beaucoup de gens, ce soldat croyait que nous étions vietnamiens à cause de notre peau qui était plus claire. Mes frères avaient en effet la peau plus foncée.

– Vous vous moquez de nous mon frère, dis-je, nous sommes du même pays que vous !

– Il est vrai que vous parlez au moins cambodgien ! dit-il d'un ton un peu surpris.

Cependant, il continuait à faire preuve de sévérité. Pour s'assurer que nous n'étions pas vietnamiens [1], il nous fit lire et écrire à plusieurs reprises en cambodgien. Malheureusement pour lui, nous connaissions parfaitement notre langue! Mais il ne voulait toujours pas nous croire et il cherchait d'autres moyens de nous coincer. Ses doutes firent tout d'un coup place à une stupide sincérité quand je lui eus glissé quelques baths dans la poche.

Nous étions à peine libérés du premier barrage qu'il en apparut un second, puis un troisième et ainsi de suite. A chaque fois, les soldats y allaient de leurs vices pour nous faire peur et le seul moyen d'être tranquille était de leur glisser quelques pièces. A deux reprises, nous crûmes ne pas pouvoir en sortir. Une première fois en effet, les soldats nous retinrent pendant trois heures, trois heures pendant lesquelles ils ne cessaient de nous poser des questions et de nous fouiller. A la fin, voulant nous affoler, ils nous montrèrent les corps de huit personnes qui gisaient dans des mares de sang. Mes petits frères et ma sœur fondirent en larmes, mais mon cousin et moi étions déterminés à avancer coûte que coûte. Après leur avoir glissé de l'argent dans les poches, je leur dis que nous allions partir et qu'ils pourraient nous tirer dessus s'ils voulaient. En me retournant, je vis alors qu'ils nous regardaient sans lever leurs fusils. La deuxième fois, on nous montra une femme vietnamienne à moitié nue qui semblait porter sur elle les traces d'un viol. C'est là que je vidai ma poche. Ma sœur, qui jusqu'à présent n'avait pas ouvert la bouche, oublia sa peur devant cette jeune fille en larmes et déclara aux soldats :

– Même les bêtes ne font pas ce que vous faites! Vous m'écœurez! Quel dommage qu'un homme, un Cambodgien en plus, soit capable de ce genre de chose! Je dis ce que je pense et vous avez intérêt à me laisser tranquille,

1. Beaucoup de Vietnamiens en effet fuyaient vers la Thaïlande en passant par le Cambodge, au lieu de traverser la Mer de Chine en bateau pour atteindre les pays voisins libres.

sinon je ne me tairai pas! J'irai jusqu'au bout et j'irai voir votre chef s'il le faut!

– Mais non, camarade, lui répondit-on, elle ne pleure pas pour cela! D'ailleurs, elle ne parle même pas le cambodgien!

Je donnai alors les dernières pièces qu'il me restait. Pour être sûr que je n'avais plus rien, on me fouilla partout et on m'ordonna d'ouvrir la bouche pour voir si je n'y cachais pas quelque chose. Pendant ce temps, ma sœur ne faisait que redire ce qu'elle avait dit. De temps en temps, elle employait des mots assez forts pour exprimer son indignation. Je pensais qu'ils allaient nous garder plus longtemps mais nous fûmes relâchés au bout de quelques instants.

Il était midi passé et la chaleur était insupportable. Il n'y avait plus que nous cinq sur la route. Je ne savais pas où les autres gens étaient passés. A partir d'ici, j'étais incapable de m'orienter. Seul mon cousin connaissait le chemin.

Quelques heures plus tard, on quitta la route principale pour prendre à droite, vers l'ouest, une piste charretière. Le calme régnait toujours mais une odeur fétide emplit tout d'un coup l'atmosphère. Nous aperçûmes alors des cadavres qui étaient la proie des vautours. Ce spectacle nous donna la chair de poule mais tout le monde garda le silence.

– Cette zone que nous traversons est un *no man's land*, expliqua mon cousin. Elle n'est à personne, ni aux soldats de Sihanouk, ni aux troupes gouvernementales, ni aux Khmers rouges. C'est un endroit à hauts risques car il y a beaucoup de mines. Aussi, ne vous éloignez pas de la piste et essayez de marcher plus vite car le soleil va se coucher.

Tout le long du chemin, il y avait des cadavres. La forêt sembla soudain moins dense et le chemin plus large. Assis à l'ombre d'un grand arbre, nous nous assîmes quelques instants pour nous reposer et boire un peu. Des mouches et des abeilles volaient autour de nous, essayant de se poser sur les gouttes d'eau qui s'échappaient de notre bouche.

– J'ai mal aux pieds, gémit mon petit frère. Va-t-on bientôt arriver ?

– Encore un petit effort! dit mon cousin. On s'arrêtera à la première flaque d'eau.

Avant de nous remettre en route, il nous avertit qu'à partir de la première flaque d'eau, on risquait de rencontrer soit les Khmers rouges, soit les troupes de Son Sann. Nous arrivâmes peu de temps avant le crépuscule à la première flaque d'eau. Quelques rares voyageurs venant des camps frontaliers étaient là, en train de faire cuire leur riz. Grâce à eux, nous eûmes quelques renseignements. Selon eux, il valait mieux que nous nous dirigions vers le camp des khmers rouges plutôt que vers celui de Nang Chann où étaient les troupes de Son Sann. Malgré leur passé sanglant, le camp khmer rouge de Kok Khzoung était plus sûr. Bien sûr, après tout ce que nous avions subi, nous n'étions pas très rassurés à l'idée d'aller dans le camp khmer rouge, mais pour l'instant c'était de sécurité dont nous avions besoin.

Profitant de la dernière lueur du jour, nous mangeâmes chacun quelques poignées de riz. Puis, mes frères et mon cousin s'endormirent. Ma sœur et moi restions éveillés, sans pouvoir dormir. La peur nous paralysait si bien que nous n'osions pas ouvrir la bouche. Le moindre bruit me faisait tourner la tête et j'avais les doigts glacés. Le jour était long à venir et pourtant je pensais déjà au lendemain. Je me voyais mal être de nouveau avec les Khmers rouges que je haïssais. On avait eu beau me dire qu'ils laissaient les réfugiés tranquilles, pourrions-nous quitter leur camp ? De toutes façons, je ferais mon possible pour y rester le moins longtemps, afin de gagner très rapidement Khao-I-Dang.

A notre réveil, la présence de soldats en noir nous fit sursauter. C'étaient des Khmers rouges! Sans aucune méchanceté, ils nous demandèrent si nous étions vietnamiens. Nous les suivîmes ensuite jusqu'à leur camp. Il y avait encore une bonne journée de marche. Quand nous arrivâmes en fin d'après-midi, totalement épuisés, nous vîmes devant nous une multitude de huttes et de cabanes enfouies sous des nuages de poussière. Le camp était dirigé par les Khmers rouges, mais beaucoup de civils y vivaient, qui semblaient heureux malgré la pauvreté et la promiscuité apparentes.

Nous étions tellement fatigués que nous nous endormîmes au pied d'un arbre. Le lendemain, je réalisai en me réveillant que la vie continuait et qu'il fallait que nous trouvions de quoi manger. De plus, nous n'étions pas encore à Khao-I-Dang ! Avant tout cependant, il fallait fabriquer un toit pour dormir à l'abri. Avec deux faucilles prêtées par des gens du camp, ma sœur et moi partîmes chercher du foin pour le toit. Pendant ce temps, mon cousin alla se renseigner sur les départs pour Khao-I-Dang. Nous n'étions suspectés par personne, mais je me méfiais cependant des Khmers rouges car je savais que c'étaient des tigres cruels qui dissimulaient parfois leurs griffes. Quelques gerbes de foin et deux ou trois branches solides suffirent à confectionner le toit de notre cabane.

CHAPITRE XXVIII

Aux frontières de la liberté

Le départ pour Khao-I-Dang fut fixé pour le 21 février 1981 et nous étions le 18. Jusque-là, il fallait se nourrir et pour avoir de l'argent, nous vendîmes de l'eau dans des seaux que nous avions loués. Pour aller à Khao-I-Dang, nous devions être accompagnés d'un guide car nous allions pénétrer en territoire thaïlandais et la route était dangereuse. Si on ne suivait pas la direction conseillée, on risquait de se faire tirer dessus par les soldats thaïlandais, de tomber sur une zone minée ou de rencontrer des voleurs qui faisaient du mal pour le plaisir.

Cependant, il fallait payer le guide et nous n'avions plus rien ! Après une longue discussion, il accepta de nous accompagner, même si nous devions le payer plus tard. Avant de nous donner son accord, il nous demanda simplement si nous avions de la famille dans un troisième pays. Je répondis que oui. En effet, nous avions des parents aux États-Unis, au Canada, en Australie et également une cousine qui venait d'arriver en France. Je compris pourquoi il nous demandait cela : il espérait sans doute que nous pourrions le payer avec l'argent qu'allait nous envoyer notre famille de l'étranger. D'ailleurs, j'espérais moi aussi pouvoir compter sur eux, à notre arrivée dans le camp.

Le 21 février à la nuit tombante, le guide vint nous chercher. Le voyage se faisait de nuit pour ne pas être aperçu des soldats thaïlandais qui refoulaient les réfugiés entrés clandestinement dans leur pays. Comme le flot des réfugiés augmentait tous les jours, le gouvernement thaïlandais avait fait ceinturer le camp de Khao-I-Dang de deux rangées de fils barbelés, surveillées 24 heures sur 24 par des sentinelles armées, avec tous les 50 mètres, des tours de guet munies de miradors.

J'étais triste et heureux à la fois. Heureux parce que si tout allait bien, je serais dans quelques heures à Khao-I-Dang. Même si j'étais de nouveau enfermé dans un camp, cela ne serait que temporaire et de là au moins, je pourrais espérer davantage être libre! Mais j'étais triste de devoir quitter mon Cambodge natal. Même si ces dernières années avaient été passées dans le sang et la sueur, le Cambodge était pour moi irremplaçable. Je sentais ma gorge se serrer... La lune venait d'apparaître dans les cimes des arbres tandis que le camp s'endormait doucement. Je regardais pour la dernière fois mon cher pays!

Un énorme barrage marquait la frontière entre le Cambodge et la Thaïlande. Le guide nous dit alors :

– Pendant la traversée du barrage, il faut courir et faire vite car il y a des soldats partout. Les balles sifflent dans tous les sens et peuvent nous perforer!

Cette phrase ne contribua pas à nous rassurer et nous étions morts de peur. Il fallut nous séparer et nous mettre par deux : mon petit frère avec moi et ma sœur avec Sany. Mais Eng avait tellement peur qu'elle voulut être avec moi. Je la comprenais et j'acceptai. Je déclarai alors à mes frères :

– Écoutez-moi vous deux! En aucun cas, vous ne devez vous lâcher la main. Si jamais vous vous perdez dans la forêt, ne vous affolez pas et restez là où vous êtes. J'irai vous chercher! Pendant tout le voyage, vous devez suivre le guide. Si jamais je me perds, rendez-vous à Khao-I-Dang, je ne retournerai pas en arrière!

– J'ai peur! disait ma sœur pendant ce temps.

Le guide franchit le premier le barrage, suivi de mon cousin, mes frères, de Eng et moi. Eng était tellement paniquée qu'elle était incapable de marcher. Arrivée sur la pente du barrage, elle s'écroula par terre. Je la tirai alors par les mains et la poussai jusqu'à ce qu'elle tombe dans la brousse, de l'autre côté du barrage, en territoire thaïlandais. Tout le monde se cacha aussitôt. Nous nous appelâmes en murmurant nos noms pour savoir si nous étions tous là, avant de reprendre le chemin.

Après quelques heures de marche, le guide nous ordonna brusquement de nous cacher. Il guettait les soldats qui faisaient leur ronde en voiture. Il revint deux minutes plus tard et nous dit :

– Vous avez de la chance, c'est calme ce soir. Il n'y a personne! Je vais traverser le premier la route. Ensuite, vous me suivrez l'un après l'autre!

Nous avions à peine franchi la route goudronnée que deux véhicules passèrent, remplis de soldats. Des coups de fusils éclatèrent tout près. Ils étaient en train de tirer sur des réfugiés comme nous! Je n'aimais pas entendre ces détonations. Il allait sûrement y avoir des morts et des blessés...

La route devenait de plus en plus raide et caillouteuse car nous avions atteint maintenant le flanc d'une montagne. On voyait au loin les lumières électriques qui entouraient le camp de Khao-I-Dang. Il fallait marcher cependant jusqu'à la hauteur des fils barbelés. Arrivés à cet endroit, nous nous cachâmes derrière de grandes pierres qui n'étaient qu'à quelques mètres des deux enceintes, notre dernier obstacle!

– Chut! Que personne ne parle! souffla le guide.

Un soldat en effet marchait dans notre direction. Je voyais sa silhouette se diriger sévèrement vers la tour de guet. Au milieu de la peur et du silence qui régnaient, mon petit frère laissa échapper un bruit qui fit rire tout le monde!...

Lorsque le soldat ne fut plus en vue, nous rentrâmes dans le camp en rampant sous les barbelés. Le guide, mon cousin et mes frères, souples comme des serpents, se faufilèrent dessous sans difficultés. Je passai le dernier car je devais écarter le fil barbelé pour ma sœur qui ne savait pas ramper.

Nous étions enfin à Khao-I-Dang ! Il était une heure du matin, c'était le 22 février 1981. Même si nous étions à nouveau enfermés, nous étions au moins libres de nous diriger !

ÉPILOGUE

Je me souviendrai toujours de la première nuit passée à Khao-I-Dang. Je croyais que j'étais libre, enfin libre ! Pourtant au fil des jours, je me rendis compte qu'il restait de nombreux obstacles à franchir avant de pouvoir jouir de ce droit fondamental : la liberté !

Au début, je comptais les jours. Au bout de quelque temps, je comptais les semaines, les mois. Après un an de présence à Khao-I-Dang, on nous transféra dans un autre camp où la situation était toujours la même. Fallait-il que je compte les années à présent ? J'ai dû attendre encore un an, dix mois et sept jours pour savoir enfin ce que voulait dire « vivre libre ».

J'espère avoir l'occasion de décrire en détail ce que furent ces trois années d'attente, trois années marquées par la faim, l'angoisse du lendemain et ma rencontre avec des responsables d'organisations humanitaires qui me proposèrent d'entrer dans leur équipe de travail.

Toutes ces peines et ces joies qui se sont entremêlées pendant des mois ont abouti un jour à cette inoubliable phrase prononcée par une passagère de l'avion dans lequel je venais de prendre place avec ma famille, pour m'envoler vers Paris. C'était le 28 décembre 1983 :

« Soyez le bienvenu en France, Monsieur ! »

La gorge nouée par l'émotion, j'ai été incapable de remercier cette dame, mais je pense qu'elle m'a compris. A travers cet accueil, il me semblait que c'était la France entière qui m'accueillait.

TABLE DES MATIÈRES

TROISIÈME PARTIE

3615
EPHATA
MINITEL

AUX ÉDITIONS FAYARD
DANS LA MÊME COLLECTION

SUR L'ENFANCE EN AFRIQUE :

Les Enfants de l'Apartheid, Élise Fischer, 1988.
Mauritanie : la vie réconciliée, François Lefort et Carmen Bader, 1990.
Mes fils de la rue à Addis-Abeba, Jacqueline Pirenne, 1989.

SUR L'ENFANCE EN AMÉRIQUE DU NORD :

La Maison de l'Alliance. Les enfants de la rue à New York, Bruce Ritter, 1988.

SUR L'ENFANCE EN AMÉRIQUE DU SUD :

Enfants perdus du Brésil, Henri Engelmann, 1986.
Au plus petit d'entre les miens. Les gamins de Colombie, Christophe Pélissié du Rausas, 1987.

SUR L'ENFANCE EN ASIE :

Philippines : les Enfants du mépris, Jean Dallais et Élise Fischer, 1989.
Les Enfants du Mékong, Jean-Claude Darrigaud et Jean-Claude Didelot, 1989.
Les anti-trottoirs de Manille, Jean-Claude Darrigaud (parution 1991).
Du Mékong à la Seine. Le prix de la liberté, Trân Van Thêu, 1990.

SUR L'ENFANCE EN EUROPE :

Drogue, prostitution, prison :

L'Enfant du Bois de Boulogne, Alexis, 1989. (Sélection du Grand Livre du Mois.)
Qui me jettera la première pierre ?, Christine, 1990. (Sélection du Grand Livre du Mois.)
La Prison... et après ?, Véronique Merci, 1990.
Un prêtre chez les drogués, Pierre de Parcevaux, 1986. (Sélection du Livre de Poche.) Traduit en espagnol.

SUR L'ENFANCE AU MOYEN-ORIENT :

L'Enfant du Liban, Père Mansour Labaky, 1987. (Prix de l'Académie des Sciences morales et politiques 1987, Prix Saint-Éxupéry/Valeurs Jeunesse 1987, Prix Francophonie 1987, « Mention spéciale » du Jury pour le Prix des Droits de l'Homme 1987.) Traduit en anglais, italien et arabe.
Mon vagabond de la lune, Père Mansour Labaky, 1988. (« Mention spéciale » du Jury pour le Prix Saint-Éxupéry/Valeurs Jeunesse 1988, Prix France-Liban 1988, Prix Lire-Elire 1989.) Traduit en anglais, italien et arabe.

SUR L'ENFANCE EN URSS :

Maîtresse, Dieu existe. Les enfants dans l'étau de l'athéisme soviétique, Sergiu Grossu, 1988.

AU-DELÀ DES FRONTIÈRES :

Handicaps et santé :

Les Enfants IMC, des enfants avant tout, Catherine Guéroult, 1987.
Les Enfants myopathes, Yolaine de Kepper, 1988.
Les Enfants « mongoliens », la réponse de l'amour, Jean Toulat, 1990.

Survivants et réfugiés :

Leur silence est un cri, Marie-Christine Choquet et Benoît Richard, 1990.

QUELQUES OUVRAGES DOCUMENTAIRES ET OUTILS DE TRAVAIL :

Guide Jeunesse. 1 000 mouvements, associations, organismes, centres, foyers, communautés, écoles, François-Marie Algoud, 1989.
L'Enfant au travail, Étude du Bureau international du Travail, par Assefa Bequele et Jo Boyden, 1990.
Sans toit ni frontière. Les enfants de la rue, Marie-Jeanne Coloni, 1987.
Feu sur l'enfance, Élise Fischer, 1989.
Des enfants en prison avec des adultes, Katarina Tomasevski, 1986.

L'ASIE AUX ÉDITIONS LE SARMENT-FAYARD

DANS LA COLLECTION « DES CHRÉTIENS »

L'Asie des grandes religions, Jean-Marie Bosc, 1984.
Chine sans muraille, Jean Charbonnier, 1988.
La forêt des stèles, Jean Charbonnier, 1989.
J'ai rencontré des hommes heureux, Missionnaires en Asie, Michel Dagras, 1985.
L'éveil missionnaire des Églises du Tiers Monde, O. Degrijse, 1983.
Tibet, mission impossible, Lettres du Père Dubernard (1864-1905), Jean Espinasse, 1990.
Les Missions étrangères de Paris, Jean Guennou, 1986.
Lumière sur la Corée, les 103 martyrs, Missions Étrangères de Paris, 1984.
Le Viêt-nam des martyrs et des saints, Dom Guy-Marie Oury, 1988.
La cathédrale de la rizière, François Ponchaud, 1990.
Théophane, celui qui embellissait tout, Christian Simonnet, 1983.
Un témoin du Christ, Luc-Martin Huin, l'un des martyrs de Corée, Émile Vauthier, 1984.

DANS LA COLLECTION « JEUNESSE LUMIÈRE »

L'Amour ne peut mourir, vie de Marcel Van, Marie-Michel, 1990. (Série « Témoins de la Lumière ».)
L'Amour me connaît, écrits spirituels de Marcel Van, Marie-Michel, 1990. (Série « Paroles de Lumière ».)
L'Enfant de l'aurore, correspondance de Marcel Van, Marie-Michel, 1990. (Série « Paroles de Lumière ».)

Cet ouvrage a été réalisé par la
SOCIÉTÉ NOUVELLE FIRMIN-DIDOT
Mesnil-sur-l'Estrée
pour le compte des Éditions Fayard
en mai 1991

Imprimé en France
Dépôt légal : décembre 1990
N° d'édition : 1529 – N° d'impression : 17885

35-8366-3